알파타르트 장편소설

하렘의 남자들

6

해피북스
투유

차
례

27

내가 로드야?

기르골이 손가락에 집중한 모습은 어딘가 불안한 구석이 있어서, 라틸은 얼른 손수건을 꺼냈다. 그러나 손수건이 손가락을 감싸기 전, 기르골이 손을 뻗어 먼저 손수건을 잡았다. 라틸은 놀라 그를 쳐다보았다.

"기르골?"

왜 이러냐고 묻기도 전에 그는 다른 손으로 라틸의 상처 난 손가락을 천천히 끌어당기더니, 흐르는 피에 혀를 대고 핥았다. 아래에서부터 위로. 마치 맛을 보듯이.

라틸은 더욱 놀라서 눈을 커다랗게 떴다. 아프진 않았으나 충격적이었다. 심지어 기르골은 핥은 피가 어떤 맛인지 음미라도 하듯 그 상태로 눈을 감고 몇 초 있다가 천천히 다시 눈꺼풀을 올렸다.

길고 부드러운 하얀 속눈썹 사이로 붉은 눈동자가 가려졌다가 일출처럼 모습을 드러냈다. 눈이 마주치자 기르골은 우아하게 웃더니, 붙잡았던 손수건을 라틸의 다친 손가락에 세심하게 감아주었다.

라틸은 그 행동 하나하나에 눈을 뗄 수 없었다. 기르골도 뱀파이어란 걸 알고는 있었지만, 그래도 대적자 쪽이니 사람 피를 마시진 않을 거라 여겼는데. 완전히 착각이었던 걸까?

그 순간.

"안 놀라네, 아가씨."

손수건을 모양 좋게 손가락에 묶어준 기르골이 손을 떼면서 중얼거렸다.

"어?"

눈이 마주치자 그의 눈꼬리가 가늘게 휘어졌다.

"내가 뱀파이어란 거, 알고 있었구나?"

"!"

뱀파이어들은 피를 보면 이성이 나갈 거란 편견이 있었는데, 아닌 걸까? 기르골은 손가락에서 흘러나오는 피를 핥아먹었으면서 이성이 멀쩡해 보였다. 상황까지 제대로 파악하고 있는 모습에, 라틸은 등골이 오싹해졌으나 애써 태연하게 웃었다.

"놀랐어. 나름대로."

"그 정도면 선방이지."

"어렴풋하게 짐작은 했어. 대적자는 500년에 한 번 나타난다 했잖아. 근데 그쪽은 대적자'들'을 가르쳤다며. 사람이 그렇게 오래 살 리 없으니까."

"그렇다고 보통은 뱀파이어라 생각하지 않을 텐데."

"나름 머리를 굴렸지. 똘똘하게."

라틸은 아무렇지 않은 척 손을 회수했으나, 기르골이 묶어준 손수건을 차마 손가락에서 떼진 못했다. 그러면서도 눈으로는 대적자의 검 위치를 살폈다. 혹시라도 기르골이 허튼짓을 하려 들면 저 검을 뽑아서 기르골을 찔러야 하지 않을까?

'거리가 멀어. 저기까지 한 번에 가는 데 몇 초쯤 되지?'

그러나 기르골은 더 허튼짓하지 않았다. 대신 그는 태연히 몸을 일으키고서 라틸이 일어나게 도와주었다.

"오늘은 여기까지 하지."

먼저 이렇게 제안해 주기까지 했다. 라틸은 옳다구나 싶어 고개를 끄덕이고, 일부러 '대적자의 검'이 있는 벽을 통해 문가로 걸어갔다. 다행히 기르골은 쫓아오지 않았다. 소파에 그대로 앉아버릴 뿐.

라틸이 문고리를 돌리면서 돌아보았을 때, 그는 라틸을 보고 있긴 했으나 여전히 그 자리에 있었다. 눈이 마주치자 씩 웃더니 '절대로 안 따라갈게'라는 신호라도 보내듯 손을 흔들기까지 했다. 그 넉살 좋은 모습에 라틸은 긴장이 조금 풀려서, 주저하다 물었다.

"물어볼 게 있는데."

"달아나는 길 아니었어?"

"!"

"물어봐, 아가씨."

"……황제가 로드인 거, 확실해?"

기르골은 어깨를 으쓱했다.

"몰라, 제자님. 그냥 그런 말을 들었을 뿐인 거니까. 맞다 해도 당장 제자님이 황제를 죽이러 갈 수는 없어. 왜? 신경 쓰여?"

"어. 난 황제의 특사니까."

"그렇지."

그의 눈이 불안스레 가늘어졌으나, 라틸은 모른 척하며 문고리를 돌린 다음 약간 문을 열었다. 복도에서는 잘 다듬은 새 나무의 향과 오래된 도자기의 향이 풍겨왔다. 금방이라도 여기서 나갈 수 있는 상황에 안도하며 라틸은 다시 물었다.

"하나만 더 물어도 돼?"

"그래."

"저기. 황제가 로드란 이야기를 했단 사람. 황제 오빠…… 누군데?"

"황제 오빠가 여러 명인가 봐?"

"응."

"몇 번째인지는 모르겠고. 수도 별궁에 갇혀있는 황자였어."

기르골은 태연히 대답했으나 라틸은 저절로 헛웃음이 나왔다. 허탈했다. 레안이구나. 그래도 이쪽은 동복오빠라고, 별궁에 가둬 놓고 그나마 잘 대접하고 있었는데. 그 인간이 진짜…….

라틸은 너무 허탈해져서 궁전에 바로 들어가지도 못하고 괜히 수도 여기저기만 하염없이 걸어 다녔다. 미칠 것 같았다. 수시로 '어떻게 오빠가 나한테 이래?'란 생각이 들면서, 당장 별궁 앞으로 달려가 문에 계란을 던지고 싶었다. 그런데도 라틸이 꾹 참은 건 계란이 아깝기 때문이었다.

'게스타 생각을 덜 하려고 나왔더니 이젠 오빠 때문에 미치겠네.'

그래도 안 돌아갈 수는 없기에, 라틸은 한 시간 정도가 지나 어쩔 수 없이 궁전으로 돌아갔다. 하지만 옷을 갈아입자마자 라틸이 향한 곳은 집무실이 아니라 하렘이었다.

며칠 전이었다면 몇 시간이고 밖에서 홀로 마음을 달랬겠지만, 전에 대신관과 대화한 후, 라틸은 조금 마음을 바꾼 상태였다. 어지러운 마음을 가면을 쓰고 돌아다니며 혼자 풀 게 아니라, 후궁들과 어울리면서 풀어보는 쪽으로 습관을 바꿔 보자고.

'누구에게 가지…….'

잠시 생각해 보다가 라틸은 타시르에게 가기로 했다. 타시르는 가볍고 실없는 말을 많이 하니, 이렇게 머리가 무거울 땐 함께 있기 좋을 것이다. 그런데 막상 타시르의 방에 가보니 그곳에는 라나문이 함께 있었다.

"폐하를 뵙습니다."

"어, 어어. 그래."

라틸은 타시르와 라나문의 인사를 받으면서 '라나문이 왜 여기 있지?' 하고 생각했다.

'전에 칼라인 방에 갔을 때도 라나문이 체스를 두고 있었던 것 같은데. 타시르 방에서도…… 체스를 두고 있네.'

라나문이 체스판을 따라다니는 건가, 아니면 의외로 다른 후궁
들과 잘 어울리는 건가. 라틸은 혼란스러워져서, 좀 언짢은 기색의
라나문을 힐긋거렸다.

"어젯밤 꿈이 좋더니, 폐하가 제게 오시려 그랬나 봅니다."

그사이, 타시르는 자연스럽게 라틸의 곁으로 와 팔짱까지 꼈다.

"무슨 꿈을 꿨는데?"

"가자미가……."

라틸은 타시르의 손을 잡으면서도 라나문의 눈치를 보다가, 튀
어나온 가자미 이야기에 타시르가 잡지 않은 손으로 그의 입을 막
아버렸다. 하지만 타시르가 그 손바닥에 입을 맞추자, 라틸은 곧 민
망해져서 손을 얼른 내렸다.

"더 두셔도 되는데요."

타시르는 조금도 부끄러워하지 않고 웃었으나, 라틸은 괜히 라
나문의 눈치가 보여서 얼른 소파로 가 앉았다. 그러면서 힐긋 보니
라나문은 놀라울 정도로 표정에 변화가 없었다. 무서운 건 그런 얼
굴로 라틸을 계속 쳐다보고 있다는 거였다. 라나문이 그러거나 말
거나 타시르는 혼자 태연자약하게 체스판을 정리하며 물었다.

"마침 이 경기가 끝나면 식사하려던 참이었습니다. 폐하께서는
저녁 식사 하셨습니까? 같이 할까요?"

"아아, 그래. 나도 아직 안 먹었다."

라틸은 재차 라나문의 눈치를 살폈다. 라나문은 의자로 걸어가
꼿꼿하게 앉았는데, 태연한 표정과 달리 의자 손잡이를 쥔 손가락
에 힘이 들어가 있었다.

'내가 타시르를 찾아와서 자존심이 상했나 보다.'

저 자존심 덩어리. 라틸은 속으로 혀를 차면서도, 그가 기분을 풀었으면 싶어서 웃으면서 제안했다.

"라나문도 같이 먹자. 셋이 먹으면 더 좋지."

타시르가 도움을 주지 않아 소용없었지만 말이다.

"아쉽습니다. 폐하가 오시기 5분 전에 라나문 님을 내보냈어야 하는데요."

라나문은 씩 웃는 타시르를 기가 막힌단 눈으로 보았고, 라틸은 괜히 헛기침하면서 창밖으로 고개를 돌렸다. 다행히 식사하려 했단 말은 거짓말이 아니었는지, 얼마 지나지 않아 타시르의 시종이 음식 수레를 끌고 방 안으로 들어왔다.

라틸은 얼른 소파에서 일어났다. 하렘 전담 주방장이 저녁 식사용으로 만든 게 아니라 특별히 명령해서 요리한 음식인 듯 수레에는 뚜껑을 씌워둔 커다란 접시 하나뿐이었다. 히얼란이 뚜껑을 벗기자 안쪽에서 어마어마하게 커다란 푸딩이 나타났다.

'저녁? 이건 간식 같은데?'

라틸은 의아했으나, 타시르는 자연스럽게 큰 접시를 테이블 위로 직접 옮기고는 앞접시까지 세팅하며 라틸에게 권했다.

"이쪽으로 오시지요, 폐하."

라틸이 탁자 옆으로 다가가자, 타시르는 생일 때처럼 자연스럽게 의자도 빼주었다.

"두 분이 식사하려 했는데 제가 끼어도 되는지 모르겠군요."

불쾌한 내색으로 라나문 역시 라틸의 맞은편에 자리를 잡고 앉자 히얼란은 얼른 수레를 끌고 다시 나갔다. 라틸은 타시르가 푸딩을 모양 좋게 잘라 자신의 앞접시에 놓아주는 모습을 보며 기분이 묘해졌다.

'여기 오니 그리핀과 게스타에 대한 생각이 덜 나긴 하는데 이 상황도 편하진 않네.'

그래도 어찌어찌 식사를 시작했을 즈음, 라틸은 음식을 자르고 집는 타시르의 손동작이 영 이상하단 걸 알아차렸다. 용도에 따라 여러 도구를 계속 바꾸어 가며 사용해야 하는데, 타시르는 큰 그릇에서 음식을 덜 때만 음식 더는 용도의 도구로 바꾸어 줄 뿐. 식사를 할 때는 계속 같은 포크와 숟가락만 사용하고 있었다. 라틸이 그 모습을 잠시 쳐다보자, 타시르는 주춤하더니 웃으면서 사과했다.

"죄송합니다, 폐하. 저는 귀족 출신이 아니라 예법 같은 건 영 몰라서요."

그 모습이 어쩐지 쑥스러워 보여서 라틸은 얼른 대답했다.

"괜찮다. 이런 건 다른 사람들 앞에서만 지키면 되지. 우리끼리 있을 땐 편하게 먹어라."

그 말에 타시르는 스푼을 내려놓더니 눈웃음을 지으며 물었다.

"제 예절이 보기 싫지 않으십니까?"

"그럴 리가."

"폐하께서는 완벽하게 예법을 차리는 사람들에게 익숙하실 것 같은데요."

"남들 먹는 걸 계속 쳐다보진 않아."

라틸은 타시르가 민망할까 봐 좋게 말한 다음, 웃으면서 다시 숟가락을 들었다.

하지만 타시르는 라틸에게 한 번 지적을 당하고 나자 영 신경이 쓰이는지, 라틸의 옆으로 의자를 옮기고서 걱정스럽단 투로 말했다.

"그래도 좀 걱정이 됩니다. 귀족들 앞에서 실수했다가 혹시 흠이라도 잡히지 않을까요?"

"그럴 리가."

"폐하는 절 사랑하시니 그냥 넘어가 주실 테지만, 흠잡는 사람도 있을 겁니다."

그건 그렇기에 라틸이 고개를 끄덕이고 있자니, 타시르가 라틸의 손을 슬그머니 잡으면서 아이스 타시르에 크림을 첨가한 것 같은 목소리로 부탁했다.

"그러니 폐하께서 시간이 날 때마다 제게 예법을 가르쳐 주시는 게 어떨까요?"

"나보다 전문적으로……."

"전문적으로 가르치는 사람이 뒤에서 제 얘길 하면 어떡합니까. 후궁이면서 예법도 몰라 이 나이에 배우고 있다고요."

타시르가 아이스 타시르에 크림을 넣고 시럽까지 뿌린 목소리로 라틸의 손을 들어 올려 손등에 입을 맞추고 눈웃음을 짓자, 라틸은 끔뻑 넘어가고 말았다.

"알았다. 알았어."

라나문은 그 일련의 과정을 어이가 없는 눈으로 바라보다가 기가 막혀서 헛웃음을 뱉을 뻔했다. 라나문으로서는 그럴 수밖에 없었다. 그는 타시르와 몇 번 식사를 같이한 적이 있기에, 그가 얼마나 흠잡을 데 없이 귀족들의 식사 예절을 구사하는지 잘 알았다.

그뿐인가. 전에는 나라별로 조금씩 다른 궁중 예절에 관해 이야기해 준 적도 있었다. 외국에 많이 나가본 터라 잘 안다면서. 그런데 갑자기 예절에 익숙하지 않은 척 굴더니, 자연스럽게 라틸과 함께 여러 번 식사할 기회를 만들어 냈다.

이 모든 과정이 물 흐르듯 너무 자연스러워서 보고 있으면서도 당황스러울 정도였다. 게다가 황제는 저기에 또 그냥 넘어가 버렸다. 예절을 모르겠다면 교육자를 하나 붙여주면 될 것을, 실실 웃으면서 손등에 키스 한 번 했다고 거기에 홀랑…….

폐하가 이런 걸 좋아한단 말이다. 이런 걸!

그 순간, 라나문의 머릿속에 아버지의 주장이 떠올랐다. 황제는 귀여운 걸 좋아한단 주장. 라나문은 혼란에 빠졌다. 그가 보기에는 타시르가 한 행동이 조금도 귀엽지 않았으나 중요한 건 황제의 안목이다. 황제의 눈엔 저게 귀여워 보였던 걸까.

자연스럽게 스킨십을 하다가 손등에 입을 맞추고 목소리를 달콤하게 만들어 내는 저런 것들이?

'아양.'

라나문은 굳은 표정으로 타시르의 행동을 탐색했다.

'저거다. 저게…… 아양이다.'

그 시각, 기르골은 미로 저택 안에 있는 수영장에서 참방참방 혼자 물장구를 치며 돌아다니고 있었다. 멀지 않은 곳에서는 자이오르가 햇볕이 들지 않는 구석에 의자를 두고 앉아 마법서를 읽고 있었다.

"응?"

얼마나 그러고 있었을까. 참방거리는 소리가 나지 않는단 걸 갑자기 의식한 자이오르는 마법서에서 시선을 떼고 고개를 들었다.

"오."

고개를 들자마자 보인 건 수영장에 서있는 기르골이었다. 뭘 어떻게 한 건진 모르겠지만, 수영장 물 한가운데에 우뚝 서있는 기르골. 그는 생각에 잠긴 얼굴로 천장에 난 커다란 창 너머로 태양을 보고 있었다. 자이오르는 괜히 자기 눈이 지끈거리는 느낌에 감탄을 섞어 물었다.

"기르골 님은 태양을 봐도 눈이 안 부십니까?"

태양에 약한 것으로 알려진 뱀파이어가 저러고 있으니 신기했다. 사실 뱀파이어뿐만 아니라 사람도 저렇게는 못 하니까.

"안 부셔."

기르골은 덤덤히 대답하고서 다시 물속으로 들어갔다.

"그렇군요. 신기하네요."

자이오르는 작게 대답하고서 마법서로 시선을 내렸다. 하지만 얼마 안 가 풍덩 소리가 나며 기르골이 수영장 밖으로 나오자, 그는 책을 옆에 두고 무릎에 얹어두었던 긴 수건을 가져가 건넸다. 기르골이 수건을 받아 어깨에 두르는 동안, 자이오르는 신기할 정도로 흠집 하나 없는 매끈한 피부를 구경하다가 기르골과 눈이 마주치자 얼른 물었다.

"그런데 아까 그 제자님은 왜 이리 빨리 돌아가신 겁니까? 안쪽에서 피 냄새도 좀 나던데요."

"안 그래도 신경 쓰여서 수영을 못 하겠네."

"어? 싸우고 가신 겁니까?"

"아니. 제자님이 도망갔지."

"도망이요?"

어리둥절한 자이오르를 뒤로하고, 기르골은 아까 사디가 피를 떨어뜨린 그 응접실로 가보았다. 그곳엔 유리 파편들이 그대로 남아 흩어져 있었다. 기르골은 핏방울이 떨어졌던 카펫으로 가 붉게 남은 얼룩을 문지른 다음, 그 손가락을 입술에 가져다 댔다. 옅게 남은 피 냄새를 맡자 그의 눈이 가느스름해졌다.

"이상하지. 대적자들 피는 죄다 맛없는데. 왜 애 피는 이런 맛이 날까."

그러다 아예 기르골은 혓바닥까지 내밀어 손가락에 묻은 피의 흔적을 핥아보려 애썼다. 마침 문을 열고 들어오던 자이오르가 그 광경을 보고는 깜짝 놀라 도로 뒤로 물러났으나, 기르골은 개의치도 않았다.

"들어와."

오히려 목격자 쪽이 더 민망해져서, 자이오르는 들어오면서 어색하게 변명했다.

"전 아무것도 못 봤습니다,"

"손가락 핥고 있었다."

손가락을 내린 기르골이 소파에 앉으면서 볼일을 말하라 손짓하자, 자이오르는 반쯤 연 문에 딱 붙어서서 조심스럽게 입을 열었다.

"저기, 기르골 님. 제가 생각해 봤는데요."

"어."

"황궁에 그리핀이 나타났다면 거기에 로드가 있단 건가요? 왜, 거기에 그리핀이 나타났다고 하셨잖아요."

"황제가 로드일 가능성이 더 커진 거지."

"그럼 가셔야겠네요?"

말실수라도 하고 만 걸까. 기르골이 흠칫하더니 인상을 구겼다. 자이오르는 몸을 조금 더 뒤로 뺐다. 하지만 기르골은 그에게 화를 내지도 질책하지도 않았다.

"……그러네. 가야 하네."

불그스름한 흔적이 묻은 자기 손가락을 바라보며 이상한 말만 중얼거릴 뿐.

"네?"

저게 무슨 뜻인지, 왜 몰랐던 일처럼 말하는 건지, 자이오르는 이해가 가지 않아 되물었다. 그러나 기르골은 설명해 주지 않았다. 사디가 사랑스럽긴 하지만 대적자 따위일 뿐인데 그녀 생각을 하다가 로드에 대한 일을 잠시 잊었다고, 어떻게 제 입으로 말한단 말인가.

"오래 살아서 나도 기억이 바래가나."

대신 이렇게 넘기자, 거기에 낚인 자이오르가 질문했다.

"아, 오래 살면 뱀파이어도 기억력이 감퇴하나요?"

물론 이번에도 설명은 없었다.

"쇼드 폴리에 다녀온 다음 황제에게 접근해 봐야겠다."

자이오르의 질문은 넘어가고 자기 할 말만 중얼거린 기르골은 곧 소파에서 몸을 일으키다가 고개를 갸웃했다.

"근데 요즘은 그 여자가 안 보이네? 도미스랑 똑같이 생긴 여자."

하지만 곧 크게 신경 쓰이진 않는다는 듯, 기르골은 응접실 밖으로 나가버렸다. 두 번이나 무시당한 자이오르만이 시무룩해져서 어깨를 떨구었다. 그래서 뱀파이어 기억력이 감퇴한단 거야, 아니라는 거야?

한편, 기르골이 고민에 빠진 사이. 라틸은 타시르, 라나문과 식사를 마치고 막 밖으로 나가려는 참이었다.

"저도 마침 돌아가려 했으니 함께하겠습니다."

라나문은 자연스럽게 라틸을 따라 나서고 있었다. 타시르는 '제법인데?' 하는 눈으로 라나문을 보긴 했으나, 최소한 겉으로 보기에는 기분 상한 눈치는 아니었다.

역시 애가 제일 수다분해. 라틸은 한 번도 화내는 모습을 보이지 않는 타시르에게 새삼 감탄하며, 그의 어깨를 두드리고 라나문과 밖으로 나갔다. 두 사람은 별말을 나누지 않고 느릿하게 걸어갔다. 그러다 마침내 라나문의 숙소 근처에 도착하자, 라틸은 라나문에게도 작별 인사를 하기 위해 몸을 돌렸다.

"넌 저기지?"

그런데 라틸이 질문을 하자마자, 내내 곁에서 조용히 걷던 라나문이 낮고 부드러운 목소리로 라틸을 불렀다.

"폐하."

인사를 하려는 투는 아니었기에 라틸은 작별을 말하는 대신 말해보라고 눈짓했다.

"감사합니다."

라나문은 알겠다고 고개를 끄덕였다. 하지만 대체 무슨 말을 하려는 건지 그는 먼저 불러놓고서, 볼일은 꺼내지 않고 그윽한 밤 같은 눈으로 라틸의 눈을 들여다보기만 했다. 왜 저렇게 분위기를 잡지? 의아해서 덩달아 빤히 마주 보고 있으려니 마침내 그가 천천히 입술을 열었다.

"저는 춤을 못 춥니다."

"어?"

왜 여기서 자기 고백을……? 라틸은 눈을 깜빡이다가 일단 대답은 했다.

"안다."

모를 리가 없지. 같이 춤을 추면서 발을 몇 번이나 밟혔는데.

'그런데 왜 갑자기 여기서 저 얘기를 하는 거지?'

의아해서 계속 보고 있자니 라나문이 눈을 내리깔고는 다시 주저하다가 말을 이었다.

"폐하, 아트락시 공작가의 자제이자 폐하의 후궁인 제가 춤조차 제대로 추지 못한다면, 외국 귀빈들이 비웃을 겁니다."

"감히 누가?"

"외국 귀빈들이요."

"내게 말해라. 널 모욕하는 건 날 모욕하는 거나 다름없으니."

"!"

이게 요지가 아닌 건가? 순간 라나문이 눈을 약간 크게 뜨는 바람에 라틸은 어리둥절해졌다.

"그래서 폐하께서 제게 춤을 가르쳐 주셨으면…… 바랍니다."

그러다가 라나문이 말 맺음이 이상한 부탁을 잇자, 라틸은 그가 30분 전 타시르의 말을 따라 하고 있단 걸 알아차렸다. 이걸 인식하자마자 라틸은 웃음이 나올 뻔해서 입술을 꽉 악물었다.

아니, 좀 시간이 지나서 따라 하든가. 아니면 변형이라도 좀 하든가. 어떻게 이렇게 바로. 하지만 라나문이 그새 또 내리깔았던 눈을 천천히 위로 올리면서 시선을 맞추자, 입가에 감돌던 웃음이 삭 날아갔다. 자신이 아름다운 걸 알고서 그 아름다움을 내뿜으려 작정한 라나문은 백조와 공작새를 섞은 것처럼 보였다.

완벽하다 못해 경탄이 나올 만큼 아름다운 눈동자가 '널 홀려버리겠다'는 의지를 가득 품고서 라틸을 바라보자, 라틸은 몇십 번이나 속으로 연달아 감탄했다. 진짜 잘생기긴 어마어마하게 잘생겼구나. 하지만 별개로 속내가 너무 훤히 보여서 웃기긴 했다.

"폐하?"

"그래."

어쨌든 저렇게 작정하고 유혹하려 노력하는데, 앞에서 웃으면 민망하겠지.

'저 자존심 덩어리는 내가 웃으면 충격받을 거야.'

"그래. 네가 또 내 발을 못 밟게 하려면 그것도 괜찮겠다."

여기서 적당히 마무리 지었다면 서로 좋았을 텐데. 라틸은 라나문의 고고하고 서늘한 표정과 그렇지 못한 속내를 보자, 장난기가 솟아 손등을 내밀고 말했다.

"?"

의아한 눈으로 손등을 보는 라나문에게, 라틸은 히죽 웃으면서 놀렸다.

"타시르는 손등 키스까지 해주던데. 너도 여기까진 해주어야지."

"!"

"속을 훤히 읽으셨네요."

황제가 돌아가자 뒤에서 따라오던 카르둔이 라나문의 곁으로 다가가며 혀를 찼다.

"완전히 놀리고 가셨어요."

라나문은 막판에 라틸에게 놀림당한 게 충격이었는지 얼어붙은 것처럼 서있다가, 카르둔의 말을 듣고서야 가까스로 정신을 차리고 호흡했다.

"그래도 되게 멋있으셨어요, 도련님."

카르둔은 라나문에게 부채질해 주었고, 라나문은 자신의 방으로 걸어가기 시작했다. 하지만 카르둔의 고민은 황제가 라나문을 놀리고 간 일이 아니었다.

"폐하와 약속을 잡아서 다행이긴 한데…… 괜찮을까요?"

"뭘 말이냐. 내 춤, 아니면 다른 거?"

"춤이야 못 춰서 배우는 건데 걱정할 게 없죠. 전 도련님이 폐하께 너무 차갑게 구는 걸 걱정하는 거예요."

상황을 지켜보며 카르둔이 한 고민은 이것이었다.

"내가 차가워 보이냐?"

"네."

카르둔은 라나문과 황제의 대화를 떠올리다가 한숨을 내쉬었다. 자신이야 라나문이 황제 앞에서는 그나마 덜 차갑게 말한단 걸 알지만, 그거야 몇십 년을 함께 지내온 자신이라 아는 거고. 황제는 모를 터 아닌가.

"대신관은 햇살로 만든 개 같고. 아, 욕 아니고 진짜 멍멍하는 개요. 게스타는 조용하고 온화하고. 타시르는 꼬리가 백 개 달린 여우처럼 살살 붙잖아요."

"……."

"그런데 도련님은 너무 차가우시니, 폐하께서 다정한 후궁들한테 끌려 멀어질까 봐 걱정입니다."

지금은 얼굴 덕에 안 그런 것 같지만요. 카르둔은 뒷말은 삼켰다. 라나문이 너무 자만할까 봐.

"칼라인은? 그자도 폐하께 맞추는 성품이 아니잖나."

"근데 그 사람은 가만히 있어도 색기가 흐르잖아요. 그 묘한…… 이상한 분위기요."

"!"

"좀 영역이 다르죠?"

"클라인 황자는?"

카르둔은 두 번째로 한숨을 내쉬었다. 저걸 말이라고 하시는 건가.

"굳이 제일 성격 더러운 사람이랑 비교하면서 그래도 낫단 소리를 듣고 싶으세요?"

"!"

해가 뜨기 전이지만 부지런한 몇몇 사람들은 이미 연무장으로 나와 수련을 하고 있었고, 그중엔 서넛도 있었다. 시간이 지나자 새벽에 나와 훈련하던 사람들은 점차 들어갔으나, 새로운 사람들이 다시 나타나 그 자리를 차지했다. 그때도 서넛은 여전히 연무장에 있었다.

저녁쯤이 되어 한 차례 사람들이 더 바뀌어도 마찬가지였다. 완전히 해가 지고 사람들이 다 떠나갈 때도 서넛은 연무장에 남아 검을 휘둘렀다. 한밤중이 되자 연무장에서 검을 휘두르는 건 서넛 하나뿐이었다. 그때 하늘에서 물방울 하나가 툭 떨어지자, 서넛은 검 휘두르는 걸 멈추고 하늘을 쳐다보며 손바닥을 펼쳤다.

'비?'

그러나 비가 내리는 게 맞는지 확인하기도 전에 멀지 않은 곳에서 목소리가 먼저 들려왔다.

"즐겁게 지내는 것 같아 다행입니다, 서넛 님."

고개를 돌리자, 여우 가면을 쓴 키 큰 남자가 기둥 옆에 기대어 서있었다. 눈이 마주치자 가면 아래로 드러난 입꼬리가 히죽 올라갔다.

"……여우님."

서넛이 어색하게 그자를 부르자, 여우 가면은 가까이 다가오며 물었다.

"심심해 보이는데 할 일 하나 드릴까요?"

"할 일이라니?"

"쇼드 폴리에 공동이 하나 나타났는데요. 사슴이 그쪽에 다녀왔는데, 안에서 피인어를 만났답니다."

"피인어……?"

서넛은 전에 칼라인이 '피인어'란 종족에 관해 이야기해 준 걸 떠올렸다. 로드의 편에 붙을 때도 있고 안 붙을 때도 있다는 어둠의 종족들. 그들은 사람들이 떠올리는 환상 속의 인어와 비슷한 생김새지만 바다가 아니라 동굴 속에 살며, 물속에 들어가면 몸에서 희미한 빛을 뿜고, 빛과 피를 마시며 살아간다고 했다.

"좋은 건가? 나쁜 건가?"

"좋은 건지 나쁜 건지 확인해 봐야죠. 그러니까…… 한가한 우리 서넛 경이 그쪽으로 가서 확인해 주세요."

한때 가장 바쁜 황제의 최측근이었던 서넛은 자조적으로 웃다가, 문득 자신과 처지가 비슷하면서도 다른 이름을 불러보았다.

"칼라인 님은……."

"하렘에 돌아왔습니다. 돌아온 후 폐하께서 손꼽히게 총애하는 후궁이 되었지요."

"!"

다음 날, 라틸은 아침 식사를 하는 내내 기르골의 말을 곰곰이 생각해 보았다. 어제는 레안에 대한 일로 너무나 화가 나 넘어갔지만, 갑자기 나타난 공동 일도 만만치 않게 중요하긴 했으니까.

'기르골이 쇼드 폴리 공동에서 훈련하자고 했지. 그 안에 괴물들이 있는 게 분명해. 그러니 훈련 장소로 정했겠지.'

그는 훈련 재료라면서 식시귀를 데려온 전적이 있지 않던가. 확실하다. 라틸의 머릿속에서 거미줄처럼 복잡한, 하지만 뒤엉키진 않은 생각이 미친 듯이 뛰어다녔다.

식사를 끝낼 즈음, 마침내 결정을 내린 라틸은 식당을 빠져나가며 시종장을 불러 지시를 내렸다.

"사블레 후작."

"예, 폐하."

"쇼드 폴리 공동 말입니다."

"예."

"생각해 보니, 다른 나라 일이라고 너무 방치한 것 같습니다. 혹시 일이 커지면 이쪽에도 피해잖아요, 대비할 새도 없이."

"아, 그렇지요. 그럼 역시 먼저 도움을 제안하는 편이 좋을까요?"

"네. 그쪽 왕에게 서신을 보내서, 위험한 시기이니 모든 나라가 힘을 합쳐야 한다고 말해요. 도움이 필요하다면 언제든 돕고 싶으니 알리라고요."

"네."

시종장이 명령을 전달하기 위해 나란히 걸어가다가 옆길로 새자, 라틸은 홀로 공개 집무실로 들어가 책상 앞에 앉았다.

라틸이 잉크가 반쯤 담긴 유리병 뚜껑을 열고 펜촉에 잉크를 묻히자, 대기하고 있던 비서들이 기다렸단 듯이 우르르 몰려들었다.

그들은 자연스럽게 라틸의 책상 부근에서 줄을 섰고, 라틸은 서류에 눈을 고정한 채 그들의 보고를 귀로 듣고 중요한 건 체크하거나 받아적었다.

"……"

그런데 어느 비서 하나가 유독 이상하게 굴었다. 책상에 긴 그림자만 드리울 뿐 입을 열지 않는 것이다.

라틸은 빈 종이에 펜촉을 툭툭 두드리다가, 매끄럽게 이어지는 업무 흐름을 끊은 눈치 없는 비서를 올려다보았다.

"타시르?"

놀랍게도 그곳에 선 건 생글생글 웃는 타시르였다. 어이없기도
하고 반갑기도 해서 이름을 부르자, 타시르는 넉살 좋게 말했다.

"아침이 되니 폐하를 뵙고 싶어 왔습니다."

"아부는."

라틸은 아무렇지 않은 척 웃었지만, 듣기 나쁜 말은 아니라 자신
도 모르게 슬며시 웃고 말았다.

라틸은 타시르가 저렇게 눈 하나 깜빡하지 않고 던져대는, 남
이 하면 느끼할 말도 신기할 정도로 가볍게 전하는 저 말투가 좋
았다.

"보고드릴 일도 있고요."

하지만 타시르가 다른 사람이 듣지 못하도록 허리를 굽혀 귓가
에 작게 속삭이자, 올라간 입꼬리가 자동으로 내려왔다.

'보고할 일? 흑림?'

뭔진 모르겠지만 이렇게 말하는 걸 보면 모두 앞에서 얘기할 내
용은 아닌 눈치라 라틸은 짧게 명령했다.

"잠시 휴식."

말이 끝나자마자 비서들은 황제가 후궁과 둘만 있고 싶어 한다
고 여겨 얼른 자리를 비켜주었다.

사람들이 다 나가자, 라틸은 타시르에게 빈 의자에 앉으라 손짓
하고서 물었다.

"그래. 무슨 말을 하려고 왔지? 흑림 관련한 일이야?"

"폐하, 혹시 서넛 경이 여행 떠난 걸 아십니까?"

"뭐?"

라틸은 그가 무슨 말을 하려나 기다리다가, 난데없이 서넛 이름이 등장하자 당황했다.

"모르셨나 보네요."

"서넛이…… 여행을 갔어? 어디로?"

"거기까진 모르겠습니다. 채비를 해서 국경을 나갔단 보고가 끝이라서요."

라틸은 허탈해졌다. 서넛이 여행을 가? 이 와중에?

평생 옆에서 지켜줄 것처럼 말할 때는 언제고. 서넛이 진실을 얘기해 주는 것조차 싫어서 떠나버렸다는 게 너무나 실망스러웠다.

"제가 괜한 이야기를 전해 드렸나 봅니다. 폐하의 특명을 받고 간 걸지도 모른다 생각했는데요."

그 모습을 본 타시르가 당혹스러운 목소리를 내자, 라틸은 고개를 저었다.

"아니, 네가 알려줘서 좋아."

내려놓은 펜을 만지작거리다가 라틸은 힘없이 덧붙였다.

"언제까지 휴가 가 있을지 궁금하던 차였거든. ……오래 못 오겠네."

며칠 후.

쇼드 폴리에 도착한 서넛은 누군가 자신을 알아보지 못하도록 차려입고서 갑자기 나타났단 공동 부근으로 가보았다.

높은 지대에서 내려다보니, 공동 주위에 몇몇 사람들이 모여 선 게 보였다. 그리고 근처의 막사.

'수색대인가.'

연구차 와있는 이들 같았다. 공동 주위로는 외부인의 출입을 막는 줄이 쳐져있고 병사들이 서있었으니 확실했다.

하지만 고작 이 정도 인원으로는 서넛을 막기 힘들었다.

서넛은 상황을 지켜보다가, 인간들이 자기들끼리 심각하게 대화를 나누는 틈에 바로 안쪽으로 들어갔다. 뭘 하고 말고 할 것도 없었다.

하지만 외부와 달리 내부는 공기만으로도 녹록하지 않았다. 분위기는 음습하고 끈적했으며, 안쪽은 축축한 공기에 습기가 더해져 옷이 무거워지는 기분이 들 정도였다.

더 나쁜 건 이런 감각이 안으로 들어갈수록 점점 더 진해진다는 거였다. 그러다가 서넛은 초기 탐사대의 일원으로 추정되는 시신 두 구도 발견했다.

살아있다면 입구까지는 데려다줬겠지만, 이미 죽은 이들에게 자신이 뭘 해줄 순 없기에 서넛은 시신을 내버려둔 채 더 안으로 들어갔다.

'피인어들이 폐하 측에 붙도록 해야 한다.'

이동하는 내내 그가 속으로 한 생각은 단 하나였다. 칼라인이 말하길, 피인어들은 수중에서의 전투 능력도 대단하지만 빛을 먹는 습성 덕에 수중이 아니어도 단체전에서 큰 도움이 된다 했다. 그러니 꼭 아군으로 만들어야 했다.

'폐하가 각성하지 않고 이대로 평화롭게 지낸다면 더욱 좋겠지만…….'

그래도 언젠가 각성하게 되어 이 모든 걸 알게 된다면…….

자신을 향해 활짝 웃으면서 툭 건네는 그 장난스러운 말. 다시 그 말을 들을 수 있기를.

당신의 남자가 될 순 없어도 당신의 검과 방패가 될 수 있기를.

그로부터 하루가 지난 날, 라틸은 쇼드 폴리 왕이 보내온 서신을 읽다가 헛웃음을 뱉었다.

"왜 그러십니까?"

라틸은 의아한 얼굴의 시종장에게 서신을 건네주면서 인상을 구겼다.

"안 도와줘도 된답니다. 우리나라 사태가 제일 심각할 텐데, 괜히 자기들까지 신경 쓰지 말랍니다."

시종장은 눈으로 서신 내용을 빠르게 훑었다.

"누군 뭐 이뻐서 돕겠다고 했나. 이쪽까지 피해가 올까 봐 돕겠다고 했지."

라틸이 왜 저렇게 툴툴거리는지 시종장은 바로 알아차렸다. 내용도 내용이지만 서신에서는 라틸을 얕잡아보는 기색이 드러났다.

"즉위한 지 일 년도 안 된 어린 황제에게 도움을 받으려니 싫었나 봅니다. 아니, 내가 즉위한 지 일 년이 안 된 거지, 우리나라가

만들어진 지 일 년이 안 된 건가?"

"그럼요."

시종장이 편을 들어주자, 라틸은 할 말이 넘치는지 다시 입을 반쯤 열었다.

수색대를 보내도 효과가 없다면 폐하께 도움을 청할 거라 여겼는데. 그렇지 않단 건, 쇼드 폴리 왕은 폐하를 못마땅하게 여긴단 건가?

그러나 라틸은 말을 하려다가 멈추고 입을 다물었다. 시종장의 입은 안 움직이는데 목소리가 들려와서.

라틸은 눈을 동그랗게 떴다. 눈이 마주치자 시종장이 "폐하?" 하고 의아해했다.

혹시 쇼드 폴리가 틀라 황자와 손을 잡았던 나라인가? ⋯⋯조사해 봐야겠군.

하지만 그 와중에도 시종장의 속마음은 다 들려왔고, 라틸은 당황해서 물었다.

"사블레 후작, 혹시 지금 마음이 막 혼란스러워요?"

보통 남들이 감정적으로 격해지거나 흥분하면 마음의 목소리가 잘 들려오니까.

"예? 아닙니다. 왜 그러십니까?

그러나 마음이 혼란스러운 건 시종장이 아니라 오히려 이쪽이었다. 시종장은 태연해 보였다.

'근데 왜 갑자기?'

그러고 있자니 뒤에서 '폐하께서 왜 저러시지?' 하는 부단장의 목소리, 아마도 속마음일 것이 들려왔고, 라틸은 집무실에서 황급히 나가 복도를 빠르게 걸어갔다.

"폐하? 왜 그러십니까?"

시종장이 영문도 모르고 쫓아오며 물었으나 대답할 여력도 없었다. 라틸은 사람들이 한가득 모여있는 주방으로 다짜고짜 갔다.

폐하다.

깜짝이야. 폐하께서 갑자기 오셔서 놀랐네.

무슨 일로 오신 거지?

라틸을 보자 주방 근처에 있던 사람들이 사방에서 속으로 탄식해댔다. 라틸은 그 모든 속마음을 들었다.

라틸은 거기서 멈추지 않고 아예 주방 문 앞으로 가 섰다.

아, 뜨거워.

아니, 저 인간은 왜 자꾸 내 쪽으로 칼을 떨어뜨려?

언제까지 설거지만 시킬 건지. 요리는 언제 할 수 있는 거야?

주방장이 날 질투하는 것 같아.

문을 열고 들어갈 생각이었으나 이미 소리는 문을 타고 다 들려왔다. 수많은 사람들이 생각하는 소리가.

"폐하?"

라틸은 멍하게 서 있다가 고개를 젓고 돌아섰다.

"아닙니다. 아무것도."

'사람 마음을 읽는 능력'이 전조 증상 없이 또 확 상승했는데, 이유를 알 수가 없어 초조했다.

전에도 그렇고, 지금도 그렇고. 무슨 계기가 있으면 이렇게 되는 걸까. 아니면 자신이 로드라 변해가는 걸까.

그래도 이렇게 되어 그나마 도움되는 게 있다면 알현을 처리하기 쉬워졌단 것이었다.

전에 능력이 갑자기 확 올라갔을 때, 라틸은 후궁들의 속내를 듣고 싶어 그들부터 찾았다. 하지만 이번에는 스케줄 때문에 그러지 못했는데, 알현실에서 이 능력을 사용하고 있자니 확실히 좀 편하긴 했다.

사람들이 겸양하는 말에 흔들리지 않고 속마음을 읽을 수 있다 보니, 그들의 소원을 헤아리거나 마음을 짚어 말해줄 수 있었고, 국민들은 라틸이 족집게처럼 자기들 마음을 짚을 때마다 눈가가 그렁해져 감동하였다.

'갑자기 능력이 강해져서 걱정했는데. 그래도 이런 데라도 도움이 돼서 다행이네.'

알현이 끝날 때까지도 능력이 쌩쌩하자, 라틸은 하렘에 가기로 했다. 나타난 이유는 모르겠지만 생긴 능력은 알차게 쓰는 게 좋으니까.

"폐하, 저녁 식사는 뭐로 준비하라 할까요?"

"하렘에 갈 겁니다. 사블레 후작?"

"네."

"거기 후궁들이랑 궁인들, 전부 다 모이라 해줘요."

"네? 다 말입니까?"

"네."

라틸은 웃고서 옥좌에서 일어섰다.

지난번에는 후궁들 전부의 속마음을 읽으려 했다. 지금도 후궁들 개개인의 속마음이 궁금하긴 하지만…… 그보다 해결해야 할 일이 있었다.

후궁들과 궁인들은 영문도 모른 채 넓은 홀에 집합해서 기다리다가, 황제가 갑자기 단상에 나타나자 놀라서 의아해졌다.

그들은 자연스럽게 전에 게스타가 돌 맞았을 때 일을 떠올렸다. 그때도 황제는 그들을 이렇게 모아놓고 경고했다.

사람들은 곧 불안해졌다. 설마. 또 비슷한 사건이 일어났나? 백 명 중 구십 명 정도는 다들 그런 생각을 하며, 자기들이 무슨 잘못을 저지른 건 아닌가 빠르게 점검했다.

라틸은 그런 생각들까지 훤히 다 알면서도 아무 말 없이 있다가 본론을 꺼냈다.

"오늘 아침 문득 이런 생각이 들었지."

다들 조용해져서 라틸의 입을 주목했다.

"몇 달 전에 대신관을 계단에서 민 사람. 누구지?"

라틸의 질문이 끝나자마자 사방에서 온갖 생각이 들어왔다.

그거 몇 달 전 일이잖아?

왜 지금 물어보시는 거지?

범인이 아직 안 잡혔나 보네.

혹시 폐하께서 최근에 따로 정보를 들으셨나?

다들 황제가 몇 달 전 일을 뜬금없이 꺼내는 게 이상한 눈치들이었다. 심지어 본인인 대신관조차 그랬다.

그래도 라틸은 사람들을 죽 둘러보았다.

증거도 목격자도 없는 사건이어서 당시엔 그냥 넘어가게 됐지만, 부적 파낸 사건도 있고 하니 이참에 확실하게 알아두고 싶었다.

그러다…… 드디어 머릿속을 한 장면이 지나갔다. 계단을 구르는 대신관의 모습이.

그리고 그 장면을 떠올린 이는…….

라틸은 고개를 돌렸다가 눈을 커다랗게 떴다.

라틸이 바라본 방향에 있는 건 칼라인이었다. 평소와 같은 표정을 유지하고 있는 칼라인. 눈이 마주치자 희미하게 웃는 칼라인. 그 모습은 평소처럼 그저 멋지고, 듬직하고, 아름다웠다.

하지만 라틸은 그 외모에 아찔함과 실망감을 동시에 느꼈다. 칼라인이 왜 대신관을 계단에서 밀었는지 이유는 알 수 있었다.

'칼라인은 뱀파이어니까.'

대신관과 둘은 상극이니 위협이 됐겠지.

하지만 자신의 후궁인 칼라인이 자신의 또 다른 후궁이자, 보호하기 위해 데려온 대신관을 밀었다는 게 몹시 실망스러웠다.

"……."

라틸이 말없이 칼라인을 바라보자 옆에서 시종이 "폐하?" 하고 불렀다.

칼라인을 더 바라보고 있으면 모두 그가 범인이란 걸 알겠지. 그건 원하지 않는다.

"해산."

라틸은 더 추궁하지 못하고 돌아섰다.

벌써?

아니, 난 폐하가 뭐 하신 건지 모르겠어.

범인을 알아서 그만두시는 거야, 아니면 경고를 하신 거야?

칼라인 님을 쳐다보지 않으셨나?

사람들의 수군거리는 소리와 속마음이 구분하기 어려울 정도로 뒤얽혀 귓가로 쏟아졌다.

정말 이게 끝인가. 궁인들은 잠시 머뭇거리다가 라틸이 정말로 먼저 홀을 빠져나가는 것을 보고서야 자기들도 조심스럽게 그곳에서 나갔다.

라틸은 하렘 밖으로 곧장 걸어갔다. 일직선으로.

"주인."

하필 칼라인이 뒤에서 다가와 불렀으나 돌아보지 않았다.

"주인?"

그가 좀 더 앞으로 오더니 걸음을 맞추며 옆에서 나란히 걸어도 대답하지 않았다.

"주인, 왜 그럽니까?"

하지만 재차 묻는 부드럽고 상냥한 목소리에, 라틸은 결국 입술을 열었다.

"바쁜 일이 있어서."

그나마도 '네 기억을 봤다. 네가 범인이더라?'는 말은 나오지 않아서, 라틸은 적당히 둘러대고 걸어갔다.

라틸이 고개도 돌리지 않고 떠나자 칼라인은 더 따라가지 못하고 그 자리에 멈춰 서서 황제의 차가운 뒷모습을 멍하게 바라보았다.

최근까지도 다정하던 황제가 갑자기 냉랭하게 나오자, 오래 산 그조차도 혼란스러웠다. 황제는 그를 감정적으로 만드는 몇 안 되는 이들 중 하나이기에 더욱.

"풋."

이 와중에 누군가는 뒤에서 대놓고 비웃는 소리를 낸다. 돌아보자 클라인이 노골적인 비웃음을 띤 채 그를 보고 있었다.

"황자님, 우리 저쪽으로 가요……. 네? 얼른."

겁먹은 바닐이 클라인 황자를 데리고 도망가자, 칼라인은 다시 황제가 사라진 방향으로 고개를 돌렸다.

상대의 생각을 읽을 수 있단 건 업무를 보는 데 최적화된 능력이었나 보다. 라틸은 집무실에서 일하는 내내 몇십 번이나 그 생각을 했다.

이전에는 몰랐으나, 관리들은 평소엔 라틸을 상대로 자기 의견을 솔직하게 말하지 못했다. 그들은 의견이 있어도 죄다 돌려 말하거나, 제대로 말하지 못하고 넘어갔던 것이다.

이전에는 그렇더라도 알 도리가 없었는데. 오늘은 그들이 꺼내지 못한 의견까지 다 들을 수 있다 보니, 관리들이 어물어물 넘어가도 라틸 쪽에서 먼저 운을 띄워줄 수 있었다.

그러면 관리들은 안도해서 자기들 생각을 솔직하게 밝혔고, 일 처리는 훨씬 수월해졌다.

하지만 빨라진 업무 속도와 달리 라틸은 여전히 심란했다. 업무를 마치고 방으로 돌아갈 때까지도.

"폐하, 목욕 준비가 끝났습니다."

그래도 어찌어찌 하루를 보내고 따뜻한 물에 푹 몸을 담그려는 찰나, 작은 종에서 '딸랑' 예쁜 소리가 났다.

라틸은 욕실로 걸어가다가 홀린 듯 멈추어 섰다.

"폐하, 칼라인 님이 찾아왔습니다."

하지만 찾아온 이는 지금은 예쁘지 않은 칼라인이었다. 라틸은 욕실 문을 지그시 쳐다보다가 마지못해 대답했다.

"들어오라 해."

당장은 칼라인을 만나고 싶지 않았으나 어쩔 수 없었다. 칼라인과 타시르는 안 그래도 평민 출신이란 이유로 다른 후궁들에 비해 평가를 박하게 받고 있었다. 그런데 여기서 찾아온 칼라인을 돌려보낸다면 안 좋은 소문까지 날지도 몰랐다. 라틸은 목욕을 도와주려 대기하던 시녀에게 나가보라 손짓하고 자신은 소파로 가 앉았다.

칼라인은 시녀가 나가는 것과 거의 동시에 들어왔다. 들어온 칼라인은 바로 다가오는 대신 라틸과 눈을 맞추고 잠시 서있었다. 라틸 역시 소파에 기댄 채 그를 같이 쳐다보았다. 라틸의 눈이 욱신거릴 정도가 되어서야 칼라인은 세 걸음 정도 떨어진 곳으로 다가와 입을 열었다.

"제게 왜 갑자기 화나신 건지 알고 싶어 왔습니다."

"화났단 건 아나 봐."

"모를 수가 없지요."

칼라인은 절대로 눈을 돌리지 않았다. 그가 원망하듯 바라보자, 라틸은 솔직하게 말해줄까 말까 망설이다가 전자를 선택했다.

"범인을 추궁하다가 네가 범인이란 걸 알아버렸다."

찔리기라도 할 줄 알았던 칼라인은 표정에 변화가 없었다. 놀란 기색도 없었다.

"안 놀라네."

거기에 오히려 라틸이 더 놀라 묻자, 그는 덤덤히 대답했다.

"그 얘기를 하다가 갑자기 절 쳐다보시기에, 그럴 거란 짐작은 했습니다."

"그래. 머리 좋구나. 그러면 내 화가 바로 안 풀릴 것도 알겠지. 머리 좋으니까. 돌아가."

라틸은 고개를 돌려버렸다. 그러나 칼라인은 돌아가기는커녕 한 걸음 더 가까이 다가오더니, 한쪽 무릎을 굽혀 의자에 앉은 라틸과 눈높이를 맞추었다.

결국 라틸이 고개를 다른 쪽으로 돌려야 했다.

"주인, 절 안 보실 겁니까. 이렇게 계속?"

하지만 칼라인이 반칙 같은 목소리를 사용하자, 라틸은 말까지 무시하진 못했고, 한숨을 내쉬고서 물었다.

"혹시 클라인 부적이 없어진 것도 네가 한 짓이야?"

전에 라나문이 봤다고 했을 땐 믿지 않았다. 칼라인은 그럴 사람이 아니라고 생각했으니까. 하지만 지금은…… 그럴 수도 있는 뱀파이어 같았다.

솔직하게 말해도 되는 건가.

칼라인의 속마음을 통해, 그가 대답하기에 앞서 대답을 알아낸 라틸은 팔에 머리를 올려두고 눈을 질끈 감았다.

"맞습니다."

칼라인은 솔직하게 대답했다.

라틸은 당황스러웠다. 절대로 안 그럴 것 같은 사람, 아니, 뱀파이어가 저런 짓들을 했다니. 이젠 황당하다 못해 곤혹스러울 정도였다.

"왜 그랬어?"

"암투 때문은 아닙니다. 종족 때문입니다."

그 황자의 부적도, 대신관도 내겐 해로우니까.

그의 속마음이 부연 설명을 덧붙이자 라틸은 반사적으로 움찔했다. 칼라인은 계속 말을 이었다.

"부적은 부적만 노린 거고, 대신관도 죽일 마음은 없었습니다. 겁을 줘서 쫓아낼 생각은 했지만요."

거기서 떠밀어도 안 죽는다고 말씀드리면 더 화내시겠지. 둘을 진짜 죽이려 했으면 벌써 죽였을 거라든가……. 이런 말을 하면 주인이 더 혐오할까.

칼라인의 목소리와 속마음이 번갈아 라틸을 들쑤셨다. 라틸은 이마를 짚었다. 이걸 어떻게 해야 할지 심란했다. 본인의 말마따나 칼라인 자신은 자신대로 그들 곁에 있기 괴로우니 나름대로 대책을 세운 것 같았다. 그런 그에게 무작정 화를 내기도, 그렇다고 용서하기도 난감했다.

"주인."

주인, 날 좀 봐줘요. 그렇게 날 피하지 말아요.

칼라인에게서 들려오는 애절한 속마음에, 라틸은 이러지도 저러지도 못하고 끙끙거리다가 결국 손을 저으며 명령했다.

"일단 돌아가."

"주인이 화났는데 돌아가라고 하시면……."

"화를 풀고 싶으니 돌아가라는 거다. 나도 생각을 좀 정리해야 하니까."

칼라인이 돌아간 뒤, 라틸은 시녀가 준비한 목욕물에 몸을 담갔다. 하지만 목욕이 끝난 후에도 곧바로 잠들지 않은 라틸은 뜬금없이 산책을 하겠다며 방을 나왔다. 그 길로 곧장 자신의 비밀 장소로 가 '사디'의 모습을 하고 궁전을 빠져나갔다.

마음이 혼란해서 잠도 못 자겠고, 심장이 이상하게 뛰어서 자꾸 초조하고 불안하니, 아예 다른 사람 모습으로 있고 싶어서였다. 다른 사람 모습이 되면 고민으로부터 좀 더 멀어진 기분이니까.

그렇게 거리로 나오자, 라틸은 그냥 이참에 기르골까지 만나서 쇼드 폴리에 대해 물어보기로 했다.

상대의 속마음이 훤히 들리는 이런 날이니, 기르골 속마음도 좀 들여다보고.

그런 '사디'의 모습을 칼라인이 궁전 지붕 위에서 걱정스럽게 지켜보고 있단 걸 라틸은 알지 못했다.

누군가의 속마음을 읽는 능력이 생겼다지만 저 지붕 꼭대기에서 쳐다보는 속마음까지는 읽기 힘들다.

라틸은 칼라인이 자신을 지켜보는 걸 모르고 기르골에게로 바로 뛰어갔다.

이번에도 그 어디서 본 것 같기도 한데 누구인지 모르겠는 부하가 문을 열어줄 거라 생각했으나, 단단한 문을 노크하기도 전에 모습을 드러낸 건 그 부하가 아니라 기르골이었다.

기르골을 보러 오는 내내 그가 자신의 손가락을 핥았는데 제대로 대화할 수 있을지 걱정했다. 그러나 막상 얼굴을 보자 말이 술술 나왔다.

"어떻게 알았어? 노크도 안 하고 왔는데?"

"아가씨랑 나는 운명인가 봐."

"소리가 들렸구나."

"들어올래?"

하지만 기르골이 집 안을 가리키며 권했을 때는 저절로 고개가 저어졌다.

"무서워서 싫어."

"밤중에 날 보러 온 건 우리 제자님인데."

"여기까진 안 무서워."

라틸의 이중적인 대답에 기르골은 문가에 기대서더니 라틸을 놀려댔다.

"그럼 여긴 왜 왔지? 다음 수업 전까지 무서움을 떨치려고? 공포 체험, 이런 건가?"

"물어볼 게 있어서."

"호기심이 공포를 이긴 거야?"

어느 지점이 그리 즐거운 건지 기르골이 혼자서 웃음을 터트렸다.

"굉장해. 계산 하나는 확실한 제자님이네."

어찌 보면 빈정대는 말 같기도 했으나 기분이 나빠보이진 않았다. 하지만 그의 속마음은 들려오지 않았다. 라틸은 기르골을 만났을 때부터 지금까지 계속, 그에게서 속마음이 들려오지 않았단 걸 깨달았다.

'설마. 여기까지 오는 동안 능력이 다시 원래 수준으로 내려갔나?'

"그래, 뭐가 궁금해서 이 밤중에 찾아왔어?"

"쇼드 폴리로 수업 가자 했잖아."

"가려고?"

"그 안에 뭐가 있어? 안에 괴물이 있는 거야?"

"그거 물어보려고 이 시간에 왔어?"

회중시계를 꺼내 시간을 확인한 기르골은 라틸이 고개를 끄덕이자 혀를 차더니 웃으면서 시계를 다시 넣었다.

"호기심이 많은 제자님이네. 근데 정확히는 나도 몰라. 뭔가 있는진 가봐야 알지. 괴물이길 바라고 있지만."

"그럼 로드란 존재에 대해서 자세히 알려줄 순 없어?"

"아가씨가 아는 거랑 크게 다르진 않을걸."

역시 여기 오는 동안 속마음 읽어내는 효과가 떨어진 게 분명하다고, 라틸은 이 지점에서 확신했다.

기르골이 쇼드 폴리 이야기에 '모른다'고 대답할 때는 솔직하게 말하는 기색이었는데. '로드에 대해 잘 모른다'고 대답할 때는 대답을 피하는 기색이 뚜렷했기 때문이다. 하지만 어느 대답에도 그의 속마음은 들려오지 않았다.

"그래. 알았어."

'저자의 속내도 한번 읽어보고 싶었는데.'

아쉽긴 하지만 큰 볼일이 있어 온 건 아니었기에, 라틸은 순순히 대답하고 돌아섰다.

"이 밤중에 깨워놓고 그냥 가려고?"

그런데 막상 가려고 하니, 기르골이 아까보다 좀 더 낮은 목소리로 속삭이듯 물었다.

"그냥 안 가면?"

라틸이 떨떠름하게 묻자, 그는 한 손가락을 갈퀴처럼 구부려 자기 목덜미 옷깃을 잡아당기며 도발했다.

"호기심 많다며. 원한다면 뱀파이어의 몸에 대해 탐구할 기회를 줄 수 있는데."

라틸은 잠시 멍하게 그 모습을 쳐다보았다. 그가 진심으로 하는 소리인지 장난치는 건지는 알 수 없었다. 하지만 적어도 며칠 전 보았을 때, 손가락에 흐르는 피를 핥을 때보다는 훨씬 편하게 느껴졌다. 일부러 그걸 의도하고서 저러는진 모르겠지만.

"제자님?"

그러다 기르골이 윙크까지 하자, 라틸은 픽 웃고서 돌아섰다.

"방금 그 미소 뭐야, 아가씨? 그거 비웃음이야?"

"……."

"아니지? 부끄러운 웃음, 그런 거지? 설마 가소로운 거야?"

기르골이 계속 쫓아오며 물어대자, 나중에는 아예 크게 웃음이 터져 나오기까지 했다.

그런 두 사람의 모습은 사이좋은 연인, 혹은 사랑을 시작하기 전의 연인처럼 보였으나 밤중에는 사람이 아무도 없어 그 모습을 보지 못했다.

라틸도, 기르골도 자기들이 얼마나 사이가 좋아보이는지 알아차리지 못했다.

먼발치에서 내려다보는 칼라인을 제외하고는.

칼라인은 웃고 떠들면서 걸어가는 사디와 기르골을 보다가, 자신은 예전에도 이렇게 두 사람을 바라본 적이 있단 걸 떠올렸다.

당시의 사디는 도미스였고, 그녀는 기르골과 나란히 앉은 채 대화를 나누고 있었다. 뭐가 그리 재미있는지 연신 웃어대면서 서로 말을 나누는데, 고작 서너 번 만난 사이가 아니라 삼사 년은 알고 지낸 친구처럼 보였다. 참으로 사이좋아 보이는 모습.

하지만 바라보는 칼라인은 그 모습을 보자 자신의 마음이 썩어 들어간다고 생각했다. 이건 불합리한 감정이란 걸 알지만, 웃는 도미스를 보자 기분이 더욱 나빠진 것이다. 우는 모습도 기분이 나쁘더니. 어떻게 웃는 모습까지 기분이 나쁜 거지?

도미스 본인에게 물어보고 싶단 충동이 들 정도였다. 넌 대체 뭐 하는 인간이길래 내게 온갖 기분 나쁜 느낌을 다 주느냐고. 그리고 그와 같은 방식은 아니겠으나, 칼라인의 옆에 선 안야 역시 도미스가 못마땅한 듯했다.

"기르골 씨는 동정심이 너무 많네요."

쌀쌀맞은 목소리로 혀를 차는 그녀는, 칼라인만큼이나 이 상황이 탐탁지 않게 여겨지는 모양이었다. 칼라인은 저 인간 여자를 불쾌히 여기면서도, 안야가 저렇게 말하는 건 또 싫어서 괜히 도미스를 두둔했다.

"남들과 잘 어울리면 좋은 거지, 도울 수 있으면 돕는 게 좋고."

마음에도 없는 소리를 뱉는 자신이 가식적으로 여겨졌으나, 안야는 그의 말에 순순히 인정했다.

"그건 그렇죠."

기르골과 칼라인 덕에 그녀는 초대 황제로부터 영구한 영광의 자리를 약속받은 클레렌드 대공의 후계자로 자랐다. 제대로 기억나지도 않는 어린 시절부터 손가락에 꼽힐 정도로 높은 신분을 가지게 된 터라, 안야는 좀 오만한 구석이 있었다. 사실 안야 같은 환경에 놓인 귀족들과 비교하면 특별한 일도 아니었다.

그러나 안야는 오만한 가운데에도 조금 특이한 점이 보였는데, 거만하게 남을 내려다보면서도 때때로 동정심과 정의감의 파편 같은 게 나타나긴 했다는 점이었다.

바로 지금처럼.

"어쩔 거지?"

"뭐가요?"

"저 애가 네 의붓언니인 걸 알았잖나."

"말이 언니지, 피 한 방울 안 섞인 남이잖아요?"

하지만 도미스에 대한 동정심은 그녀를 '언니'라고 표현하는 칼라인의 물음에 바로 없어진 모양이었다.

안야가 날카롭게 도미스와 자신의 사이를 긋자 칼라인은 미간을 찌푸렸다.

"메이헴 부인이 딸로 길렀으면 자매 아닌가?"

"말도 안 돼."

그러나 안야는 핏줄이 통하지 않으면 절대로 자매로 인정할 수 없다는 듯 딱 잘라 재차 선을 그었다.

"뭐, 어머니를 위해 도와줄 순 있어요. 어머니가 마음 아픈 건 싫으니까. 하지만…… 자기 노력으로 살아갈 시도도 하지 않고 다짜고짜 들러붙으려는 사람은 싫어요."

"넌 저 애와 제대로 이야기해 본 적도 없지 않나?"

"어머니한테서 보석을 받고 챙긴 걸 보면 알죠. 그 돈이면 더 안 도와도 될걸요."

휙 등을 돌린 안야는 칼라인에게 팔짱을 끼며 사랑스럽게 웃었다.

"가요, 칼라인. 화원을 보여줘요."

칼라인은 순순히 그녀를 따라갔으나 고개는 한 번 더 기르골과 도미스 쪽으로 돌아갔고, 멀리서 환청처럼 들려오는 그녀의 웃음소리에 마음은 다시 갑갑해졌다.

회상을 마친 칼라인은 그때나 지금이나 자신은 늘 그대로구나 싶어 쓴웃음을 지었다. 하지만 그는 기르골을 '그런 쪽'으로 경계하진 않았다. 그는 제대로 미쳤고, 자신과 달리 로드를 존중하지 않으니까.

기르골이 뭘 알고 사디에게 저렇게 구는 건지, 본능적으로 이끌리는 건지 모르겠으나 상관없었다.

기르골의 로드를 향한 마음은 절벽에 도달할 때까지, 그리고 결국 절벽을 지나 떨어지고 말 때까지도 멈추지 못하고 질주하는 바퀴 빠진 마차나 다름없었다.

그이 사랑엔 존중이 없고 소유욕과 집착, 광기만이 가득했다. 로드가 받아줄 리 없었다.

'그래야만 한다.'

세뇌하듯 스스로에게 속삭이면서도 기르골과 헤어진 라틸을 멀리서 쫓던 칼라인은, 갑자기 라틸이 그가 있는 방향을 정확히 쳐다보는 바람에 황급히 몸을 감추었다.

'누가 저기서 쳐다보는 것 같았는데?'

하지만 고개를 들어도 보이는 사람은 아무도 없다. 그래도 영 찜찜해서 계속 지켜보았으나 마찬가지였다. 결국 라틸은 다시 궁전으로 돌아갔고, 비밀 장소로 가 가면을 벗은 다음 옷을 갈아입었다. 침실로 돌아가자 시녀들은 망토를 벗겨주고 침대를 정리해 주고 머리도 다시 빗겨 주었다.

모든 준비가 끝나자 라틸은 푹신한 이불 안으로 재빨리 파고들어 갔다.

그로부터 며칠간 라틸은 칼라인을 찾아가지 않았다. 가고 싶은 마음이 들어서 하렘 입구까지 걸어가다가도 다시 마음을 돌려 돌

아갔다.

그에게 확실하게 해둘 생각이었다. 그가 또 다른 후궁을 계단에서 떠밀거나 하면 진짜로 화낼 거라고. 얼굴을 보고서 화내진 못하니, 이렇게라도 화났단 걸 전달해야 했다. 효과가 있는진 모르겠지만.

그렇게 일주일 정도가 흘러갔을 무렵.

'오늘은 타시르한테 예법을 가르쳐 줘야겠네.'

라틸은 저녁 식사를 같이하면서 타시르가 부탁한 식사 예절을 알려주기로 했다.

'머리가 좋으니 몇 번 안 배워도 바로 알겠지. 그 좋은 머리로 아직 못 배웠다는 게 의심스럽긴 하지만.'

라틸이 타시르의 비상한 머리와 식사 예절 사이의 관계성을 떠올리며 업무를 보고 있을 때였다. 시종이 들어오더니 라틸에게 조용히 알렸다.

"폐하, 멜로시 영주가 찾아왔습니다."

라틸은 환해서 얼굴을 들었다.

"멜로시 영주가?"

그는 황위 쟁탈전에서 가장 처음으로 라틸의 편에 선 인물이기도 했지만, 서넛의 아버지이기도 했다. 라틸은 대번에 기분이 좋아졌다. 혹시 서넛이 곧 돌아올 거란 소식을 가져왔나?

그러다가 라틸은 다시 기분이 사그라들었다. 아니, 어쩌면 서넛이 '더러워서 집어치운다!'고 기사단장직을 때려치웠단 소식을 가져왔을지도 몰라. 그런 소식을 사람을 시켜 전하기 힘드니 직접 온 거지.

"그런데 폐하, 저…… 울고 있습니다."

걱정과 기대가 섞인 마음은 시종의 이어진 보고에 완전히 사라졌다.

"울고 있다고?"

라틸이 놀라서 묻자 시종이 "예." 하고 대답했다. 라틸은 심장이 철렁했다. 울다니. 왜? 서넛한테 무슨 일이 생겼나? 시종장 역시 뒤에서 놀란 표정이었다.

"들어오라 해라. 어서."

"예."

시종이 나가고 바로 뒤에 들어온 멜로시 영주는 보고처럼 얼굴이 눈물로 흠뻑 젖어있었다. 라틸은 사람들에게 나가라 손짓하고는, 모두가 자리를 비켜주자 책상 의자에서 일어나 영주에게 가까이 다가갔다.

"괜찮은가? 서넛에게 무슨 일이라도 생긴 건가?"

영주가 라틸을 보자 더욱 왈칵 울음을 터트려서 라틸은 조마조마해졌다. 왜 그래? 무슨 일인데?

"왜 그러나? 말을 해야 알지!"

"폐하…… 폐하…… 우리 서넛이……."

"서넛이 왜? 어디 다친 건가? 아파? 병이라도?"

'뱀파이어도 병에 걸리나?'

"실종된 것 같습니다!"

영주가 울음과 섞어 외친 말에 라틸의 심장이 '쿵' 소리를 내며 북처럼 울렸다. 하지만 라틸은 곧 마음을 다잡고 침착하게 영주를 빈 의자에 앉혔다.

"실종이라니? 서넛 경이 여행…… 갔단 이야기는 들었는데. 그냥 여행이 길어지는 건 아닐까?"

라틸은 타시르의 보고에 한 줌 희망을 품고 물었으나, 영주는 대번에 부정했다.

"그 애는 여행을 간 게 아닙니다, 폐하."

"아니라고?"

"예, 쇼드 폴리에 나타났단 공동을 조사하러 간 겁니다. 남들에겐 여행이라 했지만요."

라틸은 정말로 당황했다. 그 안에 괴물이 있단 걸 아니까.

"서넛 경이 거길 왜?"

그리고 서넛이 그러지 않았던가. 자기는 딱 한 번 뱀파이어에게 물린 약한 뱀파이어라고.

"모르겠습니다. 말하기론……."

영주가 말을 하다 말고 눈치를 보자, 라틸은 마음이 급해져서 얼른 말하라고 그의 등을 두드리고 싶어졌다.

"말하게. 전부."

"거기 다녀오는 게 폐하께 도움이 될지도 모른다고만……."

"!"

영주가 다시 흐느끼기 시작하자, 라틸은 마른세수를 하고서 애써 침착한 목소리로 지시했다.

"……이 상태로 돌아가긴 힘들겠지. 며칠 쉬었다 가게. 서넛 경은 내가 찾아볼 테니."

영주는 영지로 돌아가 아들을 기다리고 싶은 마음이 굴뚝 같았
으나 황제의 제안을 받아들였다. 황제의 말처럼 너무 많이 울어서
눈앞이 잘 보이지 않은 탓이었다. 눈꺼풀은 퉁퉁 부어서 깜빡이기
도 힘들었고 숨쉬기도 어려웠다. 게다가 머리도 어질어질한 것이
탈수 증세가 오는 듯했다.

영주는 하루라도 쉬었다 가기 위해 황제의 비서에게 안내를 받
아 회랑을 어렵게 걸어갔다.

그런데 멀리서 그를 지켜보는 오싹한 시선이 느껴졌다. 그쪽으
로 눈을 옮기자 칼라인이 보였다.

그의 정체를 아는 영주는 희미하게 묵례를 했다. 하지만 칼라인
은 인사를 받아주지도, 시선을 피하지도 않았다. 그 빤한 시선에서,
영주는 그가 자신에게 볼일이 있단 걸 눈치채고 비서에게 말했다.

"위치를 알려주면 내가 알아서 가겠다. 몇 번 머문 적이 있으니.
머리가 아파서 좀 돌아다니다 가고 싶군."

비서가 영주에게 방 위치를 알려주고 가자, 영주는 칼라인이 있
는 쪽으로 다가갔다. 칼라인은 영주를 고요히 기다리다가, 그가 손
이 닿는 지점에 오자 대번에 낚아채어 멱살을 잡고는 사람들이 없
는 곳으로 끌고 갔다.

칼라인은 아무도 없는 곳에서 영주를 놓아주고는 이를 무섭게

드러냈다.

"왜 그런 얘길 폐하께 한 거지?"

그 얘기를 듣자마자 영주는 멈췄던 눈물을 다시 왈칵 쏟았다. 왜 황제에게 그 이야기를 했냐고?

"우리는 나이트를 모시는 가문일 뿐이라 당신들 세계에 대해 잘 알진 못하지."

"?"

"하지만 로드가 가장 강력하고 위대란 존재란 건 들어 아네."

"!"

"내 아들은 강해. 아주 많이. 그런 서넛에게 문제가 생겼다면 그 애를 구할 수 있는 건 그보다 강한 폐하밖에 없지 않나."

영주는 자신을 매섭게 쳐다보는 칼라인을 노려보며 엉엉 더 크게 울었다.

"자네에겐 그냥 나이트일 뿐이겠지만 내겐 자식이네. 아무리 강해도 그냥 내 자식이라고!"

하늘이 무너진 듯 우는 그 모습을 지켜보다가 칼라인은 결국 더 추궁하지 못하고 몸을 돌려야 했다.

"폐하께 부담이 되지 마라. ……내가 찾으러 갈 테니."

칼라인은 그 길로 곧장 방으로 돌아가 외출할 준비를 시작했다.

똑똑, 문 두드리는 소리가 들렸지만 돌아보지 않았다. 어차피 요즘 라틸은 그에게 오지도 않으니 이번에도 다른 사람이리라 여긴 탓이었다.

그러나 문이 열리자마자 좋은 향기가 방 안을 가득 채웠고, 그는 들어온 이가 황제란 걸 알아차리고 황급히 몸을 돌렸다.

"주인?"

내내 칼라인을 피해 다니던 라틸은 좀 머쓱한 듯 가까이 가지 않고 물었다.

"물어볼 게 있는데."

그러다 시선이 칼라인이 싸던 짐가방에 닿자 그는 가방을 뒤로 감추었다.

"물어보십시오."

"뱀파이어 속도로 쇼드 폴리에 빨리 다녀오면 며칠 걸리지?"

칼라인은 라틸이 자신에게 서넛을 구해오란 명령을 할 거라 생각하고서 솔직하게 대답했다.

"왕복 이틀입니다. 하지만 안에 뭐가 있는지 모르니…… 시간이 더 걸리겠지요."

"알았어."

그러나 라틸은 고개를 끄덕이더니 돌아서며 이렇게 말했다.

"아, 짐은 도로 풀어."

"예?"

놀라서 되물었으나 라틸은 이미 나간 후였다.

칼라인의 예상과 달리 라틸은 서넛을 구하러 직접 갈 생각이었다. 정확히는 기르골과 함께.

'훈련하러 다녀오자고 쉽게 말할 정도였으니. 기르골은 괴물들에 대한 대비가 되어있을 거야.'

일주일은 절대로 안 되지만, 사흘이면 괜찮았다.

하지만 라틸은 이전과 같은 실수는 되풀이하고 싶지 않기에, 떠나기에 앞서 후궁들을 모두 부른 다음 자신이 사흘에서 나흘간 부재할 걸 알리고 그에 대한 대비책을 알려주었다.

나는 아픈 것으로 해둘 거다, 너희는 평소처럼 생활하되 돌아가면서 내 병문안을 와라, 한시가 급한 안건이 생기면 다 같이 회의한 다음 국서용 인장을 사용할 수 있게 해두겠다, 인장을 찍기 전엔 아트락시 공작과 재상, 시종장과 토론하도록 해라, 그들에게도 내 부재를 알려두겠다 등등.

칼라인은 라틸이 지시를 내릴 동안에는 조용히 있었으나, 이후 라틸을 따로 찾아가 말렸다.

"위험합니다. 제가 다녀오는 게 낫습니다."

하지만 라틸은 이미 자신이 가기로 마음을 정한 상태였다.

"아니. 내가 가는 게 낫다."

'로드든 대적자든, 하여튼 나는 그 둘 중 하나란 거잖아. 그러면 내가 가는 게 가장 안전하겠지. 숨겨진 힘이 어디에 있긴 있을 테니.'

이후 라틸은 밤을 새워서 안건을 처리한 다음, 아트락시 공작과 시종장, 재상을 불러서 후궁들에게 한 말과 같은 말을 하고 자신은 기르골을 찾아갔다.

기르골은 저택에서 화단을 가꾸고 있었는데, 라틸을 보자 훈련을 하러 온 줄 알고 반갑게 맞이하려다가, 라틸이 든 손가방을 보고 눈썹을 올렸다.

"그건 뭐지, 제자님?"

설명할 시간도 부족해서 라틸은 일단 두 손부터 올렸다.

"쇼드 폴리로 가자. 왕복 사흘 잡아서."

"뭐? 아가씨, 가는 데만도 그 정도는 걸려, 빨리 가도."

"그래도."

"그래도, 가 아니라니까? 그리고 그 엉거주춤하게 올라온 손은 뭐야?"

"안고 가줘."

"!"

"업고 가도 좋고."

라틸의 당당한 요구에 기르골은 진심으로 당황해서 입을 뻐끔거렸다.

"아니, 뭐 이런 대적자가 있나."

"폐하! 황후 폐하, 황후 폐하께서 돌아오셨습니다!"

집무실 안으로 쏟아진 목소리에, 하이신스는 책장을 옆으로 넘기다 말고 고개를 들었다.

"황후가 돌아와?"

비서는 황급히 황제의 책상 앞으로 다가와 한쪽 무릎을 꿇었다.

"예, 국경을 통과한 다음 마차를 갈아타고 이쪽으로 오고 계십니다. 내일 아침쯤에 도착할 것 같습니다."

"다가 공작이 함께 오나?"

"국경을 통과할 때 공작이 없었다고 합니다. 하지만 중간에 합류할지도 모르겠습니다."

하이신스는 이마를 찌푸렸다. 그는 아이니가 달아났다고 의심하고 있었기에, 그녀가 제 발로 이런 타이밍에 돌아왔던 게 이상하게 여겨졌다.

"심경에 변화가 온 건가. 왜 갑자기 돌아온 거지?"

하지만 다가 공작도 몰랐던 아이니의 속내를 하이신스가 알 리 없었다.

이는 다음 날 아침, 아이니와 마주 서게 되었을 때도 마찬가지였다.

"오랜만이군, 황후."

"네. 오랜만이군요."

"수척해졌소. 대책 없이 가출하더니, 고생을 좀 했나 보군. 준비라도 하고 가지 그랬소."

"폐하께선 건강히 잘 지내신 것 같군요. 안타깝게도."

"난 대책 없이 가출해 고생길을 가진 않았거든."

비서들은 황제와 황후가 서로를 향해 날 선 대화를 나누는 사이, 자리를 비켜주어야 할지 꼿꼿하게 남아있어야 할지 알 수 없어 자기들끼리 연신 눈짓을 주고받았다.

다가 공작은 아이니와 함께 오지 않았으나, 하이신스와 아이니 두 사람만으로도 집무실은 불편한 분위기가 가득했다.

그러다 하이신스가 '나가봐라'는 손짓을 해주자, 비서들은 앞다투어 밖으로 나갔다. 단둘만 남자 하이신스는 의자를 눈으로 가리키며 권했다.

"앉지."

아이니가 드레스 자락을 '탁' 털고 앉아 허리를 꼿꼿하게 펴자, 하이신스는 자신도 책상 앞으로 가 앉았다.

하이신스는 아이니를 보았고, 아이니는 책상에 늘어선 책과 서류들을 훑었다.

하이신스는 그녀가 자신의 서류들을 보는 게 마음이 들지 않아서, 내용이 조금이라도 드러난 서류 위에 빈 종이를 하나하나 얹으며 입을 열었다.

"난 그대를 좋아하진 않지만."

"!"

"그대가 쉬운 마음으로 가출할 사람은 아니라 보거든? 한데 어렵게 갔다 왜 이리 쉽게 돌아왔지?"

"알아버려서요."

"알다니?"

"전생에 내가 누구였든, 이번 생엔 카리센의 황후란 걸."

소소한 작업을 끝낸 하이신스는 손을 내리며 눈살을 찌푸렸다. 전생? 이번 생?

"사색하러 다녀왔나? 신전 같은 데?"

아이니는 아무것도 모르는 그가 순간 재미있게 여겨져 웃음을 터트렸다.

"그보단 큰 데 다녀왔지요. 그리고 자꾸 저더러 가출했다고 하시는데요, 폐하."

갑자기 아이니가 일어서는 바람에 하이신스는 눈살을 찌푸리고 그녀를 올려다보았다.

"저는 가출했던 게 아닙니다."

벌떡 일어선 아이니는 앞을 슬프게 바라보며 한 템포를 쉬고는 단호하게 중얼거렸다.

"납치당했던 거지요."

하이신스는 바로 따라 일어섰다.

"납치라니?"

분명 제 발로 달아난 거라 여겼는데. 납치? 영 믿기지 않았다. 다가 공작이 진즉부터 주장한 이야기라지만.

하지만 진짜라면…… 그가 아이니를 싫어하는 것과 별개로 보통 일이 아니었다.

"사실이오?"

"흑사신단 용병단에 납치되어 있었습니다."

아이니의 덤덤한 설명에 하이신스의 눈이 더욱 커다래졌다. 흑사신단 용병단이라면 분명……?

기르골이 업고서 달리는 동안, 라틸은 온몸에 힘을 뺀 채 그에게 기대어서 경치를 구경했다.

사실 너무 빠른 속도로 휙휙 지나가다 보니 세세한 경치는 감상하기 힘들었지만, 시선을 멀리 해서 보면 높은 산과 하늘이 맞닿아 있는 모습이 보기 좋았다.

"굉장해. 말보다 네가 더 빨라."

커다란 산마저도 금세 지나간 기르골이 대번에 강까지 건너자 라틸은 신이 나서 칭찬했다.

"칭찬으로 들리지 않는데, 제자님."

"왜?"

"대접도 말처럼 받고 있으니까."

라틸이 뒤에서 히죽 웃었으나 라틸을 업고 있던 기르골은 그 표정을 볼 수 없었다.

이후로도 기르골은 순식간에 산 하나를 넘었고, 라틸은 그가 또 다른 산으로 들어가는 걸 보며 '한숨 잘까' 생각했다.

그러다가 정말로 잠시 졸았던 걸까. 다시 눈을 떠보니 어느새 밤이었다. 라틸은 까맣게 보이는 나무들 사이사이로 노란 달이 드러났다가 사라지길 반복하는 걸 멍하게 바라보다 문득 쓸쓸해졌다. 저 나무들 어딘가에 칼라인이 있을 것만 같아서.

'많이 놀란 것 같았지.'

버림받을까 걱정하던 모습은 생생했고, 이제는 좀 의아했다. 칼라인은 도피하기 위해 후궁이 된 거 아닌가? 그런데 왜 그렇게까지 간절하게……?

더 이어지려던 생각은 기르골이 갑자기 멈추어서는 바람에 덩달아 끊어졌다.

"왜?"

라틸은 질문을 던지면서 주위를 둘러보다가, 어느새 멀지 않은 곳에 목적지가 보이자 탄성을 뱉었다.

"저기구나!"

와본 적은 없으나 보자마자 바로 알 수 있었다. 드넓게 펼쳐진 땅에 갑자기 시커먼 공동이 잘못 떨어뜨린 커다란 잉크 자국처럼 있었으니까.

말로 들었을 때는 '신기하네' 생각했고, 괴물 이야기를 들었을 때는 긴장했는데, 실제로 보니 생각보다 더욱 오싹한 모양새였다.

'서넛은 왜 여길 혼자 온 거야? 나한테 도움이 되고 싶었으면 와서 말을 하고 제대로 조사단을 데려가든가.'

게다가 저 오싹한 모양새도 모양새이지만…….

"저길 어떻게 들어가?"

생각보다 공동을 둘러싼 사람들 숫자가 많았다. 밤인데도 주위가 훤히 다 보일 정도로 수많은 횃불이 공동 주위에 설치되어 있고, 빛이 닿는 곳마다 다양한 차림의 사람들이 가득했다.

그러나 모인 사람들이 다들 제멋대로 서서 친한 몇몇끼리만 어울리는 걸 보면 한 팀은 아닌 듯했다.

라틸이 등에서 내려오자 기르골은 팔이 저린지 자기 어깨를 주무르며 중얼거렸다.

"용병이랑 모험가들을 고용한 모양이네."

"어떻게 알았어?"

"옷차림. 무기라거나 서있는 자세 같은 거."

'오래 살아서 그런가. 이런 거 잘 아는구나. 그냥 봐서는 나이가 별로 티 나진 않는데.'

"왜 그렇게 봐, 아가씨?"

"아니야."

'그보다 쇼드 폴리 국왕은 내 도움 제안을 거절하면서 자기들이 알아서 하겠다더니. 이게 자기들이 알아서 하는 거야? 용병들이 자기 나라 용병만 있지도 않을 텐데?'

라틸이 속으로 혀를 차고 있자니, 기르골이 중얼거렸다.

"돈 좀 썼겠는데."

라틸은 쇼드 폴리 국왕에게서 신경을 끄고 물었다.

"들어갈 방법은? 있어?"

"잠시."

기르골이 언덕의 이쪽 끝과 저쪽 끝을 오가며 저 사이로 들어갈 방법을 찾는 동안, 라틸은 사람들이 혹시 여기를 쳐다볼까 봐 몸을 낮추고 기다렸다.

얼마 지나지 않아 기르골은 눈대중을 마치고 돌아와 알려주었다.

"평화적인 방법으로 몰래 들어갈 인원수가 아닌데, 아가씨? 아무래도 거리를 안 두고 들어가고 있는 것 같아."

"거리를 안 두고 들어가다니?"

"줄지어서 들어간다고. 손에 손잡는 식으로. 실제로 잡은 건 아니고."

라틸은 눈에 힘을 줘 공동을 쳐다보았지만, 밤눈이 좋은 편인데도 저 시커먼 공동 내부는 전혀 볼 수 없었다.

"왜 그렇게 비효율적으로 간대?"

"선발대에서 무슨 일이 있었나 봐."

그 선발대가 혹시 서넛은 아니겠지. 라틸은 괜히 걱정되었다. 이성적으로 생각하면 서넛은 쇼드 폴리에 오더라도 몰래 왔을 테고, 타리움의 근위기사단장이 남의 나라 탐사 선발대로 갔을 리는 없단 건 알지만 그래도 초조했다.

"어쩌지? 이봐, 스승. 좋은 방법 있어?"

라틸이 기르골을 흔들자, 기르골은 잠시 생각하다가 묘하게 웃으면서 말했다.

"있어. 근데 아가씨가 선호하는 방법은 아닐 거야. 피를 많이 보거든."

꿍꿍이가 있는 말 같았으나, 라틸은 그와 농담 따먹기를 할 여유가 없었다.

"그럼 내 방식대로 하자. 내 방식은 피 안 봐."

라틸의 제안에 기르골은 생각하지도 않고 바로 대답했다.

"그러지. 뭔데? 혹시…… 황제 이름을 팔려고?"

라틸은 그가 자신의 진짜 정체를 거론하자 괜히 찔려서 얼른 부정했다.

"아니."

"그럼?"

라틸은 대답 대신 언덕 위에 다시 납작 엎드려서 공동 주위를 살폈다. 마치 무언가 찾아볼 게 있다는 것처럼. 기르골은 그 모든 과정을 침착하게 기다려주었다.

얼마나 그러고 있었을까. 시간이 좀 오래 지난 뒤에야 라틸은 마침내 사람들과 좀 떨어져 선 남녀를 손가락으로 가리켰다.

"저 둘."

"아는 사이야?"

"아니. 계속 지켜봤는데, 남들이랑 안 어울리고 겉돌고 있어."

기르골이 '그래서 어쩌라고?'란 눈으로 쳐다보자, 라틸이 목소리를 낮추어 명령했다.

"기절시켜서 데려와."

"왜?"

기르골은 좀 놀란 것 같았다. 라틸은 그가 약간 머리를 들려 하자, 나란히 엎드리도록 당긴 다음 속삭였다.

"우리가 저 사람들 행세를 해서 들어가자. 그러면 되잖아?"

그러고서 옆을 보았는데…… 기르골은 몹시 혼란스러워 보였다.

"왜?"

제멋대로 춤을 춘 다음 관람료를 내라 요구하는 다람쥐라도 본 표정이었다. 라틸은 기르골을 당기던 손을 슬그머니 놓았다.

기르골은 그래도 라틸의 눈동자를 계속 들여다보다가 입을 열었다.

"계속 생각한 건데, 아가씨."

"뭘?"

"뭐라 해야 하나. 아가씨 혹시……."

혹시? 혹시 로드냐고 물어볼 건가? 아니면 황제냐고 물어볼 건가? 찔리는 게 많은 라틸은 '혹시'란 말에 긴장해서 얼른 정면을 보았다.

"태어날 때 정의감은 무거워서 두고 태어났을까?"

다행히 기르골이 뱉은 건 라틸이 두려워한 그런 종류의 말은 아니었다. 놀리는 말에 발끈한 라틸은 "내가 뭘." 하고 항의하다가, 생각해 보니 더 열이 받아서 빈정거렸다.

"그대도 정의감이 그리 커보이진 않아."

기르골은 씩 웃고서 인정했다.

"그건 나도 알아, 아가씨. 하지만 난 대적자가 아니잖아?"

뭐야. 진짜로 내가 로드 같다고 의심하는 건가. 라틸은 긴장해서 아무 말이나 둘러댔다.

"내가 식시귀 살려준 거 기억나지 않아?"

말을 하면서도 좀 억울하기도 했다. 아니, 저 남녀 용병인지 모험가인지를 죽이자 한 것도 아니고. 그냥 기절시킨 다음 저 사람들 행세를 하자고 한 건데,

'그거 가지고 정의감 얘기까지 나온다고? ……나오는 게 맞나?'

기르골은 씩씩거리는 라틸을 보다가 웃으면서 대답했다.

"기억나."

그 뒤 기르골은 더 짙게 웃었으나, 뒤따른 말은 웃으면서 흘리기 어려웠다.

"근데 아가씨, 정의감 있는 사람이 사람 먹는 식시귀를 살려주라 하진 않아."

"내가…… 못돼먹었단 말이야?"

"아니, 아가씨처럼 생각하는 사람은 많아. 아가씨가 못돼먹었단 건 절대 아니야. 가치관의 차이겠지."

"그럼? 뭐가 문젠데?"

"아가씨처럼 생각하는 사람은 많겠지만, 아가씨처럼 생각하는 대적자는 없었거든."

"!"

라틸은 기르골의 말이 이해가 가지 않아 눈살을 찌푸렸다. 그러자 기르골이 덧붙였다.

"대적자는 최우선 순위가 사람들을 지키는 거야, 아가씨. 정해진 건 아닌데 다들 그렇더라고."

"그래서?"

"대적자에겐 사람들 적은 다 적이라. 식시귀가 사람을 공격하기 전이든 후든, 그들이 인간을 먹는 이상 대적자에겐 없애야 할 대상이지."

라틸은 기르골이 전에 자신이 '사람을 공격하지 않은 식시귀는 해치지 않을 거다'고 했을 때 반응이 묘했던 걸 떠올렸다. 그때 자신의 말이 '그녀'와 비슷하다고 했는데. 그러면 최소한 그 '그녀'는 대적자는 아니었겠네.

"혹시 가르치고 다닌 게 대적자가 아니라 도플갱어들이었어?"

어쨌든 라틸은 자신을 방어해야 했기에 기르골의 말을 정면으로 반박했다.

"이런 대적자도 있고 저런 대적자도 있는 거 아니야? 어쨌든, 그 검이란 걸 뽑기만 하면 되는 거잖아. 심성 검증도 받아야 하나?"

라틸이 황당하단 표정을 지으면서 빈정거리자 기르골은 씩 웃었다.

"그건 아니지."

당장은 어찌어찌 넘어간 것 같지만 라틸은 걱정스러워졌다.

'날 대적자라고 말해준 건 기르골뿐인데. 그런 기르골도 내가 대적자 같지 않다고 하는 건…….'

"제자님?"

기르골이 라틸 쪽으로 고개를 기울이며 묻자, 라틸은 얼른 걱정을 옆으로 치워두고 아무렇지 않게 언덕 아래를 가리켰다.

"아, 어쨌든 내 계획대로 하자. 저기 눈에 안 띄는 모험가 두 명 잡아와 줘."

기르골은 라틸이 손가락으로 가리킨 이를 수월하게 데려왔다.

그가 모험가 둘을 기절시켜서 한쪽 팔에 하나씩 들고 돌아오자, 라틸은 언덕 끄트머리에 납작 엎드려 있다가 얼른 몸을 일으켰다.

"이 사람들 옷을 우리가 입자."

라틸은 여분으로 가져온 옷 두 벌을 꺼내 그중 한 벌을 기르골에게 던졌다.

기르골은 여자 모험가를 라틸 앞에 내려놓고서, 옷과 남자 모험가를 챙겨 수풀 너머로 들어갔다.

라틸도 언덕 아래에서 볼 수 없을 만한 곳에 배낭과 여자 모험가를 데려갔다.

그녀의 겉옷을 벗겨 자신이 입은 다음 여분의 겉옷을 그녀에게 대신 둘러준 라틸은, 모자를 최대한 앞으로 당겨 써 얼굴을 가리고 여자의 옆에는 수표를 한 장 내려놓았다.

"옷이랑 신분 좀 빌릴게. 미안."

준비를 마치고 나가자 기르골 역시 옷을 다 갈아입고서 나무둥치 아래에 기대어 앉아있었다.

이후 탐험가들 사이에 끼어 공동에 들어가는 건 쉬웠다. 둘은 적당히 눈치를 보면서 공동 주위로 생긴 줄에 섰고, 조금씩 그 줄을

따라 들어갔다.

'와.'

안쪽이 어두컴컴한 걸 보고 깊은 곳이라 생각은 했으나 공동은 생각보다 더욱 가팔랐다. 조금만 발을 잘못 디뎌도 안쪽으로 떨어질 것 같아서 라틸은 조심조심해서 발을 디뎠다.

그래도 탐험가들이 줄지어서 등잔을 들고 들어가는 덕분에 한 줄기 빛이 뱀처럼 구불구불 이어져 있긴 했다.

'대체 몇 명이 들어간 거야?'

이쯤 되니 라틸은 헷갈렸다.

'쇼드 폴리 국왕이 도움을 거절한 건 우리가 안심할 일 아냐?'

그런데 한참을 가고 있자니 뒤에서 따라오던 기르골이 갑자기 라틸의 귓가에 대고 속삭였다.

"제자님, 물속에서 숨을 얼마나 참을 수 있어?"

그가 아주 작게 물었기에 라틸은 '왜 저러지?' 하고 생각하면서도 덩달아 작게 대답해 주었다.

"한…… 30초? 40초?"

사실은 세어본 적이 없었다. 굳이 그럴 필요가 없으니까.

하지만 라틸의 말을 믿었는지, 기르골은 다행이라면서 라틸의 코와 입 부근에 손을 댔다.

"숨 크게 들이마시고, 참아봐."

그의 경고를 듣자마자 라틸은 일단 시키는 대로 했다. 기르골이 장난삼아 이러진 않을 테니까.

그 순간, 저 아래쪽에서 아주 커다란 물방울이 '펑' 소리를 내며 터지는 것 같더니, 역류하는 폭포 물줄기처럼 거대한 물이 위로 쏟아졌다.

라틸은 눈을 질끈 감았다. 기르골이 자신을 당겨 품에 감싸는 걸 느꼈지만 그 상태로도 엄청난 압박감이 몸을 위로 솟구치게 하고 있었다. 당장에라도 물에 떠내려갈 것 같았다.

압박감이 잦아들었을 즈음엔 속이 갑갑해졌다. 산소가 모자랐다. 라틸은 천천히 눈을 떠보았다가 더욱 기겁했다. 주위가 물로 가득 차있었다.

'공동에 물이 차오른 건가?'

놀라는 한편으론 막막해지는 순간, 기르골이 라틸의 코와 입을 막아준 손을 떼고 이번에는 허리를 꽉 잡았다. 그러고는 자세를 이리저리 바꾸는가 싶더니, 갑자기 엄청난 속도로 헤엄치기 시작했다.

눈꺼풀이 미친 듯이 떨려서 라틸은 다시 눈을 감았다. 다행히 얼마 지나지 않아 온몸을 둘러싼 물이 사라지고 서늘한 공기가 느껴졌다.

물 밖으로 나왔단 걸 깨닫자마자 라틸은 황급히 숨을 들이마셨다. 모든 공기를 폐에 집어넣을 기세로 숨을 쉬다가 라틸은 바닥에 손을 짚고 그 위에 이마를 올려두었다.

"30초…… 더 된 것 같은데."

힘없이 중얼거리자 기르골이 옆에서 나직하게 웃는 소리가 났다. 라틸은 머리를 손등에 비비고서 고개를 들어 주위를 자세히 살폈다. 느낀 것처럼 이미 물줄기는 사라졌고 동굴이 물에 차있지도 않았다. 문제는 물줄기와 함께 주위에 있던 다른 사람들도 사라졌단 거지만.

"다른 사람들은?"

라틸의 질문에 기르골은 태연히 웃었다.

"아마 물에 떠밀려서 밖에 나갔겠지."

"이런……."

라틸이 안타까워하자 기르골은 웃으면서 다시 말했다.

"안으로 끌려들어 간 것보단 낫지 않아? 물은 먹었지만 살아있긴 할 거 아냐."

그 물줄기를 맞았으니 최소 타박상은 입었을 테지만, 또 아주 틀린 말은 아닌지라 라틸은 고개를 끄덕였다.

어쨌든 라틸도 다른 사람들 틈바구니에 끼어서 이동하는 것보단 조용히 가는 게 좋았다. 몰래 들어온 것이니 말이다.

"그럼 우리끼리 가자."

라틸은 그렇게 말하고서 축축하고 무거워진 머리카락을 옆으로 모은 다음 비비 꼬아서 쫙 물기를 뺐다.

그러기를 몇 번 반복한 라틸은 머리카락 사이에 손가락을 넣어서 조금씩이라도 빗어보려 했다. 나중에 머리카락이 자기들끼리 꼬여버리면 아프니까.

그런데 작업을 하다가 시선을 느끼고서 옆을 보니, 기르골이 라틸을 멍하니 보고 있었다. 하얀 속눈썹이 드리워진 붉은 눈동자가 조금의 미동도 없이 라틸의 머리카락과 손을 보아서, 라틸은 천천히 손을 머리카락 사이에서 빼낸 다음 그의 눈앞에 대고 흔들어

보았다.

"왜 그래?"

"……아니."

기르골은 그제야 시선을 돌리고서 앞으로 걸어갔다.

얼마나 그렇게 이동했을까. 가끔 벌레와 물고기가 합쳐진 것 같은 끔찍한 괴물들이 나왔으나 그것들은 기르골이 자기 선에서 해결해 주었다.

라틸은 물고기만 한 바퀴벌레들이 근처에 오는 것도 싫었기에, 용기를 발휘해 나서는 대신 기르골의 뒤에 딱 달라붙어 걸어갔다.

그런데 한참 이동했을 즈음, 기르골이 갑자기 멈춰서더니 주위를 둘러보았다.

라틸은 또 그 물고기만 한 벌레가 나타날까 봐 몸을 움츠리고서 더욱더 빠르게 주위를 보았다.

"왜? 뭔데?"

하지만 이번에는 그 벌레들이 올 때 나는 '사사사삭' 하는 소리가 없었다.

"왜 그래?"

조금 안도한 라틸이 작은 목소리로 묻자, 기르골이 돌아서더니 라틸의 어깨를 짚고서 물었다.

"제자님, 우리가 여기에 왜 온 거지?"

"서……."

'아, 기르골은 서넛 때문에 온 거 아니지.'

"서너 시간 훈련하러 왔지."

라틸이 얼른 둘러대자 기르골은 '서너 시간'이란 부분에 고개를 기웃했으나 곧 웃으면서 고개를 끄덕였다.

"그래, 훈련하러 왔지. 그런데 제자님이 내 뒤에만 숨어있으면 훈련이 될까?"

라틸은 그가 자신에게 벌레를 죽이라 할까 봐 고개를 얼른 끄덕였다.

"그럼. 보기만 해도 경험이 되니까."

하지만 기르골은 어림없었다.

"내가 앞서갈 테니까, 제자님은 내가 안 보이는 데서 따라와."

"안 보이는 데서?"

"제자님은 날 못 봐도 나는 제자님 발소리가 들리는 거리에서 가고 있을게."

말을 하자마자 기르골은 바로 돌아섰으나 라틸은 그를 붙잡았다.

"내가 앞서갈게."

혹시라도 기르골이 앞서가다가 서넛을 먼저 발견해서 문제가 생기는 걸 염려한 행동이었다. 기르골은 잠시 고개를 기우뚱했지만, 곧 그러라면서 라틸에게 앞서가란 제스처를 했다.

"잘 따라와."

라틸은 그 물고기만 한 벌레들이 나타날까 봐 무서웠지만, 그런 내색을 하지 않고 앞서 걸어갔다. 다행히 이후로는 그 커다란 벌레가 나타나진 않았다. 대신 한창 걸어갔을 때 세 개의 갈림길이 나타났다. 라틸은 그중 한 군데 앞에서 낯익은 목걸이를 발견했다.

'저건…….'

라틸은 다가가 그것을 집어들었다. 그건 서넛의 목걸이였다. 라틸이 어린 시절에 그에게 준 목걸이. 영지로 돌아가서도 서넛이 끼고 있던 그 목걸이 말이다.

'목걸이를 떨어뜨릴 일이 뭐가 있지?'

라틸은 목걸이를 쥔 채 세 개의 갈림길을 초조하게 보다가, 목걸이가 떨어진 방향으로 걸어갔다. 그리고 라틸의 모습이 보이지 않게 되자 동굴 벽에 그림처럼 스며들어 있던 피인어 하나가 슬그머니 밖으로 나오더니, 다른 방향 갈림길로 달려갔다.

라틸을 지켜보던 피인어 티투가 간 곳은 피인어들의 지배자 므라딤의 방이었다.

"지배자님!"

티투는 므라딤의 옥좌 앞에 도착하자마자 엎드려서 다리를 꼬리지느러미로 변하게 한 다음, 그걸로 바닥을 세 번 치고 보고했다.

"지배자님, 큰일 났습니다! 지배자님께서 알려주신 그 미친 뱀파이어가 이 안으로 들어왔습니다!"

므라딤은 꼬리지느러미 비늘을 살피다가 눈살을 찌푸렸다.

"미친 뱀파이어? 기르골 말이냐?"

"예. 인간 하나까지 끼고 왔습니다. 분명 대적자일 겁니다. 죽일까요?"

말이 끝나자마자 지배자 므라딤의 비늘을 하나하나 닦아주던 피인어 슬린이 얼른 끼어들었다.

"안 됩니다, 지배자님. 대적자를 죽였다가 뱀파이어 로드가 우리를 자기 편으로 착각하면 어쩔 겁니까."

슬린은 천을 내려놓고는 차갑게 씩씩거렸다.

"로드는 늘 초반 기세만 좋지, 나중엔 대적자에게 항상 패하지 않았습니까. 전 대적자가 싫지만 로드에게 붙고 싶지도 않습니다."

므라딤은 꼬리지느러미로 슬린을 찰싹찰싹 때려 하던 업무를 계속하게 하고는, 느긋하게 옥좌 손잡이에 몸을 기대며 중얼거렸다.

"로드에게 붙건 안 붙건 기르골은 우리 종족의 적이지."

잠시 생각하는가 싶던 므라딤은 곧 티투가 들어온 출입구를 향해 손가락을 뻗으며 지시했다.

"기르골은 죽이고 대적자란 인간은 끌고 와라."

서넛의 목걸이를 든 채 앞으로 조심히 걸어가던 라틸은 무언가 자신을 향해 빠르게 날아오는 걸 감지했다.

'그 벌레인가?'

라틸은 반사적으로 몸을 피하며 들고 있던 서넛의 목걸이로 날아온 것을 휘둘러 때렸다. 서넛에겐 미안하지만 날아온 게 그 거대한 벌레라면 맨손으로 공격하고 싶지 않았다. 그러나 라틸이 후려친 것은 생각보다 더욱 컸다. 동굴 벽에 부딪히고 바닥으로 떨어지자 '쿵' 소리가 날 만큼.

"윽."

게다가 신음까지 뱉는다. 벌레가 아니었다. 그것은…….

'인어?'

라틸이 멍하니 보고 있자니, 바위에 엎어져 끙끙대던 인어가 갑자기 확 고개를 돌렸다. 인어가 왜 여기 있는진 모르겠지만 인어를 때릴 생각은 없었던지라 라틸은 얼른 사과했다.

"미안. 벌레인 줄."

하지만 인어는 화가 많이 났는지, 그 말에 이를 거세게 드러내며 무어라고 막 욕을 뱉었다. 심지어 쌍욕이었다.

라틸이 이에 황당해서 "왜 욕하지?"라고 묻자, 인어는 갑자기 놀라서 뒤로 물러나더니 라틸을 경계하며 물었다.

"내 말이…… 들려?"

들리면…… 안 되는 건가? 생각지도 못한 반응에 라틸은 인어가 쌍욕을 뱉었을 때보다 더욱 놀라고 더욱 당황했다. 라틸은 서넛의 목걸이 펜던트를 움켜잡고서 물었다.

"내가 인어 말을 알아듣는 게 이상해?"

"인어라니! 불쾌하군. 나는 피인어다."

"같은 거 아냐?"

"방금 내가 '불쾌하군'이라고 말했을 텐데!"

인어랑 피인어는 그럼 다른 건가? 오리랑 오리너구리만큼? 당혹스럽긴 했으나 이게 중요한 건 아니기에 라틸은 마른침을 삼켰다.

'다른 사람들 귀엔 저 피인어의 쌍욕이 어떻게 들리는 거지?'

"이상해. 우리 말은 대적자도 못 알아들을 텐데."

피인어가 뒷말을 더 붙이자 라틸은 더욱 곤란해졌다. 아까와 비슷하면서도 조금 다른 이유로.

'혹시 내가 저 인어 말을 알아듣는 게 대적자라서는 아닐까'라고 가까스로 떠올린 가정이 날아가버린 탓이었다. 라틸은 뭐라고 반응해야 좋을지 주저했다. 지금이라도 못 알아듣는 척해야 할까? 입을 다물어야 하나?

"내가 대적자인 건 어떻게 알았어?"

그러다 라틸은 결국 질문하는 쪽을 택했다. 욕뿐이라면 어찌어찌 못 알아듣는 척 넘어갈 수도 있겠지만, 이미 대화도 좀 하지 않았던가.

"너는, 아니, 그러니까 인어는 대적자를 알아볼 수 있어?"

피인어는 라틸을 경계하며 차갑게 대답했다.

"그 미친 뱀파이어가 데려왔으면 뻔한 거지. 그리고 인어 아니라니까."

'미친 뱀파이어란 건 기르골을 말하는 거겠지. 기르골과 함께 왔으니. 그렇다면 이 피인어는 기르골이 여기에 온 것도 아나 보네. 기르골과 짜고서 날 여기로 끌어들인 건 아닐 거야. 저쪽은 기르골

을 적대하는 것 같아.'

라틸은 초조해졌다. 대적자도 피인어의 말을 못 알아듣는데⋯⋯
자신은 알아들었다.

저 피인어가 자신을 대적자라고 판단한 근거는 기르골 곁에 있
었기 때문이고, 라틸이 자신을 대적자라고 믿은 근거도 기르골에
게 있었다. 물론 기르골은 자신의 판단으로 라틸을 대적자라 여긴
게 아니었다. '대적자의 검'을 뽑아보게 하고 판단을 내렸지.

그런데 왜 이렇게 불안한 걸까. 왜 이렇게.

그 순간, 눈치를 보는가 싶던 피인어가 갑자기 또 달려들었고,
라틸은 걱정스레 움켜쥐고 있던 서닛의 목걸이로 또 피인어를 내
려쳤다.

이마와 펜던트가 닿았는데 '빽' 하는 소리가 났고, 피인어는 뒤
로 튕겨 나가 바닥을 데구루루 굴렀다.

"미안. 놀라서."

라틸은 마음에도 없는 사과를 했으나, 이번에는 이마를 맞은 탓
인지 피인어는 기절해 있었다. 다가가 쿡쿡 어깨를 찔러보아도 반
응이 없었다.

라틸은 피인어를 계속 찰싹찰싹 두드렸다. '대적자라도 피인어
말은 못 알아듣는다'라는 부분에 대해서도 더 들어보고 싶고, 혹시
서닛을 보았는지도 묻고 싶었다.

하지만 출구 쪽에서 희미하게 돌 굴러가는 소리가 들리자, 라틸
은 피인어 깨우기를 멈췄다.

'기르골이 멀지 않은 곳에서 날 따라오겠다고 했지.'

피인어 말을 알아듣는 얘기든, 서넛 얘기든, 기르골 앞에서 할 이야기는 아니다. 라틸은 주저하다가 일단 피인어를 챙겨 든 다음 앞쪽으로 걸어갔다. 보통 사람들 귀에 피인어의 말이 어떻게 들리는지는 걸어가면서 생각해야 할 것 같았다.

"티투가 납치됐어?"

지배자 브라딤이 일갈하자 동굴 벽이 잔잔하게 흔들렸다. 부하는 꼬리를 끌어안고서 머리를 숙였다.

"확실한 건 아닙니다, 하지만 명령을 받고 나간 지 한 시간이 지나도록 연락이 안 되고 있습니다. 15분 단위로 연락하기로 했는데요. 일이 생긴 게 분명합니다."

브라딤은 주먹을 쥐고서 옥좌 손잡이를 쾅 쾅 쾅 세 번 내려치고, 풍성한 수염을 파르르 떨며 외쳤다.

"분명 기르골 그놈 짓일 거다! 그놈을 죽여! 하나만 가지 마! 하나만 가서 될 리가 없잖아! 다 가서 죽이라고!"

"우리 제자님은 냄새는 좋은데, 그 좋은 냄새가 너무 흐릿해."

기르골은 허공에 희미하게 남은 사디의 향을 맡으며 천천히 동굴을 걸어가고 있었다. 가끔 갈림길이 나오긴 했지만, 그 희미하게 남은 향만으로도 기르골은 방향을 완벽하게 골라 이동했다.

다른 사람들과 단체로 이동했다면 향이 섞여 어려웠겠지만, 다른 이들은 모두 물살에 휩쓸려 갔기에 기르골에게 방해가 될만한 건 거의 없었다.

기르골은 사디의 향이 좋았다. 그녀가 대적자란 걸 감안한다면, 정말 믿을 수 없는 일이지만 말이다. 그는 날 듯 말 듯 흐릿한 향 속에서 어렴풋이 그녀를 읽어내는 순간이 좋았다. 문득 기르골은 자신이 대적자들의 편에 너무 오래 있어서 영혼이 그쪽으로 정말 바뀌어 가는 건 아닐까 생각했다.

그러던 중.

"음?"

기르골은 걷던 걸 멈추고 동굴 벽을 둘러보더니 고개를 기웃했다. 동굴에 그려진 벽화가…… 저렇게 많았던가?

대답은 '아니오'였다. 기르골은 판단을 내리자마자 씩 웃으면서 중얼거렸다.

"우리 인어들은 학습 능력이 없는 편이네."

들으라는 듯 적당히 큰 목소리였다. 그리고 실제로 그 중얼거림이 끝나자마자, 벽화에서 피인어들이 튀어나와 그를 향해 달려들었다.

'뒤에서 무슨 소리가 들린 것 같은데?'

라틸은 기절한 피인어를 둘러메고 걸어가다가 힐끗 뒤를 돌아보 았다.

"……아닌가."

하지만 착각인가 싶을 즈음, 다시 뒤쪽에서 소리가 들려왔다. 라 틸은 눈살을 찌푸리고 들려오는 소리에 집중했다. 처음에는 애매 했으나 자세히 들으니 싸우는 소리 같았다.

'기르골?'

라틸은 놀라서 그쪽으로 달려갔다. 하지만 복도처럼 된 동굴을 열 걸음쯤 뛰다가 마음이 변해 도로 걸음을 멈추었다.

'괜찮을 거야. 기르골은 세잖아?'

기르골은 최소 500년 이상 살아왔고, 로드와 대적자의 전쟁에서 도 승리한 뱀파이어였다. 이곳에 오잔 이야기도 그가 먼저 꺼냈고, 여기에 와서도 주저하거나 두려워하는 기색이 없었다.

반면 서넛은 뱀파이어이지만 좀 부실한 편이다. 지금 누군가를 도와야 한다면 당연히 서넛이었다. 어쩌면 기르골이 한눈을 판 틈 에 서넛을 구해서 빼돌릴 수 있을지도 모르고.

'맞아. 서넛을 먼저 찾아야 된다.'

마음을 바꾸자마자 라틸은 싸우는 소리가 들려오는 곳에서 떨어 진 다음, 기절한 피인어를 다급히 깨웠다. 같은 곳을 연달아서 두드 리자 피인어는 눈을 번쩍 뜨고서 또 욕을 뱉었다. 라틸은 피인어에 게 '왜 욕하냐'고 따지는 대신 바로 질문했다.

"이봐, 인어."

"피인어라니까!"

"여기에 나나 기르골보다 먼저 도착한 뱀파이어가 하나 있을 거야. 어디 있는지 알아?"

라틸에겐 중요한 질문이었으나, 얻어맞고 기절해 있다가 깨어나면서 또 얻어맞은 피인어 티투에겐 하나도 중요하지 않았다.

중요하지 않은 정도가 아니었다. 티투는 이 대적자인지 뭔지 모를 것에게 화가 나 있었다. 그녀는 자기를 연달아 때린 데다가 처음엔 벌레라 불렀고, 다음엔 인어라 부르지 않았던가. 그래서 티투는 홧김에 거짓말해 버렸다.

"죽였다! 뱀파이어는 다 죽일 거거든!"

하지만 그 말을 하는 순간, 평범한 데다 존재감도 흐릿해서 영대적자치고는 매가리가 없던 여자의 눈동자가 오싹하게 가라앉았다. 맑고 따스하던 파란 눈동자가 극지방의 얼음덩어리처럼 변하자, 티투는 어깨부터 손목까지 소름이 오소소 돋아났다. 거의 추위를 못 느끼는 피인어답지 않은 반응이었기에, 그는 두려움을 느끼면서도 스스로 당혹스러웠다. 하지만 티투의 몸은 착실하게 생존본능을 따랐다.

"잡, 잡아뒀는, 데요."

티투의 목소리가 공손해지고 입에서도 진실이 나오자, 한순간 오싹해졌던 인간 여자가 빙긋 웃고서 어깨를 두드렸다.

"앞으론 이런 걸로 거짓말하고 그러지 마. 놀랐잖아."

두 번 놀랐다간 피인어 하나 잡을 기세에 티투는 그저 고개만 끄덕거렸다.

"어디 있어? 앞장서."

인간 여자가 명령을 내리자마자 티투는 벌떡 일어나서 삐걱삐걱 걸어갔다. 하지만 걸어가면서 그는 절대로 저 인간 여자는 대적자가 아닐 거라고 생각했다. 대적자일 리가 없었다. 피인어의 말을 알아듣는 것도 그렇고, 잠깐 드러났다 사라진 저 무서운 분위기도 그렇고.

그렇다면 대체 저 여자는 뭘까?

"그쪽, 대적자 아니지? 요?"

결국 호기심을 이기지 못하고, 티투는 걸어가다가 직접 물어보았다. 그러면서도 티투는 알지 못했다. 자신이 알지도 못하는 사이에 그 '인간 여자'에게 한 방을 먹었다는 걸.

라틸은 '왜 갑자기 저 인어가 저렇게 덜덜 떨지?' 생각하면서 걸어가다가, 난데없는 질문에 허를 찔려 입술을 깨물었다.

저 인어가 '대적자도 우리 말은 못 알아듣는다'고 말하긴 했다. 그렇지만 그뿐, 라틸이 대적자인 걸 부정하려 들진 않았는데. 갑자기 왜 저렇게 대놓고 '너 대적자 아니지?'라고 묻는 걸까.

라틸은 인어가 무슨 생각을 하는지 파악해 보려 했으나, 보이는 건 파랗게 질린 얼굴과 연신 움찔거리는 눈동자가 전부였다.

"그럼 뭐 같은데?"

라틸이 되묻자 피인어는 기가 죽어서 중얼거렸다.

"그건 모르겠는데요."

이 인어는 뒷말이 늘 문제였다.

"로드 같기도 하고……."

기어들어가는 목소리로 덧붙인 말에 라틸은 눈썹을 치켜올렸다. 자신이 생각하는 것과 남이 가능성을 말해주는 건 완전히 다른 기분이었다. 라틸의 시선이 닿자 피인어는 좀 더 기어들어가는 목소리로 웅얼거렸다.

"물론 로드라면 그 미친 뱀파이어랑 같이 다닐 리는 없겠지만요……."

라틸은 몹시 심란해졌으나, 이런 속내를 들키지 않기 위해 일부러 아무렇지 않게 거짓말했다.

"엘프야."

믿으라고 하는 말은 아니었다. 자신도 이렇다저렇다 대답하기 어려우니, 그냥 터무니없는 걸 부른 거였다. 대답을 회피하는 뜻에서.

하지만 피인어가 "그렇군요." 하고 중얼거리는 바람에, 라틸은 심란해하던 와중에도 눈살을 찌푸렸다.

'그렇군요? 왜 저렇게 순순히 대답해? 진짜 믿나?'

그 생각은 앞서 안내하던 피인어가 갑자기 어느 커다란 바위 앞에 멈춰 서면서 팔을 쭈뼛 뻗는 바람에 더 이어지지 못했다.

"여기입니다."

저 안에 서넛이 있단 거지. 라틸은 내내 쥐고 온 서넛의 목걸이 펜던트를 더 꽉 쥐면서, 피인어에게 문을 열란 표시를 보냈다.

피인어는 고개를 끄덕이더니, 벽 안으로 두 손을 쑥 집어넣었다. 손목까지.

거의 벽을 통과하는 수준으로 보여서, 라틸은 조금 놀라 피인어의 손을 빤히 쳐다보았다.

'저게 피인어의 능력인가?'

피인어가 손을 빼내자 평범한 바위로만 보였던 동굴 벽은 '스르르릉' 하는 묵직한 소리를 내면서 옆으로 천천히 이동했다.

'서넛!'

라틸은 속으로 서넛을 부르면서 피인어를 따라 안으로 들어갔다. 드디어 서넛을 구해내는구나!

하지만 그 안에 서넛은 없었다. 라틸은 사방으로 눈을 굴렸으나 소용이 없었다. 내부에는 어딜 보아도 피인어들뿐이었다. 옥좌에 앉은 피인어, 그 곁에 앉은 피인어, 엎드린 피인어, 피인어, 피인어들⋯⋯. 수많은 피인어들.

"이봐, 없잖아."

어디에서도 서넛을 찾지 못한 라틸은 자신을 안내해 준 피인어에게 항의했다.

그러나 그 피인어는 동료들을 만나자 공포심이 사라졌는지, 대답 대신 라틸을 획 떠밀었다. 그러고는 라틸이 균형을 잡는 짧은 찰나에, 옥좌에 앉은 피인어에게 빠르게 달려가 고자질했다.

"지배자님! 기르골과 함께 다니던 엘프를 잡아왔습니다!"

그로부터 20분쯤이 지난 시각. 기르골은 피인어들을 반쯤 가지고 놀면서, 사디를 데려와서 상대해 보라 해야 하지 않나 고민 중이었다.

그때, 전투에 참여하지 않고 끄트머리에만 붙어있던 한 피인어가 갑자기 동굴 벽에 귀를 가까이 가져다대는가 싶더니, 혼자 히죽 불길하게 웃었다.

왜 저러는 거지? 의아하게 생각할 찰나. 그 피인어는 벽에서 귀를 떼더니, 아까보다 훨씬 교활하게 웃으며 기르골을 불렀다.

"이봐, 미친 뱀파이어."

갑자기 용기가 생긴 듯한 그 태도에 기르골은 피인어들을 굴리길 멈추고 그쪽을 쳐다보았다. 눈이 마주치자, 기르골을 부른 피인어가 히죽 승리를 확신하며 웃었다.

"더 싸우지 마라. 투항하지 않으면 네 동료 엘프를 죽일 거다."

무료하고, 그래서 더욱 잔인하던 기르골의 얼굴이 조금 구겨졌다. 엘프? 누구?

그러나 옥좌에 앉은 피인어는 라틸이 엘프란 말을 전혀 믿지 않았다.

"저 인간은 엘프가 아니라 인간인데 왜 엘프라 하느냐."

곁에 있던 다른 피인어도 라틸을 안내해 데려온 피인어에게 빈정거렸다.

"인간과 엘프도 구별하지 못하다니. 게다가 저 인간은 기르골이 데려왔다며. 그럼 대적자잖아."

라틸은 그들이 대화를 주고받을 때마다 눈동자를 데굴데굴 굴렸다. 라틸을 안내한 피인어는 힐끗 그녀의 눈치를 보고는 경고하듯 동료들에게 말했다.

"이 애는 우리 말을 다 알아듣고 있어."

그러자 피인어들이 단체로 놀란 표정을 지었다. 라틸은 오히려 얼떨떨해졌다. 자기들 말을 알아듣는 게 저 정도로 놀랄 일이야?

라틸을 데려온 피인어는 동료들이 놀라자, 최초로 뭔가를 발견한 사람처럼 으스대며 덧붙였다.

"게다가 이 여자는 눈도 소름 돋아. 대적자는 안 그러잖아."

눈이 소름 돋는다는 건 무슨 뜻일까. 이건 좀 기분 나쁘게 들리는데. 라틸은 눈을 가느스름하게 떴지만, 피인어들로 가득한 곳이니만큼 아까처럼 저 피인어를 쉽게 쉽게 공격하긴 힘들었다. 그러나 '지배자님'이라 불린 피인어는 여전히 단호했다.

"저 여잔 엘프가 아니다. 엘프는 눈부시게 아름다운 종족인 걸 모르느냐, 티투."

뭔가…… 맞는 말이긴 한데. 듣는 사람이 조금 짜증 나는 설명이었다.

그러나 므라딤이 라틸을 보며 "기르골과 안 다녔다면 로드라 생각했을 텐데."라고 중얼거리는 순간, 라틸은 심장이 철렁해졌다.

므라딤의 날카로운 시선이 라틸을 위아래로 찬찬히 볼 때마다 그런 기분은 더해졌지만, 라틸은 곧 이럴 때가 아니란 걸 깨닫고서 아무렇지 않은 척 요구했다.

"이봐, 인어들. 나는 붉은 머리 뱀파이어를 구하러 왔어. 그쪽들과 싸우러 온 게 아닌 이상, 내 정체가 뭔진 중요하지 않잖아."

'인어'라는 말에 피인어들의 분위기가 동시에 험악해지자 라틸은 슬쩍 말을 바꾸었다.

"피인어들, 난 당신들과 문제를 일으킬 생각 없어."

그 순간, 옥좌에 앉아있던 피인어가 동굴 천장에 매달려 있던 희한하게 생긴 등잔을 향해 입술을 내밀자 그곳의 빛이 순식간에 사라졌다. 깜짝 놀랄 틈도 없이 그 옥좌에 앉은 피인어가 라틸을 손가락으로 가리키며 지시했다.

"일단 저 여자를 잡아라."

그 말이 끝나자마자 여러 피인어들이 다 같이 빛을 향해 입술을 내밀었다. 그때마다 동굴 안을 훤히 밝혀주던 빛이 사라졌고, 라틸은 당황해서 몇 걸음을 뒤로 물러났다. 아니, 문제 일으킬 마음 없다니까 왜 다짜고짜 공격들이야?

'우선 여기서 벗어나야 하지 않을까?'

그러나 어떻게 한 건지 들어온 입구는 그새 도로 닫혀서, 일반 바위들과 이젠 전혀 구별이 가지 않았다.

'바위를 걷어차 볼까?'

라틸이 생각하는 찰나, 이번에는 옆에서 날카로운 습격이 느껴졌다.

'늦었군. 싸우는 수밖에.'

라틸은 상체를 숙여 습격을 피하고서, 자신을 향해 날카로운 손톱을 휘두르는 이의 손목을 잡아 엎어치기 해버렸다. 밤눈이 밝아서일까, 아니면 보기와 달리 저들이 빛을 다 빨아들인 게 아닌 걸까? 라틸은 스스로도 놀라울 정도로 피인어들의 공격을 잘 피해냈다.

하지만 라틸은 그들을 공격하지 않았다. 피인어들도 실수를 펼치진 않는 것 같았고, 무엇보다 피인어 소굴에서 피인어에게 중상을 입히거나 죽였다가 아예 못 나가게 되고 싶진 않았다.

그때.

"그만."

지배자 피인어가 짝, 박수를 한 번 치며 말하자, 라틸을 잡기 위해 몰려들던 피인어들은 일사불란하게 공격을 멈추었다. 공격을 멈춘 피인어들이 자기들이 삼켰던 빛을 뱉어내니 방 안은 다시 순식간에 밝아졌다. 대체 무슨 원리인진 모르겠으나 참으로 아름다운 광경이었다.

'왜 갑자기 멈추지?'

물론 라틸은 이 광경을 감상할 여유 따윈 없었지만.

라틸은 지배자 피인어가 빛을 도로 뱉은 이유를 몰라 팔을 내리지 않고서 주위를 둘러보았다. 그러나 피인어 지배자는 자신이 왜 공격을 멈추게 한 건지 설명하는 대신, 풍성한 수염을 쓸면서 눈을 가늘게 뜨고 중얼거렸다.

"역시 대적자가 아닌 것 같은데……."

"그럼 저게 대체 뭘까요, 지배자님?"

"그러니까. 대적자가 아닌데 기르골과 같이 다니고. 하지만 대적자라면 로드의 나이트를 구하러 올 리가 없는데."

라틸은 경계하며 피인어들을 둘러보다가 지배자 피인어의 입에서 나온 '로드의 나이트'란 낯선 단어의 조합에 흠칫했다. 로드의 나이트. 서넛을 두고 하는 말인가? 안 그래도 머리가 복잡해 죽겠는데 이 와중에 머리가 더 혼란스러워졌다. 게다가 저 말을 듣는데, 서넛이 자신에게 한 말이 떠올랐다.

'나는 폐하를 위해 태어났다'고 한 말. 그리고 칼라인이 했던, 아주 오랫동안, 라틸이 태어나기도 전부터 기다렸다던 말이.

그러나 이 모든 혼란은 라틸의 머릿속에서만 벌어지고 있어서 겉으로 볼 때 라틸은 아무렇지 않아 보였다. 표정 관리를 평소에 열심히 한 성과가 이런 데서 드러나고 있었다. 덕분에 피인어 지배자조차도 라틸이 자기 정체를 모른단 생각을 하지 못한 듯했다.

오히려 피인어 지배자는 그런 라틸의 정체가 더더욱 궁금한지, 계속 바라만 보다가 마침내 부하를 불렀다.

"티투."

라틸을 여기까지 안내해 준 피인어가 얼른 나서서 "네." 하고 대답하자, 지배자는 눈으로 라틸을 가리키며 명령했다.

"저 희한한 인간을 뱀파이어 나이트에게 데려다줘라."

'또 나이트라고 하네. 못 들을까 봐 꾸역꾸역 알려주는 것도 아니고.'

라틸은 티 나지 않도록 입술 안쪽을 꽉 깨물었다.

"피인어들은 지느러미랑 다리를 계속 왔다 갔다 바꿀 수 있어? 자유자재로?"

"넌 대체 정체가 뭐냐?"

"피인어랑 인어 차이가 뭐야? 난 아직 모르겠어."

"네 정체는 뭔데?"

"얼마나 가야 해? 잡혀온 그 뱀파이어 상태는? 아프진 않고?"

티투란 피인어는 지배자의 명령에 따라 라틸을 안내해 주면서도 연신 꿍얼꿍얼 질문을 던져댔다. 라틸이 거기에 덩달아 질문으로 응답하자, 걸어가는 내내 대답하는 사람은 없고 물어보는 사람만 있었다.

얼마나 그렇게 걸어갔을까.

"여기야."

다른 곳과 별 차이도 없는 곳에 도착한 티투가 다른 벽과 다 똑같아 보이는 벽을 가리키며 말했다.

라틸은 눈썹을 치켜떴다. 이게 뭐?

그러나 다른 벽과 다 똑같던 동굴 벽은 티투가 또 손을 안쪽으로 집어넣어 뭔가를 하자, 곧 덜컹덜컹 소리를 내면서 모양이 바뀌더니 스르르 빠르게 열렸다. 아까 피인어들이 가득 찬 방처럼.

벽이 열리자 안쪽으로 방 같은 게 드러났다. 그러나 피인어들이 가득 차있던 방과 달리, 이 방은 휴식을 취하는 데 쓸법한 모양새였다.

티투가 안으로 들어가자 라틸은 바로 따라 들어갔고, 세 발자국만에 서넛을 찾아냈다.

다행히 완전히 적 취급을 받은 건 아닌 듯 서넛은 침상에 앉아있었다. 무기는 빼앗긴 것 같지만 더 마르지도 않았고, 옷도 깨끗한 걸로 제대로 챙겨입고 있었다.

서넛 역시 처음엔 또 피인어가 들어왔다고 생각한 건지 정면만 보고 있었으나, 곧 다른 점을 느끼고는 고개를 돌렸다.

그러다 라틸과 눈이 마주치자, 그의 동공이 대번에 커다래졌다. 서넛은 잠시 입을 뻐끔거리다가 라틸을 보고는 갑자기 자기 눈을 비볐다. 라틸이 라틸이란 걸 알아본 눈치인데. 얼굴이 다른 사람이라 당황한 것 같았다.

"뭐야."

그 모습에 티투가 의혹을 제기하자, 눈을 비비던 서넛은 갑자기 "실례." 하고 말하고서 중얼거렸다.

"갑자기 얼굴을 보니…… 그새 더욱 사랑스러워져서."

라틸은 웃음이 터질 뻔한 걸 꾹 참았다. 그가 나이트란 소리를 듣고서 마음에 풍랑이 일었는데, 저런 모습을 보자 심란한 마음을 반가움이 뒤덮었다. 그러나 티투는 서넛의 말에 치가 떨리는지, 괜히 자기 팔등을 손으로 벅벅 문지르면서 말했다.

"난 나간다. 나갈 때 문에 대고 '티투 티투'라고 불러."

티투가 아까 들어온 문으로 나가자 동굴 벽이 스르륵 닫히더니 또다시 평범한 벽처럼 변했다. 그 모습을 라틸은 신기하게 쳐다보다가 갑자기 불안해져서 중얼거렸다.

"우리, 갇힌 거 아니지?"

그러나 돌아오는 대답이 없어서 돌아보니, 서넛은 여전히 라틸을 멍하게 보고 있었다.

갇힌 건 아닌가 보네. 갇혔으면 저것보단 반응이 거셌겠지? 아닌가?

라틸은 그 정처 없는 시선을 받다가 큼큼 헛기침을 하고서 서넛에게 다가가 보았다. 그래도 서넛은 라틸에게서 시선을 떼지 못하고 있었다. 라틸은 주저하다가 서넛과 눈을 맞추고서 물었다.

"서넛 경, 내가 누군진 알겠습니까?"

서넛은 고개를 끄덕였다.

"폐하."

알아보는구나.

"어떻게 알아봅니까?"

서넛은 라틸의 질문에 대답하는 대신 손을 뻗더니 무언가를 당겼다. 라틸이 아직까지 들고 있던 그의 목걸이였다.

"이거 때문에 알아봤습니까?"

라틸이 목걸이를 건네주며 묻자, 서넛은 다시 그걸 목에 걸더니 라틸의 얼굴을 재차 보며 고개를 저었다.

"그건 아닙니다."

"그럼요?"

"저는 알 수 있습니다. 그냥이요."

라틸은 한 걸음 뒤로 물러나 서넛의 상태를 차근히 살폈다.

"다친 덴 없습니까?"

"네. 잘 지내고 있었습니다. 밖으로 나가진 못했지만요. 사실, 굳이 탈출하려고 그들과 싸우지도 않았습니다."

"잡힌 게 아닌가 보네요?"

"대화를 하러 온 거니까요. 적이 되러 온 게 아니라. 대화를 할 마음이 생길 때까지 여유를 가지고 기다리려 했습니다."

서넛은 거기까지 말하고는 조심스럽게 손을 뻗어서 라틸의 뺨을 쓸어보았다.

그의 눈동자가 자신에게 고정된 채 단단히 박혀있자 라틸은 괜히 어색해져서 시선을 굴리다가 서넛의 손을 잡고 내렸다. 서넛은 더 손을 올리지 않고 라틸을 계속 보기만 했다.

만나면 화내려 했는데. 계속 저런 눈으로 쳐다보자 라틸은 화내기도 어려워져서 그게 좀 불만스러웠다. 서넛은 그런 라틸을 물끄러미 보다가 물었다.

"폐하는 여기에 왜 오신 겁니까? 갑자기 저기서 폐하가 느껴져서 얼마나 놀랐는지 아십니까?"

"내가 왜 온 것 같은데요."

"여행……은 아니실 것 같고."

라틸이 눈을 가느스름하게 하고 쳐다보자 서넛은 믿을 수 없단 목소리로 물었다.

"절 걱정해서 오신 겁니까?"

기쁘기도, 심란하기도 한 목소리였다. 라틸은 서넛의 맞은편으로 가서 앉았다. 그러면서 두 사람의 무릎이 스치듯 부딪히자 서넛이 긴장해 자세를 고쳐앉았다. 라틸은 솔직하게 이야기했다.

"서넛 경 아버지가 찾아와서 서넛 경이 실종됐다고 했습니다. 날 위해서 뭘 하러 쇼드 폴리에 나타난 공동으로 갔다가 실종됐다고요."

"!"

라틸은 서넛의 옆모습을 뚫어져라 바라보다가 물었다.

"서넛 경은 여기에 대화를 하러 왔다고 했죠. 여기엔 인어가 있던데. 인어들이랑 대화할 게 뭡니까? 그게 어떻게 날 위한 게 되는데요?"

라틸을 본 후 내내 미소 짓던 서넛의 입가가 딱딱하게 굳었다. 돌처럼 단단해진 그 표정을 보다가, 라틸은 어렵게 입을 열었다.

"서넛 경, 혹시…… 내가 로드야?"

28

이번엔 로드 편에 붙는다

서넛은 대체 라틸의 머릿속에서 무슨 일이 진행되었기에 이런 결론이 나왔냐고 묻는 표정이었다. 그는 눈을 깜빡이지도 않고 라틸을 지그시 바라보았다.

그냥 물어보면 서넛이 인정하지 않을 게 분명했다. 저 단단한 입꼬리를 보면 알 수 있었다.

라틸은 서넛의 목걸이에 묻어있는 티투의 피를 슬그머니 소맷자락으로 닦으면서 빠르게 털어놓았다.

"보통 사람들은 피인어 말을 못 알아듣는대."

서넛은 몰랐는지 눈을 휘둥그렇게 떴다. 그럴만도 했다. 서넛 역시 사람이 아니라 그들의 말을 잘 알아들었으니, 다른 사람들이 알아듣는지 못 알아듣는지 모를 수밖에.

"근데 난 알아들을 수 있어. 그리고 이건…… 나도 잘 이해가 안 가는 부분인데. 티투가 그러더라. 내 눈이 무섭대."

"그건 아닙니다. 폐하가 눈이 무섭다니요. 폐하 눈은 또랑또랑합니다."

"그뿐만이 아니야. 이전에도 좀 이상한 일들이 있었어. 아니길 바라서 모른 척했지만."

"이상한 일들이라니요?"

차마 사람들의 마음이 약해질 때면 속마음이 들린단 이야기는 할 수 없어서 라틸은 잠시 주저했다. 대신 라틸은 그리핀을 팔았다.

"그리핀도 날 찾아와서 로드라고 불렀어."

"그리핀이……!"

"내가 아니라니까 미안하다고 가긴 했지만."

"……."

"그리핀이 다른 사람들한테 안 보일 때 나한텐 보였어. 그리고 사악한 존재가 만지면 검게 변하면서 깨진단 돌이 있는데, 내가 건드리니까 깨졌어. 검게 변하진 않았지만."

"폐하."

"애초에 오빠랑 엄마가 내 자리를 차지하려던 것도 날 로드라 의심해서였다며."

라틸은 한숨을 내쉬고서 서넛을 물끄러미 보았다. 그 맥 없는 시선에 서넛은 고통까지 느꼈다. 라틸은 주섬주섬 몸을 일으키고서 책상 앞으로 다가갔다.

"폐하? 뭘 하시려는 겁니까?"

"이거 봐, 서닛."

힘없이 중얼거린 라틸이 책상을 내려치는 순간. '빠득' 소리를 내며 책상이 반으로 갈라졌다. 서닛은 마음이 아파 다가가려다가 도로 후진해 앉았다.

"어떻습니까?"

라틸의 말투가 평소 기분이 가벼울 때처럼 돌아오자, 서닛은 생각보단 라틸이 상황을 차분하게 받아들이고 있단 걸 깨닫고 자신도 침착하게 대답했다.

"박수를 쳐야 할 것 같습니다."

"나 원래 안 이랬는데. 점점 힘이 세지고 있어."

"그럼 그때 제 가문 보검도⋯⋯."

"맞아."

라틸은 한숨을 내쉬고서 서닛의 곁으로 다가가 옆에 앉았다. 서닛은 반사적으로 옆으로 물러나려다가 라틸이 째려보자 무릎에 힘을 주어서 버텼다.

"죄송합니다. 그런 장면을 보고 나니 자꾸 몸이 뒤로 가집니다."

"이 상황에서까지 놀릴 겁니까?"

"기회는 올 때마다 잡아야지요."

서닛의 입꼬리가 삐딱하게 올라가자 라틸은 희한하게도 마음이 안정이 되었다. 뭐랄까. 그래도 자신이 로드여야 한다면, 서닛도 한 패라서 다행인 느낌. 나이트라는 게 뭔지는 아직 잘 모르겠지만, 피인어 지배자가 '로드의 나이트'라고 표현한 걸 보니 일단 한패가 확실하지 않을까?

"내가 로드인 거…… 맞습니까?"

라틸이 다시 묻자 서넛은 한숨을 내쉬었다.

"일이 이렇게 됐는데도 말 안 해줄 겁니까? 차라리 말해주는 게 속 편할 텐데요. 경도, 나도."

서넛은 입술을 달싹일 뿐, 무어라고 말을 하지 못했다. 라틸은 답답해졌지만 서넛도 나름대로 사정이 있긴 했다. 무조건 부정하기엔 라틸이 너무 많은 증거를 가져왔다. 지금 부정하면서 제대로 된 반박을 하지 못하면 라틸은 그가 거짓말을 한다고 생각해 신뢰하지 못하게 될 것이다.

그렇다고 수긍하자니, 그래도 될지 확신이 서지 않았다. 서넛은 보통 이렇게 중요한 일들은 칼라인에게 상담했기 때문이다. 그는 아는 게 많이 없었기에 이런 문제에서 결정을 내린 적이 드물었다.

그리고 칼라인이 말하길, 보통 로드가 자신이 로드란 걸 알게 되는 때는 각성하면서라 했다. 그러나 라틸은 아직 각성을 하지 못했다. 여러 가지로 힘이 생겨나고 있는 것 같지만 칼라인에게 들은 바로는 그건 진정한 각성이 아니었다.

"대답을 안 해주는구나. 또."

라틸이 다시 반말로 돌아오자, 서넛은 심장에 찬물을 넣고서 흔드는 고통을 받았다. 라틸의 한숨 소리가 자잘한 유리 부스러기들처럼 그의 마음에 박혔다. 그래도 서넛은 함부로 입을 열지 못했다.

"그대가 그렇게 망설이면 망설일수록 나는 내 말이 맞단 생각을 하게 됩니다, 서넛 경."

"죄송합니다."

만약 서넛이 라틸을 위해 이곳에 왔다가 잡힌 게 아니라면 라틸은 분명 그에게 차가운 소리를 더 뱉었을 것이다. 하지만 서넛이 자신을 확실히 위한다는 건 알기에 라틸은 그를 더 흔들지 않기로 했다.

라틸은 서넛이 두 손을 꽉 잡고서 침울하게 머리를 숙이자 더 무어라 재촉하지 못하고서 몸을 일으켰다.

"알았습니다. 이 문제는 나중에 얘기하고, 일단 여기서 나가죠."

서넛이 몸을 일으키자 라틸은 벽으로 걸어간 다음, 거기에 대고 티투가 알려준 대로 그의 이름을 두 번 불렀다.

"티투 티투."

하고 보니 '이게 뭔가' 싶어 좀 허탈해졌으나, 제대로 된 방법이 맞기는 한지 곧 문이 열리며 티투가 들어왔다. 라틸은 서넛에게 티투를 눈으로 가리키며 말했다.

"따라가요. 밖으로 데려다줄 겁니다."

서넛은 라틸 곁으로 오다가 그 말에 포함된 뉘앙스를 읽고서 놀랐다.

"같이 안 가실 겁니까?"

"난 같이 온 사람이 있습니다. 그 사람하고 나갈 겁니다."

"같이 온 사람이라니요?"

'같이 온 사람'이 누구인지 아는 티투가 인상을 구겼다. 서넛은 티투가 갑자기 표정을 일그러뜨리자 더욱 의아해 라틸을 바라보았다.

"아, 뭐. 따지자면 사람은 아니지만……."

"칼라인 님입니까?"

"아닙니다."

라틸은 조금 주저하다가 털어놓았다.

"기르골입니다."

서닛의 눈이 커다래졌다. 왜 그자와 함께 있냐는 표정. 그는 입을 뻐끔거렸다. 그런데도 묻지 못하는 건 라틸이 '내가 로드야?'라고 물었을 때 자신도 대답하지 못했기 때문이었다. 라틸은 서닛이 왜 저러는지 대번에 이해했으나, 사정을 설명해 주는 대신 침착하게 말했다.

"기르골이 뭐 하는 뱀파이어인진 경도 알죠? 안 부딪히는 게 나을 겁니다. 먼저 나가요."

그러고서 라틸은 티투에게 서닛을 부탁하기 위해 고개를 돌렸다. 그런데 옆을 보니 뜻밖에도 티투는 무릎을 꿇고 있었다.

"왜 이래?"

라틸이 황당해서 허리를 숙여 눈을 맞추자, 티투는 황망한 목소리로 물었다.

"로드이십니까?"

"다 들었구나."

"들렸습니다."

"……다 들었으면 너도 알겠네. 나도 모른다."

라틸은 솔직하게 대답하고서 서닛을 끌어다가 그의 앞에 내려놓았다.

"일단 서닛 경부터 데려다줘. 기르골이 서닛 경을 본다면 기분 나빠할 것 같으니."

"예."

로드란 존재에 대해 호감이 있는 걸까. 티투는 아까 라틸을 피인어 지배자에게 데려갈 때와 달리 싹싹하게 대답하더니 얼른 앞서 갔다.

"나이트, 이쪽으로 오시지요."

서닛은 티투를 따라가지 않고서 라틸을 계속 바라보았다.

"얼른 갑니다."

라틸이 그렇게 말해주어도 서닛은 주저했다.

"기르골과 다니는 게 위험하지 않을까요?"

"뭐가 위험합니까. 내가 로드인지 아닌지 아직 확실한 것도 아닌데. 확실한지 아닌지 내가 물어도 대답 안 해주면서."

라틸이 짜증스럽단 듯 인상을 구기며 손가락으로 아무 길을 가리키자, 서닛은 그제야 티투를 따라갔다.

"티투, 기르골이 없는 쪽 문으로 가. 뒷문 같은 거!"

라틸은 서닛과 티투가 보이지 않을 때까지 서있다가 자신은 반대 방향으로 몸을 돌렸다.

엘프가 누구를 말하는 건지 좀 헷갈리긴 하지만 일단 자신과 함께 온 동료는 한 명뿐이기에, 기르골은 순순히 피인어들에게 투항했다. 하지만 피인어들은 안심하지 못했다. 애초에 기르골이 무기

없이 그들을 상대하고 있었기 때문이다. 즉, 투항이라고 해봐야 별 거 없었다.

"이쪽으로 와라!"

기르골은 피인어들에게 손목이 묶인 채 순순히 그들을 따라갔지만 입가에는 미소가 어려있어서, 오히려 끌고 가는 피인어들이 더욱 긴장했다. 그렇게 해서 도착한 곳에는 사디를 뱀파이어 나이트가 있는 방으로 보낸 므라딤이 옥좌에 한쪽 몸을 기울여 앉아있었다. 므라딤은 기르골을 보자마자 얼굴이 구겨져 몸을 바로 했다.

"기르골…… 네놈……!"

"안녕, 아가."

기르골이 반갑게 눈웃음을 지으며 인사해도 므라딤의 얼굴은 분노로 더욱 벌게졌다.

"네놈……!"

므라딤이 분노하거나 말거나 기르골은 이 안에 있을 그의 동료 '엘프'를 찾아 주위를 두리번거렸다. 하지만 사디가 보이지 않자 그의 고개가 비딱하게 기울어졌다.

"없는데."

이윽고 혼자 작게 중얼거린 그는 므라딤에게 시선을 고정하고서 물었다.

"아가야, 내 제자님 어디 갔어?"

므라딤은 그가 자꾸 자신을 아가라 부르자 화가 나서 수염까지 후들후들 떨다가 '제자님' 소리에 가까스로 진정했다. 그는 기르골이 대적자들의 스승 노릇을 한단 걸 알고 있었다. 그렇다면 정말로 기르골은 그 이상한 여자를 자기의 제자, 즉 대적자로 여기고 여기로 데려왔단 뜻이었다.

하지만 그가 볼 때 그녀는 절대로 대적자가 아니었다. 물론 엘프도 아니었지만. 므라딤의 근육 속에 한 줄기 희망이 솟아났다. 설마…… 저 미친 뱀파이어. 대적자를 잘못 찾아낸 건가? 몇천 년 만에 드디어?

그 생각을 하는 순간, 므라딤은 참지 못하고 크게 웃음을 터트리고 말았다. 그 표정이 기분 나쁜지 기르골이 미간을 찡그렸지만, 므라딤은 기쁜 웃음을 감출 수 없었다.

그가 기르골을 증오하는 건 그가 단순히 자신을 아가라고 불러서가 아니었다. 자신들이 로드를 편들 때마다 기르골, 저 미친놈이 저지른 짓거리들. 그의 손에 죽은 동족이 몇이고 그의 손에 부상 입은 동족은 몇이던가.

'네놈의 그 길고 긴 생도 드디어 끝나려나 보다, 기르골.'

므라딤은 속으로 서늘하게 생각했으나 절대로 표현하지 않았다. 그래야 계속 저자가 제 무덤을 팔 테니까.

"대답을 안 하네. 설마…… 거짓말한 건가?"

하지만 기르골도 바보는 아니어서 므라딤의 표정을 보자 대번에 의심을 드러냈다. 므라딤은 입꼬리를 비딱하게 올리고서 입을 열었다.

"혹시 그 제자란 게 엘프를 말하는 건가?"

그 여자가 절대로 엘프가 아니란 건 껍데기만 봐도 알지만, 저 미친 뱀파이어를 속이기 위해서라면!

그렇게 므라딤의 눈동자가 증오로 타오르는 그 순간.

마침 기르골을 찾아온 라틸이 커다란 홀 안으로 들어서다가 심상치 않은 구도와 기르골의 팔을 묶은 수갑을 보고 "어?" 하고 눈썹을 치켜떴다. 기르골과 므라딤은 갑자기 나타난 여자를 쳐다보았다가, 동시에 다시 서로를 보았다. 기르골은 확실하게 하기 위해 사디가 나타나자 대놓고 물어보았다.

"저 아가씨를 엘프라고 한 거 맞겠지?"

"그래. 저…… 엘프."

므라딤이 기르골을 속이기 위해 정색하고 대답하자, 기르골은 자신이 제대로 찾아온 게 맞구나 싶어서 라틸을 바라보며 안도해 웃었다. 그 모습을 보며 므라딤은 비웃었고, 라틸은 난데없이 공개적으로 놀림받은 기분에 얼굴이 벌게졌다.

'뭐야. 저 피인어 왕, 아깐 내가 절대 엘프가 아니라더니 왜 저러고 있어?'

하지만 여기서 그 부분에 반응하면 더 부끄러워지리란 걸 알기에, 라틸은 엘프라는 말은 무시하고서 기르골에게 차갑게 말했다.

"그만 돌아가자. 여기서 뭐 해?"

"엘프가 납치당했다고 들어서 따라왔지. 내가 아는 아가씨는 엘프뿐이라."

"뒤에 말 순서가 좀 바뀌었다? 일부러 바꾼 거야?"

기르골은 어깨를 으쓱하고서 자신의 손을 감싼 수갑을 들어 보였다.

"따라왔더니 저 피인어들이 이렇게 해놨어, 아가씨. 내가 아가씨

구하려고 수갑까지 찼다고."

라틸은 한숨을 내쉬고서 그쪽으로 다가간 다음 자신의 단도를 꺼내 수갑 사이의 고리를 픽 찍어버렸다. 검집 날이 아니라 검집 끝으로.

그러자 '뚝' 소리가 나며 수갑은 끊어졌고, 피인어들의 눈동자는 밤송이만큼 거대해졌다.

"됐지? 가자."

놀란 건 피인어들만이 아니었다. 기르골 역시 끊어진 수갑을 보며 놀란 듯하더니 순수하게 감탄했다.

"우리 제자님, 힘 센데?"

"그냥 수갑이잖아."

왜 저렇게들 놀라는 건가 싶어 라틸이 괜히 퉁명스럽게 대답하자, 기르골은 "그냥 수갑?" 하고 웃음을 터트렸다.

그 웃음이 어쩐지 피인어들을 조롱하는 것 같아서 라틸은 '내가 말실수를 한 건가?' 싶어 주위를 둘러보았다. 정말로 피인어들은 좀 화난 얼굴들이었다.

라틸이 다시 기르골을 보자, 그는 자유를 찾은 자신의 손을 이리저리 훑어보면서 알려주었다.

"피인어들은 봉인과 감금 실력이 뛰어나, 제자님. 수갑 역시 저들의 자랑거리야."

근데 그 자랑거리를 내가 한 번에 부순 거구나. 부순 데서 멈추지 않고 '그냥 수갑'이라 해버렸으니, 피인어들이 저렇게 노려보는 거야. 라틸은 상황을 빠르게 파악하고서 "몰랐어." 하고 작게 중얼거렸다.

하지만 몰랐다고 말한다 한들 피인어들의 부서진 자부심이 돌아올 리 없단 걸 알기에, 라틸은 지배자 피인어에게 다가가 얼른 화제를 돌려버렸다.

"저기, 우리는 여기에 이상한 공동이 나타났단 말을 듣고 탐험하러 온 거지, 인어분들, 아니, 죄송. 피인어분들하고 싸우려고 온 게 아니거든요."

옆에서 기르골이 '거짓말'이라고 생각하는지 바람 빠지는 미소를 짓자 라틸은 그를 슬쩍 놀려보았다. 기르골은 미안하다고 자기 입술을 두어 번 두드린 다음 얼른 정색했다. 라틸은 다시 피인어들의 지배자를 보며 부탁했다.

"싸우고 싶어서 온 게 아니니 그만 나가게 해주세요."

이 말을 하면서도 라틸은 이 지배자가 '아까 찾겠다던 사람은 찾았나?'라고 말할 경우에 대비해 몇 가지 방법을 생각하고 있었다. 그런데 의외로 지배자는 그 질문을 하지 않았다.

"그래?"

오히려 아무렇지 않게 되묻더니 갑자기 동굴 벽으로 걸어가 벽에 귀를 대고 서기만 했다. 뭐지……. 자기가 상처받았단 걸 표현하는 건가. 라틸은 순간 지배자의 저 넓은 등짝을 토닥토닥 위로해주어야 하나 의심했다. 그러나 지배자의 표정이 아주 묘하게 변하는 걸 본 라틸은 그러지 않기로 했다.

하긴. 갑자기 자기 등을 내밀고 위로해 달란 피인어라니, 이상하잖아.

잠시 뒤, 동굴 벽에서 귀를 뗀 지배자는 라틸의 앞으로 다가오더니 무도회에서 춤을 추기 전 신사처럼 허리를 숙이며 한 팔을 구부리고 인사했다.

"어…… 예."

얼결에 라틸이 따라 인사하자 지배자는 빙그레 웃고서 대답했다.

"그쪽 엘프의 말이 맞지. 싸우러 온 게 아니라면 싸울 필요는 없어. 그렇지?"

"그럼요."

라틸은 얼른 대답했으나 기르골은 협조해 주지 않았다.

"여기 피인어들을 다 사냥하고 가면 실력이 훨씬 향상될 거야, 아가씨."

라틸은 그의 옆구리를 아프지 않게 퍽 치고서 웃으면서 빠르게 고개를 저었다.

"인어가 있을 줄 알았으면 안 왔어. 난 인어를 사랑한단 말야."

"피인어라고 해, 아가씨. 이 피인어들은 인어랑 사이 안 좋아."

"난 피인어를 사랑한단 말야."

기르골은 웃음을 참느라 입술을 깨물었지만, 라틸은 아무렇지 않은 척 진중하게 지배자를 바라보며 '난 이놈과 달라요'라는 걸 어필했다. 다행히 지배자는 기분 나빠하는 기색이 아니었다.

"마음에 들면 하나 잡아갈까? 키우게?"

기르골의 말에 대번에 표정이 험악해졌으나, 라틸이 그의 입을 틀어막자 가까스로 지배자는 다시 화를 가라앉히는 듯 보였다. 라틸은 그에게 꾸벅 사과를 한 다음 돌아가는 길을 물었고, 지배자는 고맙게도 순순히 설명해 주었다.

폭풍처럼 두 사람이 다녀간 뒤, 문이 닫히자마자 피인어들은 벽에 다닥다닥 달라붙어 귀를 댔다. 그들은 벽을 통해 아주 멀리서 들려오는 소리도 들을 수 있었다. 피인어들은 그들이 무사히 아주 먼 곳까지 가는 걸 확인하자 얼른 벽에서 귀를 뗐다.

그중에는 슬린도 있었는데, 슬린은 유독 불만스러운 표정으로 있다가 지배자 므라딤에게 항의했다.

"기르골은 왜 보내준 겁니까, 지배자님? 지배자님이 힘을 다 드러내면 기르골을 없앨 수 있었는데요."

다른 피인어들도 조심히 지배자를 바라보자, 지배자는 미끄러지듯 옥좌 위로 올라가 옆으로 편안하게 눕고서 꾸짖었다.

"죽일 순 있겠지. 너희까지 같이 죽겠지만."

"!"

"내가 기르골을 죽이고 싶어 하는 건 복수하기 위해서인데, 복수하기 위해서 동족까지 다 죽이란 거냐."

"그건 아닙니다."

슬린이 기가 죽어 황급히 사과하자, 므라딤은 혀를 몇 번 차다가 눈을 빛내며 웃었다.

"어차피 두어도 기르골 저놈은 곧 죽는다. 염려 마라."

"무슨 말씀이신지……."

"기르골이 자기 제자로 착각하고 있는 아까 그 엘프라던 여자, 뱀파이어 로드가 맞다."

슬린과 피인어들이 눈을 동그랗게 뜨고서 서로를 쳐다보았다.

"그게 무슨 말씀이십니까?"

"그 여자가 뱀파이어 나이트와 대화하는 걸 티투가 들었다더군. 뱀파이어 나이트는 티투가 다른 길로 내보내줬단다."

"그 여자가 진짜 로드라고요?"

슬린은 아직도 그 말을 믿지 못해 되물었으나, 므라딤은 혼자 웃느라 대답해 주지 않았다. 그는 껄껄 소리를 내면서 옥좌 손잡이를 주먹으로 두드렸다.

"기르골이 로드를 대적자로 착각했으니, 이번에야말로 그놈이 망하는 꼴을 보겠구나!"

크게 웃던 그가 갑자기 벌떡 일어나자 보석을 엮어 만든 것 같던 인어의 꼬리가 순식간에 사람의 다리로 변했다. 므라딤은 슬린이 가지고 있던 단도를 꺼내 자신의 수염까지도 거울을 보지 않고 한 번에 깎아버렸다.

그러자 사자의 갈기처럼 풍성하던 수염은 싹 사라지고 순식간에 사람들이 상상 속에서 구현한 것처럼 신비로운 물의 정령 같은 얼굴이 드러났다.

오랜만에 지배자의 아름다운 외모를 본 피인어들은 작게 비명을 지르면서 꼬리지느러미로 박자를 맞춰 동굴 바닥을 두드렸다.

슬린은 놀라 물었다.

"어디 가시려는 겁니까, 지배자님?"

므라딤은 인간 세상에 나갈 때가 아니면 절대로 수염을 깎지 않는다. 인간 세상에서 그의 사자 갈기 같은 수염은 너무 눈에 띄기 때문이었다. 그런 므라딤이 수염을 깎았다는 건 멀리까지 외출하리란 뜻이기도 했다.

므라딤은 고개를 끄덕이고서 느릿하게 웃었다.

"기르골 죽는 꼴은 내 눈으로 봐야지."

"그럼……?"

"우리는 이번에 로드 편에 붙는다."

"!"

지배자의 아름다움에 취해 비틀거리던 피인어들이 동시에 조용해졌다. 므라딤은 기르골을 향한 원한을 차갑게 드러내며 슬린에게 지시했다.

"뱀파이어 나이트는 우리를 한패로 끌어들이러 온 거였으니 로드가 누군지, 어디 있는지 알려주려 할 거다. 티투에게 잘 물어둔 다음 돌아오라 해라."

"네!"

서넛은 무사히 빠져나갔을까? 내가…… 뭔가 많은 걸 알아버렸으니 서넛은 이제 돌아오려 할까?

라틸은 발을 옮기면서 멍하게 생각했다. 그가 돌아오지 않았다고 해서 이쪽에게 질렸단 게 아니란 건 알았다.

'도움이 되기 위해 이런 데 올 정도라면 여전히 날 위하는 마음이 있긴 할 거야. 대체 어떤 점에서 날 위하려던 건진 모르겠지만.'

동굴을 따라 계속 걸어가고 있자니, 자꾸만 서넛 생각이 났다. 그가 돌아올 거란 기대, 그런데 아직도 안 왔으면 어쩌나 하는 생각, 나중에 그 생각은 점점 로드에 대한 생각으로 바뀌어서, 라틸은 자신이 로드라면 뭘 어떻게 해야 하나 싶어졌다.

로드라고 해서 세상을 위해 죽어줄 마음은 없었다. 그렇다고 해서 갑자기 세상을 지배하고 괴물들을 부리고 싶은 마음도 없다. 라틸은 그냥 이대로 평화롭게 지내고 싶었다. 후궁들을 데리고서. 좋은 황제가 되어서.

로드라도…… 이게 가능한 걸까? 로드가 악을 불러온다던데 정말일까?

그래도 도미스처럼 세상에 해 한 방울 안 끼치고 살아가던, 가엾고 착하고 여린 아이도 로드가 될 수 있단 걸 알아버려서인가.

그걸 보고 나니 적당히 성질도 있고 필요할 땐 잔인할 수도 있는 자신이 로드일 수 있단 가능성이 이전보단 수월하게 받아들여졌다.

'뭐, 아직 도미스가 로드라고 100퍼센트 확신한 건 아니지만…… 가능성은 제일 높잖아.'

"사디 양."

그렇게 멍하게 걸어가고 있자니 뒤에서 기르골이 라틸을 불렀다. 돌아보자 그가 빙그레 웃으면서 라틸을 다시 고쳐 불렀다.

"피인어가 인정한 공식 엘프가 됐네."

"!"

그냥 예쁘다거나 아름답다거나 뭐 그 정도의 칭찬이라면 넘어가겠는데.

'엘프는 그야말로 미의 집약체 같은 존재잖아. 실제로 본 적은 없지만.'

기르골이 저렇게 부르는 건 누가 봐도 놀리는 거라 라틸의 얼굴에 열이 화끈 올랐다. 라틸은 그를 노려보다가 목소리를 낮추어 협박했다.

"그 이야긴 꺼내지도 마."

"왜. 잘 어울리던데. 아무도 아가씨 외양을 설명조차 안 했어. 엘프. 이 단어만으로 다들 아가씨를 떠올리고 알아들었거든."

"하지 말라니까?"

"스스로가 부끄러워?"

라틸이 그의 귀를 꽉 깨물려는 시늉을 하자 기르골은 얼결에 피했다가 눈을 동그랗게 떴다. 그러더니 곧 재밌다고 웃으면서 라틸의 팔짱을 꼈다.

"누가 날 물려고 한 거 처음이야, 아가씨."

"아, 그래. 보통은 그대가 물기만 했을 테니."

"그러니까."

라틸이 그를 째려보고 있자니, 기르골은 흐뭇하게 웃고서 속삭였다.

"근데 아가씨, 숨은 한 번 더 참아야 할 것 같은데."

"어?"

질문을 하자마자 전에 들었던 그 거대한 비눗방울이 깨지는 소리가 났고, 라틸은 알아서 코와 입을 틀어막고서 기르골에게 딱 달라붙었다. 그가 희미하게 몸을 떨며 웃는 듯했지만, 라틸은 눈을 감고 숨을 참느라 그의 상태를 확인하진 못했다.

그렇게 몇 초 후, 숨이 너무 가빠온다 싶을 즈음, 다시 물이 빠져나가는 게 느껴졌고 라틸은 얼른 숨을 들이쉬고서 눈을 떴다.

기르골이 놓아주자, 라틸은 가파른 바닥에 기대어 숨을 헐떡이며 머리카락에서 물기를 짜냈다.

"저 물은 대체 어디서 나타났다 사라지는 거야? 젠장."

"일종의 함정이겠지. 외부인을 차단하기 위한."

라틸은 머리카락을 쥐어뜯듯 물기를 꽉꽉 짜내면서 바닥에서 굴러떨어지지 않기 위해 다리에 힘을 주었다. 그러고 보니 안쪽은 좀 평지에 가까운 곳도 있고, 평지가 아니어도 비탈이 심하지 않은데. 오히려 출입구 쪽이 더 가파른 것 같았다.

아니, 가파른 정도가 아니라 거의 절벽에 가까울 정도여서, 라틸은 떨어지지 않기 위해 발에 힘을 꽉 주고 균형을 잘 잡았다.

그런데 물기를 짜내면서 보니 기르골이 몇 시간 전처럼 라틸을 물끄러미 보고 있었다. 라틸은 젖은 머리카락을 내려놓고서 기르골의 눈앞에 대고 다시 손을 흔들었다.

"왜 그댄 내가 머리카락을 짤 때마다 그렇게 볼까?"

기르골은 그제야 제정신이 돌아온 듯 눈썹을 잠깐 올리는가 싶더니 웃으면서 고개를 저었다.

"과연 머리 말리는 모습이 엘프 같구나, 생각했어."

"!"

라틸이 화나서 노려보았으나, 기르골은 아무렇지 않게 라틸을 부축해 일어나는 걸 돕고는 뒤로 돌아갔다.

"아가씨가 앞서가. 발이라도 헛디디면 내가 받아야지."

"안 그래. 난 균형 감각이 빼어나니까!"

"다행이네. 하지만 내가 더 좋을 테니 앞서가."

그러나 막상 라틸을 앞세워 놓더니 출입구 부근에 다 닿았을 즈음, 기르골은 "잠시." 하고 말하고서 라틸을 지나 자기가 앞으로 갔다.

"왜 그래?"

"분위기가 안 좋아."

"분위기?"

기르골이 앞서갔고, 라틸은 영문을 모른 채 따라갔다.

하지만 얼마 가지 않아 라틸도 기르골의 말뜻을 이해했다. 공동 밖에는 수많은 병사들이 창을 들이밀고서 겹겹이 안쪽을 향해 겨누고 있었다.

칼라인은 먼발치에서 그 모습을 지켜보다 움찔했다. 그는 당장 달려가서 라틸을 돕고 싶은 충동에 휩싸였다. 어려운 일도 아니었다. 저런 병사 몇십 명 정도를 해결하는 것쯤은 꼭 그들을 죽이지 않더라도 가능했다. 하지만 그는 바로 나갈 수 없었다. 병사들 때문이 아니라…….

'기르골.'

라틸과 함께 있을 기르골, 그자 때문에. 기르골은 라틸을 사디로 알고 있었고, 사디를 대적자로 알고 있었다. 이 때문에 현재는 사디를 지켜주고 있고. 하지만 그가 나타나 사디를 보호하려 든다면 기르골은 의심을 하게 될 것이다.

'어라. 왜 쟤가 대적자를 지키지?' 하고.

그게 몇십 명의 병사들보다 더 위험한 일이었다.

'병사들은 괜찮다. 내가 해결 가능한 이들을 기르골이 못 해결할 리 없으니.'

칼라인은 초조한 스스로를 달래며 몸을 낮추고 때를 기다려 보기로 했다.

"어쩔 거야?"

라틸이 작게 묻자 기르골이 되물었다.

"우리 '대적자답지 않은' 사디 양 의견은?"

"무슨 소리야?"

"아가씨라면 목격자를 없애고 탈출을 꾀할지도 모르니까."

아니, 이게 사람을 어떻게 보고? 라틸이 째려보자 기르골이 이 와중에 맑게 웃었다.

"아닌가?"

"당연히 아니지. ……그건 뒤로 미뤄. 최후의 수단이다."

"!"

기르골이 눈을 커다랗게 뜨는가 싶더니, 뭐가 그리 재미있는지 자기 손으로 입술을 누르고 웃었다.

라틸은 재차 그를 가자미눈을 하고 보다가, 돌연 타시르가 '가자미!' 하고 외치는 게 떠올라 억지로 토끼 눈을 하고 제안했다.

"그대가 날 업고 아주 빨리 달리면 어떨까?"

"아가씨, 표정이 부담스러워."

"달릴 수 있냐고."

"달릴 수야 있지. 괴물이 다녀갔단 소리가 돌겠지만."

라틸은 입술을 잘근잘근 씹으며 미간을 구겼다. 괴물이 다녀간 건 맞지. 하지만 그런 소리가 돌면 안 된다. 아니, 소리가 도는 것도 괜찮다. 얼굴이 공개되는 게 안 되지. 그럼 어쩐다…….

"내가 타리움 특사란 걸 밝히면 어떨까?"

"난 그런 문제는 잘 몰라, 아가씨."

기르골이 어깨를 으쓱하자 라틸은 조금 더 고민하다가 고개를 저었다.

"아니, 이건 안 되겠어. 국가 문제로 비화할지도 모르니까."

쇼드 폴리 국왕은 라틸이 도와주겠단 제안을 거절했다. 그런데도 특사를 보내 몰래 조사하고 있었단 걸 알게 된다면 분명 불쾌하게 여길 거다. 불쾌하게 여겨봤자 훨씬 강대국인 타리움을 공격하진 못하겠지만, 라틸은 타리움을 고립시킬 마음은 없었다.

'부딪치지 않을 수 있다면 부딪치지 않는 게 좋지.'

그때, 기르골이 라틸이 고민하는 모습을 힐긋 보더니 조용히 입을 열었다.

"이쪽은 빛이 없어서, 아마 저 병사들한테 아가씨까진 안 보일 거야."

라틸은 발치만 내려다보다가 "어?" 하고 고개를 들었다.

"무슨 소리야?"

"내가 나가서 시선을 끌어줄 테니 아가씬 숨어있다 달아나."

라틸은 눈을 깜빡거리다가 놀라서 기르골의 허리를 잡았다.

"무슨 소리야?"

"나중에 우리 집에서 다시 만나, 돌아간 후에."

"아니, 그게 아니라, 잡히면 위험하잖아."

"위험하지, 저 병사들이."

기르골의 말에 라틸은 주저했다. 그래. 위험하긴 하지. 병사들이.

"그건 그렇지만……."

대적자의 스승이니 무지막지하게 강하겠지. 게다가 그 피인어들 사이에서도, 기르골은 붙잡혀 있긴 했지만 위기에 처한 분위기는 아니었다.

그 병사들 수나 피인어 수나 거기서 거기이니, 아마 위험하지 않을 거란 기르골의 말은 사실일 것이다. 하지만…….

"저들의 안위를 위해 내가 안 잡히길 빌어줘, 사디 양."

"저들이 그대 얼굴을 보면? 그댈 공개적으로 수배할 텐데?"

"그렇겠지?"

"그댄 얼굴이 눈에 띄잖아."

라틸이 생각하는 문제는 이 점이었다. 아무리 기르골이라고 해도 얼굴이 알려지면 위험하진 않아도 귀찮아질 것이다. 아주 많이. 그런데 시선을 끌며 달아나겠다니. 하지만 기르골은 태연히 웃었다.

"사디 양이 훌륭한 대적자가 되면 다 해결돼. 누가 대적자의 스승에게 뭐라 하겠어?"

말을 마친 기르골은 라틸의 머리카락을 보며 물었다.

"건드려 봐도 돼?"

갑자기 그건 왜? 의아해하면서도 라틸이 멍하게 고개를 끄덕이자, 그는 손을 올리더니 라틸의 젖은 머리카락 사이에 손을 넣고 빗으로 빗듯 쓸어보았다.

그러다가 머리카락 가까이 코와 입을 가져다 대서 라틸은 깜짝 놀랐다. 그가 냄새를 맡는 건지 입을 맞춘 건지 알 수 없었다. 그러나 뭘 한 거냐고 묻기도 전에 그는 머리카락을 놓아주며 들릴 듯 말 듯 작게 중얼거렸다.

"만약 이대로 한…… 몇 년 정도 지나면……."

뒷말은 하지 않았다.

"지나면?"

라틸은 그 뒷말이 궁금했으나, 기르골은 뒷말을 알려주지 않고 일어섰다. 라틸은 얼른 바위 뒤에 몸을 숨겼다. 그 상태로 가만히 있자니 바위를 발끝으로 내딛는 소리가 한 번 들렸고, 곧이어 멀찍이서 "잡아!", "잡아라!", "수상한 자다, 잡아!" 하는 병사들의 고함

소리가 들려왔다.

이번에는 수많은 발소리, 아마도 병사들의 발소리가 우르르 멀어졌다. 그 바람에 공동 입구 부근이 아주 약간 떨렸다. 라틸은 무릎을 끌어안고 있다가 기르골이 건드린 머리카락을 손으로 들어보았다. 무슨 뜻이었을까? 몇 년이 지나면?

거의 20분, 아니면 30분쯤 지났을 무렵. 주위에 아무도 없는 듯하자 라틸은 슬그머니 바위 뒤에서 빠져나와 공동 밖으로 나왔다.

병사들이야 어차피 기르골을 놓칠 테니, 시간을 더 끌면 그들이 포기하고 돌아올지도 모른다. 그러니 그 전에 나가려는 것이었다.

"와…… 이게 무슨."

나가보니 예상대로 병사들은 아직 돌아오지 않았다. 하지만 먼 발치에 모험가들은 그대로 있었다. 애초에 그들은 공동을 조사하라고 고용된 이들이기에 수상한 사람이 나타났다고 해서 그들을 쫓아가지 않은 것이다.

모험가들은 변두리에 앉거나 서서 대화를 나누고 있었는데, 라틸을 발견하자 오히려 자기들이 더 놀라 굳었다.

서로가 놀라 생긴 몇 초의 정적 후, 라틸은 최대한으로 속력을 내어 숲으로 뛰어갔다.

"병사!"

"누가 병사 불러!"

모험가들은 위험을 감수할 마음은 없는지 라틸을 쫓진 않았지만 병사들을 부르러 갔다.

라틸은 혀를 찼다. 기르골 덕에 쇼드 폴리에 잡혀가는 일은 없게 됐지만 목격자들이 얼굴을 봐버렸으니 결국 귀찮아지긴 할 것 같았다. 그들이 행동을 빠르게 한다면 수배서가 걸려서 이동 자체가 까다로워질지도 모르고.

그 순간.

"이쪽으로."

누군가 라틸의 옆으로 다가와 속도를 맞추면서 말했다. 옆을 보자 칼라인이었다.

"!"

따라왔어? 뛰는 도중 옆을 보다가 나무뿌리에 발이 걸린 라틸이 휘청이자, 칼라인은 라틸을 부축해 품에 안고는 계속 뛰었다.

아니, 아까는 라틸과 속도를 맞추느라 잠시 느리게 달렸던 듯, 그는 라틸을 안자마자 속도가 더 빨라졌다.

"언제부터 여기 있었어?"

"계속 따라왔습니다. 공동 안엔 들어가지 않았지만요."

"내가 있으라 그랬잖아."

"어떻게 그럽니까. 여기 올 거란 걸 뻔히 아는데."

너무 빠른 속도 탓에 머리카락이 마구잡이로 헝클어지자, 라틸은 한쪽 팔로 칼라인을 꼭 잡고 다른 한 손으로는 머리카락을 모아 움켜쥐었다. 그래도 칼라인이 원체 단단하게 라틸을 안아든 터라 자세는 안정적이었다.

"내가 누구랑 왔는지도 알아?"

"따라왔는데 모를 리가요."

라틸은 칼라인이 기르골과 사이가 나쁘단 걸 알기에 조금 민망해졌다. 하지만 숲 깊은 곳을 지날 무렵, 라틸은 민망함을 누르고 걱정스럽게 물었다.

"기르골을 돕지 않아도 될까?"

상황을 다 지켜봤다면 칼라인도 이미 기르골이 사디를 위해 병사들의 눈길을 끌어준 걸 알 거다. 그런데도 그냥 가버린다는 건 도울 마음이 없단 걸 테지만 그래도 영 신경이 쓰였다.

칼라인은 표정에 거의 변화가 없는 채 온기 없이 대답했다.

"그 괴물한테 해를 입힐 인간은 없습니다."

그거야 그렇겠지. 라틸은 한숨을 내쉬고서 칼라인의 어깨에 머리를 기댔다.

그 순간, 내내 흔들림 없이 나아가던 칼라인이 조금 삐끗했으나 그것도 아주 잠시. 그는 계속해서 앞으로 나아갔다. 자신이 사디와 있는 모습을 기르골이 혹시라도 볼까 봐 속도를 유난히 더 내는 것이었다.

이를 모르는 라틸은 칼라인이 자신이 기르골과 가깝게 지낸 걸 알고 좀 화가 난 게 아닌가 걱정했다. 그러다 몇 개의 숲을 지나가고, 국경을 지나 몇 개의 마을을 지나쳐 갈 때쯤이 되자 해는 완전히 보이지 않게 되었다.

하늘은 짙은 회색이 되고 라틸의 배에서도 꾸륵꾸륵 소리가 났다. 라틸 스스로도 거의 듣지 못한 소리였으나 칼라인은 소리를 바로 눈치채고서 멈춰 섰다.

"쉬었다 가야겠습니다."

"괜찮은데."

"주인은 사람이니까요. 쉬고 먹어야 합니다."

칼라인은 호숫가에 라틸을 내려주고는 잠시 정면을 보고 우두커니 서있었다. 주위에서 수상한 소리가 나진 않나 확인하는 듯했다. 마침내 그는 위험하지 않단 판단이 선 건지 경계를 풀고서 자신의 코트를 벗었다.

"이걸 덮고 계십시오."

코트를 라틸에게 덮어준 칼라인이 먹을 걸 구해오겠다며 어딘가로 가버리자, 라틸은 커다란 그의 코트에 파묻힌 채 여기저기 돌아다니며 땔감으로 쓸 나뭇가지들과 낙엽을 긁어모았다.

그 작업이 끝난 뒤에도 칼라인이 아직 오지 않아서, 라틸은 나뭇가지 근처에 앉아 잠깐 기르골 생각을 했다.

"기르골도 이 속도라면…… 먼저 돌아갔을지도 모르겠네. 날 안 업고 가니까 더 빠르겠지."

생각은 자연스럽게 '사디'의 얼굴을 쇼드 폴리 모험가들이 보았을 거란 생각으로 흘러갔다. 모험가들은 여기저기 돌아다니는 이들이었다. 개중에는 자기 모험담을 돌아다니면서 팔거나 자랑하는 사람도 있다. 라틸은 그게 걱정이었다.

'사디'는 사람들 사이에 잘 묻히는 편이고 유독 존재감이 없긴 하지만, 공동에서 빠져나왔을 때 라틸의 주변엔 아무도 없었다.

그런 상황에서 얼굴을 보았으니 눈썰미가 좋은 사람은 사디 얼굴을 바로 기억했을 것이다.

그들의 기억을 토대로 쇼드 폴리에서 수배서를 만들기라도 하면 어떻게 될까?

특사 신분으로 위장했는데 오히려 이 때문에 문제가 생기진 않을까? 라틸은 심란해져서 연신 엄지를 물어뜯었다.

"버섯을 구했습니다. 구워 드리겠습니다, 주인."

그러고 있자니 칼라인이 수풀 사이로 나타났다. 라틸은 한숨을 내쉬고서 손가락을 내렸다.

그런데 버섯을 품에 가득 안고 오던 칼라인이 라틸을 보자 우뚝 멈춰서서 눈썹을 올렸다. 품에서 버섯이 대여섯 개 굴러떨어지는데도 그는 한동안 우두커니 서있기만 했다.

"왜 그래?"

그의 시선이 자신의 얼굴에 고정되어 있자 라틸은 어리둥절해서 물었다. 칼라인은 그제야 정신을 차리고 떨어뜨린 버섯을 줍더니 다가오면서 알려주었다.

"얼굴이 변했습니다, 주인."

"내 원래 모습으로?"

라틸은 덩달아 놀라 물었다. 칼라인은 고개를 저었다.

"아니요. '사디'가 아니라 전혀 새로운 사람으로요."

"진짜야?"

라틸은 손으로 얼굴을 감싸 보았지만 이렇게 해서는 잘 알기 어려웠다.

"마법 물품으로 얼굴을 바꾼 거라고 했지요?"

"어. 한 얼굴로만 바꿀 수 있는 줄 알았는데. 아니었나 보네. 왜 갑자기 바뀐 거지?"

"바뀌기 전에 한 행동이라거나, 그런 게 있습니까?"

"사디 모습이 공개 수배 될까 봐 걱정했어. 혹시 그래서인가?"

라틸은 얼굴을 더듬거리다가, 의식적으로 '다시 사디로 돌아와라. 사디로 돌아와' 하고 생각하며 손을 내리고 칼라인을 보았다.

"사디로 돌아왔어?"

그러나 칼라인은 고개를 저었다.

"바뀐 모습 그대로입니다."

라틸이 인상을 구기자, 칼라인은 그런 라틸의 얼굴을 신기한 듯 바라보다가 의견을 제시했다.

"아까는 위급한 상황이어서 바뀐 거고, 지금은 너무 의식적이어서 그런 걸까요?"

"모르겠어."

라틸은 중얼거리고서 이마를 짚었다. 아예 얼굴이 바뀌었으니, '사디'가 임무 도중 죽거나 다쳐서 새로운 특사가 왔다고 하면 되긴 하다. 새로운 얼굴로는 '사디'가 수배되어도 쫓길 일도 없고. 하지만……

'기르골은 사디를 대적자로 알고 있는데. 사디 얼굴로 변신할 수 없다면 어떻게 되는 거지?'

라틸이 타리움의 수도로 돌아온 건 딱 사흘하고도 세 시간만이었다.

모든 게 계획한 대로였다. 이번엔 가짜 황제 사건을 경험 삼아 철저히 대비까지 한 후 다녀온 것이라, 그런 쪽으로도 아무 문제가 없었다.

"제가 먼저 옷을 갈아입고 주인의 침실로 가겠습니다. 주인을 병간호하겠다고 들어간 다음, 창문으로 나와 주인을 방으로 올려드리면 주인이 밖에서 돌아왔단 걸 아무도 모를 겁니다."

칼라인이 라틸을 흔적 없이 침실에 데려다주기 위해 먼저 라틸을 병간호하는 척 황제의 방으로 가는 사이, 라틸은 자신의 방 창문이 까마득히 위에 있는 정원에서 앞으로 기르골과의 일이 어떻게 흘러갈지 고민했다.

자신이 로드일지도 모를 가능성을 숨기고 기르골에게 이것저것 배워두고 싶었는데. 내내 승리한 대적자들을 가르친 게 기르골이니만큼 그에게 배워서 나쁠 건 없으니 말이다. 적에 대해 잘 알면 알수록 승리할 가능성도 커지지 않던가.

그런데…… 사디가 사라져 버렸다. 라틸은 기르골과의 관계가 어떻게 흘러갈지, 아니, 흘러갈 수는 있는지, 이대로 끊어진 건 아닌지 걱정스러웠다.

'그렇다고 기르골에게 사디 얼굴이 처음부터 가짜였다고 밝힐 수도 없어. 그러면 애초에 사디란 사람이 가짜였단 게 들통나니까.'

그렇게 답이 없는 문제를 한참 동안 고민하고 있자니 위에서 창문을 여는 소리가 났다. 라틸이 고개를 들자, 굳게 닫혀있던 창문이 열리고 머리 하나가 쑥 나타났다. 칼라인이었다.

라틸이 손을 흔들자 칼라인은 싱겁게 마주 웃더니 조금 물러나란 손짓을 보냈다. 라틸이 뒤로 가서 서자, 칼라인은 눈 깜짝할 사이 창밖으로 훌쩍 뛰어내렸다.

"!"

커다란 몸을 가지고서도 그는 소리조차 내지 않고 착지했다. 보통 사람이라면 팔다리가 부러지는 수준에서 끝나지 않을 높이였으나 칼라인은 발목을 삐끗한 기색조차 없이 팔을 뻗었다.

"올려다 드리겠습니다."

라틸이 다가가 그의 목을 붙잡자 칼라인은 라틸은 두 팔로 수월하게 안아 들었다. 그가 하도 가뿐하게 안아 자신이 깃털처럼 가볍단 착각까지 들 정도였다.

"꼭 잡으십시오."

칼라인은 그 말을 하면서 다리를 약간 굽히는가 싶더니 곧장 위로 솟구쳤다.

한 번의 도약만으로 그가 창문까지 뛰어오르자, 라틸은 이 검은 표범 같은 뱀파이어가 이전에 자신의 방에 어떤 식으로 찾아왔는지 실감했다. 아주 오랫동안 사라졌다가 한순간에 갑자기 나타난 그날. 그날도 이렇게 왔겠지?

칼라인은 방 안에 도착해서도 라틸을 바로 내려주는 대신 침대까지 안고 갔다.

하지만 신비롭고 안락한 분위기는, 침대를 본 라틸이 칼라인과의 밤을 떠올리는 바람에 와장창 깨지고 말았다.

'이게 왜 지금 생각나?'

라틸은 칼라인이 내려주자마자 요란스럽게 벌떡 일어났다.

"주인?"

"옷, 옷 입어야지. 지금 옷은 풀도 묻고 흙도 묻어서."

옷장으로 달려가 잠옷을 찾고 있으려니 칼라인이 웃는 소리가 뒤에서 작게 들려왔다. 그러다 라틸이 잠옷을 꺼내다 말고 쏘아보자, 그는 웃고 있지 않은 척 정색했다.

"죄송합니다."

라틸은 그를 타박하는 대신 겉옷을 벗고 잠옷을 챙겨 욕실로 걸어갔다.

"도와드릴까요?"

칼라인이 옷시중을 들어준다고 쫓아오려 했지만 라틸은 그의 코앞에서 문을 닫아버려 막았다.

'쟤는 부끄럽지도 않은가.'

라틸은 구시렁거리면서 문을 닫고 돌아서서 거울에 비친 자신의 모습을 보았다. 자신의 뺨은 누가 봐도 새빨간 색으로 물들어 있었다. 그걸 인지하자마자 라틸은 눈앞이 아찔해졌다. 설마 칼라인 앞에서도 이런 꼴은 아니었겠지?

침대를 앞에 두고 이런 모습으로 있으면 누가 봐도 그날 밤 일을 떠올린 건데. 눈치 좋은 칼라인이 알아채지 못할 리가 없는데.

"주인?"

"옷 갈아입는 중이다!"

문 너머로 날카롭게 소리 지른 라틸은 쪼그리고 앉아 괜히 자기 머리를 몇 번 주먹으로 두드렸다.

느릿하게 잠옷으로 갈아입은 라틸은 슬그머니 욕실 문을 열고 머리를 내밀어보았다. 칼라인은 라틸의 침대 위에 긴 다리를 꼬고 앉아 있었다.

눈이 마주쳤지만, 라틸은 아무렇지 않은 표정을 꾸며내고 욕실 밖으로 나온 다음 발로 문을 툭 차서 닫고, 벗은 옷은 칼라인에게 건넸다.

"여기서 세탁하면 하녀들이 이상하게 볼 테니까 네가 좀 해결 해 줘."

"그러겠습니다."

칼라인은 흐뭇하게 웃고서 라틸에게 침대로 들어가라며 이불을 반쯤 걷어주었다. 하지만 그 동작을 보는 것만으로도 라틸은 다시 얼굴에 열이 올라올 것만 같아서, 침대 안에 들어가는 대신 일부러 안락의자로 가 앉았다. 거기에서 무릎을 끌어안고 있자 칼라인이 소리 내어 웃었다.

기분이 나빠 보이진 않네. 라틸은 그 모습을 응시하며 생각했다. 아니, 아예 기분이 좋아 보여. 그걸 보자 안심이 되어서 작게 한숨 이 나왔다.

칼라인은 라틸이 앉지 않은 침대에 걸터앉다가 그 소리를 듣자 라틸을 의아한 눈으로 바라보았다.

"왜 그러십니까?"

라틸은 솔직하게 털어놓았다.

"내가 기르골이랑 다녀서 네가 섭섭할 거라 생각했다."

"기분이 좋진 않았지요."

섭섭했구나, 역시. 라틸은 슬그머니 칼라인의 눈치를 보았다. 칼라인은 라틸과 눈이 마주치자 농담이었던 것처럼 웃으면서 말을 바꾸었다.

"걱정돼서요. 걱정돼서 그런 겁니다."

하지만 칼라인의 입가에 떠올라 있던 미소는 라틸의 다음 말에 그대로 굳어버렸다.

"왜? 내가…… 로드라서?"

그 시각.

카리센의 궁전에서는 무거운 분위기의 회의가 열리고 있었다. 황제와 이름 높은 귀족들, 높은 자리의 대신들, 중요한 실무를 맡은 관리 등이 모인 자리였다.

그곳에서 아이니 황후는 방금 막 자신이 흑사신단 용병단에 납치당해 있었단 주장을 펼친 참이었다. 사람들은 '납치', '흑사신단'이란 말 등에 놀라 웅성거렸으나 아이니는 침착하게 굴었다.

하이신스는 한쪽 다리를 다른 다리 위에 삐딱하게 올린 자세로 옥좌에 앉아있다가, 아이니가 발언을 마치고 자리에 앉자 옆을 보았다. 그의 위치에서 보이는 건 아이니의 올곧은 옆모습뿐이었다. 국민이 사랑하는 위엄 있고 단정한 옆모습.

하이신스는 미간을 찡그렸다. 그녀가 칼라인에게 위험스러운 관심을 보였단 걸 아는 그로서는 아이니의 지금 주장이 사실 쉬이 믿기지 않았다.

카리센에 있을 당시 칼라인은 사디 옆만 졸졸 따라다닐 뿐, 아이니 황후에게는 별 관심이 없어 보였다.

사람들이야 사디와 하이신스, 칼라인과 아이니를 묶어 제멋대로 수군댔지만 가까운 입장에서 볼 때, 분명 칼라인 그자는 아이니에게 아무 관심이 없었다. 그런데 난데없이 그자가 왜 아이니 황후를 납치한단 말인가?

하지만 아이니 황후는 워낙 이미지가 좋았기에, 다가 공작 패거리들만이 아니라 다른 귀족들도 아이니의 말은 바로 의심하지 못했다. 사람들이 아이니의 말에 넘어가는 듯하자, 결국 하이신스는 직접 이 점을 지적했다.

"칼라인은 라트라실 황제의 후궁이고, 지금은 하렘에서 지내고 있지. 그가 여기까지 와서 황후를 납치한다? 이해가 잘 안 가는군."

자신의 말을 대놓고 반박하는 하이신스에게도 아이니는 차분하게 대응했다.

"저도 칼라인은 만난 적이 없답니다, 폐하. 그가 이 일과 관련이 없을 수도 있겠지요."

"그가 관련이 없다면 더 이상하지 않나? 용병들이 그대를 납치해서 얻을 이득이 뭐지? 그 용병들은 이미 가장 뛰어난 실력과 명성을 가지고 있는데?"

"납치당할 때 그런 걸 계산하고 당하진 않는답니다, 폐하. 그 답은 제가 아니라 용병들이 할 일이겠지요."

아이니는 조금도 흔들림이 없었다. 오히려 그녀는 말을 하다가 갑자기 무언가를 생각하는 듯하더니, 하이신스를 안쓰럽단 듯 바라보며 이렇게 말하기까지 했다.

"폐하께서 제 말을 못 믿으시겠다면 그 용병단의 내부를 알려드릴 수도 있어요. 제 말이 맞다는 걸 확인하신다면 결국 믿으실 수밖에 없겠지요."

"단순히 용병단 내부를 확인하는 것뿐이라면 다른 수가 있지 않을까?"

하이신스가 여기에 더 무어라 말하려던 찰나였다. 내내 아이니가 앞에 나서도록 가만히 있던 다가 공작이 몇 번 크게 기침했다.

너무 큰 소리라 사람들이 반사적으로 다 입을 다물자, 그는 의자에서 일어서더니 중앙으로 나와 한 손을 배 위에 얹고 하이신스에게 공손하게 인사했다.

쓸데없이 평소보다 공손한 태도에 하이신스의 눈살이 저절로 찌푸려졌다. 또 무슨 꿍꿍이길래 저 인간이 저러고 나왔을까.

"황후 폐하께서 더 깊은 이야기를 하지 않으려 하시니, 뒷이야기는 신이 해도 되겠습니까, 폐하?"

"해보라."

하이신스가 마지못해 허락하자, 다가 공작은 한 번 더 허리를 깊게 숙였다 펴고는 좌중을 둘러보며 놀라운 이야기를 꺼냈다.

"흑사신단 용병들이 황후 폐하를 왜 납치한 건지는 알 수 없지만, 짐작은 해볼 수 있습니다. 하지만 이게 확실한 게 아니다 보니…… 황후 폐하도 말하기 어려웠던 모양입니다."

"이유를 알 수 있다니?"

하이신스가 재차 묻자, 다가 공작은 빙그레 승리자의 웃음을 띠고서 황제와 눈을 맞추었다.

"황후 폐하께선 어둠이 몰려오기 시작한 세상을 구할 영웅이십니다, 폐하. 최근의 사건들로 다들 들어보셨을 겁니다. '대적자'라고."

거인이 감나무를 쥐고 흔든 것처럼, 웅성거리는 소리가 우르르 사방에서 떨어져 내렸다.

하이신스는 기가 차서 헛웃음을 뱉었다. 대적자? 저 공작이 지금 미쳤나?

"꿈이 크군, 공작."

"꿈이라니요?"

"연회장에서 좀비가 나타났을 때 일을 잊었나? 그때 황후는 아무것도 하지 못했네. 탓하는 건 아니야. 모두 그랬으니. 하지만 당시 나서서 일을 해결한 건 타리움에서 온 특사와……."

하이신스는 말을 멈추고서 잠시 아이니 쪽을 경멸하듯 바라보았다.

"황후가 납치범이라 주장하는 흑사신단의 용병왕이었지."

그는 아이니를 싫어했지만, 그녀가 다가 공작과는 다르다고 믿었다. 하지만 만약 아이니가 이런 일로 거짓말을 하고 있다면, 다가 공작과 똑같은 수준으로 여겨졌다. 콩 심은 데 그대로 콩이 난 것처럼.

사람들은 하이신스의 말을 듣자, 그도 그렇다고 여겨서 다시 웅성거렸다. 다가 공작은 그래도 태연히 웃었다.

"당시 괴물이 된 헤움 황자님은 그 타리움 특사와 대치하다 달아났지요. 사람들은 그 특사가 헤움 황자님을 물리친 거라 알 텐데요. 사실은 황후 폐하를 보고 두려워 달아난 거였습니다. 그 특사가 한 일은 그저 검을 들고 휘두르다 운 좋게 칭송받은 것뿐이지요."

하이신스는 정말로 다가 공작이 미친 건가 싶었다. 왜 저런 무리수를 두는 건가, 의심스러울 정도였다. 하지만 다가 공작이 무리수를 두는 게 아니라면…….

'꿍꿍이가 있을지도.'

"기가 막히는군. 그랬다면 왜 그 자리에선 말하지 않았소, 공작? 헤움 황자를 쫓은 게 그대 말처럼 대적자란 증거라면, 오히려 그 특사야말로 대적자일 가능성이 크지 않나?"

"신의 말이 믿기지 않으신다면 신전에 확인해 보시면 됩니다, 폐하."

"신전?"

"몇 년 전, 대적자일 가능성이 큰 아이들을 신전에서 불러 모은 적이 있지요. 폐하의 말씀처럼 그 타리움 특사가 대적자라면, 그 여자도 신전에 다녀온 기록이 있을 게 아닙니까."

사람들은 다가 공작의 말이 일리가 있다고 여기는지 고개를 끄덕였다. 실제로도 제법 일리 있는 말이긴 했다. 하지만 '사디'란 존재 자체가 아예 가상의 인물이란 걸 알기에, 하이신스는 그러지 못했다.

그는 주먹에 힘이 꽉 들어가려는 걸 가까스로 참았다. 아무래도…… 공식적인 사절단이 가기 전, 라틸에게 이 일을 알려주어야 할 것 같았다.

그의 눈동자와 시선을 묶기라도 한 것처럼, 라틸은 다른 곳을 쳐다보지 않고 한곳만 바라보았다. 칼라인은 굳은 얼굴로 미동조차 하지 못하고서 라틸을 같이 보기만 했다. 그나마 시선을 피하지 않으니 다행일까.

"왜 그런 생각을 하신 건지……."

그의 목소리는 평소와 다를 바 없었지만, 라틸은 넘어가지 않았다.

"쇼드 폴리에서 있었던 일들을 얘기해 줄까?"

"많은 일들이 있었나 봅니다."

"피인어를 만났다."

"!"

"그들은 처음엔 날 대적자로 알았어. 기르골이랑 같이 가서. 근데 나중엔 다들 말을 바꿔. 난 대적자가 아니래. 대적자는 나 같지 않대."

라틸은 말을 멈추고서 칼라인의 반응을 살폈다. 그는 침대 위에
꼿꼿하게 앉아있었다. 그러다가 라틸의 시선을 느꼈는지, 몸을 부
자연스럽게 움직이며 중얼거렸다.

"그자들이 뭘 알겠습니까. 다른 종족인데요."

"대적자들은 피인어 말을 못 알아듣는데, 난 알아들었대."

라틸은 계속해서 부정하는 칼라인에게 차갑게 말해주다가, 스스
로가 한 말에 놀라 눈을 동그랗게 떴다.

그러고 보니 기르골. 분명 기르골 앞에서 피인어 지배자와 대화
를 나누었는데. 기르골은 왜 가만히 있었지?

"주인?"

라틸이 갑자기 멍하게 있자 칼라인이 침대에서 일어나 곁으로
다가왔다. 그가 한쪽 무릎을 꿇고 눈을 맞추자, 라틸은 그제야 정신
이 돌아와서 고개를 저었다.

"아니. 아니다."

'아니긴. 굉장히 신경 쓰이는데!'

"주인?"

라틸은 서둘러 정신을 차리고서, 서넛에게 한 말과 비슷한 말들
을 들려주었다. 그리핀이라거나 갑자기 세진 힘, 레안의 의심 등등.

칼라인은 라틸이 말을 이어갈수록 표정이 어두워지다가, 라틸이
안락의자 손잡이를 부숴 보이려 하자 손을 겹쳐 말렸다.

"안 보여주셔도 됩니다."

라틸도 마음에 드는 멀쩡한 의자를 부수고 싶진 않았기에 얼른

손을 떼고서 칼라인을 뚫어져라 응시했다.

"맞으면 맞다고 말해줘. 그게 날 기만하지 않는 거니까."

칼라인은 아예 라틸의 앞에 엉덩이를 붙이고 앉아, 무릎에 팔을 얹고 자기 얼굴을 감쌌다. 몹시 괴로워하듯이. 라틸은 그의 단단한 팔에 손을 올렸다.

"칼라인, 내가 로드라면 미리 대비를 해두고 싶어서 그래."

"……."

"네가 나에게 나쁜 선택을 하진 않을 거라 믿어, 칼라인. 말해주는 게, 지금 네가 해야 할 선택이다."

칼라인의 팔을 잡은 손에 저절로 힘이 들어갔다.

"……맞습니다."

그 설득이 먹힌 걸까. 결국 칼라인은 인정하고 말았다. 그의 목소리엔 힘이 하나도 없었다. 라틸은 칼라인의 팔에서 손을 떼고 자신도 안락의자에서 내려와 카펫 위에 칼라인과 마주 보고 앉았다.

서넛에게도 물었던 거고, 이미 반 이상 각오한 이야기인데. 막상 대놓고 맞는다는 소리를 들어서인가. 심장이 셰이커에 넣고 마구 흔들어대는 양 술렁거렸다.

"꼭 로드가 되어야 하는 거야? 안 되는 방법은…… 없어?"

라틸은 칼라인이 마음을 바꿔서 다시 입을 다물까 봐, 일부러 떨리는 목소리가 진정될 때까지 기다렸다가 물었다.

"있을 수도 있겠지요. 하지만 지금까진 그런 로드가 없어서, 저도 방법은 모르겠습니다."

있을 수도 있단 말에 잠시 기대를 가졌던 라틸은 뒷말에 기운이 빠져 어깨를 늘어뜨렸다. 라틸은 입술 안쪽을 씹으면서 칼라인의 발끝을 계속 쳐다보았다. 저절로 약한 소리가 튀어나왔다.

"난 아무것도 할 줄 몰라. 아니, 아무것도 모르는 건 아닌데. 로드다운 건 하나도 몰라. 내가 로드가 된 다음 뭘 할지조차 모르겠어."

더 솔직하게 말하자면, 칼라인에게 로드란 소리를 듣고서도 여전히 믿기 어려웠다. 로드라면 모두가 두려워하는 존재인데. 그런 존재가 이렇게 아무것도 모를 수 있을까? 만약 도미스의 기억을 못 봤다면, 라틸은 지금보다 더욱 로드 이야기를 믿지 못했을 것이다.

"꼭 로드가 뭘 해야 한다고 정해진 건 없습니다."

"없어?"

"주인이 아무것도 할 수 없는 건…… 아마 각성하지 않아서 그럴 겁니다."

"각성하면 저절로 알게 되는 거야?"

라틸은 미간을 찡그렸다. 각성하면 기억이나 임무 같은 게 머릿속에 쏟아지기라도 하는 건가? 그럼 각성은 어떻게 하는 건데?

"각성한 로드에게 어떤 깨달음이 찾아오는지는 저도 로드가 아니라 말씀드리기 어렵습니다."

라틸은 짧게 한숨을 내쉬었다. 칼라인에게 물어보면 모든 걸 알 수 있을 줄 알았는데. 그도 다 알진 않는구나.

"정해진 게 아냐?"

"네. 하지만 늘 같은 걸 했지요."

"세계 정복……."

라틸이 악의 수장이 할법한 일을 중얼거리자, 칼라인은 그게 웃긴 지 입술을 자기 엄지 마디로 누르면서 웃었다.

"아닙니다. 대적자와의 싸움입니다."

터무니없는 말을 나누고 있어서인지, 아니면 말을 계속 나누다 보니 안정이 된 건지 모르겠다. 어쨌든 아까보다는 좀 더 말하는 게 편해져서, 라틸은 호기심 어린 눈길로 칼라인을 보았다.

"대적자와는 꼭 싸워야 하는 거야? 난 내가 대적자일 수도 있다 생각했거든? 그 정도로 대적자란 존재에 대해 별 감정이 안 드는데."

"대적자가 늘 로드를 죽이려 하니까요."

"왜? 왜 늘 죽이려 하는데?"

"500년 주기로 몬스터들이 늘어나는 건 알고 계십니까?"

"알아."

"대적자들은 그 원인으로 로드를 꼽습니다. 로드가 부활하면서 어둠의 기운이 더욱 강해진다고 하지요. ……그래서 로드를 죽여 몬스터들을 같이 봉인시키는 겁니다."

라틸은 얼굴을 찌푸렸다.

"진짜야?"

갑자기 목이 타는 듯해 라틸은 칼라인에게 잠시 조용히 하란 신호를 보내고 종을 눌렀다.

"커피 두 잔 가져다줘."

들어온 시녀에게 부탁한 라틸은, 그녀가 나간 후 칼라인에게 다시 말을 이으란 신호를 보냈다. 칼라인은 계속 두 사람이 주고받던 대화를 떠올리고 있었던 건지, 끊어졌던 부분에서부터 바로 말을 이어갔다.

"전 대적자가 아니라 그들의 주장이 사실인진 모르겠습니다. 하지만 로드…… 그러니까 전대 로드가……."

"괜찮아?"

"……죄송합니다. 이 이야기는 힘들어서요. 전대 로드가 죽었을 때 몬스터들이 실제로 사라지긴 했습니다."

그리 좋은 이야기는 아니다. 라틸은 자신이 나라에 해가 된다던 오빠의 말을 떠올리고서 입술을 짓씹었다. 하지만 이 자리에서 너무 충격에 젖어 있으면 칼라인이 더 말해주지 않으려 할까 봐, 라틸은 이번에도 아무렇지 않은 척 질문을 이어갔다.

"왜 나한테 처음부터 로드라고 알려주지 않았어? 그러면 좀 더 쉬웠을지도 모르잖아."

'뭐가 쉬웠을진 모르겠지만, 어쨌든.'

"그건 제 선택이었습니다."

"무슨 소리야?"

"로드는 인간으로 태어납니다. 각성하기 전엔 인간들과 차이점도 크지 않지요. 각성하기 전 로드는, 보통 자기가 로드란 걸 받아들이려 하지 않는다 들었습니다."

나만 충격받은 게 아니구나. 라틸은 다른 로드들 전부 다 자기가 로드란 걸 알고 놀랐단 소리를 듣자 묘한 기분에 휩싸였다. 안심이라 말하기도 애매하고 동정이나 공감이라 말하기도 애매한 그런 감정이었다.

"제가 겪은 건 아니지만 두어 번 정도? 자신이 로드란 걸 알고 자결한 케이스도 있다고 들었습니다."

이거구나, 얘가 로드에 관한 이야기를 함구하려 한 이유. 라틸은 그 사실을 깨닫자마자 확신 어린 목소리로 속삭였다.

"난 절대 안 그럴 거야."

문이 열리고 시녀가 커피를 가지고 들어와서 라틸은 잠시 입을 다물었다. 시녀가 나가자 라틸은 바로 커피를 마셨지만, 칼라인은 잔에는 손도 대지 않고서 낮은 목소리로 말했다.

"물론 다른 로드들도 대부분은 자결하지 않았습니다. 하지만 그럴 가능성이 작게라도 존재하는 한 조심해야 했습니다."

"서넛은⋯⋯."

"서넛은 주인이 각성하지 않길 바랍니다. 주인이 각성하지 않고, 지금 모습 그대로 있어주길 바라고 있지요."

커피가 다 식을 때까지 칼라인은 한 모금도 마시지 않았다. 라틸은 혼자서 커피를 홀짝이다가, 여행을 길게 해서 피곤하단 핑계로 그를 내보냈다.

사실 머리는 어느 때보다 맑게 깨어있었지만, 지금은 좀 혼자 있고 싶어서 내보낸 것이었다. 문 닫히는 소리가 나자 라틸은 이를 닦고 침대 위로 올라가 커다란 베개를 끌어안았다.

'결국 로드가 뭘 해야 하는지는 칼라인도 다 알지 못하는구나.'

대적자가 자신을 죽이러 올 테니 막아야 하는 건 확실한데. 그 외엔 각성하기 전엔 모르는 건가⋯⋯.

'대적자는 자기 사명 같은 걸 알 수 있나? 아냐. 모를 거야. 내가 모르는 것투성이였는데도 기르골은 이상하게 생각하지 않았잖아.'

라틸은 끙 소리를 내며 베개에 이마를 문질렀다.

'그것도 그렇지만 진짜 이상해. 내가 로드라면 대적자의 검은 어떻게 뽑은 건데?'

의아한 건 그뿐만이 아니었다. 로드가 지금까지 한 일이 대적자들과 싸운 거라면…… 만약 대적자가 오지 않으면 어떻게 되는 걸까? 자신이 각성하지 않으면 그땐 어떻게 되는 거고? 각성하지 않으면 평범하게 사람 황제로 살다 죽는 건가? 또 나이트는…….

'아! 젠장. 로드의 나이트가 무슨 뜻인지 안 물어봤잖아.'

상자 포장을 뜯었는데, 그 안에 퍼즐을 풀어야 열리는 이상한 상자가 들어있는 기분이다. 자신이 로드란 걸 알게 되었지만, 그 바람에 싱숭생숭해지기만 했을 뿐. 달리 더 알게 된 것도 없었다.

칼라인과 서넛이 자신이 충격받을까 봐, 역대 로드들의 반응을 토대로 로드 이야기를 비밀에 부쳤단 게 그나마 얻은 정보일까.

'서넛도 돌아왔겠지. ……일단은 자고. 나이트 관련해선 서넛한테 직접 물어보자.'

칼라인도 입을 열었으니 이젠 서넛도 그 단단히 닫은 입을 열 수밖에 없을 거다. 안 열면 그땐 진짜 화낼 거니까.

푹 자면서 머리를 깨끗하게 한 번 비우고 정신에도 휴식을 주고 싶었는데. 잠들자마자 보인 건 걸레질 중인 손이었다.

팔 근육의 움직임과 뻐근한 감각이 그대로 전해지자 라틸은 혼자 끙끙 소리를 내면서, 대신관을 불러서 곁에 있어 달라고 하지 않은 걸 후회했다.

'그러고 보니 대신관 관련해서도 궁금한 게 많아. 서넛이나 칼라인은 대신관한테 치료도 안 받으려 했는데. 나는 대신관이 상처를 치료해줄 때도 멀쩡했잖아.'

대신관의 곁에 있으면 불편하기보단 오히려 편안했다.

'내가 대신관한테 영향을 받지 않는 건 각성을 안 해서인가? 그래도 아주 안 받을 수는 없어서, 대신관이 곁에 있으면 이런 꿈을 안 꿀 수 있는 거고?'

그럼 도미스의 기억을 이렇게 보는 것도 로드의 능력 일부란 거 아닐까, 생각하던 라틸은 재차 떠오른 가정에 다시 끙끙거렸다.

'아니, 잠시만. 도미스가 전대 로드면, 도미스가 내 전생 아냐?'

라틸은 자신이 태어나기도 전부터 기다렸단 칼라인의 말이 떠올랐다. 키스하다가 뜬금없이 속으로 도미스를 부르던 일도.

그뿐인가. 칼라인은 도미스를 진심으로 사랑하면서도 자신에게 버림받을까 애절하게 두려워했고, 가짜 황제 사건으로 라틸이 밖으로 떠돌게 되었을 때는 아무것도 따지지 않고 바로 따라 나와주었다.

'진짜 도미스가 내 전생이라고? 그럼 칼라인은…… 칼라인은 그렇다 치고. 아이니는 뭐야? 아이니는 왜 칼라인이 자기 전생의 연인이라 우긴 거지?'

아이니에 대한 생각을 정리하기도 전이었다.

"손님들이 오십니다!"

누군가 외치는 소리에 라틸은 상념에서 깨어나 도미스의 시선에 집중했다.

'하도 꿈을 꾸다 보니 이젠 이런 기술까지 생기네.'

라틸은 커다란 짝문이 열리고 그 사이로 가면을 쓴 사람들이 우르르 들어오는 모습을 구경하며 생각했다.

'가면무도회인가? 옛날 사람들도 이런 걸 했구나.'

그런데 멍하니 그 모습을 보고 있을 때였다. 우르르 몰려온 손님들이 우르르 또 어딘가로 달려가자 뒤에서 누군가 종을 흔들었다. 도미스가 다른 하녀들과 함께 돌아서니, 하녀장이 평소보다 좀 더 격식 있는 복장을 차려입고서 종을 들고 있었다.

"모두 이리로."

하녀장은 하녀들을 손님들이 다니지 않는 안쪽의 복도로 데려가더니, 복도 벽에 이 열로 붙어 서게 한 다음 자신은 그사이를 돌아다니며 딱딱하게 충고했다.

"이미 한 번 한 얘기지만 아주 중요하니 이번에 한 번 더 하겠다. 절대로, 절대로 손님들과 대화를 나누어선 안 된다. 알겠나?"

"……."

"그리고 반드시 2인 1조로 다녀야 해. 한 명이 멋대로 없어져서 2인 1조가 안 된다면 당장 숙소로 돌아와 내게 알리도록 하고."

'왜 저런 말을 하지?'

라틸은 의아했다. 다른 하녀들 역시 궁금하긴 마찬가지인 얼굴이었다.

규칙을 어기면 죽을지도 몰라.

심지어 도미스는 이렇게 생각하고 있었고.

안야 씨가 오늘은 제발 규칙을 어기지 말아야 할 텐데……. 차라리 안야 씨가 나랑 한 조가 됐으면 좋겠어. 내가 계속 따라다니면 되니까.

하지만 하녀장은 도미스의 바람과 달리 다른 하녀와 도미스를 한 조로 짝지어 주었다.

그 하녀 역시 도미스와 한 조가 된 걸 못마땅해하는 눈치였지만, 두 사람에겐 선택권이 없는 듯했다.

"도미스."

"네, 하녀장님."

"다시 한번 말하지만, 누가 말을 걸어도 절대로 대답하지 마라."

"예?"

"넌 최근에 장기 투숙 손님들과 좀 트러블이 있었잖니."

"아…… 네."

그래도 하녀장이 도미스의 입장을 그나마 헤아려 주어서 다행이라고, 라틸은 속으로 생각했다.

'하녀장이 내거는 조건들이 좀 꺼림칙하긴 한데. 그래도 여기서 별일이 생기진 않을 거야. 도미스는 나중에 칼라인과 친해진 다음에 죽으니까.'

좋게 생각하고 나니 어느새 연회장 안이고 도미스는 커다란 탁자 위에 새로 가져온 음식들을 하나하나 내려놓고 있었다.

테이블 위에 손바닥 크기의 작은 접시나 잔들이 있고, 거기에 각각의 요리들이 얹어져 있어서 손님들이 오가며 그릇을 가져가는 구조 같았다.

'맛있겠다.'

라틸은 연한 색을 입힌 작은 유리그릇에 신기하게 생긴 과일과 아이스크림이 들어간 걸 보며 허기를 느꼈다.

그런데 웨건에서 그릇을 반 정도 옮겨 담았을 때였다.

"도미스 양."

뒤에서 누군가 도미스를 불렀다. 이름을 부른 건 누군지 알고 부른단 뜻이기에, 도미스는 놀라서 뒤를 돌아보았다가 더 놀랐다. 뒤에 서 있는 건 벗은 가면을 한 손에 들고 있는 의붓동생 안야였다.

"도미스 양, 할 말이 있는데."

그새 무슨 심경의 변화라도 온 건지 안야는 이전에 막무가내로 시비를 걸 때보다는 한결 차분해진 모습이었는데, 사과하려는 것처럼 보이기도 했다.

'오오. 엄마한테 혼났나?'

라틸은 조금 안심했지만, 곧 안심할 일이 아니란 게 생각났다.

"……."

도미스는 손님인 안야와 대화를 할 수 없는 상황 아니던가.

예상대로 도미스는 주저했지만 곧 몸을 돌려 다시 하던 일을 반복했다.

"도미스 양, 내가 부르잖아."

그래도 안야는 한 번 더 참고 불렀지만, 도미스는 이미 이 성에서 오래 지내면서 규칙이 절대적으로 중요하단 걸 알고 있었기에 이번에도 대답하지 않았다.

게다가 하녀장이 딱 잘라서 도미스에게 충고하지 않았던가. 손님과 트러블이 있었던 걸 알지만, 그래도 대답하지 말라고.

"도미스 양, 화내려는 거 아니니까 대답 좀 하지 그래?"

"……."

"전의 일, 사과하고 싶어서 그래. 생각해 보니 내가 혼자 섣부르게 판단하고 혼자 화낸 것 같아서."

"……."

"계속 무시할 거야?"

도미스는 심장이 쿵쿵 뛰었지만 그래도 꿋꿋하게 제 할 일을 했다. 차분하게 도미스를 설득하려 했던 안야는 점점 더 표정이 굳어 갔다.

'아이고.'

라틸은 속으로 혀를 찼다. 아니, 쟤는 다른 날도 있는데 왜 하필 오늘 사과하겠다고 저래서 일을 꼬이게 하냐…….

"도미스. 도미스. 도미스. 도미스. 도미스."

일은 더더욱 꼬였다.

이젠 사과고 뭐고 화가 난 것 같은 안야가 음식을 다 내려놓고 돌아서는 그녀를 따라다니면서 이름을 불러대기 시작한 것이다.

이 때문에 다른 손님들이 근처에 모여들기 시작하자, 도미스와 한 조로 일하던 하녀는 '너 때문에 이게 무슨 일이야?' 하는 표정으로 도미스를 노려보았다.

"도미스, 진짜 계속 날 무시할 거야? 이게 마지막 기회야. 여기서 또 날 무시하면 나도 이젠 더 시도 안 해."

사람들에게 둘러싸인 채 내내 무시받은 안야가 마지막 경고를 날리자, 도미스의 심장이 울렁였다. 하지만 도미스는 결국 대답하지 않았고, 웨건을 끌고서 부엌으로 돌아가려 했다.

그때였다. 안야의 옆에서 고개를 요란스럽게 기우뚱거리던 보라색 가면을 쓴 사람이 갑자기 도미스에게 얼굴을 확 들이밀었다.

가만히 서있을 때도 유달리 시선을 붙잡을 정도로 찝찝한 구석이 있던 가면이었다. 그 탓에 도미스는 놀라서 뒤로 물러나고 말았다.

"아."

작게 탄식하면서.

그러자 연회장 안에 이상한 현상이 벌어졌다. 방 안의 풍경이 한번 크게 꿀렁인 것이다. 마치 이 연회장이 커다란 그릇 안에 비친 세상인데, 누군가 그 그릇에 대고 후 크게 입김을 불어서 세상이 물결과 함께 흔들리는 것처럼.

그 순간 누군가 도미스의 팔을 잡는가 싶더니, 안아든 채 어딘가로 빠르게 뛰었다.

놀란 도미스는 버둥거렸지만, 그녀를 안은 사람이 "나야, 아가씨."라고 속삭이자 조용해졌다. 기르골이었던 것이다.

그래도 대답은 할 수 없어서 도미스는 기르골의 어깨만 꽉 붙잡다가, 하녀장이 2인 1조로 있으라 한 일을 떠올리고 기르골의 팔을 잡고 흔들었다.

"안 돼. 놈이 아가씨를 봐버렸어."

하지만 기르골은 멈추지 않고 계속해 뛰어갔고, 라틸은 사각지대로 들어가 보이지 않게 된 연회장 안쪽에서 짧은 비명을 들었다.

기르골은 도미스를 하녀들이 머무는 방까지 데려온 뒤에야 놓아주며 말했다.

"이제 얘기해도 될 거야, 아마."

그는 도미스가 입을 열면 안 된단 상황을 아는 듯했다. 도미스는 기르골의 팔을 잡고서 무어라 말하려 했다. 그러나 아까 너무 놀라서인지, 이번에는 말을 하려고 해도 말이 나오지 않았다.

도미스는 몇 번 시도해도 말이 나오지 않자, 울상을 짓고서 손가락으로 계단을 가리켰다. 다시 내려가야 한단 것처럼.

하지만 기르골은 다시 내려가지 않았고, 도미스는 가까스로 목소리를 쥐어짰다.

"하, 하녀장님이, 무조건 둘이 같이 있으라고 그랬어요. 연회장에서 절대로 손님들 말에 대답하지 말라 했고요. 여기 올 때까진요. 근데 연회장에 나랑 한 조였던 하녀를 두고 왔어요. 걔가 비명을…… 분명히 비명을…….”

“하녀장은 뭐가 위험한 존재인지 모르니 다 조심하라고 할 수밖에 없었을 거야.”

“그게 아니라 개가 위험, 위험해요. 여기는 규칙이 중요해서 안 지키면…….”

“안야한텐 내가 잘 얘기해 둘게, 아가씨. 아가씨가 일부러 무시한 게 아니라고. 개가 자아가 비대하지만 머리가 나쁘지는 않으니까 얘기하면 이해는 할 거야.”

하지만 눈치가 좋은 것 같은 기르골은 연회장에 돌아가서 파트너를 구해야 한단 소리는 쏙쏙 못 알아들은 척 피해갔다.

도미스가 팔을 잡고 흔들어도 마찬가지. 기르골은 오히려 닫힌 방문을 열어주더니, 안쪽으로 들어가라고 팔을 뻗으며 권했다.

“혹시 모르니 안에 들어가 있어, 아가씨. 그게 안전할 거야.”

“기르골 씨, 다른 하녀가…….”

기르골은 정말로 딱 도미스 외에는 관심이 없는지 문을 닫고 그대로 가버렸다.

도미스는 3초 정도 멍하니 서있다가 마음을 굳게 먹고 문을 다시 열었다. 기르골이 도와주지 않는다면 혼자라도 그곳에 가볼 생각이었다.

그러나 고작 3초가량 망설였을 뿐인데, 기르골은 이미 보이지 않았다. 긴 복도를 지나가야 계단을 내려갈 수 있는데, 그 복도에 없었다.

도미스는 혼란스러워 주위를 두리번거렸지만 역시 기르골이 보이지 않자, 마음을 굳게 먹고 복도를 빠르게 뛰기 시작했다.

연회장 안에만 안 들어가면 될 거야. 앨리는 나랑 한 조였으니 내가 확인해야 해.

'그냥 있지.'

라틸은 속으로 생각했지만, 도미스는 겁쟁이면서도 책임감이 강한지 계단을 빠르게 내려갔다.

두 개째 계단을 지나 높은 복도를 달려가는데, 갑자기 맞은편에서 연회장에서 본 그 보라색 가면을 쓴 사람이 나타났다.

도미스는 황급히 멈춰 섰으나 보라색 가면은 대번에 도미스를 찾아내고는 이쪽으로 달려오기 시작했다.

'윽. 가면 무늬하고는.'

기괴한 무늬를 새긴 가면을 쓴 이가 달려오자 그 모습은 별거 아닌 듯한데도 소름이 돋았다.

하녀장이 신신당부한 것도 있는 데다 기르골이 굳이 그 자리에서 도미스를 데리고 도망친 일도 있기에, 도미스 역시 얼른 뒤돌아서 그자를 피해 달아나려 했다.

하지만 보라색 가면은 눈 깜짝할 사이 도미스의 앞으로 다가왔다.

'으악!'

라틸이 비명을 지르는 사이, 도미스는 의외로 반사 신경이 좋은지, 놀라 비명을 지르면서도 보라색 가면을 잡고 확 벗겨냈다. 하지만 보라색 가면 안쪽의 얼굴도 보라색인 걸 본 도미스도 이번엔 참지 못하고 더욱 크게 비명을 질렀다.

'도미스! 때려! 때려! 때려!'

라틸은 속으로 마구 외쳐댔으나, 달려든 쪽은 보라색 가면이었다. 그자가 손을 뻗더니 도미스의 목을 조르기 시작한 것이다.

널 죽여야지. 널 죽이면 로드가 기뻐할까? 널 죽여서 로드에게 칭찬받아야지. 치잉차아아안, 받아야지.

히죽히죽 웃으면서 중얼대는 보라색 얼굴은 끔찍할 정도였다.

'네가 목 조르는 애가 로드다, 이 미친 새끼야!'

도미스의 감각을 그대로 느끼는 라틸은 덩달아 숨이 꽉 막혀서 속으로 아는 욕을 총동원하다가, 나중에는 화가 나서 칼라인까지 욕해댔다. 그로도 억울해서 기르골까지 욕하던 순간, 괴로워하던 도미스가 보라색 얼굴 쪽으로 손을 뻗기 시작했다.

보라색 얼굴은 신경도 쓰지 않고 계속 웃기만 했지만, 도미스는 계속해서 얼굴 쪽으로 손을 가져갔다.

그리고 손이 얼굴에 닿는 순간.

도미스가 알아듣기 힘든 말을 외치며 보라색 얼굴을 잡고 발에 힘을 주어 상대를 걸어찼다. 용감한 행동이었지만, 라틸은 검술을 오래 익혔기에 도미스가 가까스로 내지른 이 일격이 유효타는 아닐 거라 확신했다. 발에 무언가 닿긴 했지만, 상대를 완전히 날린다는, 유효타의 그 느낌이 없던 탓이다.

그런데 별로 세게 맞지도 않은 보라색 얼굴이 갑자기 뒤로 주춤주춤 물러나기 시작했다. 어리둥절한 얼굴로.

도미스는 자유로워진 목을 잡고 기침을 하면서 끊겼던 숨을 황급히 들이마셨다. 그 순간에도 보라색 얼굴은 혼자 계속 뒤로 물러나고 있었다.

그러다가 어느 정도 거리를 두고 선 순간, 혼란에 가득 찬 얼굴로 물러난 보라색 가면이 갑자기 하늘을 쳐다보며 찢어질 듯한 비명을 지르기 시작하더니 펑 소리와 함께 가루가 되어 사라져 버렸다.

'이건가? 이게 각성인가?'

자신도 로드라면 언젠간 각성을 할지도 모르기에, 라틸은 집중해서 현재 도미스의 감각을 느끼려고 해보았다. 하지만 도미스는 자기가 한 행동에 자기가 더 놀라서 후들후들 떨더니, 난간을 붙잡고 거기에 온몸을 기댔다. 너무 놀라서 뭘 어떻게 해야 할지 아예 정신이 나간 것 같았다.

그런 도미스의 눈에 누군가의 뒷모습이 휙 사라졌다. 누구였는진 모르겠지만, 누군가 이 장면을 본 게 틀림없었다. 도미스는 그쪽으로 뛰어가려 했으나 아까 목을 졸려서인지, 아니면 너무 놀라서인지 발이 움직이지 않았다.

제발. 제발 좀 움직여. 제발 좀!

도미스가 속으로 외쳐도 다리는 돌덩이처럼 굳어서 움직이지 않았고, 결국 도미스는 쓰러지듯 주저앉아 울었다.

"여기서 뭐 해?"

그런 도미스를 발견한 건 커다란 물걸레와 양동이를 나눠 들고 이동하던 하녀 안야와 그녀의 파트너였다.

"안, 안야 씨."

도미스가 후들후들 떨면서 바라보자, 안야는 도미스의 목에 난 자국을 발견하고는 눈이 벌게져서 물었다.

"누구야? 누가 이랬어?"

"손, 손님이, 어떤 손님이."

도미스는 중얼거렸으나, 그 손님이 자기가 걷어차자 펑 터져버렸단 이야기를 할 수가 없어서 뒷말은 잇지 못했다. 자신도 이게 무슨 일인지 모르겠는데, 안야가 그걸 알 리 없으니까.

그때, 하녀 안야와 한 조였던 다른 하녀가 눈썹을 추켜세우며 물었다.

"도미스, 무조건 2인 1조로 다니라고 했잖아. 너 앨리랑 한 팀 아냐? 앨리는 어디 가고 너 혼자 여기 있어?"

안야도 그 말을 듣자 다른 하녀 생각이 났는지 놀라서 도미스에게 물었다.

"맞다. 앨리는?"

도미스는 울상을 짓고서 고개를 저었다.

"모르겠어요."

다른 하녀는 미간을 일그러뜨리더니 달려들 듯 도미스를 붙잡았다.

"그게 무슨 소리야? 네가 같이 있었는데 네가 그걸 왜 몰라? 어디서 헤어졌는진 알 거 아냐!"

"놓고 얘기해. 애 놀랐잖아! 목에 안 보여?"

안야가 소리를 지르며 손을 떼어놓았지만, 다른 하녀는 그래도 화난 얼굴로 도미스를 잡아먹을 듯 노려보았다.

'저 하녀가 앨리란 하녀랑 친한가?'

그 반응을 본 라틸이 인간관계를 짐작해 보는 사이, 도미스가 눈물을 뚝뚝 흘리면서 사실대로 털어놓았다.

"이상한 가면 쓴 사람이 날 놀라게 해서…… 내가 비명을 질렀어요. 그때 손님 중 한 분이 날 데리고 도망쳐 줬고…… 앨리는…… 모르겠어요. 앨리를 찾아보려고 돌아왔는데 그 손님이 날 찾아와 죽이려고 해서……."

말을 마치기도 전에 다른 하녀가 들고 있던 양동이 물을 도미스에게 부어버렸다.

"그걸 말이라고 해?! 네가 똥 싸놓고 너 혼자 튀었단 거야?!"

"도, 도망치려던 게 아니라, 나는……."

"어쨌든 도망친 거잖아! 앨리 어떻게 됐냐고, 앨리!"

다른 하녀가 양동이로 도미스를 내려치려고 하자, 안야는 그녀의 팔목을 잡고 꺾듯이 힘을 주었다.

"그만해! 애 목 안 보이냐고!"

안야가 이를 내밀고 으르렁대자, 다른 하녀는 양동이를 떨어뜨리며 짧게 비명을 질렀다. 보기보다 하녀 안야는 힘이 꽤 센 것 같았다.

안야는 한숨을 내쉬고서 도미스를 일으켜 세웠다.

"일단 올라가자. 넌 좀 쉬어야 해."

"안야 씨, 앨리가……."

"네 탓이 아니야. 그 빌어먹을 손님이 너도, 앨리도 죽이려 했잖

아. 네 탓이 아니야!"

　다시 장면은 바뀌었고, 도미스는 다른 하녀, 하인들과 함께 벽에 딱 붙어 2열로 서있었다. 하녀장은 하녀들에게 규칙을 알려줄 때처럼, 그들 사이를 천천히 돌아다니면서 차갑게 말하고 있었다.

　"손님 중 하나가 실종되어서 랑스터 백작님이 몹시 화가 났다."

　라틸은 도미스의 심장이 미친 듯이 뛰는 걸 느낄 수 있었다. 하녀장은 정해진 대로 빙글빙글 도는 시계 속 사람처럼, 하녀와 하인들이 선 복도 끝에서 끝을 왔다 갔다 이동하며 '딱 딱 딱' 하는 발소리를 위협적으로 냈다.

　"그리고 하인 네 명과 하녀 한 명도 실종되었지. 내가 그토록 당부하고 당부하고 당부했는데, 결국 또 사라졌어."

　느릿하게 걷던 하녀장은 정확히 도미스의 앞에 우뚝 멈추어 섰다. 도미스는 그녀의 딱딱한 옆모습을 보며 마른침을 삼켰다.

　하녀장님이 뭘 아시는 걸까? 아니면 앨리가 나와 있다가 사라진 걸 질책하시려는 걸까?

　'앨리 이야기는 했는데 보라색 가면 이야기는 하녀장한테 안 했나 보구나. 하긴, 걷어찼는데 가루가 되어 사라졌단 말은 하기 어렵겠지.'

　그 순간, 하녀장이 정면을 보며 그녀를 불렀다.

　"도미스."

도미스는 화들짝 놀라 대답했다.

"네!"

잔뜩 기합이 들어간 목소리였으나, 하녀장은 어느 때보다도 서릿발 같은 눈으로 돌아보며 물었다.

"네가 마지막에 사라진 손님과 함께 있었다고 안야 아가씨께 들었는데."

'그 의붓동생 짜증 나네. 무시당했다고 그걸 고새 일렀냐. 기르골은 자기가 잘 달래겠다고 가더니 말을 한 거야, 만 거야?'

도미스는 주저하다가 거짓말했다.

"전…… 잘 모르겠습니다."

"그게 말이 돼? 네가 앨리 이야기를 할 때 손님 이야기도 했다면서. 조안에게 들었다."

"저는…… 그게…… 어떤 손님이 절 쫓아온 건 맞지만 전 도망쳤어요, 하녀장님. 이후 일은 저도 모르겠습니다."

"도미스."

"네."

"넌 거짓말쟁이구나."

"!"

"너 때문에 앨리가 사라졌고 손님 한 분도 사라졌다. 랑스터 백작님은 곤란한 처지에 빠졌어."

도미스는 주먹을 꽉 쥐었다. 그녀의 마음이 반은 죄책감으로, 반은 억울함으로 물드는 걸 라틸은 생생히 체감했다. 죄책감은 사라진 앨리에게, 억울함은 먼저 이쪽을 죽이려 한 그 보라색 가면을 향한 마음 같았다.

하지만 하녀장은 이 일로 몹시 화가 났는지, 아까 규칙을 알려줄 때와는 전혀 다른 태도로 쌀쌀맞게 지시했다.

"내가 널 좋게 본 게 실수였어. 오늘 밤 당장 짐을 싸서 나가도록 해라."

"하, 하녀장님!"

"어차피 넌 나가려 했잖아."

"하지만 오늘 밤이라니…… 아직 준비가…….''

"넌 준비해 나갈 시간이라도 있지. 앨리에겐 이제 그 어떤 기회도 없다, 도미스."

도미스의 눈에 눈물이 차올랐지만, 하녀장은 보기도 싫다는 듯 정면으로 고개를 돌려버렸다. 도미스가 입술을 꽉 깨무는 바람에 라틸은 덩달아 입술이 아려왔다.

"그래도 안야 아가씨가 너그러워서 이 정도 선에 그치는 거다. 원래 백작님은 이보다 더 화났었어. 안야 아가씨께 감사한 마음을 품고 살아라, 평생."

차갑게 명령을 내린 하녀장이 앞으로 걸어가자, 하녀 안야가 도미스와 하녀장을 번갈아 보다가 인상을 찌푸리고 하녀장을 쫓아가기 시작했다.

다시 화면이 바뀌었다. 도미스는 울면서 짐을 싸는 중이었다. 하

녀 안야가 곁에 있을 줄 알았는데, 그녀는 보이지 않았다.

'아까 하녀장을 쫓아가더니, 아직 안 왔나 보네. 그럼 시간이 많이 지나진 않은 건가?'

도미스가 옷을 챙기다가 한숨을 내쉬면서 창가를 보았고, 덕분에 라틸도 지금이 깜깜한 밤이란 걸 알게 되었다.

이 늦은 시간에 쫓겨나는 것이다. 심지어 이 시대에는 괴물들이 밤을 돌아다니는 것 같았는데.

'아니, 몇 시간 있다 쫓아내면 뭐 난리라도 나나?'

라틸은 속으로 구시렁거렸지만 여기서 도미스를 도울 방법은 없었다.

그런데 열심히 손을 움직이던 도미스가 갑자기 주춤하더니, 황급히 자신이 사용하던 서랍장을 꺼내 옆에 놓고 안을 마구 확인하기 시작했다.

내 돈, 내 돈이 다 어디 갔지?

도미스가 뭘 하나, 보고 있던 라틸은 덩달아 놀랐다.

엄마가 준 보석도 없어! 모아둔 돈도 없고!

'그게 없으면 어떡해? 잘 찾아봐!'

도미스는 서랍장을 다 뒤지고, 쌌던 옷까지 다 풀어 헤쳐 확인했지만 돈과 보석은 어디에도 보이지 않았다. 심지어 동전조차 단 하나도 없었다.

라틸은 도미스가 평소 어디에 돈을 두는지 몰랐기에 그녀가 좀 더 잘 찾아보길 바랐지만, 도미스는 늘 같은 장소에 돈을 두었던지 당황해서 손을 바들바들 떨 뿐이었다.

그때 뒤에서 키득거리는 소리가 들려왔다. 뒤를 돌아보니, 반쯤 열린 문틈으로 하녀 몇 명이 도미스를 쳐다보며 자기들끼리 웃어대고 있었다.

'쟤네가 가져갔나 봐!'

저 애들이야!

도미스와 라틸은 동시에 저 하녀들이 일부러 도미스의 돈과 보석을 훔쳐갔단 걸 깨달았다. 도미스는 벌떡 일어나 그녀들에게 다가갔지만, 하녀들은 돌아서더니 까르르 웃으면서 복도를 달아났다. 마치 재미있는 숨바꼭질이라도 하는 것처럼.

"돌려줘! 무슨 짓이야! 돌려줘!"

도미스가 화를 내면서 외쳤지만, 하녀들은 자기들끼리 서로 쳐다보면서 웃고 뛰기만 했다.

복도를 지나 계단까지 갈 즈음, 마침내 도미스는 개중 한 명의 옷을 확 잡아당겼고, 그 하녀는 웃어대다가 비명을 지르며 넘어졌다. 한 명이 넘어지자 다른 이들은 웃으면서 달아나길 멈추더니 무서운 얼굴로 다들 노려보았다.

도미스는 숨이 차오를 만큼 분노한 마음을 겨우 다듬고 요구했다.

"훔쳐간 거 다 돌려줘. 너희 도둑 아니잖아. 왜 이런 짓을 해?"

그 말에 대답한 건 아까 하녀 안야와 한 팀이었던 하녀였다.

"너 때문에 앨리는 사라졌어. 말이 사라진 거지, 죽었을지도 몰라. 너 때문에 손님 하나도 죽었어. 그런데 너는 그냥 여기서 쫓겨나는 걸로 끝낸다고?"

"여기서 규칙을 어긴 애들은 다 죽어서 나갔어. 근데 네가 어긴 규칙에 앨리가 죽고 너만 무사히 나가는 건 너무 불공평하지 않니?"

"이 정도도 고맙게 받아들여야 하는 거 아냐? 규칙대로라면 네가 죽었어야 하는 건데?"

라틸은 하녀들이 모두 다 화난 표정인 걸 알아보았다. 그녀들은 정말로 증오심에 가득 차 도미스를 노려보고 있었다.

저 애들은 앨리랑 친한 애들이야.

그 하녀들을 보며 도미스는 속으로 중얼거렸다.

라틸은 저 애들이 앨리랑 친하건 말건 도미스가 다 때려 부수고 나가길 바랐지만, 도미스는 앨리 이야기에 마음이 흔들리는 것 같았다.

"이 정도에서 끝내는 걸 우리한테 고맙게 생각하고 꺼져, 도미스!"

"당장 나가!"

"나가서 얼어 죽어 버리라고!"

하녀들이 악담을 마구 퍼붓기 시작하자, 도미스는 뒤로 주춤 물러났다. 하지만 곧 그녀는 마음을 다시 다잡고서 협상을 시도했다.

"보석은…… 돌려달라고 안 할게. 내가 여기서 일하면서 받은 돈이라도 돌려줘."

"하하하하! 너 진짜 뻔뻔하다?"

"살아서 나갈 수 있는 것에 감사해야지, 도미스?"

하지만 하녀들은 전혀 돌려줄 마음이 없는 것 같았다.

"보석은 앨리 가족들한테 보낼 거야. 너 때문에 죽었으니까. 그리고 돈은 너 같은 애를 봐주는 우리가 나누어 가질 거야. 너 때문에 앨리가 죽어서 우리 마음이 아팠으니까!"

"그런 게 어디 있어!"

그때였다.

"어차피 이 보석도 다 네가 훔친 거였잖아! 이 도둑! 살인자!"

도미스가 붙잡아 넘어졌던 하녀가 버럭 고함을 지르더니, 도미스의 팔을 잡고 확 계단 아래로 끌어당겼다. 하지만 도미스는 끌려가는 대신 그녀를 뿌리쳤는데, 도미스를 당기려던 힘에 도미스가 뿌리치는 힘까지 더해지자 그 하녀는 오히려 자기가 계단을 구르고 말았다.

"아!"

휘청이던 하녀는 계단 모서리에 머리를 부딪치더니 그대로 미동이 멎었다. 그녀의 품 안에서는 숨겨둔 보석 몇 개가 튀어나왔다. 도미스는 놀라서 그쪽으로 다가가려 했다.

"너!"

"또!"

"살인자! 죽어!"

그러나 한발 먼저 분노한 하녀들이 도미스에게 달려들더니, 그녀의 머리카락이며 옷을 잡고 마구 끌고 할퀴기 시작했다.

"하지 마! 놔!"

도미스가 버둥거리며 밀치려 했지만, 하녀들은 눈앞에서 자신들의 친구가 잘못되자 완전히 악에 받쳐서 도미스를 놓지 않았다.

반면 도미스는 또 자기가 세게 밀었다가 누군가 계단에서 구를까 봐 제대로 힘을 주지도 못하고 버둥거리기만 했다.

그러다가 난간 부근까지 오게 되었을 때, 그들은 도미스를 힘주어 난간 아래로 밀어버렸다.

"칼라인."

몸이 아래로 떨어지며 주위의 배경이 빠르게 변하는 사이, 도미스는 아주 작게 그의 이름을 중얼거렸다. 아무 생각도 없이 본능적으로.

'픽' 하는 소리가 뒤에서 나며 곧 몸은 추락을 멈추었고, 도미스에게서는 아무 소리도 들려오지 않게 되었다.

'도미스? 도미스? 도미스!'

라틸이 속으로 외쳐보았지만, 도미스의 생각은 더 이상 이어지지 않았다.

잠시 뒤, 감기지 않은 눈앞으로 똑같은 검은 구두를 신은 발들이 여러 개 나타났다. 라틸은 덩달아 가물가물해지는 의식 너머로 하녀들이 수군거리는 소리를 들었다.

"어, 어떡해? 피가⋯⋯."

"숨을 안 쉬어!"

"시체를 치워야 하는 거 아냐?"

"하녀장님한테 가서 말하면 돼. 도미스가 조안을 공격해서 우리가 막으려다가 이렇게 된 거라고. 다 사실이잖아!"

의식이 끊어진 것과 동시에 라틸은 자신의 안락한 침대에서 눈을 번쩍 뜨고 일어났다. 그러고는 소리 없이 비명을 질렀다.

'뭐야? 도미스는 여기서 죽으면 안 되잖아? 도미스는 칼라인이랑 같이 막 싸움도 하고…… 그러지 않았어?'

라틸은 머리카락을 부여잡고서 풀지 못한 분노로 뭍에 올라온 물고기처럼 팔딱거리다가, 결국 창가로 가 창문을 쾅 열었다.

그리고 저 아래쪽에서 이쪽을 올려다보고 있던 대신관과 눈이 마주쳤다.

"자이신?"

라틸은 창틀을 잡고 머리를 내밀었다.

"왜 여기 있어?"

이른 아침이었고 햇살이 사방을 뒤덮었는데도 어둑한 느낌을 주는 신비로운 시간대였다. 까마득히 낮은 정원에 홀로 서서 이곳을 올려다보는 대신관은 신전 그림 속 등장인물처럼 보였다. 햇살 아래에서 보드라워 보이는 대신관의 보라색 머리카락은, 도미스의 꿈속에 등장한 그 보라색 얼굴과는 아예 느낌부터 달랐다.

라틸은 보라색 얼굴 때문에 일어났던 보라색에 대한 찝찝함이 대신관을 보자 대번에 가라앉았다.

'신이 대신관을 사랑한다면, 그 이유 중 최소한 50퍼센트는 저 얼굴 때문일 거야. 무조건 얼굴 때문이라 하기엔 애가 무지막지하게 착하기도 하지만.'

그 감탄사가 다 사라지기도 전, 눈이 마주치자 대신관이 숨을 크게 들이마시더니 복식 호흡으로 외쳤다.

"폐하! 제가! 여기에! 온! 이유는요!"

'눈치는 좀…… 많이 없지만.'

"올라와서 말해!"

정원에서 여기까지 올라오는 시간이 있기에, 라틸은 얼른 욕실로 들어가 세수부터 했다. 물기를 닦고서 침실로 나오자 딱 맞게도 시녀가 대신관의 방문을 알렸다.

"들어오라고 해."

라틸이 수건을 내려놓는 것과 거의 동시에 대신관이 안으로 들어섰다.

"이 시간에 무슨 일이야?"

라틸은 시녀에게 차를 가져오라 할까 말까 고민하며 물었다. 이 시간에 달려와서 할 말이라면 평범한 이야기는 아닐 것 같았다. 쩌렁쩌렁 고함을 지른 걸 보면 위급한 일도 아닐 듯하지만.

"실은…… 불길한 기운이 느껴져서 달려왔습니다."

대신관은 순순히 대답하고서 라틸의 눈치를 살폈다. 이 이야기를 하는 게 라틸의 기분을 상하게 하진 않으려나 걱정하는 사람처럼.

"그런데 지금은 괜찮네요."

"불길한 기운?"

근데 그 이야기를 창문 밖에서 외치려 했다고? 라틸은 당황해서 대신관을 보다가 고개를 빠르게 젓고서 물었다.

"그게 어떤 기운인데?"

자신이 로드란 이야기를 들어서인가. 대신관은 별 의식 없이 말하는 것 같은데, 듣는 쪽에선 괜히 신경이 쓰였다.

"말로 설명하긴 좀 애매한 기분입니다. 하지만 안심하세요, 폐하. 지금은 괜찮거든요!"

"언제부터 괜찮아졌는데?"

"제가 폐하와 대화하기 전…… 한 이삼 분 전쯤부터요."

침대에서 일어나 씩씩거리다가 창가로 가 대신관을 발견하고 얘기를 나누었지. 그럼 내가 깨어나자마자 그 '불길한 기운'이 안 느껴지게 된 건가.

라틸은 더욱 찝찝해져서 대신관을 힐끗 보았다. 대신관은 불길한 기운보다는 라틸의 방에 온 게 더 신경 쓰이는지, 여기저기를 둘러보며 좋아하고 있었다.

"사나흘 동안 자리를 비울 거라고 하시더니. 딱 시간에 맞춰서 돌아오셨네요."

"시간 맞춰 오려고 애 좀 썼지."

"네. 폐하께서 없을 때 병간호를 하러 이곳에 두 번 왔습니다. 돌아가면서 왔거든요. 그때랑은 기분이 아주 다르네요."

대신관은 신이 나서 털어놓았지만, 라틸은 덩달아 반응해 줄 심적 여유가 없었다. 자신이 깨어나자마자 불길한 기운이 안 느껴졌다는 건, 혹시 그 불길한 기운이 꿈과 관련된 걸까, 싶어서.

'아니야. 예전엔 안 그랬잖아. 이전에도 꿈을 계속 꿨지만, 자이신이 불길한 기운이 느껴진다고 온 적은 없었어.'

그럼 꿈 내용? 오늘은 꿈 내용이 너무 난폭해서 그런가? 꿈속에서 도미스는 처음으로 신비한 힘을 사용했고, 마지막엔…….

'안 죽었겠지?'

하여튼 평소보다 좀 더 들쭉날쭉했는데. 이 일 때문에 불길한 기운이 나온 걸까? 라틸은 머리를 굴렸지만 쉽게 답을 찾을 수 없었다.

'만약 도미스가 꿈속에서 안 좋은 일을 겪을 때마다 진짜로 내게서도 불길한 기운이 나온다면…… 혹시 도미스가 각성할 때 나도 각성하고 그런 건 아니겠지?'

만약 그런 거라면 더 이상 도미스의 꿈을 꾸면 안 된다. 라틸은 각성하고 싶지 않았다.

하지만 꿈을 꾼다고 각성하는 게 아니라면, 도미스의 과거를 보는 쪽이 앞으로의 일들에 도움은 될 것 같아서 걱정이었다. 과거의 실수나 잘못을 통해 지금을 다듬을 수 있을 테니.

"폐하?"

라틸이 팔짱을 끼고서 심각한 표정을 짓자 대신관이 물끄러미 바라보며 물었다.

"괜찮으십니까?"

"아니. 악몽을 꿔서 좀 싱숭생숭해."

"악몽이요?"

"내가 죽는 꿈을 꿔서."

"꿈은 반대라고 하지 않습니까. 죽는 꿈을 꿨으니 오히려 건강하실 겁니다."

그런 말도 있긴 하지. 하지만 방금 꾼 건 내 꿈이 아니니 그렇지. 라틸은 속으론 대신관의 말이 소용없다고 여기면서도 겉으로는 '그래, 그래' 하고 웃다가 안락의자에 편안하게 몸을 기대면서 부탁했다.

"안 좋은 꿈 때문에 지금 기분이 영 찝찝한데, 자이신. 좀 신경을 돌릴만한 이야기 없을까?"

"전 말주변이 없어서요. 운동을 하는 게 어떨까요? 몸을 움직이면 한결 마음이 가벼워지실 겁니다, 폐하."

"막 일어났는데 무슨 운동이야."

"막 일어났을 때 하는 운동이 묘미죠."

라틸이 입꼬리를 일부러 내리자, 대신관은 이마를 긁적이다 어렵게 입을 열었다.

"그럼 폐하께서 자리를 비우신 동안에 있었던 일들을 얘기해 드릴까요?"

'내가 자리를 비운 동안의 일들?'

"어!"

라틸은 급격히 흥미가 동해서 안락의자에서 내려와 대신관의 팔을 잡고 침대로 끌었다.

대신관이 쭈뼛거리며 침대에 앉자, 라틸은 그와 마주 보고 편안하게 앉아 눈을 빛냈다.

"나 없으면 뭐 하고 놀아?"

대신관은 라틸과 빤히 얼굴을 보는 상황이 부담스러운지 눈을 아래로 내리깔며 대답했다.

"그냥 평소와 같습니다. 폐하는 하렘에 잘 오시지 않으니까, 별로 다를 것도 없고요."

"그럼 평소엔 뭐 하는데?"

"음…… 보통은 제각각 노는데, 가끔씩 타시르 님이 이상한 행동을 합니다. 이번에도 타시르 님이 갑자기 이상한 행동을 해서 한차례 작은 소란이 있었어요."

'역시 타시르가 하렘 내에서 중심인물 같은 건가. 유일하게 말썽도 안 일어나고.'

"무슨 이상한 행동?"

"하렘에 있는 사람들을 물고기로 비유했다면서 표랑 그림을 작성해 돌렸습니다. 왜 그랬는진 모르겠지만요."

'그놈의 물고기. 결국 다른 후궁들한테도 했구나.'

대신관은 뭐가 생각났는지 입술을 꿈틀거렸다.

"칼라님 님은 어젯밤에야 그걸 봤는지, 타시르 님을 밤중에 죽이려 드셨죠. 사실 제가 볼 땐 그렇게 나쁘지 않았는데요."

"칼라인을 뭐라고 써뒀는데?"

"흡혈 오징어요."

라틸은 입술을 엄지로 누르고서 턱에 힘을 주었다. 흡혈 오징어가 나쁘지 않다고 표현하는 대신관이 너그러운 건가, 많고 많은 물고기 중에 군이 칼라인에게 '흡혈' 글자가 붙은 물고기를 닮았다 한 타시르가 감이 좋은 건가.

'그러고 보니 타시르랑 라나문에게 식사 예절이랑 춤을 가르쳐 주기로 했지.'

라틸은 쇼드 폴리에 다녀오면서 완전히 잊었던 일들이 서서히 기억났다. 게스타에게서 수상한 점을 발견했던 일도.

쇼드 폴리에서 피인어들을 보고 자신이 로드란 걸 알게 되는 등 온갖 이상한 일을 겪다 보니 그 모든 걸 다 까맣게 잊어버린 것이다.

'게스타는 그리핀과 격의 없이 대화를 나누고 있었지. 혹시 서넛이나 칼라인과 한패일까?'

"폐하?"

라틸이 생각에 빠져서 눈썹을 찡그린 채 가만히 있자, 대신관이 조심스럽게 라틸을 불렀다.

"이제 괜찮아지셨으면 저는 돌아가 볼까요?"

라틸이 혼자 생각에만 잠겨있으니, 자신이 방해될지도 모른다고 여기는 눈치였다.

"아, 아니. 됐다. 여기까지 온 김에 같이 식사하고 가지."

그러나 라틸이 그를 붙잡자, 대신관은 함박웃음을 짓고서 사양하지 않고 그러겠다고 대답했다.

"그런데 자이신, 팔이…… 더 단단해진 것 같은데?"

"아, 티가 나는군요. 요즘은 상체 위주로 하고 있습니다."

"?"

"보여드릴까요?"

"아, 아니. 괜찮아."

라틸은 대답하면서도 더 탄탄해진 대신관의 팔이 신기해 이리저리 눌러보다가 기분이 이상해졌다. 자신이 로드란 말을 듣고서도 이상하게 여긴 부분이긴 한데. 왜 자신은 대신관에게 전혀 나쁜 느낌이 들지 않을까? 뱀파이어 로드라면서.

"자이신."

"폐하께서 제 근육을 만지고 계시니 노력한 보람이 느껴집니다."

"넌 날 보면 기분 나쁘거나, 혹시 그런 느낌이 나느냐?"

"아니요?"

"그래……."

'역시 각성을 안 하면 문제될 일은 없는 건가. 대적자가 덤비지만 않는다면?'

"기르골 님!"

기르골이 저택 안으로 들어서자 화단 앞에 쪼그려 앉아 삽으로 흙을 헤집던 자이오르가 반갑게 달려 나왔다.

"생각보다 빨리 오셨네요."

"넌 가을에 무슨 삽질이야?"

기르골은 손을 휘휘 저어서 반가워하는 자이오르를 진정시키고는, 겉옷을 벗어 건네며 물었다.

"사디는?"

"제자님 말씀이시죠? 안 왔는데요?"

자이오르는 기르골이 건넨 코트를 받으면서 고개를 기웃했다.

"같이 떠나신 거 아니었나요?"

둘이 같이 가놓고 왜 자신한테 사디를 찾느냔 투였다. 기르골은 미간을 찡그렸다.

"안 왔다고?"

"네."

자이오르가 다시 한번 대답하자, 기르골은 잠시 생각하는 듯하다가 고개를 끄덕이며 중얼거렸다.

"하긴, 내가 업고 오지 못했으니 시간이 좀 걸릴지도."

"그럼요."

자이오르가 무슨 소리인지도 모른 채 무조건 맞장구를 치자, 기르골은 하품하며 저택 안으로 들어갔다.

"사디가 오면 깨워."

당장 하렘으로 달려가 게스타를 부른 다음에 차례차례로 묻고 싶은 질문이 한가득이었으나, 라틸은 인내심을 발휘해 참았다. 사흘간 자리를 비웠으니 그동안 밀린 일거리를 처리해야 했기 때문이다.

라틸은 대신관과 아침 식사를 하자마자 방으로 돌아가 이를 닦고 옷을 갈아입은 다음 바로 집무실로 갔다.

"오셨습니까, 폐하."

하지만 집무실 안에서 서넛을 보았을 때는 라틸도 감정이 순간 확 부풀어 올라서 무슨 말을 하기가 어려웠다. 서넛은 평소처럼 라틸의 책상 뒤쪽에 서있다가 눈이 마주치자 겸연쩍게 웃었다.

"오랜만에 뵙습니다, 폐하."

라틸은 이러지도 저러지도 못하고 우두커니 서서 서넛을 물끄러미 바라보았다. 최근에 이미 쇼드 폴리에서 만났는데, 서넛의 말처럼 정말로 아주 오랜만에 만나는 느낌이었다.

그가 멜로시 영지에 틀어박혀서 올라오지 않고 버티던 일을 생각하면 화가 나는데, 그가 실종되었단 소식을 들었을 때를 떠올리면 무사히 서있는 것만으로도 감사하다. 여러 가지로 복잡한 심경에 라틸은 입을 열기 힘들었다.

시종장은 굳이 두 사람 사이에 끼어드는 대신 조용히 없는 사람처럼 서있었다.

"너무 늦게 왔다."

라틸은 가까스로 한마디를 뱉고서 서넛에게 다가가 그의 어깨를 두드렸다. 어쩐지 두 팔을 벌려서 서넛을 꽉 끌어안고 싶었으나, 그는 자신의 기사이지 후궁이 아니기에 그러진 않았다. 서넛은 팔을 움찔하다가 라틸이 어깨를 두드리자 싱겁게 웃었다.

"폐하가 그리웠습니다."

"그리운 사람이 이렇게 늦게 옵니까?"

"폐하도 제가 그리우셨나 봅니다."

시종장의 눈이 점점 가늘어지고 있었으나 라틸도, 서넛도 그 반응을 살필 여력이 없었다.

라틸은 서넛이 그냥 이렇게 서있는 게 마음에 들어서, 익숙한 얼굴을 찬찬히 뜯어보면서 오랫동안 보고만 있었다. 서넛도 시선을 피하는 대신 라틸과 마주 보고 서있었다.

　한참을 그렇게 서있은 후에야 라틸은 시종장의 눈길을 느끼고서 헛기침을 하고 자리에 앉았다. 서넛은 얼른 펜을 꺼내 잉크를 묻혀 라틸에게 건넸다. 라틸은 펜을 쥐면서 서넛에게 작은 목소리로 당부했다.

　"이젠 다른 데 가면 안 된다. 계속 내 근처에 있어."

29 죽었다니!

"폐하…… 저 지금 감동받아도 되는 겁니까."

"받으면 받는 거지, 허락은 왜 받습니까?"

"사블레 후작님이 계속 절 노려보고 계셔서요."

라틸이 쳐다보자, 시종장은 서넛을 한 번 더 노려보고서는 괜히 목이 막힌 것처럼 큼큼거렸다.

라틸은 소리 없이 웃고서 서류를 펼쳤다. 오랜만에 서넛이 곁에 있어서일까. 평소보다 유난히 글자도 눈에 잘 들어왔다. 그에게 묻고 싶은 게 많았지만, 이젠 그가 계속 곁에 있을 거란 확신이 있기에 라틸은 우선은 일에 열중했다.

"……."

그런데 몇 장 종이를 넘기면서 일하다 보니 옆에서 부담스러운 시선이 느껴졌다. 돌아보자, 흐뭇하게 웃고 있는 서넛이 보였다. 그가 아까부터 내내 저 표정으로 라틸을 보고 있던 것이다.

"왜 그렇게 혼자 웃고 있습니까?"

눈이 마주쳐도 피할 생각을 하지 않은 모습에 라틸이 떨떠름하게 묻자, 서넛은 바로 대답했다.

"폐하가 일하는 모습이 보기 좋아서 그렇습니다."

일하는 모습이 보기 좋다고? 라틸은 조금 민망하면서도 기분이 좋아졌다. 일하는 모습이 멋있다, 일에 열중하니 멋져 보인다, 뭐 그런 걸까. 라틸은 괜히 턱을 슬쩍 들었다.

"흠흠. 구체적으로 어떤 점이요?"

"월급이 밀리진 않을 것 같은 점이요."

"와…… 이 사람 좀 봐."

일에 몰두한 모습이 멋있다거나, 고민하는 모습이 멋있다거나, 그런 걸 기대했던 라틸이 기가 막혀서 중얼거리자 서넛이 능청스럽게 시종장을 쳐다보았다.

"사람이라면, 시종장님 말씀이시죠?"

난데없이 지목받은 시종장은 어리둥절해서 인상을 구겼다. 이 뱀파이어 말하는 거 좀 보게나. 자기는 사람 아니라고 이제 막말하네? 라틸이 가자미눈을 하고 째려보자, 서넛이 라틸의 어깨를 두드리고는 다시 손에 펜을 쥐여주었다.

"자, 일하십시오, 폐하."

오랜만에 라틸을 놀려주었더니 아주 충족감이 영혼 끝에서부터 차오르는 듯 기뻐 보였고, 라틸은 간만에 그 표정을 보자 괜히 성질이 났다.

"서넛 경, 지금 승리감에 도취될 때가 아닐걸요."

"?"

"내가 서넛 경한테 할 말이 아주 많거든요."

"!"

"서넛 경은 나한테 대답할 말이 아주 많겠지? 이거 일 끝나고 나면 아주 탈탈 털 거니까 할 말이나 골라둡니다."

예고 겸 경고를 했던 대로, 라틸은 어전 회의가 끝나고 점심을 먹을 시간이 되자 바로 서넛을 찾았다.

"없다니요?"

하지만 회의를 마치고 나와보니 서넛은 없었다. 라틸이 황당해 묻자 시종장이 라틸의 눈치를 살피며 대답했다.

"뭘 가지러 갔습니다, 폐하."

맞는 말이긴 했다. 시종장이 심부름을 시켜서 간 거라 그렇지. 하지만 이를 알 리 없던 라틸은, 서넛이 자신의 경고를 듣고 도망 간 게 확실하다고 여겨서 씩씩거렸다.

"도망치다니, 비겁하게."

사정을 다 아는 시종 하나가 슬그머니 고개를 들었으나, 시종장의 눈치를 받자 도로 고개를 숙였다. 시종장은 이어서 라틸에게 능청스럽게 권했다.

"오랜만에 후궁들을 찾아가시는 게 어떨까요, 폐하? 다들 폐하를 기다리고 있을 겁니다. 라나문 님이라거나……."

"아, 그러면 되겠네요."

"라나문 님께 가시려고요?"

"게스타요."

게스타한테도 물어볼 게 있지. 그 수상쩍은 행동.

"응? 사블레 후작, 표정이 왜 그럽니까? 괜찮아요?"

"……아닙니다."

결국, 순서를 바꿔서 게스타부터 추궁하기 위해 하렘에 가는 와중이었다. 하렘에 난 넓은 길을 걸어가며 주위를 둘러보는데, 아주 이상한 장면이 눈에 들어왔다.

연무장에 대신관이 성기사들을 데리고 줄지어 운동하는 장면. 하지만 이 장면이 이상한 건 아니다. 자주 있는 일이니.

라틸이 눈여겨본 부분은 그사이에 혼자 선베드를 놔두고 누워 있는 타시르였다. 한 손에는 책을 들고 다른 한 손에는 레모네이드 유리컵을 든 타시르.

'아니, 쟨 저기서 혼자 뭐 해?'

게다가 주위 성기사들은 표정이 모두 좋지 않다.

'아…… 게스타한테 가야 되는데.'

라틸은 게스타 생각을 하면서도, 대체 이게 무슨 일인가 너무 궁금해져서 그쪽으로 다가가 묻고 말았다.

"뭐 해?"

라틸이 다가오자 성기사들은 훈련을 멈추었고, 타시르도 얼른 일어나 인사를 했다. 라틸은 다들 하던 걸 마저 하라고 손을 저으면서 타시르와 대신관을 번갈아 보았다. 대신관은 대답을 우물거렸으나 타시르는 자신만만하게 웃으며 대답했다.

"제가 자이신 님과 하고 싶은 게 있는데, 늘 바쁘다고 해서요. 어느 만큼 바쁜가 관찰 중입니다, 폐하."

"자이신이랑 뭘 하고 싶길래?"

"성수랑 부적을 파는 사업이요."

"!"

라틸이 황당해서 쳐다보았으나 타시르는 아무렇지도 않은 표정이었다. 자이신은 한숨을 푹 내쉬고서 라틸에게 부탁했다.

"폐하, 타시르 님 좀 데려가 주시지요."

"계속 방해하는구나."

"저렇게 누워 계시기만 하는데요. 같이 운동하는 것도 아니고 저렇게 쉬고 있으니, 다른 성기사들이 영 의욕을 못 냅니다."

타시르는 '그게 뭐 어때서 그래?' 하는 당당한 얼굴이었으나, 주위 성기사들 표정은 살벌한 수준이었다.

"방해하지 말고 이리 와."

이들 선에서 해결될 일은 아닌 듯해서, 결국 라틸은 자신이 나서서 타시르를 잡아당겼다. 그런데…….

"넌 왜 따라와? 운동한다며?"

타시르를 데리고 걸어가다 보니, 뒤에 자이신도 졸졸 따라오는
게 아닌가. 라틸이 황당해서 되묻자 자이신은 자기가 더 얼떨떨해
서 변명했다.

"그렇게 깊게 생각하고 온 게 아니라 잘 모르겠습니다, 폐하. 하
지만 이왕 온 김에 그냥 계속 같이 가겠습니다."

라틸은 신경질이 났다.

'둘을 데리고 게스타한테 가봤자 정체를 물어볼 수는 없잖아?'

하지만 후궁들이 자신이 자리를 비운 사이 빈자리를 잘 메꿔주
고 있었으므로, 이런 일로 쫓아내기엔 좀 미안한 마음이 들었다.

'다 같이 거짓말에 동참해 준 거니까, 좀 더 잘해주는 게 좋겠지?'

결국, 라틸은 두 사람을 데리고 게스타를 찾아갔다.

게스타는 창가에 앉아 햇살을 받으며 책을 읽는 중이었다. 황제
가 돌아왔단 이야기는 들었지만, 그는 인내심을 발휘해서 찾아가
지 않았다.

황제에겐 미끼를 던졌으니, 그녀가 자신을 직접 찾아오기 전엔
거미처럼 여기에서 웅크리고 기다릴 작정이었다.

그때.

"도련님! 폐하께서 오셨습니다!"

마침내 황제가 도착했다.

이럴 줄 알았지. 게스타는 입술을 만족스레 올리고서 책을 탁

덮은 다음, 가벼운 걸음걸이로 문가로 걸어갔다. 그러고는 보는 사람들이 저절로 찡해질 만큼 가련한 표정을 짓고서 두려운 척 슬그머니 문을 열었다. 이 표정을 본 황제가 너무 심하게 추궁할 수 없도록.

"안녕하세요, 게스타 님."

하지만 문을 열자마자 나타난 게 타시르의 히죽대는 얼굴이라, 게스타는 도로 문을 힘껏 닫고 말았다. '쾅' 하는 소리를 내며 문을 닫은 후에도 게스타는 잠시 어리둥절한 상태에서 빠져나오지 못했다. 폐하가 온다 했는데 왜 저 마약상이 여기 있지?

"게스타, 나 타시르 뒤에 있어."

그 의문은 문 너머에서 들려오는, 마찬가지로 당황한 목소리에 의해 풀렸다. 게스타는 황급히 문을 열었다. 그러자 타시르의 히죽 웃는 얼굴이 다시 보였다.

"게스타 님, 나도 왔어요."

타시르는 말하지 않아도 알 수 있는 사실을 군이 소리 내 알려주고는, 게스타의 볼 옆에서 쪽 하는 소리까지 내고서 안으로 들어왔다. 라틸은 그 뒤에서 애매하게 서있다가 어색하게 웃고서 뒤를 따라 들어왔으나, 게스타는 이번에도 그 가련한 표정을 지을 수 없었다.

"이거 참. 미안하게 됐습니다, 게스타 님."

라틸 뒤에 딱 붙어서 따라오는 근육 때문에. 미안하다면서도 대신관은 라틸을 따라왔고, 타시르는 미안해하는 기색 따윈 하나도 없이 게스타가 읽던 책을 들고서 제목을 확인했다.

"이야, 게스타 님. 이런 책 읽는군요. 어려운 책 읽으시네."

게스타는 표정을 관리하기 위해 빠르게 심호흡을 했다. 라틸은 방 안을 제멋대로 헤집고 다니는 두 남자를 보다가, 진심으로 게스타에게 미안해져서 사과했다.

"혹시 방해했느냐? 오는 길에 만났는데 둘 다 자석처럼 붙어서."

"괜찮습니다……."

게스타는 시무룩하게 대답했다. 하지만 이건 그냥 대답일 뿐. 하나도 괜찮지 않았다.

폐하가 돌아왔으니 하렘에 올 테고, 그러니 저녁 무렵에 하렘 입구에 가있어야 할 테고, 하렘 입구에서부터 눈길을 끌려면 아주 멋진 옷을 입어야 한단 생각을 차례로 한 클라인은 열심히 옷을 고르고 있었다.

"황자님! 황자님!"

하지만 간식을 가지러 간 바닐이 갑자기 반쯤 울면서 뛰어 들어오는 바람에, 클라인은 옷 고르던 걸 멈추고 고개를 돌렸다.

"무슨 일이야? 왜 요란이야?"

"지금 옷 고르실 때가 아니에요! 지금 폐하께서 게스타 님을 찾아가셨다고요!"

"뭐? 이 시간에?"

클라인은 시계를 보고서 당황해서 입을 뻐끔거렸다.

"보통은 저녁 때 다녀가시잖아?"

"게다가요, 폐하께서 게스타 님을 찾아가는데 거기에 타시르 님과 대신관 님이 억지로 붙어서 따라갔대요!"

"뭐?"

클라인은 더욱 당황해서 입을 또 뻐끔거렸다. 타시르야 원래 넉살 좋고 여기저기 잘 붙는 놈이니 그렇다 쳐도, 대신관은 왜?

"대신관은 왜?"

"그야 저도 모르죠. 그보다 일단 옷부터 빨리 입으세요. 우리도 얼른 그쪽에 가야 해요. 이미 세 사람이나 있으니까 하나 더 낀다고 뭐라 하지는 않을 거예요. 빨리요!"

바닐은 발까지 구르면서 호들갑을 떨고는, 얼른 옷장에서 클라인의 분위기를 더욱 좋게 만들어 줄만한 옷을 골라 꺼냈다. 하지만 잠시 실없게 서있기만 하던 클라인은 손을 뻗어서 바닐을 말렸다.

"그만."

"빨리 가야 해요, 전하. 더 늦으면 폐하께서 일 있다고 돌아가실 거라고요!"

"안 갈 거니까 그만해."

바닐은 자기가 더 애가 타서 발을 동동 구르다가, 클라인의 말에 놀라서 옷을 떨어뜨렸다.

"안 가시다니요? 설마…… 전하, 폐하가 전하를 안 좋아하는 것 같아서 이젠 그냥 폐하를 아예 포기하신 거예요?"

하지만 바닐은 곧 이게 전혀 놀라운 일이 아니란 걸 깨달았다. 클라인은 자존심이 어마어마하게 센 성격이었다. 애초에 그 자존심 때문에 황제에게 매달리게 된 것이니, 그 자존심 때문에 황제에게 정을 떼려 한다 해도 이해는 갔다.

"무슨 소리야?"

"네? 폐하께 안 가신다면서요."

"내가 폐하께 안 갈 거라 했지, 카리센에 돌아간다 했어?"

"그럼 왜 게스타 님 방에 안 가신다고……?"

"사람 많다며."

바닐은 여전히 클라인의 말이 이해가 가지 않았으나, 클라인은 자세한 설명을 하는 대신 옷장 아래쪽을 뒤지더니 거기서 수영복을 찾아 꺼냈다.

"수영복은 왜 꺼내세요, 황자님?"

"사람들 우글우글한 데 끼어봐야 무슨 소용이겠냐. 역발상을 해야지."

"역발상이라면……?"

"폐하께서도 이걸 보시면 아시겠지. 나는 형님의 동생이 아니라 폐하의 남자란 걸."

"뭐, 뭘 보여주시려고요?"

바닐은 당황해서 창밖을 보았다. 차가운 바람에 나무가 휘청이고 있었다. 칼바람이 몰아치진 않지만 절대로 수영을 할 날씨는 아니었다.

"추위에 견디는 모습, 추운 날에 냉수마찰, 그런 거라면 절대로 소용없어요. 전하. 별로 안 멋있어요! 감기만 들어요!"

"걱정 마. 수영 안 해."

그럼 뭘 하실 거냐고 바닐이 물으려 했으나, 클라인은 이미 밖으로 나가고 있었다.

'결국 게스타에겐 정체를 캐묻지 못했고, 타시르와 잔뜩 수다만 떨고 나와버렸어…….'

터덜터덜 하렘을 나서며 라틸은 어깨를 시무룩하게 늘어뜨렸다.

'아니, 물론 재미있긴 했지만.'

그래도 목표를 전혀 달성하지 못했다. 타시르와 게스타, 대신관 세 사람이 모이면 어떤 식으로 대화를 나누는진 알게 되었지만.

해야 할 걸 하지 못한 것 같은 찝찝함은 집무실에 돌아갔는데도 서닛이 보이지 않자 더욱 극심해져서, 라틸은 입술을 꾹 다물고 온 눈으로 노기를 표현했다.

그 덕택에 쫄리는 시종장이 평소보다 빠릿빠릿하게 일을 하긴 했으나, 저녁 식사를 할 때가 되도록 서닛이 나타나지 않자 라틸의 표정은 풀리지 않았다. 다른 때라면 기분 상하는 일이 있어도 표정 관리를 하고 있겠지만, 서닛은 아무래도 오랫동안 자리를 비웠다가 나타나서일까. 영 신경 쓰였다.

"제가 서닛 경을 불러올까요, 폐하?"

"아니. 됐습니다, 사블레 후작. 어디 한 번 맘대로 돌아다녀 보라고 해요."

"……."

"오기만 해봐. 내가 아주…… 아주……."

"혼내시려고요?"

"그건 아니지만."

딱히 혼을 낼 건 아니지만 어쨌든 기분이 상해서 라틸은 괜히 서류마다 꾹꾹 힘주어 서명했다.

"그래도 저녁 전엔 오겠죠."

'저녁 식사 할 때가 됐는데도 안 왔어.'

밀렸던 업무를 바쁘게 처리한 라틸은 마지막 남은 서류에 사인을 하자마자 펜을 내려놓고 눈두덩이를 엄지와 검지로 눌렀다.

이마에 살짝 열이 올라왔다. 다른 데 가지 말고 곁에 있으라 말한 지 아직 하루도 안 됐는데, 대체 어딜 간 거야?

중간중간 다른 사람들은 서넛을 보았단 걸 보니 완전히 다른 데 간 건 아닌데.

물론 라틸이 '서넛 경더러 여기 오라 하라'라고 명령을 내린다면 그는 왔을 것이다.

하지만 자기를 피해서 쏙쏙 돌아다니는 서넛을 명령으로 불러오는 건 그 나름대로 자존심 상하는 일이지 않은가.

라틸은 '드르륵' 소리가 날 정도로 벌떡 의자에서 일어서서 당장 집무실을 나가 자신의 방으로 돌아갔다. 기분이 상해서인지 입맛도 없었다. 그냥 침대에 누워서 도미스가 살아있는지나 확인하고 싶을 뿐.

'내가 도미스 꿈을 꿀 때 대신관이 불길한 기운이 느껴진다며 왔잖아. 이어서 꿔도 되는 건가?'

씻고 자야 할지 씻고 대신관을 불러야 할지 고민하며 침실에 들어갔을 때였다. 라틸의 겉옷을 받아들고 정리하던 시녀 하나가 슬쩍 눈치를 보더니 조심스럽게 권했다.

"폐하, 몸이 안 좋으시다 회복되셨으니, 오랜만에 온천에 가시면 어떨까요?"

라틸은 셔츠 단추를 풀다가 시녀를 보았다.

"온천?"

"네, 온천에서 목욕하면 몸에 좋다고 하니까요."

좀 귀찮은데. 라틸은 떨떠름해서 시간을 보았다. 저녁 시간이지만 요즘은 해도 빨리 진다.

온천은 하렘 내부에 있었지만, 후궁들의 거처와는 거리가 있는 동남쪽에 떨어져 있었다. 그러니 걸어가는 데 시간이 좀 걸릴 거고. 온천에 도착해서 몸을 담그면 바로 어두워지지 않을까?

물론 주위에 등을 켜놓아서 실제로 깜깜하진 않을 테지만, 싱숭생숭한 마음으로 거기까지 다녀오려니 영 내키지 않았다.

"음…… 글쎄."

라틸은 주저했으나, 시녀가 조마조마한 얼굴로 자신을 보는 걸 발견하자 마음을 바꿔서 고개를 끄덕였다.

"알았다. 가지."

'정 안 되면 대신관 방에 가서 자고 와도 되겠지. 그러면 꿈은 이

어서 안 꿀 테니까.'

라틸은 벗었던 겉옷을 도로 걸친 다음, 온천에 들어갈 때 입을 수영복을 챙겨 다시 밖으로 나섰다.

"한 명만 따라와. 조용히 갔다 오고 싶으니."

조용히 몸만 담그고 있다 올 생각이라, 라틸은 시녀 한 명만을 데리고 긴 회랑을 걸어갔다.

온천 건물에 도착한 라틸은 옷을 갈아입고서 온천물이 있는 안쪽 공간으로 들어갔다. 녹색 기둥 네 개 사이에 커다랗게 자리한 온천은 주위와 바닥에 잔잔한 에메랄드색 돌을 깔아서 물까지 비슷한 색으로 보이는 아름다운 곳이었다.

'아낙차 후궁이 여길 좋아했지.'

라틸은 틀라 황자의 모친을 떠올리고는 입술을 삐뚜름하게 올렸다.

'여기에 오면 그 여자를 마주칠 확률이 높아지니까 되도록 안 오려 했지. 하지만 이젠 그 여잔 없으니 피할 필요도 없어.'

라틸은 반사적으로 구겨지려는 이마를 두 손으로 누르면서 온천 가장자리로 가 발만 담그고 앉았다.

발끝에서 느껴지는 뜨끈한 감각이 피로를 풀어주길 기대하며, 아낙차를 머릿속에서 밀어내고 아름다운 공간을 그 자체로 받아들이려 애썼다.

어렵진 않았다. 가을밤 공기가 차갑기 때문일까. 온천물 위로 자욱한 안개가 피어올라 이곳을 평소보다 더욱 신비롭게 만들어 주었으니까.

라틸은 손을 물에 넣어 참방거리며 억지로 입꼬리를 올려보았다. 그러다 찰박 소리가 맞은편에서 들리자, 라틸은 놀라서 고개를 들었다.

'다른 사람이 와있나?'

하지만 앞에는 안개가 너무 짙어서 누가 있는지 잘 보이지 않았다.

"누구냐."

그러나 안개 사이 사이로 누군가 있긴 한 것 같아서, 라틸은 물장구를 멈추고 불러보았다. 그 질문에 대신 대답해 주려는 듯 마침 선선한 바람이 불어와 물가에 고여있던 안개를 양옆으로 몰아냈다.

라틸은 그 사이에서 클라인을 발견했다. 그가 물에 몸을 담그고서 라틸 쪽을 바라보고 있었다. 두 팔을 뻗어 맞은편 가장자리를 짚은 클라인은 배 부근까지만 몸이 잠겨있었고, 머리카락은 이미 습기로 축축하게 늘어져 있었다.

시선이 마주치자 클라인이 장난치듯 미소 지었고, 라틸은 잠시 멍해졌던 마음에 정신이 돌아와 입을 열었다.

"클라인?"

안개에 둘러싸인 클라인은 후궁 클라인으로 보이지 않았다. 클라인을 흉내 낸, 상대를 미혹한다는 몬스터처럼 보였다.

라틸은 조마조마한 눈으로 자신을 보며 온천을 권하던 시녀를 떠올리고 이마를 손으로 짚었다. 갑자기 온천에 가보라 하더니, 클라인이 뭔가를 부탁한 모양이다.

하지만 이성적인 판단은 클라인이 물살을 헤치고 자신 쪽으로 헤엄쳐 다가오자, 아까 바람에 휩쓸려 사라진 안개처럼 풀풀 흩어졌다.

미끄러지듯 라틸의 바로 앞까지 헤엄쳐 온 클라인이 정교한 입꼬리를 위로 올렸다.

"폐하."

그의 목소리는 라틸의 심장을 두드리는 가벼운 손길처럼 들려서, 라틸은 자신도 모르게 마른침을 삼키고 말았다.

"오랜만에 뵙습니다."

"네가…… 여기에 들어와 있을 줄은 몰랐는데."

"물이 따뜻합니다. 안 들어오실 겁니까?"

술수를 써서 라틸과 마주쳤기 때문인지, 클라인은 '저도 몰랐습니다'라는 말은 하지 않았다. 그가 뒤로 조금 물러나며, 유혹하는 세이렌처럼 물을 살짝 튀게 하자, 라틸은 더 머리 쓰기를 그만두고 물 안으로 천천히 따라 들어갔다.

뜨거운 물 안에 대번에 목까지 집어넣자 잠시 온몸에 소름이 돋았으나, 그런 감각은 빠르게 가라앉았으며 곧 뜨끈한 열기에 얼굴이 붉어졌다.

라틸은 숙였던 몸을 약간 일으키고서 여전히 맞은편에 있는 클라인을 보았다.

그의 피부 위로 방울방울 맺힌 물방울들이 유리병에 맺힌 샴페인 몇 방울처럼 보였다.

클라인은 한 손을 들어 축축하게 내려오는 머리카락을 뒤로 쓸어넘기고는 자연스럽게 라틸의 곁으로 다가오더니 손바닥에 물을 담아 라틸의 어깨에 부어주며 물었다.

"폐하는 당연히 제가 보고 싶으셨겠지요?"

"질문이 아닌데."

"저라면 제가 보고 싶었을 것 같습니다."

"무슨 소리야. 넌 내가 보고 싶어야지."

라틸이 타박하자 클라인은 라틸의 어깨에 물 부어주던 걸 멈추고, 커다란 손으로 어깨를 부드러우면서도 힘있게 눌러주었다.

"어깨가 많이 뭉쳤습니다."

"방금 대답을 피한 것 같은데."

"제가요?"

"넌 내가 안 보고 싶었느냐?"

"어깨가 단단합니다, 폐하. 제가 풀어 드리겠습니다."

또 대답을 피했잖아? 라틸이 미간을 찡그리는 사이, 클라인은 라틸의 뒤로 가서 등과 어깨 사이를 커다란 손으로 꾹꾹 눌러주었다.

라틸은 왜 대답을 안 하냐고 따지려다가, 클라인이 라틸의 양어깨를 자신의 커다란 손으로 덮고서 목덜미에 가볍게 입을 맞추자 입술을 도로 다물었다.

"클라인."

라틸이 잠긴 목소리로 그를 부르자, 클라인은 다른 쪽 목덜미에도 입을 맞추며 대답했다.

"네."

"솔직히 말해."

"네, 이러려고 여기서 기다렸습니다."

"!"

질문하기도 전에 클라인이 기습적으로 말을 맺자 라틸은 입을 벌린 채 몇 번 빼끔거리다가 도로 입술을 닫았다. 째려보듯 뒤를 보자 클라인이 환하게 웃고 있는 게 보였다.

"싫으십니까?"

"……싫진 않아."

"그럼 화내실 이유가 없잖아요."

"누가 화냈다고."

라틸이 발끈해서 묻자, 클라인이 라틸의 양 눈썹을 자신의 엄지로 덮어 주욱 당기고는 그사이에 가볍게 입을 맞추었다 떼면서 웃었다.

"지금 화내시는 것 같은데요."

"화내라고 몰아가는 건 아니고?"

대답 대신 클라인은 라틸의 턱을 조심스럽게 한 손으로 올리더니, 그 위에 가볍게 입을 맞추었다.

물기에 젖어서인지 평소보다 유난히 촉촉하고 말랑한 감각이 깃털처럼 다녀가자, 라틸은 심장이 어수선해져서 그의 쇄골에 이마를 가져다댔다.

다시 바람이 불었지만 클라인이 두 손으로 라틸을 감싸 자신의 몸에 붙였기에 전혀 춥지 않았다. 라틸은 눈을 감고서 그의 어깨에 계속 이마를 대고 있다가, 물속에서 클라인의 손이 자연스럽게 자신의 등을 매만지자 몸을 꿈틀했다.

"클라인."

라틸이 저절로 그의 이름을 속삭이자, 클라인이 라틸의 한쪽 귓가를 아프지 않게 물었다. 간지러워서 다시 소름이 돋았지만 나쁜 기분은 아니었다. 라틸은 그의 팔에 손을 올렸다가, 그의 팔이 생각보다 단단해서 손을 도로 뗐다가, 나쁘지 않은 감각이었다 생각하며 다시 팔에 손을 올렸다.

라틸은 그 탄탄하면서도 부드럽고 촉촉한 감각을 손안에서 느껴보다가, 갑작스레 짙은 갈증을 느끼고서 그를 슬쩍 밀었다.

클라인이 미는 대로 쭉 뒤로 밀려나자, 라틸은 돌아서면서 중얼거렸다.

"목이 말라서. 뭘 좀 마시고 오겠다."

뭘 마시고 오겠단 말을 사실 굳이 할 필요는 없었으나, 혹시 클라인이 라틸의 의도를 오해라도 할까 봐 덧붙인 거였다. 클라인은 라틸이 자신과 있다가 도중에 그냥 가버리면 굉장히 서운해하니까.

라틸은 클라인이 대답하기도 전에 제비처럼 온천에서 빠져나와 겉옷을 걸치고 밖으로 나갔다. 시녀에게 찬물이나 얼음 넣은 과일주스를 달라고 한 다음, 다시 돌아갈 생각이었다. 클라인이 마실 걸 가지고 들어가도 괜찮겠고.

"어?"

그런데 대기실에 가보니, 의자에 앉아있는 게 시녀만이 아니었다.

"서넛 경?"

내내 보이지 않던 서넛이 시녀로부터 거리를 둔 의자에 석상처럼 곧은 자세로 앉아있었다. 서넛을 보자 클라인과 함께 있으면서 풀어졌던 마음이 다시 뾰족해져서 라틸은 인상을 구기고 험악한 목소리를 냈다.

"내내 도망 다니더니. 이젠 핑계가 없던 모양입니다?"

서넛은 시선을 아래로 내리깔며 대답했다.

"사블레 후작님의 심부름을 갔던 겁니다."

그런 거라면 왜 시선을 피하냐고 따져 물으려다가 라틸은 자신이 수영복 위에 얇은 겉옷, 그것도 물에 젖은 겉옷만 걸치고 있단 걸 깨닫고 입을 다물었다.

그때.

"폐하?"

라틸이 오지 않는 게 이상했던지, 클라인이 대기실 안으로 따라 들어오다 그 광경을 보고는 미간을 찌푸렸다.

서넛도 클라인까지 온천 안에 있는 걸 몰랐던지 눈썹을 위로 치켜떴다.

라틸은 서넛에게 굳이 이런 모습을 보이고 싶진 않은지라, 돌아서며 차갑게 말했다.

"진짜 심부름 다닌 거라면 이젠 도망가면 안 됩니다. 내일 아침에 오자마자 바로 보고할 준비 해둬요."

라틸은 곧장 클라인 쪽으로 다가가 그의 팔을 잡고 온천 쪽으로 당겼다. 클라인은 주저 없이 라틸을 따랐다.

그러나 라틸이 대기실 밖으로 나가기 전.

"지금이 아니면 용기가 안 날 것 같습니다."

클라인이 나타난 후 내내 조용하던 서넛이 나지막하게 대답했다. 무슨 소리야? 라틸은 이맛살을 찌푸리고서 돌아보았다.

서넛이 단호한 눈으로 라틸을 쳐다보고 있었다. 눈이 마주치자 그가 다시 한번 말했다.

"물어볼 게 있다면 '지금' 해주셨으면 합니다. 내일 물어보시면 다시 용기가 안 날 것 같습니다."

이번에는 시큰둥하던 클라인의 표정이 차갑게 굳었다.

"뭐지, 이 근위 기사? 폐하, 뭡니까, 이 근위 기사. 용기? 지껄여 대는 말을 보니 용기는 이미 넘쳐나 보이는데?"

클라인은 서넛을 향해 빈정거리고는, 라틸이 자신의 팔을 놓을세라 반대편 손으로 라틸의 손등 위에 자신의 손을 올렸다.

"들어가요, 폐하. 물기 안 닦고 오래 나와있으면 감기 걸립니다."

라틸은 발을 잠시 들어올리긴 했으나 안으로 들어가지 않았다.

'어쩌지?'

라틸은 난처해져서 서넛과 클라인을 번갈아 보았다.

'이대로 가기엔 서넛에게 묻고 싶은 게 많은데. 피인어들이 그를 나이트라 부른 거. 나이트란 존재가 뭔지. 나에게 어떤 의미인지. 내가 로드라면 뭘 해야 하는 건지 그런 것들.'

"폐하."

들어가기를 주저하자 클라인이 간절한 목소리로 불렀다. 라틸은 더욱 곤란해졌다.

'어쩌지.'

하지만 답은 사실 정해진 거나 마찬가지였다. 로드에 관한 문제는 미래가 걸린 중요한 일이고 빨리 정보를 알아내 해결해야 한다. 반면, 클라인과 온천을 하며 즐겁게 노는 건 내일 해도, 모레 해도 상관없는 일이었다. 클라인이 중요하지 않단 건 아니다. 그와 물장구를 치며 노는 게 급하지 않을 뿐.

"클라인."

결정을 내린 라틸이 클라인을 부르자, 클라인은 자기 팔을 숨기듯 끌어안고서 휙 돌아섰다.

"가려고 부르는 거죠?"

"미안해."

"……."

"정말 미안. 내일 다시 목욕하자. 아니, 목욕하잔 게 아니라, 하여튼 내일 내가 네 방으로 가마, 클라인."

라틸은 클라인의 팔을 가볍게 만지며 화를 풀어주려 했으나, 그는 이미 단단히 골이 나 있었다.

'저러다 또 짐 싸는 거 아냐?'

슬며시 걱정되긴 했으나, 라틸은 결국 클라인의 등을 몇 번 두드리고서 옷을 갈아입으러 탈의실로 들어갔다.

"서넛 경? 클라인은요?"

그러고서 나왔을 땐 대기실에는 서넛뿐이었고 클라인은 보이지 않았다.

"먼저 나갔습니다."

"온천으로?"

"밖으로요."

"뭐? 옷은 어쩌고요? 대기실에 클라인 옷이 있던데."

"수영복 위에 망토만 걸치고 나갔습니다. 근데 아마 괜찮을 겁니다. 날이 많이 춥진 않으니까요."

많이 안 추운 거지, 어쨌든 추운 날씨잖아? 게다가 클라인은 뜨거운 물 안에 들어갔다 나와서 한참 몸에 열이 올라있을 텐데.

라틸은 황당해서 서넛을 보았으나, 서넛은 쥐 수염만큼도 클라인을 걱정하지 않는 얼굴이었다.

"가시지요, 폐하."

라틸은 서넛을 따라 나가며 걱정스럽게 클라인의 방 쪽 방향을 바라보았으나, 어두운 길에 커다란 나무 하나만 스산하게 흔들릴 뿐이었다.

클라인이 울면서 방 안으로 들어오자, 그가 없는 틈에 방 안을 다 뒤집으며 대청소 중이던 하인들이 전부 다 행동을 멈췄다.

"황자님!"

바닐은 하인들에게 이거 해라 저거 해라 지시하다 말고서 놀라 달려갔다. 얼마나 다급하게 뛰어갔던지 슬리퍼 한 짝이 벗겨졌지만 그래도 바닐은 멈추지 않았다.

"황자님, 얼굴이 왜 이러세요? 볼 건 얼굴밖에 없는 분인데, 얼굴이 왜 이렇게 퉁퉁 부었어요?"

"내가…… 그자를…… 진짜…… 그자를 죽이지 않으면……."

"아이고, 발이야! 아이고, 발이야!"

"?"

"죄송합니다, 황자님. 발에 가시가 박혔나 봐요."

바닐은 클라인이 험한 말을 하기 전에 일부러 큰 소리를 내서 말을 막고는, 하인들 쪽을 보며 호통쳤다.

"다들 나가봐! 황자님 우시잖아!"

하인들이 꾸벅 인사하고 나가자, 바닐은 얼른 클라인을 챙겨 침대에 데려가 앉히고는 차가운 물수건을 가져와 눈가를 닦아주었다.

"누구 죽일 거란 얘기, 때릴 거란 얘기, 가만 안 둘 거란 얘기는 제발 우리끼리 있을 때 해주세요. 네?"

"내가 지금 그런 걸 따질 여력이 없다!"

"듣는 사람도 그런 거 안 따져요. 여력이 없어도 말은 가려서 하셔야 해요, 전하."

"……."

"무슨 일이신데요?"

바닐은 닦아도 닦아도 클라인의 눈물이 그치질 않자, 새 수건에 물을 묻혀 가져왔다. 클라인은 새 수건을 받아 눈가를 문지르면서 훌쩍였다.

"폐하와 좋은 시간 보내실 거라고 손바닥만 한 수영복 들고 뛰어가셨잖아요. 설마! 폐하께서 그거 보고 뭐라 하시던가요?"

"폐하는 내 수영복에 관심을 두시지도 않았어. 다른 데 정신이 팔려서!"

"그러면 왜 우세요? 누굴 죽이고 싶단 건데요?"

"서닛."

아주 의외인 이름은 아닌지라, 바닐은 긴장해 올라간 어깨를 조금 떨구었다.

그사이, 악시안도 하인들에게 클라인이 운단 이야기를 듣고 조심스럽게 방 안으로 들어왔다.

악시안이 눈으로 바닐에게 '무슨 일이야?'하고 묻자, 바닐은 자신도 아직 모른다고 고개를 젓고서 재차 클라인에게 물었다.

"서닛이랑 무슨 일이 있었던 건데요? 네? 그자가 전하게 뭐라 했습니까?"

"폐하와 오랜만에 분위기가 아주 좋았다. 폐하가 날 보고 완전히 홀리셨어. 마침 물안개도 피어올랐고. 너도 알겠지만 나는 옷을 걸쳐도 멋지지만 벗으면 더 멋지니까."

클라인은 아무렇지 않은 척하지만 눈동자가 빠르게 흔들리던 라틸을 떠올리자 더욱 열분이 나서 괜히 가엾은 손수건만 꼭 쥐어 짰다.

"나는 폐하를 끌어안고 폐하는 내 가슴에 머리를 기대고서……."

"그런 얘긴 안 해주셔도 돼요."

"서닛, 그 새끼가 끼어들어서 폐하를 데려갔어!"

버럭 소리 지른 클라인이 이번에는 미친 듯이 방 안을 빙빙 돌기 시작하자, 바닐은 황자가 분노로 미쳤을까 봐 진심으로 걱정되었다. 하지만 카리센에 있을 때도 클라인이 화를 풀기 위해 연무장을 열심히 뛴 적이 있던 걸 떠올리자, 바닐은 안심해서 다시 클라인을 달랬다.

"서넛 경이 거기서 왜 나오는데요? 온천에 들어왔단 거예요?"

"대기실에 있다가 폐하가 뭘 마시러 나가자마자 혀를 살살 굴려서 폐하를 데려갔다."

상황을 지켜보던 악시안은 따뜻한 물을 찻잔에 부으며 중얼거렸다.

"서넛 경이 폐하를 데려간 게 아니라 폐하가 서넛 경을 따라간 거 아닙니까. 폐하를 감히 이리저리 움직일 사람은 없는데요."

"악시안!"

저 눈치 없는 새끼가 또! 바닐이 버럭 외치자, 자기 입을 자체적으로 봉인한 악시안은 막 탄 차를 클라인에게 가져다주었다. 뜨거운 찻잔을 들게 되자 클라인은 그제야 멈춰 서서 가장 가까이 있던 소파에 털썩 주저앉았다.

"이게 다 서넛, 그 못된 놈이 간사하게 혀를 놀려서 그런 거다. 한 번이면 나도 급한 사정이구나, 하고 넘어가. 근데 세 번. 벌써 세 번째라고!"

"정말 나쁘네요."

바닐이 동의하자, 클라인은 "그렇지?" 하고 큰 소리로 되묻고는 마시지 않은 찻잔을 탁자에 내려놓으며 이를 갈았다.

"그놈하곤 같은 지붕을 두고 살 수 없어. 절대로 가만두지 않을 거다. 죽이든 살려서 쫓아내든, 폐하 곁에 못 오게 할 거라고!"

바닐은 클라인을 말려도 소용이 없단 걸 알기에, 그러면 안 된단 말은 하지 않았다. 사실 바닐이 볼 때도 클라인이 서넛에 한해서라면 충분히 화날 만하기도 했다. 황자의 말처럼 벌써 세 번째 아닌가.

결국, 바닐은 입을 뻐끔거리다가 한숨을 내쉬고서 애원했다.

"뭘 하시든 남들 보는 앞에서만 안 하셨으면 좋겠어요……."

"클라인 황자가 신경 쓰이십니까?"

라틸이 본궁으로 돌아가면서 아홉 걸음마다 뒤를 돌아보자, 서넛이 옆에서 물었다.

"내가요? 전혀."

"그럼 누굴 자꾸 돌아보시는 겁니까?"

"당연히 온천입니다. 따뜻했으니까."

"그럼 제가 따뜻하게 해드리겠습니다……라고 거짓말을 더 하고 싶은데."

"!"

"전 그걸 못 하네요."

"!"

라틸이 이번에는 뒤가 아니라 옆을 보자, 서넛이 무심하게 웃으면서 자신의 손을 라틸을 향해 슬쩍 내밀었다. 라틸은 주저하다가 그 손 위에 자신의 손을 올려보았다. 칼라인만큼은 아니지만 확실히, 차가운 손이었다.

"칼라인이랑 서넛 경 사이에도 온도 차이가 나는 것 같은데. 이건 왜 그런 겁니까?"

"전 아직 완전하지 않아서 그럽니다."

자연스럽게 서넛이 걸어가자, 라틸은 얼결에 그의 손을 잡고서 같이 걸어가게 되었다. 손을 잡고 걸어갈 마음은 없었기에 라틸은 손을 이제나저제나 뺄까 타이밍을 엿보았으나 쉽지 않았다.

"완전하지 않단 건 무슨 소립니까?"

"말 그대로입니다."

"그럼 칼라인은 완전한 겁니까?"

"그분은 완전합니다."

"왜요?"

대화를 느리게 나누다 보니 어느새 둘은 라틸의 침실 앞에 도착했다. 응접실 안에 있던 시녀들은 자기들끼리 조용하게 수다를 떨다가, 목욕하러 간 황제가 너무 빨리 돌아오자 놀라 일어섰다.

"잠시 나가있거라."

시녀들이 각자 흩어지자, 라틸은 서넛에게 소파에 앉으라 하고는 자신은 창가에 걸터앉았다.

"아까 하던 말, 계속 해봅니다."

"폐하께선 제게 무얼 묻고 싶으셨습니까?"

"피인어들이 그러던데, 그대가 '로드의 나이트'라고."

"……."

"칼라인이 내가 로드라고 확인해 줬습니다. 그러니 이젠 대답 피하지 말아요."

"……맞습니다."

"정확히 그게 뭡니까?"

일부러 서넛과 거리를 두고 앉은 건데, 서넛은 굳이 일어서더니 라틸의 곁으로 다가왔다. 하지만 옆에 앉거나 서는 대신, 그는 라틸의 앞에 기사들이 충성 서약을 할 때처럼 한쪽 무릎을 꿇고서 손을 뻗었다.

라틸이 그 위에 손을 올리자, 서넛은 손등에 닿을 듯 말 듯 입을 맞추고서 대답했다.

"이런 겁니다."

"그냥 단어 그대로…… 기사?"

"모든 로드는 자신만의 나이트를 가지고 있습니다. 나이트는 로드가 나타나는 시기에 맞춰서 태어납니다. 나이가 많을 때도 있고 적을 때도 있지만 거의 또래입니다."

"태어날 땐…… 사람입니까?"

"아주 어릴 땐 자신이 나이트란 걸 모릅니다. 자라다가 잠깐 급사하는데……."

"급사한다고요?"

라틸이 놀라 되묻자, 서넛은 '쉿' 하고 자신의 입술 위에 손가락을 올렸다 떼고서 고개를 끄덕였다.

"그때 자신이 누구인지 자각하게 됩니다."

라틸은 서넛의 목 옆에 손을 대보았다. 아주 느리지만 서넛은 심장이 뛰고 있었다.

"혹시…… 나도 죽었다 깨어나야 각성하는 건 아니지?"

"저는 잘 모릅니다."

'맞을 수도 있단 건가!'

"하지만 아마 아닐 겁니다. 로드를 죽일 수 있는 건 대적자밖에 없다 하는데, 각성 전에 자결한 로드는 있다니까요."

"아아."

라틸은 힐긋 뒤돌아 높디높은 창문 아래를 내려다보았다. 그럼, 저기서 뛰어내리면 각성하는 게 아니라 그냥 죽는 거구나.

"계속 말해봅니다."

"나이트란 걸 자각하는 것과 동시에 사명도 깨닫게 됩니다. 자신이 로드를 위해 태어난 존재란 걸 알게 되는 거죠."

"그럼 서넷 경은……."

날 지키기 위해 태어난 존재라 했던 게 진짜 말 그대로 그 뜻이었구나. 과장이나 비유, 이런 게 아니라 진짜 말 그대로.

"경도 피를 마십니까?"

"안 마십니다. 아마 전 완전한 나이트가 아니라 그럴 겁니다."

"완전한 나이트는 어떻게 되는데요?"

"로드가 각성하면 저도 완전해집니다."

"각성하지 않으면……."

"이 상태일 겁니다."

라틸은 장난 많고 능글맞은 오빠 친구가 갑자기 자신을 위해 태어난 존재라 고백하자 몹시 당황스러워졌다.

"날 위해 태어났다면서 그럼 왜 맨날 놀린 겁니까?"

라틸이 스스로 바보 같다고 여기면서도 질문하자 서넛은 웃긴 말을 들은 것처럼 크게 웃었고, 라틸은 두 손으로 자기 얼굴을 감쌌다. 그렇지. 이건 지키는 거랑 관계없지.

"아니, 진짜 좀, 이거 이상해서."

라틸은 머리카락을 괜히 문지르면서 인상을 찡그렸다 펴길 반복했다. 칼라인이야 갑자기 뚝 떨어진 신비로운 존재라서, 뱀파이어라고 해도 '그렇구나' 하고 넘어가지는 게 있었는데. 서넛은 어릴 때부터 성장하는 걸 보아와서인가. 저런 식으로 말하자 몹시 어색하고 민망하기만 했다.

"뭐가 이상합니까?"

"그…… 날 위한 나이트라고 했는데…… 그럼 서넛 경은……."

"괜찮습니다. 말씀하십시오."

라틸은 꿈속에서 칼라인이 자신을 나이트라고 칭했던 걸 떠올렸다. 그렇다면 칼라인은 도미스의 나이트였을 건데……. 칼라인은 도미스를 사랑했다. 꿈속에서 지켜본 바로는 아직 별 도움도 안 되고 얼굴도 잘 안 보이지만 어쨌든, 마지막엔 사랑했다.

그러면 혹시 서넛도……?

"폐하? 왜 아무 말도 안 하십니까?"

라틸은 입술을 괜히 씹으면서 발을 꿈지럭거렸다.

서넛에게 '나이트는 다 로드를 사랑하냐, 너도 나 사랑하냐'고 묻고 싶은데. 왜 이런 질문은 하기가 민망할까. 내내 다른 질문은 잘 했는데.

하지만 서닛의 맑은 적색 눈동자에 대고서 이 질문을 하려니 영 심장이 꽈배기처럼 꼬이는 듯하고 입이 막혔다. 그래도 가까스로 얻은 기회인지라, 라틸은 창피를 무릅쓰고 물어보았다.

"혹시 나이트가 로드에게 '몸과 마음'을 다 바친다는 게, 사랑도 포함한 겁니까?"

"!"

서닛은 라틸이 이런 방향으로 질문하리라곤 예상하지 못한 게 분명했다. 그의 표정에 당혹스러워하는 기색이 어렸다.

"아. 아니구나."

괜히 질문했어. 서로 민망해졌네. 라틸은 후회하며 중얼거렸다.

"이상하게 생각하지 마. 칼라인은 자기 때 로드를 사랑한 것 같 길래, 혹시 다른 나이트들도 그런가 물어본 겁니다."

"그렇군요."

서닛은 잠긴 목소리로 중얼거렸다. 목이 잠길 정도로까지 내 질 문이 충격이었던 거야? 라틸은 더욱 민망해졌지만, 그런 티를 내는 게 더욱 머쓱해질 듯해 그냥 모른 척 웃어버렸다.

눈치 빠른 서닛도 그런 기색을 눈치챘다. 그의 눈은 라틸의 표정 변화와 미세한 얼굴의 움직임 하나하나에 붙들려 있으니까. 하지 만 그는 자신의 마음을 드러내는 대신 충성심을 그의 마음과 같은 색으로 칠해 내밀었다.

"저절로 사랑하게 되는진 모르겠습니다. 하지만 몸과 마음이 모두 로드를 향하고 있으니, 사실 사랑이든 아니든 구분할 필요가 없는지도 모르겠지요."

"아아, 그렇군. 그럴지도."

라틸이 고개를 끄덕이자 서넛은 앉았던 몸을 일으키고서 수건을 가져와 라틸의 머리를 말려주며 물었다.

"다른 질문은 없습니까?"

"지금 좀 멍해서. 질문은 생각이 안 나는데, 그냥 이런 생각이 듭니다."

라틸이 턱을 괴고 한숨을 내쉬자 서넛이 수건을 옆에 놓으며 의아한 표정을 지었다.

"이런 생각이라니요?"

"오빠가 눈치가 있었던 건지 없었던 건지 모르겠단 생각."

동생이 로드일 거란 의심은 하면서 자기 단짝 친구가 뱀파이어란 의심은 하지 못하다니. 어떻게 그럴 수가 있지?

서넛은 라틸의 말이 웃긴지 크게 웃음을 터트렸다. 라틸은 그 사이로 혹시 송곳니가 있나 빤히 보다가 자신이 바보처럼 여겨져서 그만두었다. 있든 없든 무슨 상관이야. 서넛이랑 입 맞출 것도 아닌데.

"폐하께서 제게 폐하를 사랑하는지 물으셨습니다."

그날 밤, 서넛은 칼라인에게 라틸과 나눈 대화를 보고하기 위해
들렀다가 이 말을 하고 말았다.

"폐하께서?"

칼라인은 서넛에게 직접 커피를 타주다가 의아해 물었다. 서넛
은 칼라인의 시종은 대체 어디에 가고 칼라인 혼자 이러고 있나,
의아해하면서도 순순히 대답했다.

"네."

"왜 갑자기 그런 질문을……?"

칼라인은 감정을 섞지 않기 위해 일부러 무뚝뚝하게 물으려다
실수로 커피에 설탕을 잔뜩 붓고 말았다.

"……."

서넛은 칼라인이 잠시 주저하다가 그냥 그 상태로 커피를 마저
타는 걸 보고 눈썹을 찡그렸다.

"전대 나이트인 칼라인 님이 전대 로드와 연인이어서, 혹시 로드
를 사랑하는 것도 나이트의 특성인가 궁금한 것 같았습니다."

"아아, 그렇군."

서넛의 말에 칼라인은 잠시 술렁였던 마음이 조금 가라앉아 한
숨을 내쉬었다.

서넛은 칼라인이 설탕 범벅으로 완성한 커피를 가져다주자 말없
이 받아들고서 짙은 갈색 액체를 뚫어져라 내려다보았다.

이를 모르는 건지 알면서도 모른 척하는 건지 칼라인은 맞은편
에 다리를 편하게 꼬고 앉아 입을 열었다.

"!"

하지만 칼라인은 서넛의 '너무 달아!' 하는 표정을 보자마자 입을 도로 다물고 자기가 더 놀란 표정을 지었다.

서넛은 그가 일부러 저런다고 생각했으나 일부러 서넛을 놀리려 그런 건 아니었다. 서넛의 말에 뒤늦게 이상한 생각이 들어서 나온 표정이었다.

칼라인은 치솟는 의구심을 정리하기 위해 서넛에게 커피를 원샷하고 돌아가라 재촉하고는, 그가 돌아가자 넓은 방 안을 홀로 빙빙 돌며 생각했다.

'폐하는 어떻게 그런 것들을 알고 있지?'

도미스라는 이름을 아는 건 알았다. 그가 잠꼬대할 때 들었다고 말해줬으니까. 하지만 잠꼬대로 이렇게 구구절절한 사연까지 말하진 않았을 것 같은데.

'기르골에게 들었나? ……아니. 아닐 거다. 그 성격에 내 얘기를 길게 하진 않았을 거다. 나와 도미스가 사랑한 이야기를 할 리도 없고.'

칼라인은 다시 소파로 돌아와 앉고서 주먹을 꽉 쥐고 다리 위에 팔을 올렸다. 심장이 요란스럽게도 뛰었다.

'전에 아이니 황후가 도미스를 흉내 낼 때도 폐하가 직접 밝혀냈지.'

그때도 좀 이상하다 싶은 구석이 있었지만 이쪽도 감추는 게 많은지라 캐물을 수 없어 그냥 넘어갔는데. 혹시…….

'정말로 전생이 점점 떠오르시는 건가?'

엄청난 사실을 알게 됐는데, 달라진 게 별로 없다.

다음 날 아침, 라틸은 멍하게 침대에 앉아있다가 눈두덩이를 몇 번 두드리고 일어났다.

'차라리 대관식을 올리고 난 다음 날에 더 마음이 술렁거렸던 것 같아.'

사실 어쩔 수 없는 일이기도 했다. 자신이 로드이고 서넛이 나이트이고 칼라인이 나이 많은 뱀파이어란 걸 알게 되어 봤자 달라진 건 하나도 없으니까.

'기르골과 대적자가 날 노리게 하지만 않으면 그냥 이대로 쭉 살 수 있단 걸까. 아, 아니, 몬스터들이 점점 깨어난다 했던가? 이 문제 는 해결을 하긴 해야 할 텐데.'

어쨌든 기르골은 '사디'를 대적자로 알고 있었으니 아직 진짜 대적자를 찾지 못한 것일 터. 그러면 이쪽도 시간이…….

"응?"

라틸이 문 앞에 서서 인상을 찡그리자 시녀가 문을 열어주려다 말고 쳐다보았다.

'그러고 보니 기르골은 어떻게 지내려나. 괜찮나?'

라틸은 잠시 걱정하다가 시녀의 눈빛을 알아채고는 아무것도 아니니 문을 열라 손짓했다. 하지만 문이 열리자마자 라틸은 더 놀라서 또 멈춰섰다.

"클라인?"

하이신스와 라틸의 관계를 알게 된 후, 절대로 찾아오지 않던 클라인이 복도에 또 의자를 가져다 놓고 앉아있던 것이다. 곁에서는 바닐이 체념조로 또 커피를 리필 중이고.

"여긴 무슨 일로 온 거냐?"

라틸이 황당해 묻자 클라인은 건배라도 하듯 라틸을 향해 커피를 슬쩍 들었다 내리고는 방긋 웃으며 일어섰다.

"폐하와 식사하고 싶어 기다렸습니다."

"그래."

안 그래도 어제 온천에서 일어난 일로 클라인이 마음에 걸렸던 라틸은 차라리 잘됐다 싶어서 바로 허락했다.

"그러자. 나도 너와 먹고 싶다."

클라인의 표정이 환해지자 라틸은 어제 그를 두고 간 일에 대한 죄책감이 조금 누그러드는 듯해 안도했다.

하지만 클라인에 대한 미안함 탓에 그에게 잘해주려던 마음은 클라인이 집무실에 도착할 때까지 내내 라틸을 따라다니자 조금씩 흔들리기 시작했다.

"이제 가봐야지?"

"오늘은 폐하 옆에 계속 있을 겁니다."

그뿐만이 아니었다. 클라인은 집무실 안까지 따라 들어와서는 일을 돕겠다고 두 팔까지 걷어붙였다. 클라인이 카리센에 있을 때부터 학업에 열정을 보이지 않았단 걸 아는 라틸로선 황당하고 도움 안 되는 제안이었다.

"그럴 필요 없는데."

"폐하께서 바쁘시니 제가 폐하를 도와야지요."

라틸은 '방해만 된다'고 말하려 했으나 클라인이 웃고 있으면서도 연신 자기 옷자락을 만지작거리는 걸 보자 차마 그 말을 하지 못했다.

하이신스와 라틸의 관계를 몰랐을 적의 클라인이라면 절대로 저렇게 초조해하지 않았을 텐데. 그가 이전처럼 굴려고 하면서도 저런 모습을 보이자 말이 냉정하게 나가지 않았다.

"그래."

결국 라틸은 한 발 다시 뒤로 물러나 기밀이 아닌 서류 분류 작업을 그에게 맡겼다. 클라인은 신이 나서 일을 하다가 가끔씩 라틸을 보았고, 시선을 느낀 라틸이 고개를 들면 마주 보고서 환하게 웃었다.

'이런 것도 나쁘진 않네.'

좋은 분위기인 두 사람과 달리 서넛은 점점 더 불쾌해졌다. 클라인이 라틸의 곁에서 일만 돕는 게 아니라 교묘하게 그를 괴롭히는 탓이었다.

괴롭힌다고 해도 물론 그 수준은 너무나 조악해서 실제로 그의 몸에 타격을 입히는 건 아니었다. 침착하게 굴자면 덤덤하게 넘길 수도 있을 정도였다.

라틸이 서넛을 부를 때마다 자기가 먼저 가서는 대화를 나눈다거나, 서넛이 라틸에게 뭘 가져다주려 할 때마다 기가 막히게 먼저 달려와 라틸에게 준다거나, 서넛이 라틸과 대화를 하려고 들면 재빨리 끼어들어 화제를 낚아채 간다거나, 보란 듯 라틸과 은근한 스킨십을 한다거나 등. 그러나 이 노골적이고 소소한 경계도 하나하나 쌓여가자 참아주기 힘들어졌다.

서넛을 더욱 짜증 나게 하는 건 이 모든 걸 다 눈치챘으면서도 실실 웃으면서 상황을 보기만 하는 시종장이었다. 물론 '실실 웃는다'는 건 지금 그의 감정이 섞인 악의적인 표현이고, 객관적으로 볼 때 시종장은 평소와 다를 바 없는 표정이었다. 하지만 시종장이 은근히 클라인을 묵인해 줌으로써 서넛의 스트레스는 점점 높아졌다.

'폐하는 이런 덴 둔하시고.'

서넛이 돌아온 일로 기분이 좋아진 라틸이 간만에 일에 완전히 몰두해서, 주위에서 조용히 벌어지는 일에 신경조차 쓰지 않는 게 서넛에겐 불행이었다. 한숨을 내쉰 그는 허리에 찬 검을 자신도 모르게 만지작거리며, 이쪽을 오만하게 바라보는 재수 없는 황자를 쏘아보았다.

그러나 클라인 황자는 전혀 겁먹지 않았다. 눈이 마주치자 오히려 입꼬리가 히죽 즐겁다는 듯 올라갈 뿐.

'꼴을 보니 오늘 하루 저러고 끝내진 않겠군.'

그때, 열심히 서류를 살피고 사인을 하고 시종장과 비서들에게 조언을 구하던 라틸이 돌연 인상을 찡그렸다. 서넛은 클라인에게로 쏠리는 주의를 곧장 라틸에게만 향하게 하고서 얼른 가까이 다가가 물었다.

"왜 그러십니까?"

클라인도 자연스럽게 곁으로 다가와서는 이 무리 중 하나였던 것처럼 라틸에게 물었다.

"폐하, 왜 그럽니까?"

라틸은 바로 대답하지 않고 손에 든 편지를 빤히 쳐다보며 인상만 구겼다. 잠시 뒤, 라틸의 입에서 무거운 목소리가 흘러나왔다.

"하이신스에게 온 편지입니다."

그 말에 클라인과 서넛은 물론 시종장의 표정까지 거의 동시에 구겨졌다. 세 사람 모두 라틸과 하이신스의 사이를 알기에 그 황제가 라틸에게 아직도 집착하나…… 하는 생각부터 든 것이다.

그러나 이 일은 그런 사적인 감정과는 관계없는 일이었다.

"서넛 경."

"예, 폐하."

"칼라인을 불러와 줘요."

라틸이 난데없이 칼라인을 불러달라고 하자 서넛은 의아해서 라틸을 보았다. 라틸은 '전남친에게 화가 난 얼굴'이 아니었다. 이마는 구겨져 있고 눈가는 얼음 같았다. 나라와 나라 사이의 일이었다.

"예."

서넛은 바로 대답하고 밖으로 나갔다.

서넛이 나갔지만 라틸은 문 한 번 바라보지 않고서 하이신스에 게 온 편지만 빤히 보았다. 그러다가 클라인의 불안한 눈길을 느끼 고는 건성으로 웃으며 위로했다.

"네 문제가 아니야. 염려 마라."

클라인은 카리센에서 온 황자였다. 그는 이 편지가 하이신스와 라틸의 사적인 편지여도, 나라와 나라 사이의 심각한 일이어도, 신 경이 쓰일 수밖에 없는 처지였다. 이걸 알기에 라틸은 클라인을 먼 저 달래준 것이다.

하지만 바로 라틸의 입가가 굳어버렸기에 별로 소용은 없었다.

"무슨 내용인지요, 폐하?"

시종장이 조심스럽게 묻자 라틸은 편지를 그에게 건네며 이를 갈았다.

"아이니 황후가 자기는 가출했던 게 아니라 흑사신단 용병단에 납치되어 있었다 주장하고 있답니다."

"무슨 그런!"

"하이신스도 믿지 않는대요. 하지만 황후의 주장을 묵살할 수도 없으니, 아마 이쪽으로 사절단이 오긴 할 거랍니다. 미리 알려주는 게 좋을 것 같아서 따로 편지를 보낸 거라니까……."

라틸은 말을 하다가 클라인의 표정을 보고는 안심하라는 듯 그 에게 손을 뻗어 잡아주었다.

"클라인, 떨지 말고 있어."

칼라인이 오자 클라인과 시종장을 내보낸 라틸은 하이신스가 보낸 편지 내용을 알려주었다.

"카리센 황후가 흑사신단에 자기가 납치됐다 했다던데."

칼라인은 생각해 볼 것도 없다는 듯 대번에 대답했다.

"말도 안 됩니다."

"나도 안다."

라틸은 그가 혹시 자기가 의심받고 있다고 오해할까 봐 얼른 이어 말했다.

"아이니 황후는 여기서 아예 다른 모습으로 지냈잖아. 그런데 납치하고 뭐고 할 게 있나."

게다가 아이니 황후와 같이 다니던 흑사신단 용병들이 공격한 건 오히려 이쪽이었는데.

"왜 그래?"

그런데 툴툴거리다 보니, 칼라인이 이쪽을 진득하게 바라보고 있었다.

"왜 그래?"

그 시선이 좀 묘해 라틸이 재차 묻자, 칼라인이 고개를 저었다.

"아닙니다. 그저…… 처음 만났을 때가 생각나서요."

라틸은 '처음'이란 말에 첫 만남의 당시를 떠올렸다. 얼굴 보고 뽑은 후궁이라, 두근두근해서 그를 찾아간 날을. 난데없이 '주인'이라 부르기에 얼마나 놀랐던지.

"그 숲이 기억나십니까? 전 주인이 나타났을 때 천사가 다가오는 줄 알았습니다."

그런데 칼라인이 말한 '첫 만남'은 라틸이 떠올리는 첫 만남과 전혀 달랐다. 그뿐만 아니라…….

'어디서 저런 거짓부렁을?'

도미스를 처음 만났을 때도 저렇진 않았다. 미화를 시켜도 저런 모양으론 안 나올 텐데 싶을 만큼 다르다. 라틸은 황당한 얼굴로 그를 바라보았다. 그런데 칼라인은 오히려 그 표정에 안색이 환해져 물었다.

"주인, 기억이…… 납니까?"

아차. 라틸은 혀를 찼다. 일부러 도미스와의 첫 만남 얘길 한 거구나. 그것도 엉터리로. 어떻게 반응하는지 보려고.

"이 오백 살 먹은 능구렁이 같으니라고."

"!"

나이 얘길 싫어하는 칼라인이 눈썹을 찌푸리자, 라틸은 핵 돌아서서 다시 편지를 내려다보았다. 그러다가 힐긋 고개를 들어보니 칼라인이 힘없이 웃고 있었다. 하지만 입가만 힘이 없을 뿐, 눈에는 열기가 어려있었다.

"주인."

"능구렁이."

"혹시 기억이 돌아오게 되거든……."

"안 돌아왔다."

"화날 때마다 화내줬으면 합니다."

무슨 소리야? 라틸이 편지를 만지작거리다가 쳐다보자, 칼라인이 쓸쓸하게 웃으며 털어놓았다.

"기억이 돌아오면 화날 일이 많을 겁니다. 그때 '전생 일이니 화 안 내야지' 하지 마시고, 그냥 화나면…… 화내세요."

그가 말을 마치자마자 라틸은 "화났어." 하고 말한 다음 칼라인의 손을 잡고 손등을 찰싹 아프지 않게 쳤다.

칼라인의 말을 듣고 있자니, 도미스가 추락하고 있을 때 그가 코빼기도 보이지 않던 일이 떠올라서였다. 물론 지금은 그 일로 화가 나지 않지만, 그래도 칼라인 본인은 여러 가지로 죄책감을 느끼고 있지 않은가.

그런데 웬걸. 칼라인은 도리어 기뻐하고 있었다.

'와, 칼라인 변태 같아.'

그걸 보니 재미있어서 이번에는 손바닥을 찰싹 아프지 않게 쳤다. 칼라인의 입술 끝이 재차 올라왔다. 어깨도 살짝 아프지 않게 쳐봤더니 그래도 칼라인이 웃는다. 라틸은 신이 나서 칼라인의 엉덩이까지 찰싹찰싹 두드렸다.

"!"

이번엔 칼라인도 웃지 않았다.

그가 얼어붙은 걸 본 라틸은 황급히 손을 내리고 정색한 다음 편지를 집고서 "음……." 하고 신중한 척 소리를 냈다.

그 모습을 내려다보며 칼라인이 희미하게 웃었지만, 라틸은 그건 보지 못했다. 대신 라틸은 편지에 시선을 고정하고서 물었다.

"다시 나랏일 얘기하지. 칼라인, 넌 아이니 황후가 왜 그런 주장을 하는지 알겠어?"

말을 하다 보니 정말 이상해서, 라틸은 인상을 찡그리고 시선을 들었다. 그때 이미 칼라인은 평소 같은 표정으로 돌아와 있었다.

"아니, 정말 이상해. 아이니 말이다. 처음 만났을 땐 멀쩡했거든? 아니, 멀쩡한 정도가 아니라 괜찮은 사람이었어."

"기억 때문에 그럴 겁니다."

"그 가짜 기억?"

"예. 그 사람 기억은 아니지만, 기억 자체가 가짜는 아니니까요."

"그런가."

"짧지만 대화를 나누어 봤는데…… 없던 일을 상상해 기억한 건 아니었습니다. 그렇단 건 그 기억을 가진 사람이 자기 기억을 나누어 줬단 거겠지요."

라틸은 고개를 끄덕거리다가, 그 기억을 가진 사람이 도미스일 수밖에 없단 걸 떠올리고 눈이 휘둥그레졌다. 그럼 도미스가 아이니한테 그 기억을 주입한 건가? 왜?

라틸은 다시 하이신스의 편지를 내려다보았다. 사실 거기엔 놀라운 내용이 하나 더 있었다. 아이니가 자신이 대적자라 주장한다는 내용.

'혹시?'

"칼라인, 대적자도 환생해?"

"제가 대적자가 아니라 모르겠습니다. 아니, 대적자 본인이라도 아마 모를 겁니다."

"그런가."

혹시 아이니 전생이 대적자여서, 도미스가 '너도 한 번 엿돼봐라'라는 심정으로 기억을 주입했을지도 모른다 싶었는데.

"그럼 칼라인, 전 로드가 아이니에게 가짜 기억을 심은 거라면, 내가 그 기억을 도로 회수할 순 없느냐?"

그러면 아이니도 이 기행을 그만둘 테니 서로서로 편해질 것 같은데. 하지만 칼라인은 이번에도 자신은 잘 모르겠다고 대답했다.

"그렇지만 기억을 넣을 수 있었으니 뺄 수도 있지 않을까요?"

"그래."

라틸은 편지를 접어 책상에 내려두고서 한쪽 팔로 머리를 괴었다. 하이신스가 미리 이런 일들을 알려주어서 너무 고맙긴 한데. 딱히 미리 대처할 방법은 떠오르지 않았다. 게다가 칼라인에게 흑사신단 납치 이야기는 했지만, 대적자 이야기는 꺼내기도 애매했다.

'아이니가 자기가 대적자라 주장한대'라고 하면 칼라인과 서넛은 어떻게 나올까?

'대적자는 꼭 날 죽여야 하나? 대적자가 날 안 죽이려 들면 나도 대적자를 안 죽이고…… 이런 식으로 살 수는 없나?'

그날 점심 식사를 할 무렵, 라틸은 타시르를 만났지만 그 생각을 하느라 제대로 식사 예절을 가르쳐 줄 수가 없었다. 마음이 그쪽으로 붕 떠버린 탓에 몸에 밴 예절을 입으로 풀이해 주기가 어려웠던 탓이다.

"한 음식을 먹을 때 사용한 식기는 다음 음식에는 사용하지 않는 게 원칙이야. 그런데 음식을 여러 개 주면서 식기는 한 세트만 주는 곳이 더 많거든. 이럴 땐 그냥……."

"그냥?"

"더 가져오라고 하면 돼."

"정말입니까?"

"응. 그리고 이렇게 말랑한 음식을 먹을 땐 포크랑 스푼을 포개서……."

"?"

"맛있네. 푸딩 맛있어. 네가 데려온 하인이 만든 후딩인가."

"후딩이요?"

타시르는 라틸이 헛손질하는 걸 구경하면서 연신 웃고 있었다. 가끔 제대로 설명을 하다가 옆으로 새는 모습이나, 시범을 보이려 하며 엉뚱한 식기를 집는 모습이 우스웠다.

그렇다고 다 엉터리라 하기엔 옳은 설명도 부분 부분 있긴 해서, 타시르는 '정말 예법을 모르는 사람이 폐하께 배우면 큰일 나겠구나' 생각했다.

어쨌든 그렇게 수업이 끝나고 나자, 라틸은 입가를 냅킨으로 닦으면서 지시했다.

"오늘 배운 대로 정어리 요리를 먹어봐."

타시르는 라틸의 멍한 정신조차 깰 만큼 완벽하게 정어리 반 토막을 먹었다.

라틸은 계속 입가를 냅킨으로 누르면서 건성으로 그 모습을 보다가, 뒤늦게 깜짝 놀라 물었다.

"뭐야, 너. 잘하잖아?"

반쯤 넋이 나가있긴 해도 라틸은 알았다. 오늘 자신이 좋은 선생이 아니었단 걸. 그런데 타시르가 이런 모습을 보이자 황당했다. 타시르는 어깨를 으쓱하고서 조금도 꿀리지 않는 태도로 대답했다.

"상단 후계자로 온갖 나라를 돌아다니는 제가 설마 식사 예법을 모르겠습니까? 폐하와 함께 있고 싶어서 못하는 척한 겁니다."

"뭐?"

"제가 이렇게 사랑스럽습니다. 머리 굴리는 것 좀 보세요. 아, 예뻐."

그 당당한 태도에 라틸이 입을 벌리자, 타시르는 자른 정어리 조각을 라틸의 벌어진 입 사이로 넣어주며 실실 웃었다.

"하지만 폐하는 생각보다 못하시는 것 같은데요. 어떻게, 이번엔 제가 알려드릴까요?"

라틸은 입안에 정어리를 넣은 채 타시르의 손가락을 물어버렸다.

"악! 폐하!"

저녁 때 라나문에게 간 라틸은 그에게 춤을 가르칠 준비를 하면서도 의심을 떨치기 어려웠다. 앞서 타시르와의 일 때문이었다.

'라나문이 애초에 나한테 춤을 배우겠다고 한 것도 타시르를 따라 한 거지. 그러니 춤을 가르쳐 달란 말에 처음부터 진심은 없었

을 거잖아. 혹시…… 얘도 일부러 못 추는 척하는 거 아냐?'

어디 한번 잘 지켜보자. 만약에 얘도 날 가지고 노는 거라면 나도 똑같이 가지고 놀아주겠어.

라틸은 속으로 단단히 결심하고서, 라나문을 데리고 바닥이 미끄러워 춤추기 좋은 방으로 간 다음 손을 내밀었다.

"자, 우선 손을 잡아야 해."

"그 정도는 저도 할 줄 압니다."

라나문이 차갑게 말하고서 라틸의 손 아래에 자신의 손을 두더니, 잠시 주춤하다가 손가락 끝을 잘 잡았다. 너무 힘을 주지도, 그렇다고 너무 가볍지도 않은 정도로.

라틸은 얼결에 그의 입술을 보았지만, 곧 아무렇지 않게 턱을 들어 올리고서 라나문을 끌어당겼다.

"가까이 서야지."

그를 코앞에 두고 서자 부드러운 옷의 프릴이 살짝 코끝에 닿아 간지러웠다.

라틸은 재채기를 할 뻔한 걸 가까스로 참고서 라나문에게 지시했다.

"넌 날 보면 안 되고 오른쪽을 보고 서야 해."

"자세는 저도 압니다."

"아냐, 넌 몰라. 넌 상체를 오른쪽으로 같이 돌리잖아. 상체는 날 보고 머리만 돌리라고."

"그러고 있습니다."

"안 그러고 있으니까 이러지."

자꾸 머리와 상체가 같이 움직이는 라나문에게 가까스로 제대로 된 자세를 취하게 한 라틸은 그가 자신의 허리를 단단히 잡도록 한 다음, 같이 발을 내딛게 하며 또 설명했다.

"하나 둘 셋 하면 동시에 오른쪽으로 발을 내디뎌야 해. 알았느냐? 하나 둘…… 아니, 셋까지 세면 하라니까?"

"셋을 셀 차례였는데 폐하가 안 세니까 이렇게 된 겁니다."

"네가 둘에 발을 내디뎠는데 내가 셋까지 어떻게 세라고."

"……."

"자, 다시. 내 허리 잡고."

라틸은 라나문을 어르고 달래서 드디어 춤을 시작했으나, 그가 10분 안에 발을 열다섯 번이나 밟자 결국 성질이 나서 춤을 멈추게 하고 항의했다.

"라나문, 솔직하게 말해라."

"……죄송합니다."

"일부러 이러는 거지?"

"아닙니다."

"박자 감각이란 게 조금이라도 있으면 이 정도로 못 출 수가 없어. 이게 진짜로 못 추는 거라면 넌 박자 감각이 조금도 없는 사람이라고. 일부러 이러는 거 맞지?"

타시르 일을 떠올리며 라틸이 강하게 추궁하자 라나문은 뒤로 주춤 물러났다.

그러나 둘은 아직 춤추는 자세를 취한 상태였다. 즉, 라나문의 손은 라틸의 허리를 감싸고 있고 라틸은 라나문의 손을 꼭 쥐고 있었다. 그런 상황에서 라나문이 물러나자 둘은 곧 균형을 잃고 같이 엎어지고 말았다.

"아!"

라나문은 바닥에 완전히 '쿵' 소리가 나게 뒤로 넘어갔고, 라틸은 라나문을 쿠션 삼아 그 품에 안기며 넘어졌다.

세상이 반쯤 뒤집히고 나자 라틸은 놀라서 눈을 동그랗게 떴다. 기우뚱하는가 싶더니 자신은 옆으로 누워있고, 라나문의 가슴에 귀를 대고 있었다.

그리고 온몸에서 느껴지는 라나문의 옷 감촉에 라틸은 얼굴이 붉어졌다.

"……."

라나문이 내려오란 소리를 하지 않고 있자 라틸은 얼굴이 조금 더 붉어져서, 역시 라나문이 춤을 못 추는 척한 게 분명하다고 확신했다.

아니라면 이렇게 기회를 딱 잡고서 누워있을 수가 없지. 하지만 사실 나쁜 기분은 아니었다. 좋다고 히히 웃으면 위엄이 없어 보일 것 같아 웃진 않았지만.

라틸은 괜히 코웃음을 치면서 라나문의 손바닥을 만지작거렸다.

'이러고 있다가, 일부러 춤을 못 추는 척했단 고백을 들은 다음에 나도 좀 놀려야지. 그리고 나서…….'

생각을 멈춘 라틸은 눈을 커다랗게 떴다.

'심장 소리가?'

라나문의 심장 소리가 들리지 않았다.

놀란 라틸은 고개를 들었다가 기겁해서 벌떡 일어났다.

"라나문!"

"그, 그게 무슨 소린가, 사블레 후작? 라나문이 어떻게 돼?"

사블레 후작이 찾아와 소식을 전해주었을 때, 아트락시 공작은 우아하게 차를 마시는 중이었다. 하지만 라나문에 대한 이야기를 듣자 그는 너무 놀라서 들고 있던 찻잔까지 떨어뜨리고 벌떡 일어섰다.

시종장이 전해준 소식은 그만큼 뜻밖이었다. 라나문의 목이 부러지다니.

"설마. 죽……은 건가?"

아트락시 공작이 덜덜 떨며 묻자 사블레 후작은 황급히 손을 저었다.

"아닙니다. 다행히 폐하께서 바로 대신관님을 불러와 치료해 주셔서 지금은 아주 멀쩡하십니다."

그제야 아트락시 공작은 소파에 무너지듯 주저앉았다. 하지만 손은 여전히 달달 떨리고 있었다.

"하지만 크게 다쳤다가 치료받으신 거라 며칠은 누워서 쉬셔야 한답니다."

"어쩌다 그런 건가?"

"그게 저도 잘……."

아트락시 공작은 무릎을 짚고 비틀비틀 일어났다.

"일단 가보지."

라틸은 누운 라나문의 머리카락을 천천히 쓸다가, 그가 미간을 조금이라도 찌푸리거나 몸을 들썩일 때면 가슴에 손을 토닥거리며 물었다.

"불편한 데가 있느냐?"

라나문은 물어보면 곧장 눈을 뜨고서 눈을 맞추고 희미하게 괜찮단 대답을 하고 다시 눈을 감았다.

신성력으로 외상을 회복한 다음 쉬게 하는 건 체력의 문제이지 부상의 문제는 아니었으나, 라틸은 그를 병자처럼 대했다. 아직까지 라나문이 고꾸라져 있던 모습이 충격적으로 뇌리에 박힌 탓이었다.

라틸은 라나문을 토닥거리다가 그가 잠든 것 같자 이불을 끌어올려 잘 덮어주고서 밖으로 터덜터덜 걸어나갔다.

"괜찮으십니까?"

서넛이 걱정스레 물었으나 대답할 기운도 없어서, 라틸은 손만 젓고 긴 회랑으로 들어갔다.

처음 라나문이 창백한 얼굴로 누운 걸 발견했을 때, 라틸은 정말로 그가 죽은 줄 알고 기겁해서 대신관을 불러오라고 미친 듯이 소리 질렀다. 그때 정신없는 와중에 짧은 환영이 세 번 나타났다 사라졌다. 셋 다 너무 빨리 사라져서 제대로 보진 못했으나, 그리 좋은 환영은 아니었다.

자신의 손에 피에 젖은 누군가가 안겨있었으니까. 그리고…….

"폐하? 정말로 안색이 나쁘십니다."

"놀라서 그럽니다. 괜찮아요."

본능적으로 라틸은 알 수 있었다. 그게 각성의 순간이었단 걸. 지금 자신의 각성이 아니라, 먼 과거의 순간 어디쯤의.

공개 집무실 안에 들어가자마자 라틸은 책상에 앉아 쫓기는 것처럼 펜과 종이를 꺼내 쥐었다.

경쟁이라도 하듯 속도를 내어 보고서를 읽고 서명을 하는 등 갑자기 일에만 몰두하는 라틸을 서넛은 걱정스레 바라보았다.

30분 정도가 그렇게 지났을 즈음, 라틸은 펜을 탕 소리가 나게 내려놓더니 갑자기 책상에 엎드려 얼굴을 파묻었다.

"폐하!"

"만약 그런 게 각성이라면……."

"예?"

"난 안 할 겁니다."

자신이 안고 있던 그 피 묻은 사람과 환영을 통해서도 느껴지던 고통. 그게 각성 후 벌어진 일이든 각성 직전 벌어진 일이든 각성과 관련된 거라면…… 받아들이고 싶지 않았다.

라틸이 하루에 서너 번씩 라나문을 찾아가며 간병하는 동안 시간은 빠르게 흘러갔고, 라나문이 병상에서 내려올 때쯤 카리셴 사절단이 도착했다.

하이신스의 편지를 받은 라틸은 그들이 무슨 이야기를 할지 미리 알고 있었기에 차분하게 접견실로 가 사절단을 맞이했다.

"좋지 않은 소식으로 오게 되어 죄송합니다, 폐하. 이미 알고 계실지도 모르지만, 카리셴의 황후께선 한동안 사람들 앞에 모습을 보이지 않으셨지요."

"그래. 가출했단 이야기를 들었지."

"······가출이라 주장하는 사람들도 있었으나, 다가 공작은 늘 납치당한 거라고 주장하였습니다. 그런데 며칠 전, 황후께서 돌아오셔서 실제로 납치당했었다 말씀해 주셨습니다."

"부녀가 사이가 좋군."

"······황후께선, 자신을 납치한 이들로 흑사신단 용병단을 지목했습니다."

"어쨌든 돌아왔으니 다행이다."

자기들의 황제가 미리 언질을 주었단 걸 모르는 카리셴 사절단은, 라틸이 흑사신단 이야기가 나오는데도 태연히 대꾸하자 당황해 서로를 힐긋거렸다.

그들은 당연히 황제가 이쯤에서 놀라 진짜인지 물을 것이라 예상했던 것이다.

게다가 라틸이 하는 말은 은연중에 '난 너희 말을 전혀 믿지 않지만, 그래도 가출했다 돌아왔으니 다행이네' 하는 뉘앙스로 읽혔다.

사절단 중엔 다가 공작 일파도 있고 아닌 이들도 있었으나, 그렇다 해도 다들 같은 카리센의 사람들이었다. 남의 나라 황제가 자신들의 황후를 가출했다 돌아온 철부지처럼 취급하자, 그들은 기분이 상해 표정이 굳었다.

"흑사신단은 여러 나라에서 활동하고 각 나라에 지부를 두고 있지만, 본사는 타리움에 있지요. 황후께서 말씀해 주신 납치 장소 역시 이곳 본사입니다."

"……."

"수사를 하기 전에 타리움의 폐하께 양해를 구해야 할 듯해 미리 말씀드리러 왔습니다."

라틸이 황후를 철부지 취급한단 건 그들의 오해였다. 라틸은 황후가 원래는 아주 멀쩡한 사람이란 것도, 지금 왜 갑자기 이상하게 구는지도 알고 있었다.

하지만 알고 있다고 해서 칼라인의 부하들을 아이니의 거짓 주장에 맞춰줄 이유는 없었다.

"그 나라에도 지부가 있다면 그 나라에서 조사를 하든가 해야지. 내 나라에서 일하는 용병들이 거기까지 가서 아이니 황후를 납치했다고? 게다가 납치한 다음 한 일이 며칠 지나서 풀어준 거라고?"

라틸이 '말이 되는 소릴 해야지' 하는 투로 웃자, 사절단의 표정이 더욱 싸늘해졌다. 집무실 안에서는 이 일을 두고 씩씩거리기만 하던 라틸이 순식간에 백 년 묵은 너구리처럼 굴자 서넛과 시종장은 웃음을 참기 위해 각기 다른 방향을 보았다.

"카리센의 황후께선 함부로 거짓을 말하지 않습니다. 물론 오해가 있을 수도 있겠지요. 그러니 흑사신단을 수사할 수 있도록 부디 도와주시길 바랍니다, 폐하."

"글쎄."

라틸이 심드렁하게 중얼거리자 사절단이 놀라 그녀를 보았다.

라틸은 속으로 생각했다. 왜 그래? 너희 중 반 정도도 아이니의 말을 안 믿으면서.

하지만 아이니 황후의 말을 믿건 안 믿건, 저들이 여기서 그걸 드러내진 못할 것이다. 아이니는 카리센의 황후이고 이곳은 타리움이었으니.

"믿기지 않는군. 수도에 있는 흑사신단 용병들은 누구를 납치할 틈도 없이 바빴거든. 수도에 나타난 '식시귀'를 잡느라."

"식시귀요?"

"음, 황후가 정말 흑사신단 본부에 잡혀있었다면 그 일을 알겠지. 계속 본부를 비워놨으니. 비워둔 본부에 황후가 어떻게 있었는지 모르겠지만."

"……본부를 비운 덕에 황후께서 탈출하신 걸지도 모르지요."

"그렇더라도 바로 수사에 협조해 주긴 어렵겠는걸. 없어지긴 카리센에서 없어져 놓고, 납치는 뜬금없이 타리움에서 당했단 말이 바로 받아들여지진 않아서."

"흑사신단은 여러 나라를 오갑니다. 카리센에서 납치해 이쪽으로 데려왔다면 가능한 일이지요."

"글쎄. 황후는 이미 전례가 있지 않은가."

"전례라면……."

"흑사신단에서 가져간 게 있다면 황후의 몸이 아니라 마음이 아닐까 싶은데."

라틸이 아이니 황후가 카리센에서 칼라인을 계속 쫓아다닌 일을 둘러서 말하자, 사절단은 얼음처럼 굳었다.

"짐은 카리센을 우호국으로 여기고 있지. 카리센의 황자는 짐이 가장 총애하는 후궁이기도 하고."

"!"

"하지만 용병왕 역시 짐의 후궁. 먼 나라에 사는 황후가 아무 증거도 없이 무작정 우긴다 해서 내 후궁의 부하들을 거기로 보낼 순 없다."

"그러면 아예 수사를 막으시겠단 겁니까. 수사를 하지 않으면 증거를 찾지 못하는 일도 있습니다."

"그렇지. 그러니 수사를 하고 싶다면 수사관을 이쪽으로 보내라."

"!"

덧붙인 라틸은 빙긋 웃고서, 그들이 이제 대적자 이야기를 꺼내길 기다렸다.

예상대로 그들은 몇 마디를 더 했으나, 라틸이 또렷한 증거나 정황 없이 용병들을 보내줄 것 같지 않자 대적자 관련한 이야기를 꺼냈다. 아이니 황후가 대적자일지도 모른단 이야기였다. 아직 확실한 게 아니기에, 그들은 그게 황후의 주장이라 알리는 대신 그런 '정황'이 보인다고 설명했다. 그런데 여기서 라틸이 예상하지 못한 내용이 하나 나왔다.

"하여, 비슷한 정황이 있는 타리움의 특사 사디 경의 기록을 보길 청합니다, 폐하."

"사디?"

"예. 사디 경은 카리센에서 좀비와 식시귀를 물리치는 모습을 직접 보여주셨지요. 대적자에겐 몇 가지 특징이 있다고 알고 있습니다. 사디 경이 거기에 해당되는지 확인해 보고 싶습니다."

서넛이 뒤에서 자세를 바꾸는 기척이 들리자, 라틸은 속으로 혀를 찼다. 저 사절단들은 자기들이 대적자를 노리는 뱀파이어 나이트 앞에서 대적자 얘기를 꺼냈단 걸 평생 모르고 살겠지. 알게 된다면 기겁하겠고.

사절단들은 라틸의 이런 마음을 알 수 없기에, 타리움 황제가 설마 이런 일까지 거절하랴 싶어 단호한 시선을 보냈다.

아이니 황후의 주장이야 나라 간 자존심 문제인 데다 실제로 증거가 없지만, 사디가 대적자인지 확인하겠단 건 나쁜 일도, 자존심을 걸 일도 아니지 않은가.

게다가 수많은 이들이 사디의 솜씨를 목격했으니, 이번에는 증거를 가져오라고 할 수도 없을 것이다.

그러나 이번에도 라틸의 대답은 "안 되겠는데."였다.

전자는 거절을 예상했으나 후자는 거절을 예상하지 못했기에, 사절단은 놀라 라틸을 보았다.

앞선 청이야 그렇다 쳐도 특사의 기록을 달란 청까지 거절하다니. 정말로 타리움의 황제는 카리센과 사이가 틀어지고 싶은 걸까?

"사디는 짐의 비밀 특사다. 모든 정보가 기밀에 부쳐져 있지."

"그러면 몇 가지 정보만 알려주시길 청합니다."

"그럴 필요 없을 거다. 사디는 이미 죽었거든."

"!"

"정말이야?!"

"그런가 봐."

"사디 경이라면 그…… 식시귀를 한 번에 물리쳤단……."

"그러니까……."

"아이니 황후는 너무 뜬금없는데. 확실해?"

"그게……."

자이오르는 채소 가게에서 비싸지만 맛있는 가라다의 배추를 사
는 게 좋을지, 아니면 조금 가격이 싸지만 먹을만한 밀로의 배추를
사는 게 좋을지 심각하게 고민하던 중이었다. 그런데 고민하는 내
내 주위에서 들려오는 수군거림이 심상치가 않았다.

자이오르는 양손에 배추를 쥐고서 그 소리를 듣다가, 황급히 두
개 다 장바구니에 넣고는 계산대로 뛰어갔다.

장바구니를 끌어안고 그가 달려간 곳은 미로 저택의 한 방이었
다. 자이오르가 달려가자, 소파에 누워있던 기르골이 천천히 눈을
뜨고서 그를 질책하듯 쳐다보았다.

"시끄러워."

"지금 그게 문제가 아닙니다, 기르골 님. 제가 방금 엄청난 얘기
를 듣고 왔어요!"

자이오르의 바구니에서 떨어진 배추가 기르골의 얼굴에 덮이자, 그는 황급히 벽으로 달아났다.

천만다행으로, 기르골은 상체를 일으키긴 했으나 그리 화난 얼굴은 아니었다.

"무슨 일이지?"

"사디 말입니다. 제자님이요!"

"도착했대?"

"죽었답니다!"

"그게 무슨 소리냐."

그게 무슨 소린지 자이오르가 말하려 했을 땐 이미 기르골은 보이지 않았다.

"어디 가세요?"

자이오르가 황급히 외쳤지만 문이 열려있을 뿐. 자이오르는 기르골이 뛰쳐나가는 모습조차 보지 못했다.

힘없이 덜렁거리는 문을 바라보다가 자이오르는 머쓱하게 중얼거렸다.

"아직 더 말할 거 있는데……."

기르골의 속도는 사디를 업고서 장난치며 이동할 때와 전혀 달랐다. 가끔 방향을 꺾지 않아 나무나 바위에 부딪힐 때가 있었으나, 그는 가차 없이 앞으로 돌진했고 오히려 그의 앞길을 막은 나무가

부러지고 바위가 깨져나갔다. 기르골은 정체를 알 수 없는 분노에 휩싸여 있었다.

대적자인 사디. 대적자이지만 수상한 구석이 있는 사디. 마지막까지 자신의 편이 되어 달라고 한 사디.

대적자이니 언젠가 자신이 죽여야 할 수도 있단 생각을 안 해본건 아니지만, 그 마지막은 절대로 이런 방식이 아니었다.

자신조차 죽일까 말까 죽일 수 있나 없나 몇십 번, 몇백 번 생각하게 한 그 애가 이런 식으로 허무하게 죽었다고?

믿을 수 없다. 분명 오해가 있을 것이다. 분명!

지난번보다 훨씬 짧은 시간 안에 쇼드 폴리로 도착한 그는 그 공동 부근부터 가보기로 했다. 어쨌건 그곳에서 헤어졌으니.

그런데 빠르게 이동하던 그의 시선에 찰나 불쾌한 것이 스치고 지나갔다. 기르골은 녹색 나무로 된 커다란 게시판 앞에서 걸음을 멈추었다.

"어이쿠. 깜짝이야."

그 앞에 서있던 사람들은 갑자기 나타나 옆에 선 키 큰 남자를 보고 기겁해 옆으로 물러났으나, 기르골의 눈엔 그들이 들어오지조차 않았다. 기르골은 손을 뻗어 지명 수배서를 확 낚아챘다.

"저 사람…… 저거 아냐?"

"맞는 것 같은데. 저거, 저거."

게시판에 붙은 수배서는 열여섯 개. 그중 가장 커다란 두 개에는 각각 남자와 여자 한 명씩이 그려져 있었다.

그중 하나가 기르골의 그림이었기에, 근처에 서있던 사람들은 눈짓으로 기르골을 힐긋거렸다.

현상금 사냥꾼 몇몇이 탐욕스럽게 기르골을 보며 눈을 빛냈으나, 기르골은 자신이 뜯어낸 커다란 여자의 수배서를 보느라 정신이 없었다. 거기에 그려진 게 사디였기 때문이다.

기르골에 비해 특징이 적어서 좀 부실해 보이는 수배서이나, 죄명과 얼굴이 분명 사디였다.

가만히 있어도 붉은 기르골의 눈동자 주위로 빨갛게 실선이 가자 그의 모습이 햇볕 아래에서 더욱 강렬하게 빛났다.

한 번에 수배서를 구긴 기르골이 천천히 고개를 드는 순간, 그를 잡기 위해 무기를 꺼내던 사냥꾼들은 슬그머니 무기를 도로 집어넣었다.

그들은 본능적으로 알아차렸다. 저 하얀 머리 남자가 이런 작은 마을에서 잡힐 수준이 아니란 걸.

곧 '퍽' 하는 소리와 함께 게시판이 통째로 날아갔고, 주위에 있던 사람들은 뒤늦게 비명을 지르며 달아났다.

"괴물이야!"

"범죄자다!"

"수배범이야!"

"아악!"

제자에게 잘 보이기 위해, 겁을 주지 않기 위해 애써 좋은 사람인 척 굴려던 기르골의 인내심이 뚝 끊어지며 그의 눈동자가 흉흉하게 타올랐다.

"자……."

중얼거린 기르골은 끼고 있던 장갑을 벗어 툭 아래에 놓더니, 목 뒤를 손으로 짚고 주위를 훑어보며 웃었다.

"누가 내 제자를 죽였을까."

강한 갈증이 밀려왔다. 수백 명을 먹어 치워도 해소되지 않을 갈증이.

카리센의 사절단이 돌아간 후, 라틸은 아트락시 공작을 불러서 라나문이 평소에 어떤 음식을 좋아하는지 물었다.

"라나문은 편식 같은 건 절대 하지 않습니다, 폐하."

신이 나서 외친 아트락시 공작은 라틸이 고개를 기웃하자, 주저하다가 털어놓았다.

"버섯을 좋아합니다, 폐하."

라나문이 몇 가지 음식을 아주 싫어한단 걸, 황제가 알고 있을지도 모른단 생각이 떠오른 탓이었다.

아트락시 공작이 말을 바꾼 건 현명한 선택이었다. 일전의 사건으로 인해 라틸은 라나문이 완두콩을 안 먹는단 걸 알고 있었으니까. 어쨌든 버섯을 좋아한단 걸 알았으니 되었다. 라틸은 곧장 자신이 가장 아끼는 궁정 요리사를 불러, 버섯이 들어간 맛있는 음식을 준비하게 했다.

그러고서 음식을 챙겨 직접 라나문의 방으로 찾아갔다. 그가 이제 혼자 돌아다녀도 될 정도로 체력을 다 회복한 건 알지만, 역시 아직은 신경이 쓰여서였다.

라나문이 넘어진 건 두 사람이 함께 저지른 실수였으나, 라나문이 혼자 다친 건 그가 라틸의 쿠션 역할을 했기 때문이다. 그가 이전 같은 모습이 돌아올 때까지 라틸은 그에게 잘 대해주고 싶었다.

"라나문?"

마침 라틸이 방으로 갔을 때 라나문은 옷을 단정히 차려입고서 밖으로 나가려던 참이었다.

"어디 가느냐?"

그걸 본 라틸이 묻자, 라나문은 라틸의 뒤에 웨건을 끌고 온 하인과 웨건 위에 놓인 커다란 음식 접시를 보며 대답했다.

"대신관에게 가려 했습니다. 기억은 안 나지만 절 치료해 줬다니까요."

그의 시선이 접시에 닿은 걸 눈치챈 라틸은 라나문의 시종에게 음식을 챙기라 눈으로 지시했다.

카르둔은 감격해서 음식을 들어올렸으나, 너무 뜨거워서 놓치고 말았다. 결국 손을 '호호' 분 그는 웨건째 음식을 들고 방 안으로 가 탁자에 놓고 나왔다.

라나문이 먹고 가겠다든가, 나중에 가겠다든가 하는 말을 그때까지도 하지 않자, 라틸은 잘 다녀오라 중얼거리고서 돌아섰다.

그런데 한참 회랑을 걸어가다 보니 마음이 바뀌었다. 자신도 대신관에게 같이 가도 좋을 것 같았다. 가서 대신관을 칭찬도 하고, 라나문이 이제 완전히 괜찮아졌는지도 좀 듣고, 같이 식사하면서 목이 부러졌다 붙은 이후 자신에게 좀 냉랭한 듯한 라나문의 기분도 풀어주고 싶었다.

"폐하?"

라틸이 잘 걷다가 돌연 멈추어 서자 뒤에서 하인이 의아해 그녀를 불렀다.

"다시 가야겠다. 너는 먼저 돌아가거라."

라틸은 하인에게 지시하고서 얼른 몸을 돌려 라나문의 방에서 대신관의 방으로 가는 길목으로 빠르게 걸어갔다.

얼마 지나지 않아 라틸은 곧 라나문이 시종인 카르둔과 함께 걸어가는 모습을 발견했다. 라틸은 웃으면서 그쪽으로 다가가려 했으나, 라나문이 인상을 찌푸린 채 계속해 입을 움직이자, 그들이 나누는 말이 궁금해졌다.

라틸은 기척을 죽이고서 살금살금 그쪽으로 다가갔다. 가까이 가자 라나문의 차갑고 시린 목소리가 나지막하게 고막으로 기어들어 왔다.

"폐하와 같이 있으면 늘 나쁜 일만 생기는 것 같은데."

"설마요……라고 말하고 싶지만 그건 그러네요. 여기 오신 후로 유난히 고초를 많이 겪으셨잖아요."

"……."

"이번에도 그렇잖아요. 세상에 누가 춤을 추다가 넘어져서 목이 꺾이겠어요. 전 처음에 그 말을 들었을 때 진짜 놀랐어요. 도련님이 춤을 못 추긴 하지만 얼마나 날렵하신데. 넘어져서 목이 꺾이다니요."

그 말을 듣자 라나문과 함께 이동하려던 마음은 어느새 사그라

들고 어깨도 시무룩하게 아래로 내려갔다.

라틸은 그들에게 바로 다가가지 못하고 괜히 주저했다. 라나문은 나랑 같이 있으면 늘 나쁜 일이 생긴다고 생각하는구나…….

같이 실수해 넘어져 놓고서 저렇게 말하는 게 좀 서운했지만, 동시에 아주 틀린 말도 아니긴 해서 라틸은 고개까지 떨구었다.

"그래도 폐하께선 도련님을 좋아하긴 하시나 봐요. 간호도 해주시고, 음식도 보내주시고. 그렇죠?"

"요리사가 만들었고 폐하는 명령만 내렸을 그 음식 말인가."

"뭐…… 그렇긴 하겠지만요……."

거기까지 듣고 라틸은 돌아서서 하렘을 빠져나갔다.

'라나문이 목 부러진 일로 아직 화가 났나 봐.'

전혀 아니었으나, 쇼드 폴리에 가면서 타인의 속마음이 다시 잘 들리지 않게 되었기에 라틸에게 라나문의 떠들썩한 생각은 전해지지 못했다.

사실 라나문은 지금 건성으로 카르둔의 말에 대답할 뿐, 머릿속으로는 라틸과 춤을 연습하던 시간을 떠올리고 있었다.

카르둔은 '날렵한 라나문이 왜 거기서 넘어졌는지 모르겠다'고 했지만, 라나문은 이유를 알고 있었다.

라틸이 그의 춤 솜씨가 고의인지 아닌지를 추궁하면서 얼굴을 들이미는 순간, 그의 몸에 힘이 풀린 탓이었다.

오만한 까만 눈동자가 장난기를 가득 담고 거짓으로 화를 꾸며내며 그를 마주하자 라나문은 심장이 들썩였다.

사교계를 멀리하고 집에 틀어박혀서 저 잘난 맛에 취한 그에게,

이토록 가깝게 다가온 사람은 황제 하나뿐이었다. 그는 누군가와 이렇게 가까이 마주하는 일에 취약했다.

라나문은 반사적으로 머리를 뒤로 물리면서 다리에는 힘을 풀었다. 정말로 바보 같은 짓이었다. 정말로 멍청한 짓. 그래도 거기서 낙법을 썼으면 좋았을 텐데.

낙법조차 못 쓰고 뒤로 '쿵' 넘어간 건 라틸이 품에 있었기 때문이었다. 넘어지면서 황제를 옆으로 밀어냈더라면, 그도 황제도 둘 다 다치지 않았을 것이다. 하지만 이성적인 생각을 할 틈도 없이 그는 넘어지면서 황제를 끌어안아 버렸다.

그러다가 강하게 머리를 부딪쳤고…… 깨어났을 때는 라틸이 흐느끼면서…….

"도련님?"

허공에 대고 이상하게 손을 휘적거리고 있었다. "돌아와, 돌아와!" 하고 외치면서. 마치 허공으로 흩어지는 라나문의 영혼 180개를 손으로 하나하나 건져내고 있는 사람처럼.

라나문은 그게 무슨 짓이었는지 너무 궁금했지만, 대신관이 "슬슬 깨어날 때가 됐는데요."라고 말하며 방 안으로 들어오는 바람에 묻지 못했다.

그는 계속 기절한 척 눈을 감고 있었고, 황제는 허우적대던 걸 멈추고서 심각하게 물었다. 라나문이 이 일로 머리에 문제가 생기진 않겠냐고.

"도련님, 왜 그러세요?"

"……아니다."

회상을 끝낸 라나문은 "돌아와, 돌아와!" 하고 흐느끼던 라틸을 떠올리자 반사적으로 올라가려는 입꼬리를 힘주어 도로 내렸다.

라나문이 어떤 마음이든, 그게 라틸에게 전해지진 못했다. 입 밖으로 꺼내지 않았으니까.

라나문의 목이 부러졌다 나은 후로 매일같이 찾아갔던 라틸은, 그날의 버섯 수프를 마지막으로 다시 라나문을 잘 찾아가지 않게 되었다.

이번에야말로 황제가 공신의 아들에게 푹 빠졌구나, 기대한 아트락시 공작 일파는 몹시 실망했지만 반대로 다른 이들을 지지하는 이들은 '폐하는 마음이 넓어 라나문이 걱정되었을 뿐, 역시 다른 사람을 더 아낀다'고 기뻐했다.

라틸은 이 모든 이야기를 알고 있었지만 맞다, 틀리다 설명을 얹는 대신 카리셴에서 과연 어떤 답을 보내올지 기다리며 일을 해나갔다.

꿈속에서 도미스가 크게 다쳤기 때문인지, 아니면 다른 이유가 있어서인지, 요즘은 그 꿈도 이어서 꾸지 않았기에 업무에 몰두하기는 쉬웠다.

그러나 먼저 도착한 소식은 카리셴에서 온 소식이 아니라 쇼드폴리에서 온 소식이었다.

"어째서인지 쇼드 폴리에선 사디 경을 지명 수배범으로 올려놨

더군요."

사디가 라틸인 걸 모르는 시종장은 어느 날 아침, 라틸에게 어제 저녁에 올라온 보고라며 그곳에서 입수한 지명 수배서를 내밀었다.

사디가 라틸이란 건 모르지만 임무 도중 죽었다고 둘러댔으니, 혹시 이 일과 관련이 있진 않나 여기는 눈치였다. 게다가 그 날짜가 마침 라틸이 며칠 자리를 비우겠다던 그 날짜였으니.

"그쪽도 참. 전엔 폐하가 도와주겠단 걸 거절하더니, 이번엔 폐하의 특사까지 이런 지명 수배서에 올리고."

"그러게요. 정말 틀라랑 손이라도 잡았었나?"

라틸은 적당히 시종장의 말에 맞장구를 치다가, 시종장이 의아한 얼굴로 바라보자 시선을 느끼고 고개를 들었다.

"왜요?"

시종장은 잠시 생각하다가 물었다.

"제가 폐하께 그 얘기를 했던가요?"

라틸은 아차 싶었다. 시종장은 그 얘기를 속으로만 했다. 하지만 당시 라틸은 남의 생각을 듣는 능력이 한창 발달해 있던 터라, 시종장의 그 작은 의심조차 들을 수 있었다.

"아니, 내 생각입니다."

하지만 라틸이 흔들림 없이 방긋 웃어버리자, 시종장은 고개를 기웃하면서도 수긍했다.

"폐하께서도 그렇게 생각하셨군요."

라틸은 얼른 화제를 돌렸다.

"사디 얼굴은 너무 특색이 없어서. 이렇게 보니까 사디인지 아닌지도 헷갈리네요. 근데 사블레 후작, 이것만 보고하려던 건가요?"

다행히 효과가 있었다. 시종장은 아니라며 서류 사이에서 다른 보고서를 꺼내 제일 위에 올려두었다.

"그 지명 수배서에 올라온 얼굴은 사디 경이 맞을 겁니다, 폐하. 쇼드 폴리에 미치광이가 나타나 '사디'를 내놓으라 횡포를 부리고 있다니까요."

"미치광이라니요?"

시종장이 또다른 지명 수배서를 라틸의 앞에 내려놓았다.

그곳엔 기르골의 얼굴이 그려져 있었다.

쇼드 폴리에까지 사디가 죽었단 소문이 나진 않았을 거야. 그 소문은 여기 돌아와서 들었겠지. 그런데 쇼드 폴리에서 깽판을 부리고 있단 건…….

'쇼드 폴리에서 헤어졌으니까 쇼드 폴리에서 죽었다고 생각하는 건가?'

라틸은 수배서에 그려진 기르골의 얼굴을 손가락으로 따라 그리며 눈살을 찌푸렸다.

아침 일과를 마치고 점심을 먹으러 이동하면서도 라틸은 그 생각에 너무 몰두해서, 몇 번이나 제 발에 걸려 넘어질 뻔했다.

"오늘 점심은 닭고기와 토마토를 함께 조려 만든 요리입니다, 폐하."

"석류와 자몽을 섞어 얼음을 넣은 음료수입니다, 폐하."

음식을 차려주며 하인들이 소곤소곤 말했으나 라틸의 정신은 지붕 위를 획획 날아다니고 있어서, 그들의 말조차 제대로 듣지 못했다.

기르골과 쇼드 폴리, 사디. 아이니 황후에 대한 것도 걱정이었다. 아이니가 자기가 대적자라고 주장하고 있으니, 그 소문이 언젠간 기르골의 귀에도 들어가겠지. 아니, 어쩌면 이미 들어갔을지도 모른다.

사디가 살아있다면 몰라도 죽었으니, 이제 기르골은 다른 대적자를 찾아 카리센에 갈 것이다. 아이니를 살펴보러.

그런데 아이니가 진짜 대적자라면? 기르골이 사디가 가짜 대적자였단 걸 알게 된다면? 이번에야말로 기르골이 진짜 대적자를 길러내려 들지 않을까? 사디란 전적이 있으니 좀 더 세심하게 보살피면서?

진짜 대적자로 길러낸 다음에는 로드인 자신을 죽이러 올 것이다. 왜 아직 기르골이 나타나지 않았는지 모르겠지만, 그는 분명 '라트라실 황제'가 로드일지도 모른단 생각을 하고 있지 않았나.

라틸은 자신이 로드란 사실을 알게 되었지만, 그렇다고 해서 삶이 갑자기 바뀌진 않았다. 여전히 라틸은 라틸이었고 로드로서의 강한 힘도 없었다.

이럴 때 기르골이 대적자를 앞세우고 쳐들어온다면…… 막을 수 있을까? 하염없이 이어지던 생각이 결국 입맛을 뚝 끊어버렸다.

라틸은 포크를 내려놓고 냅킨으로 입가를 닦으며 하인에게 지시했다.

"서넛과 칼라인을 불러와라."

마침 서넛과 칼라인은 함께 있었기에, 라틸이 보낸 하인을 따라 같이 하렘 밖으로 나왔다.

두 뱀파이어는 라틸이 둘을 콕 집어서 부른 걸 알자마자, 사적인 일로 부른 건 아니리란 걸 깨달았다.

황제는 자신이 로드란 걸 알게 된 후 로드와 나이트, 뱀파이어들에 관해 알아내고 싶어 눈을 번뜩이고 있으니, 그 일을 캐묻기 위해 부른 것일 터였다.

"칼라인 님, 폐하께 그 동물 가면…… 친구들은 안 보여주어도 될까요?"

"그들은 제멋대로지. 폐하는 아직 인간 황제로 지내고 싶어 하시고."

"……."

"이곳엔 대신관과 성기사들이 지내고 있다. 그들이 이쪽으로 와 지낸다면, 성기사들도 이상한 걸 눈치챌지도 몰라."

"성기사들을 내보낼 순 없을까요?"

"지금은 그들이 폐하의 가장 좋은 가림막이기도 해. 폐하께서 자신을 드러낼 마음이 있다면 모를까, 아니라면 내칠 필요는 없다."

"하긴. 진짜 아이니 황후가 대적자라면 성기사들을 우리가 데리고 있는 편이 훨씬 낫겠지요."

만약 아이니 황후가 진짜 대적자가 되어 로드인 라틸과 부딪치려 든다면, 카리센 사람들은 아이니 황후의 말을 믿을 테고, 타리움 사람들은 대신관을 후궁으로 둔 로드가 어디 있냐며 아이니 황후가 거짓말을 하고 있다 여길 것이다.

다른 나라들도 각국의 이해관계에 따라 결정을 내리지, 정말로 라틸이 로드라고 믿고 행동하진 않을 터. 이런 점에서 성기사들과 대신관은 좋은 방패이긴 했다.

대화를 주고받는 사이, 두 뱀파이어는 마침내 황제가 있다는 방 앞에 도착했다.

노크를 한 뒤 안으로 들어가자, 붉고 긴 소파에 두 다리를 편하게 펼친 채 앉아있는 황제가 보였다.

그녀는 깊은 생각에 잠긴 채 창밖을 쳐다보고 있었는데, 칼라인과 서닛이 들어오자 천천히 발을 내리면서 맞은편을 가리켰다.

서닛은 라틸이 지시한 곳에 앉으려다가 칼라인이 자연스럽게 라틸의 옆으로 가 앉자 속으로 한탄했다.

라틸도 칼라인이 옆에 앉을 줄은 몰랐던지 눈썹을 잠시 씰룩이긴 했으나, 자리를 옮기란 말은 하지 않았다.

세 사람이 나란히 소파에 앉는 것도 이상했기에, 서닛은 어쩔 수 없이 혼자 동떨어진 의자에 앉았다.

서닛까지 마지막으로 앉자, 라틸은 두 뱀파이어가 이곳으로 오는 길에 주고받던 화제를 꺼냈다.

"서닛 경은 말이 나올 때 현장에 있었으니 들었을 거고, 칼라인도 서넛이 얘기해 줬으니 들었겠지?"

"아이니 황후 이야기를 하시는 겁니까?"

칼라인의 질문에 라틸은 고개를 끄덕이고서 서넛을 보며 물었다.

"진짜 아이니 황후가 대적자야?"

"저도 잘 모르겠습니다, 폐하."

그 말에 서넛은 솔직하게 대답했고, 칼라인도 동의하기 위해 고개를 끄덕였다.

라틸은 그럴 줄 알았단 듯 더 캐묻는 대신 이번엔 칼라인 쪽을 보며 물었다.

"기르골은 '사디'를 대적자라 오해했지만 '사디'는 죽었지. 그러니 아이니가 대적자란 소문을 들으면 그쪽으로 갈 거야. 기르골과 아이니가 못 만나게 할 방법이 있을까?"

라틸의 질문에 서넛이 가장 먼저 떠올린 건 '아이니 황후를 죽이면 된다'였다.

서넛은 힐긋 칼라인을 보았다. 칼라인도 그와 비슷한 생각을 했는지 일순 눈빛이 차가워졌다.

하지만 그 방법을 두 뱀파이어 모두 입 밖으로 꺼내진 않았다. 황제가 이 말을 듣고 혹시 그들의 몰인정함에 치를 떨까 염려되었기 때문이다.

서넛은 칼라인이 선배이고 더 나이도 많으니 라틸에게 이 이야기를 해주길 바랐으나, 칼라인은 입을 꾹 다물고 '난 잘 모르겠네' 하는 표정만 지었다.

"뭐야. 왜 둘 다 입을 다물어? 뭐 알긴 아는구나? 모르면 모른다

했을 거야. 그렇지?"

그 모습에 라틸이 예리하게 되묻자, 칼라인은 그제야 마지못해 입을 열었다.

"죽이면 됩니다. 대적자라면 어차피 죽여야 하니까요. 맞든 아니든, 미리 없애버린다면 골치 아플 일이 없지요."

말을 뱉으면서 칼라인이 서닛 쪽을 아주 찰나 노려보았지만, 서닛은 저 말을 자신이 하지 않았다는 데 안심하며 놀란 척 중얼거렸다.

"참 잔인한 방법이군요."

그래도 칼라인의 눈치가 보여 동의하긴 했다.

"하지만 효과적인 방법 같습니다, 폐하."

다행히 라틸은 충격을 받는 것 같진 않았으나 바로 반대했다.

"아이니가 진짜 대적자라면 몰라도 아직 확실한 게 아니잖아. 지금은 좀 짜증 나게 굴긴 하지만, 원래는 그런 사람이 아니니까. 기억만 회수하면 원래대로 돌아올 건데 굳이 죽일 필요는 없어. 대적자가 아니라면."

대적자라면 죽이겠단 건가…… 서닛은 라틸의 부드러운 거절 속에 내포된 뜻을 알아차리고 안도했다.

어떤 이는 자신을 위해 남을 해치겠단 말에 실망할 수도 있겠지만, 서닛은 라틸이 스스로를 최우선으로 여겨주길 바랐기에 실망할 일이 없었다.

게다가 로드들은 수천 년 동안 대적자들에게 일방적으로 패배했는데, 인제 와서 봐주니 어쩌니 할 처지도 아니었고.

그때. 조용히 상황을 지켜보던 칼라인이 슬며시 입을 열었다.

"이렇게 하면 어떨까요, 주인?"

오후 업무를 보면서 라틸은 칼라인의 제안을 잘 생각해 보고, 지금은 그게 낫겠단 결론을 내렸다. 그 외에 달리 좋은 방도가 떠오르지 않았다.

이에 라틸은 오늘의 일과가 끝나자 저녁 식사를 함께하자고 대신관에게 사람을 보낸 다음 그의 방으로 찾아갔다.

가는 길에 산책하던 라나문을 마주쳤지만 둘 다 짧게 인사만 나누었을 뿐, 긴 이야기는 하지 않았다.

라틸이 휘적휘적 걸어가는 뒷모습을 보며 라나문의 표정이 굳었지만, 라틸은 그가 뒤에서 자신을 쳐다보는 걸 알면서도 돌아보지 않았다. 라틸이 대신관의 방 쪽으로 가는 걸 끝까지 지켜본 라나문은 몹시 불쾌해져 입을 꽉 다물고 돌아섰다.

반면 대신관은 라틸이 자신의 방으로 오자 기뻐서 한달음에 방문까지 뛰어나왔다.

"오늘은 웬일로 제게 오신 겁니까?"

라틸이 미리 올 거란 이야기를 해두었기에, 테이블에는 두 사람 몫의 식사가 푸짐하게 차려져 있었다.

대신관은 라틸을 테이블로 이끌면서 연신 밝은 미소를 흘려댔고, 부탁이 있어 찾아온 라틸은 그 모습에 조금 찔려서 일부러 밝게 감탄했다.

"와, 내가 좋아하는 음식만 가득하네!"

"네. 요리사에게 폐하께서 좋아하는 음식으로만 해달라고 했습니다."

"꼭 그러진 않아도 돼, 자이신. 좋아하는 음식은 내 방에서도 먹을 수 있으니까."

"저도 마찬가지인걸요."

처음 식사 자리는 분위기가 좋았다. 라틸은 그의 방에 새로 생긴 운동 기구들을 보면서 저게 뭔지 물었고, 대신관은 신이 나서 각 운동 기구의 효능을 설명해 주면서 라틸도 같이 운동했으면 좋겠다고 권했다.

"폐하는 자세도 바르고 골격도 좋으니까, 조금만 운동하셔도 효과가 좋으실 겁니다."

"지금도 운동은 많이 하고 있어."

"제가 스케줄을 짜드리면 어깨가 지금보다 두 배는 더 넓어지게 할 수 있는데요! 종아리도 더욱 두껍게 만들 수 있습니다."

"음, 글쎄. 난 지금 내 정도가 딱 적당하다고 생각하는데."

"물론 폐하는 지금이 딱 적당하시죠. 하지만 무릇 근육이란, 늘 성장하길 기다리는 가녀린 풀과 같아서요."

"음, 글쎄. 내 근육은 아닐 거야. 걔는 쉬고 싶어 해."

대신관이 운동 이야기가 나오자 얼굴이 하얀 달빛처럼 변해서 너무 신나 하는 바람에, 라틸은 간식을 먹을 때까지도 본론을 꺼내지 못하고 말았다.

그러다 마지막 후식으로 아이스크림이 나오고, 대신관이 아이스크림을 먹느라 잠시 입을 다물자 라틸은 얼른 이곳에 찾아온 목적을 꺼냈다.

"실은 자이신, 네게 부탁할 게 있는데."

"스케줄을 짜드릴까요?"

"아니, 그게 아니라. 저기, 너도 아이니 황후 이야기는 들었지?"

"예, 안 그래도 하렘 궁인들이 내내 그 이야기를 하느라 떠들썩합니다. 여기에 납치됐었다 주장한다면서요?"

"어, 그거 말고 다른 얘기는 혹시 들었느냐?"

"예, 자기가 대적자라 한다면서요?"

라틸은 작은 숟가락을 휘저으면서 대신관의 눈치를 살폈다. 대신관은 아이니의 주장에 전혀 관심이 없는 듯, 대적자 화제가 나왔는데도 아이스크림을 먹는 데만 열중하고 있었다. 그 모습을 본 라틸은 조금 안심해서, 칼라인이 권하고 자신이 동의한 그 이야기를 조심스럽게 꺼내 보았다.

"그래서 말인데, 자이신, 네가 '아이니 황후는 대적자가 아니다'고 발표해 줄 수 있을까?"

조심스럽게 부탁한 것에 비해 대답은 아주 간단하고 깔끔하게 나왔다.

"안 됩니다."

너무 시원스러운 거절에, 라틸은 3초 정도 대답을 이해하지 못했다. 안 된다고 해도 좀 생각해 보는 시늉은 할 거라 여겼으니까.

라틸은 인상을 찌푸렸다.

"왜?"

"저는 그 사람이 대적자가 아닌지 맞는지 모르니까요."

"아닐 수도 있잖아."

"어쨌든 모르는 걸 공식적으로 발표할 순 없습니다, 폐하."

라틸은 성질이 나서 대신관이 먹던 아이스크림 그릇을 빼앗아 가버렸다. 대신관이 허공을 스푼으로 젓고서 황망해 라틸을 보자, 라틸은 자신이 너무 유치하게 굴었단 걸 인식하고 그릇을 돌려주며 물었다.

"넌 나보다 아이니 황후가 더 중요하단 건가?"

"전 당연히 폐하의 편입니다. 왜 이 결정이 거기로 튀는 건지 모르겠습니다, 폐하."

대신관은 라틸의 반응에 오히려 더욱 의아한 눈치였다. 그는 라틸이 로드란 것도, 기르골이라는 무시무시한 뱀파이어가 대적자를 찾아 헤매고 다닌단 것도 모르니 이 상황이 의아하기만 했다.

라틸도 이성적으로는 이를 알았지만, 대신관이 한마디만 해주면 당장 어려운 상황을 빠져나갈 수 있는데 무작정 안 된다고 하는 것이 서운했다.

라틸이 차갑게 바라보자, 대신관은 숟가락을 내려놓고서 진지하게 설명했다.

"그 사람이 대적자가 아니란 게 확실해지면 발표하겠습니다. 하지만 그런 걸 모르면서, 신의 이름을 걸고 거짓말할 순 없습니다."

"아아, 그래."

서운하기도 하고 화도 나지만, 아닌 걸 아니라 하겠다는 사람에게 이런 마음을 드러내기도 뭐해서 라틸은 입을 닦고 일어서 그대로 나가버렸다.

대신관은 내내 같이 웃고 떠들던 라틸이 화난 기운을 풀풀 날리며 가버리자 당황해서 따라가려 했으나, 따라간다 해도 할 말이 없었다.

그는 주저하며 서있다가 결국 '쾅' 소리를 내며 문이 닫히자 풀썩 제자리에 힘없이 앉았다.

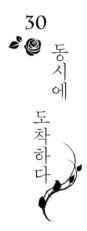

30
동시에 도착하다

기운이 싹 사라진 대신관은 아이스크림도 다 먹고, 연무장도 한 바퀴 돌고, 방으로 돌아와 덤벨도 들었지만 내내 울적한 마음이 한 구석에 틀어박혀 풀리지 않았다.

하지만 정신을 반쯤 흘린 채 운동을 하는 건 몹시 위험한 일이었고, 그 결과는 끔찍하게 나타났다.

"윽."

대신관의 수행사제 겸 시종인 구벨은 신관복을 다림질하다가 뒤에서 들려오는 '쿵' 소리와 신음 소리에 놀라 돌아보았다.

"대신관님!"

뭐가 어떻게 된 건지 대신관이 자기 한쪽 팔을 잡고 끙끙대고 있었다. 바닥을 구르는 덤벨을 보니 도중에 다친 게 틀림없었다.

"괜찮으세요?"

놀라서 묻는 사이, 대신관으로 스스로 팔을 치료하고는 "응." 하고 대답했다. 구벨은 안심해서 한숨을 내쉬었다.

"이런 실수를 하고 그러세요."

하지만 몸을 치료해 놓고서도 대신관은 여전히 풀죽은 모습이었다.

"살다 보면 가끔 덤벨이 안 들리는 날도 있는 거죠, 대신관님."

그걸 본 구벨이 얼른 위로해 주었지만 대신관은 고개를 젓고서 침대로 걸어가 털썩 힘없이 앉았다. 침대가 크게 출렁이자 구벨은 당황스러워졌다. 뭐지? 대신관님이 왜 저렇게 울적해하시는 거지?

아니, 울적해하는 모습은 저녁 식사 후부터 간간이 보이긴 했다. 그래도 덤벨을 들고 나면 좀 괜찮으실 줄 알았는데.

"무슨 일 있으세요?"

때마침 백화가 들어왔다. 대신관은 '뚜둑' 소리가 났으나 이제는 멀쩡해진 자신의 팔을 쓸면서, 솔직하게 황제와 식사할 때 있던 일을 알려주었다. 구벨은 설명을 다 듣고 나자 당황해서 말했다.

"폐하께서 왜 그런 말을 하셨을까요?"

"그냥 해드린다고 하지 그러셨습니까."

구벨은 자신과 겹치는 목소리에 옆을 보았다. 백화가 동시에 전혀 다른 말을 한 거였다. 백화도 구벨을 힐긋 보았지만, 다시 대신관에게 말을 이었다.

"말이야 그냥 바꾸면 되지 않습니까, 대신관님."

"말을 바꾸다니?"

"일단 아이니 황후가 대적자가 아니라고 발표를 하고, 맞는다는 게 확실시되면 '예전엔 아니었는데 지금은 맞다'고 하면 되는 거잖아요. 남들이 예전부터 그랬는지 지금부터 그랬는지 알 게 뭐라고요."

유연하다 못해 아예 360도로 휘어지는 백화의 주장에 구벨과 대신관은 동시에 입을 떡 벌렸다.

대신관은 이번에도 단호하게 거절했다.

"신의 이름을 앞세워 그런 짓은 할 수 없다."

"대신관님은 그러니 대신관님이 되신 거겠지요."

성기사단장이 할 소리는 아닌 말을 뱉은 백화는, 시계를 힐긋 보더니 당장 나갈 사람처럼 몸을 약간 문 쪽으로 돌리며 말했다.

"그러면 이렇게 하지요. 제가 제 이름으로 발표하겠습니다."

"뭐? 그렇게 되면…….."

"그러면 대신관님의 명예도 지키고 폐하의 총애도 잃지 않을 겁니다."

"하지만 백화야, 그건 거짓이 아니냐."

대신관이 거짓말을 아예 안 하는 건 아니었다. 그는 거짓말하는 사람을 경멸하거나 못돼먹은 사람 취급하지도 않았다. 다만 그는 거짓말을 신의 이름을 앞세워 할 수 없을 뿐이었다. 그런데 백화는 그걸 하겠다는 것이다.

"어쩌면 진실일 수도 있지요. 저는 그게 거짓인지 진실인지 모르니, 따지자면 거짓은 아니지 않을까요?"

구벨은 '헛소리'라고 생각했으나, 대신관을 위해 입을 다물었다.

방긋 웃은 백화가 나가자 구벨은 대신관에게 다가가 조심스레 팔을 끌었다.

"오늘은 일찍 쉬세요, 대신관님."

"권력자의 총애를 얻는 건 생각보다 쉽지 않구나, 구벨."

"폐하께서 많이 화나셨던가요?"

"내 아이스크림을 뺏어가시더라."

"아. 그럼 많이 화나진 않으신 거 같은데요."

"못 들었느냐, 구벨?"

"?"

"내 아이스크림을 뺏어가셨단 말이다. 내 '아이스크림'을."

그게 왜요……라고 생각했으나 구벨은 대신관의 진지한 표정을 보고 덩달아 심각하게 고개를 끄덕였다.

"그러네요. 큰일이네요."

하지만 속으로는 조금 안심했다. 그냥 좀 서운하신 정도인가 봐.

백화가 시계를 본 이유는 라틸이 대신관에게 실망하는 시간을 조금이라도 줄이고 싶어서였다. 아직 황제가 잠자리에 들 시간도 아니고, 졸릴 시간도 아니라 판단한 백화는 곧장 황제를 찾아갔다.

다행히 황제는 아직 방에 돌아가지도 않았고 집무실에 있었다.

"폐하를 뵙고 싶습니다."

백화의 말을 시종이 안으로 전달하고, 얼마 지나지 않아 문이 열렸다. 백화가 방 가운데로 걸어가자 근위병들이 알아서 문을 닫아주었다. 백화는 커다란 책상 앞에 피로한 얼굴로 앉아있는 황제를 보았다. 인사를 올린 그는 '무슨 일로 왔느냐'는 표정의 황제에게 바로 본론을 꺼냈다.

"폐하께서 대신관님에게 어떤 부탁을 했는지 들었습니다. 그 발표는 제가 하겠습니다."

예상하지 못한 일인지 황제가 미간을 모았다. 그러고는 입을 열었는데, 무슨 생각을 한 건지 말을 뱉진 않았다. 대신 뭘 곰곰이 생각해 보더니 방긋 웃으면서 "그래." 하고 바로 허락했다.

"그대는 현명하구나, 총명하고."

"부디 이 일로 폐하께서 대신관님에게 서운해하지 않으셨으면 좋겠습니다."

"화나진 않았으니 염려 마라."

서운하긴 하셨단 거로군. 백화는 라틸이 생략한 뜻을 알아듣고서 난처하게 웃었다.

백화는 세련되고 정중한 분위기에, 미간이 반듯하고 자태가 우아해 옷맵시가 좋았다. 눈이 맑은 데다 입가에는 늘 상냥한 미소를 머금었고, 성기사들 특유의 고상하면서도 신비로운 분위기가 있는 미남이었다.

이 탓일까. 시종장은 그가 황제의 앞에서 예의 바른 태도로 굴다 나갔을 뿐인데 이상하게 기분이 좋지 않아졌다. 라나문의 라이벌들에게 발동되는 촉이 빠릿빠릿하게 올라오고 있었다.

백화가 나가자 시종장은 작게 툴툴거렸다.

"저자는 성직자인데도 야심이 너무 큰 것 같습니다, 폐하."

게다가 잘생겼지요. 시종장은 이 말은 삼켰다. 이 말까지 하면 그가 너무 편파적인 시선을 보내는 것처럼 보일까 봐.

하지만 경계하는 시종장과 달리 라틸은 경쾌하게 대답했다.

"뭐 어때요. 야심이 크면 원하는 게 또렷해서 좋죠. 야망으로 똘똘 뭉쳐있어도 상관없어요. 난 나쁘게 보지 않습니다."

마지막에 라틸이 "잘생겼고."라고 아주 작게 덧붙이는 걸, 시종장은 똑똑히 들었다.

한편, 여전히 사디를 내놓으라며 애꿎은 쇼드 폴리에 분노를 토해내고 수배서를 죄다 찢으며 이동하던 기르골은, 새로운 도시로 이동했을 때 뜻밖의 이야기를 듣게 되었다.

"카리센 황후가?"

"그래. 자기가 대적자라 주장하나 봐."

"대적자가 뭔데?"

"왜, 500년에 한 번씩 나타나서 세상을 구하니 어쩌니 하는 거."

"그건 그냥 전설이지."

"몰라, 하여튼 자기라고 주장한대."

"진짜일까?"

"황후쯤 되는 사람이 빈말을 하진 않겠지."

"아니지, 황후쯤 되는 사람이니 그런 허풍도 떨겠지. 누가 감히 아니라고 부정하겠어?"

식당 전체에서 사람들이 이런 이야기를 나누고 있었다.

기르골은 머그컵을 내려놓고서 의자 등받이에 몸을 축 기댄 채, 사방에서 들려오는 소리를 하나하나 귀에 담았다.

그의 눈이 점차 가늘어졌다. 대적자는 사디인데, 카리센 황후가 자신이 대적자라 주장한다고? 라나문도 아니고 카리센 황후가? 그럼 두 사람이 동일인이라도 된단 건가?

아니다. 사디는 타리움 황제의 특사이다. 사디가 카리센 황후일 리는 없다. 하지만 혹시라도…… 사디가 카리센 황후의 위장 신분이라면……? 말이 안 될 것 같지만, 그래도 혹시?

기르골의 손가락이 짜증 내는 새의 부리처럼 빠르게 까딱거렸다.

'일단 그쪽으로 가볼까.'

카리센에도 쇼드 폴리로 갈 때만큼이나 빠르게 달려간 기르골은 카리센에 도착하자마자 국경 검문을 훌쩍 뛰어넘어 지나쳤다.

아닐 거란 이성과 실낱같은 희망이 그의 가슴 속에서 정체불명의 감정을 그려냈다. '끝까지 내 편이어야 한다'던 사디의 말이 그에게 저주처럼 박힌 게 틀림없었다.

마침내 기르골은 카리센의 수도에 도착했다. 그는 오랫동안 살아왔기에 어떤 식으로 굴어야 인간들 틈에 잘 섞일 수 있는지 알았다. 보통은 신경 쓸 필요가 없으니 무시하고 지내지만 모르는 건 아니었다.

기르골은 우선 성과 가장 가까이에 있는 식당으로 간 다음, 주문을 하면서 종업원에게 '황후를 만나려면 어디로 가야 하는지'를 물었다.

반짝이는 금색 동전을 쥐여주자 종업원은 신이 나서 설명했다.

"신분 높은 분을 안다면 인맥을 통해서 잠시 뵐 수도 있긴 하겠지요. 하지만 인맥으로 보려면 웬만큼 신분이 높은 사람을 통하지 않고선 힘듭니다. 물론 나리께선 아주 부유해 보이시지만요. 어쨌든 보통 사람들은요, 알현 신청을 해서 오래 기다렸다가 만난답니다. 궁전에 인맥이 없다면 귀족이라 해도 마찬가지예요."

종업원의 말을 들어보니, 일단 카리센 황후는 궁전에 머무르고 있는 듯했다. 게다가 그가 귀족으로 행세할 때와 그리 절차가 바뀌지도 않은 것 같았다.

종업원이 신이 나 사라지자, 기르골은 이번에는 밖으로 나가 알현실의 위치를 파악했다.

"알현을 어디서 신청하냐면 말이야……."

기르골에게 알현실 위치를 알려준 사람은 알현을 신청하는 장소도 알려주려 했으나, 기르골은 그 부분은 듣지 않았다.

대신 그는 알현이 이루어진단 시간을 확인하고는 바로 알현 대기실로 가서, 초조하게 앉아있던 사람 중 하나를 밖으로 불러내 수도 끄트머리에 버려두었다.

"어? 여기 어디야? 내가 왜 여기 있어?"

당황한 사람이 횡설수설하게 둔 기르골은 대기실로 돌아간 다음, 자기가 그자인 척 태연히 의자에 앉았다. 대기실 문은 문 없는 아치 형태여서 알현실 안쪽이 훤히 다 보였다.

기르골은 알현실 저 너머로 보이는 두 개의 커다란 황금 옥좌를 바라보며 저 위에 사디가 있을까…… 생각했다.

"루만!"

마침내 자신이 위장한 사람을 부르는 소리가 나자, 기르골은 우아하게 일어나 알현실로 들어갔다.

아치문을 넘어가 붉은 융단을 따라 걸어가자 옥좌에 앉은 이들이 점점 더 가까워졌다. 기르골이 붉은 융단에 그어진 초록줄 앞에서 알아서 멈춰 서자, '여기서 멈추시오'라고 말해야 할 시종이 잠시 당황해 그를 보았다.

그러거나 말거나 기르골은 우두커니 선 채 카리센의 황후의 얼굴을 낱낱이 살폈다. 사디일까?

"……."

아니다. 얼굴도, 냄새도 다르다. 한 가닥 기대를 품고 온 기르골의 표정이 흐려졌다. 그녀는 사디가 아니었다. 그럼 정말 사디는 죽은 건가?

"왜 아무 말도 하지 않지?"

그런 기르골에게, 황제가 의아해하며 질문했다.

기르골은 몹시 실망했으나, 여기까지 온 김에 해야 할 일은 해보기로 했다. 자신이 대적자라 주장한다던 황후에게 검을 뽑아보게 하는 것.

"제게는 조상 대대로 내려오는 가보가 있답니다."

난데없는 조상 이야기에 황제와 황후는 둘 다 의아한 표정이었으나, 알현은 사람들의 말을 들어주는 것이기에 막진 않았다.

기르골은 거친 속상함을 누르고 온순해 보이도록 웃으며, 허리춤에 찬 검을 검집째 조심스럽게 풀어 옆에 선 시종에게 건넸다.

기르골이 검집에 손을 댈 때부터 경계 태세를 하던 근위병들은, 기르골이 검집을 시종에게 건네자 약간 경계를 풀었으나 여전히 긴장한 채였다.

시종이 어리둥절하게 검집을 받아들자, 기르골이 공손하게 부탁했다.

"높고 귀한 분이 이 검을 뽑아준다면, 검의 주인에게 좋은 일이 생긴다고 하지요. 오랫동안 기다려 이런 부탁을 드리는 게 우스울지도 모르겠지만, 제게는 나름대로 중요한 일이니 부디 황후 폐하께서 절 위해 이 검을 뽑아주시겠습니까?"

사디가 검을 뽑도록 유도할 때와는 전혀 다른 말이었으나, 원래 그때그때 멋대로 지어내는 말이기에 상관없었다.

아이니는 의아해하면서도 시종을 통해 검을 받아들었다.

어디서 본 것 같은 검인데. 아이니는 낯설게 느껴지지 않는 검집

을 살폈으나, 또렷하게 생각나는 게 없었다.

아이니는 검 손잡이를 힘주어 잡고 당겼다. 검이 빠지자 낡고 오래된 검날이 모습을 드러냈다.

조상 대대로 내려온 가보라더니, 정말 세월의 흔적이 가득 드러나는 검이었다. 다만, 관리를 잘했는지 녹슨 부분은 없었다.

"좋은 검이군."

아이니는 중얼거리고서 시종에게 검을 맡기며 말했다.

"검은 알현실 밖에서 찾아가도록 해라. 검집 밖으로 나온 검을 여기서 돌려줄 수는 없다."

꾹 다물려 있던 입술이 호선을 그렸다.

"그러지요."

알현실 밖으로 나간 기르골에게 시종 하나가 검을 가져다주었다. 기르골은 무표정하게 검을 챙기며 알현실을 쳐다보았다.

망토를 쓴 탓에 그 서늘하고 혼란스러운 눈은 보이지 않았으나, 단단하게 굳은 입술은 드러났다.

시종은 그 표정을 의아하게 쳐다보았으나, 다른 할 일이 바쁘기에 그냥 돌아서버렸다. 안으로 들어가 계속 알현 진행을 도와야 했다.

"착한 도련님, 부탁 하나 할까?"

하지만 세 걸음을 채 떼기도 전, 시종은 어깨를 잡혀 강제로 돌아서야 했다.

우악스러운 힘에 놀란 시종은 눈을 휘둥그렇게 뜨고 자신을 돌려세운 남자를 쳐다보았다. 여전히 얼굴을 감추고 있었으나 드러난 입꼬리 한쪽이 오싹하게 올라가 있었다.

"왜, 왜 그러나?"

그래도 귀족다운 체면을 갖추려 애쓰며 묻는 순간, 날카로운 손톱이 그의 목덜미를 파고들었다.

"!"

"황제 폐하, 황후 폐하. 스카트 경이 몸이 좋지 않아 들어가야 할 것 같다 합니다."

다른 시종이 다가와서, 알현하러 온 사람에게 검을 돌려주러 간 시종이 갑자기 몸이 안 좋다며 돌아갔다고 전했다.

하이신스와 아이니는 황당해졌다. 하지만 스카트는 평소 성실한 성격이었다. 그런 스카트가 돌아갈 정도면 뭔가 문제가 있긴 있을 터. 하이신스와 아이니는 굳이 아프단 사람을 다시 불러오라 하는 대신 그 일을 순순히 넘어갔다.

"알았다."

"계속하지."

알현은 이전과 같은 속도로 재개되었고, 이후로는 특별한 일 없이 지나갔다.

그러나 알현 도중에도 황제 부부는 서로를 향한 다정한 말은 한마디도 하지 않았고, 알현이 끝났을 땐 각기 완전히 다른 방향으로 나아갔다.

"계속 폐하와 이렇게 냉랭한 분위기여도 괜찮을까요?"

아이니의 시녀 하나는 이 분위기가 계속되는 게 걱정되는 눈치였지만, 아이니는 아무렇지 않게 대답했다.

"가까이 지내봐야 또 무슨 소용이겠어."

그런데 아이니가 홀로 후원에 갔을 때였다. 다 떨어져 가는 낙엽을 둘러보며 걸어가는데, 누군가 바스락 소리를 내며 뒤쪽에서 나타났다.

궁인이라 생각하고서 무심하게 뒤를 돌아본 아이니는 뜻밖의 상대를 발견하고 눈살을 찌푸렸다.

"너는……."

조상 대대로 내려온 검을 뽑아 달라며 들고 왔던 알현실의 그자였다. 분명 나갔을 텐데. 그자가 또다시 온 것이다.

이에 아이니가 경계하며 뒤로 물러나는 순간, 얼굴의 3분의 2를 가렸던 남자가 두 손을 올려 망토 모자를 뒤로 젖혔다.

모자가 흘러내리자 하얀 머리카락에 붉은 눈동자를 가진 천사 같은 얼굴이 드러났다. 아이니는 등골이 스산해졌다.

"너는……."

그녀는 아까와 같은 말을, 아까와 다른 온도로 중얼거렸다. 저 하얀 머리. 타리움에서 본 얼굴이었다. 기르골. 대적자의 스승. 사디를 데리고 다니던 남자.

그리고…… 헤움을 죽인 놈.

헤움을 떠올리자 아이니의 눈이 차갑게 가라앉았다. 저자가 왜 여기 있는 거지? 설마. 또 나를 잡으러 온 건가?

'아니. 그렇진 않을 거다. 전에 저자와 만났을 때 난 도미스의 모습이었으니까.'

그러면 왜 온 거지? 머리를 빠르게 굴린 그녀는 영리하게도 대번에 눈치챘다. 대적자의 스승이 대적자를 찾아온 이유가 무엇이겠는가.

"거기 황후님이 자기가 대적자라 주장한다며?"

역시나. 기르골의 입에서 대적자 이야기가 나왔다.

꿇릴 게 없다고 판단한 아이니는 반쯤 뒤로 갔던 발을 다시 앞으로 빼고서 차갑게 그를 바라보았다.

"누군데 함부로 궁전을 돌아다니는 거지?"

"대적자들을 가르치는 스승……인데. 이것도 자주 하니 이상하네."

자주? 사디에게도 하고 나에게도 말하니까 이상하단 건가? 그러고 보니 사디는 어디에 가고 여기에 온 거지?

의아한 마음이 들었지만, 아이니는 이 얘기를 꺼내면 그가 자신이 아이도미스였단 걸 알아차릴까 봐 알아듣는 척하지 않았다. 대신 더욱 차갑게 물었다.

"스승이라니?"

"대적자들은 내가 가르치거든."

"내가 그 말을 어떻게 믿지?"

기르골은 허리춤에 찬 검 손잡이를 잡아당겼다.

아이니는 그가 자신을 베려는 줄 알고 놀랐으나, 놀랍게도 검은 꼼짝도 하지 않았다.

"봤어?"

기르골은 검 손잡이를 놓고 검집째 끌러 아이니에게 다시 건 넸다.

아이니는 그걸 감싸안듯 받고서 손잡이를 슬쩍 당겨 보았다. 알 현실에서처럼 검은 부드럽게 뽑혔다.

"대적자가 사용하는 검이지. 대적자가 아니면 뽑을 수 없는 검."

뭔가 불만이 있는 듯 기르골이 미간을 찡그렸으나, 아이니는 흥분해서 그 말이 제대로 귀에 들어오지 않았다.

그녀의 머릿속 어딘가에서 맑은 은색 종이 울렸다. 역시. 내가 대적자가 맞았어!

표정은 얼음장 같으나 눈이 흥분으로 반짝이는 그 모습에는, 라틸이 처음 그녀를 보고 감탄했을 때의 그 활기가 있었다.

하지만 그녀는 스스로에게 도취되어 맞은편에 선 기르골이 '처음 보는 사람이고 처음 맡는 냄새인데. 왜 어디서 맡아본 냄새 같을까……'라고 의아해하는 건 알지 못했다.

그러기를 1~2분 정도. 아이니는 검을 두 손으로 꼭 안고서 기르골을 보았다.

그녀의 머릿속이 빠르게 돌아갔다. 헤윰의 몸을 없애버린 건 라트라실 황제이지만, 헤윰의 목을 잘라버린 건 기르골이었다. 두 사람 모두 우위를 가릴 수 없을 정도로 미운 상대들이다. 하지만 기르골이 대적자의 스승이라는 점 때문에 상황이 복잡해졌다.

지금 그에게 복수해야 할까? 그가 자신의 영역 안에 들어왔을 때? 아니면 다음 기회를 노리고 우선은 놓아주어야 하나? 대의를 위해?

"검을 안고만 있으면 뭘 배울 수 없을 텐데."

기르골이 중얼거렸다. 아이니는 차갑게 웃었다.

"난 네게 아무것도 배우지 않을 거다."

복수를 지금 하든 미루든, 이건 분명한 일이었다. 아이니는 기르골을 스승으로 받아들일 마음이 전혀 없었다. 헤움을 죽이고 자신을 죽이려 든 미친 뱀파이어를 어떻게 스승으로 삼겠는가.

방 안에 들어가면 아직도 헤움의 목이 보이고, 눈을 감으면 창문에서 돌진해 오던 그 형상이 선히 보이는데?

"호."

대적자가 왜 셋인 건가, 생각하던 기르골은 아이니의 냉담한 말에 눈썹을 치켜올렸다.

"정말이야, 아가씨?"

"그래."

"아무것도 안 배우고 로드를 상대하겠다고?"

기가 막힌다는 듯 기르골이 웃자, 아이니는 재차 "그래." 하고 단호하게 말했다.

"너도 뱀파이어지. 내가 잡아야 할 대상."

"!"

"내게 얹혀서 네 목숨을 구걸할 셈인 모양인데. 그렇겐 해줄 수 없다."

"5대 대적자가 딱 너처럼 말했던가."

기르골이 생긋 웃었다.

"로드에게 죽기 직전까지 몰리고 울면서 찾아와 무릎을 꿇고 빌었지."

"!"

나한테 배우지 않으면 너도 그렇게 될걸, 하는 모욕적인 말에도 아이니는 흔들림 없이 단호한 표정이었다.

기르골은 정말로 이번 대에 무슨 일이 벌어지는 건가 의심이 갔다. 대적자의 검을 뽑은 사람이 셋. 그중 가장 마음에 들던 하나는 죽고, 다른 하나는 놀라울 정도로 게으른 데다 공명심이 하나도 없고, 다른 하나는…….

"마음에 안 드는 게 네가 제일 흡사하긴 해."

기르골은 사디를 제외한 모든 대적자들을 혐오했다. 아이니는 기르골의 아리송한 말에 신경 쓰지 않았다. 그녀는 로드를 없애기 위해 복수를 누르고 기르골이 사디를 가르치도록 두어야 할지, 복수를 이 자리에서 해야 할지, 이걸 고민하는 것만으로도 머리가 터질 것 같았다.

결국 그녀는 결론을 내렸다.

"뱀파이어다! 잡아!"

날카로운 명령이 들리자, 멀지 않은 곳에서 대기하던 근위병들이 우르르 몰려들었다.

'아이니 황후가 흑사신단에 납치당했단 주장을 펴고 있다'는 소식을 전하는 사절단이 대답을 듣고 돌아오기 전, 앞서 보냈던 다른 사절단이 먼저 돌아왔다. 좀비 없애는 방법을 묻기 위해 성기사를 한 명 보내달라 청했던 그 사절단이었다.

하이신스는 그 성기사를 지하감옥으로 데려가 좀비를 보여주고, 어떤 식으로 처리하는 게 최대한 안전한지 듣고서 다시 계단을 올라갔다.

"확실한 건 아닙니다. 이쪽엔 좀비가 나타난 적이 없어서요. 기록은 거의 유실되었고……."

"차츰 정보가 쌓여가겠지요."

그런데 심각한 대화를 나누며 걸어가고 있자니, 담벼락 너머에서 소란이 들려왔다.

"무슨 일이냐?"

하이신스가 한 자리에 계속 머무른 근위병에게 묻자, 근위병이 자신 없는 목소리로 대답했다.

"황후 폐하의 목소리가 들려왔습니다. 사람들이 그쪽으로 다 달려갔습니다."

하이신스는 성기사를 보며 고개를 끄덕인 다음, 사람들이 모여 있는 쪽으로 바쁘게 걸어갔다.

그곳은 아이니 황후가 자주 산책하는 후원으로, 낙엽이 수북하게 쌓여서 밟으면 바스락 소리가 기분 좋게 나는 곳이었다.

그러나 그 아름다운 후원에 오늘은 낙엽이 아니라 사람들이 쓰러져 있었다. 아이니는 처음 보는 검을 끌어안은 채 숨을 바쁘게 고르고 있었다.

"무슨 일이오?"

놀란 하이신스가 다가가자, 아이니는 입술을 떨며 대답했다.

"뱀파이어가 나타났습니다."

"뱀파이어?"

"제가 대적자인 걸 알고 다녀갔어요."

하이신스의 옆에 선 성기사가 의아한 듯 아이니를 보며 물었다.

"대적자라니요?"

이 성기사는 아이니가 대적자 주장을 하기 전에 이쪽으로 이동해 온 터라, 그 소문을 아직 듣지 못한 눈치였다.

"아직 못 들었나 보군."

아이니는 성기사의 얼굴과 그가 입은 복장을 빠르게 살피고는, 빙그레 웃으며 안고 있던 검을 보여주었다.

"내가 대적자란 이야기를."

성기사는 황당하단 표정이었다.

"네?"

"내가 들고 있는 이게 대적자의 검이다."

"그게 무슨……."

"나 외엔 아무도 뽑지 못하는 검이지."

하이신스는 그 검이 아까 알현실에 온 남자가 들고 온 검이란 걸 알아보고 눈썹을 찌푸렸다.

"황후, 이건 그자가 가져왔던 검 아닌가."

"내게 이 검을 전해주러 온 거였어요."

아이니는 단호하게 말하고서 하이신스와 성기사에게 권했다.

"검을 뽑아봐요. 아무도 못 뽑을 테니."

하이신스는 아이니의 말을 믿지 않았기에 대번에 검 손잡이를 쥐었다. 그러나 정말로 검은 뽑히지 않았다. 성기사 역시 힘을 주어 보았지만 검이 뽑히지 않았다.

몰려든 근위병들이 괴이한 현상에 놀라 웅성거리기 시작했다. 아이니는 검을 돌려받아 다시 끌어안았다.

'어차피 그 뱀파이어가 여기서 잡히진 않을 거라 생각했어.'

하지만 사람들에게 알려두었으니, 그 뱀파이어가 설 자리는 좁아질 것이다.

사디의 스승으로서 역할을 다한 뒤, 그 뱀파이어는 아무짝에도 쓸모없게 될 것이다. 평범한 대적자의 스승이 아니라 뱀파이어란 걸 모두에게 알려버렸으니까.

로드를 없애고 나면 사람들은 이번엔 그 뱀파이어 스승을 없애고 싶어 하겠지.

다 그렇지 않던가. 나라를 세우면 공신을 죽이고, 사냥이 마치면 사냥개를 죽인다. 사람들은 늘 그래왔다.

'기르골은 처리했고……'

쫓겨난 기르골은 태연히 수도 번화가를 돌아다니고 있었다. 머릿속은 아직도 혼란에 가득 차있어서, 다른 생각들이 들어오기 힘들었다.

진짜 대적자가 셋인 걸까. 검이 고장 난 걸까. 아니면 자신이 그 사이에서 무언가…… 잘못된 정보를 안 걸까.

'확실히 검은 셋 다 뽑았다.'

기르골은 사실 '대적자의 검'을 얼마든지 도로 가져올 수 있었다. 그러나 일부러 그 황후에게서 가져오지 않았다.

황후는 지위가 있으니 쉽게 다른 나라로 이동하지 못한다. 즉, 언제든 여기로 찾으러 올 수 있다. 그러니 우선은 가지고 있게 두고 행보를 살피고 싶었다.

황후를 찾아가기 전, 황제 부부의 근처에서 일하던 시종 하나를 부하로 만들었기에 황후와 관련된 정보는 계속 보고받을 수 있으니까.

'왜 셋인 걸까.'

멍하게 걸어가고 있자니, 조금 떨어진 곳에서 한 남자가 병사들에게 두 팔을 잡혀 질질 끌려가는 게 보였다.

"아니, 아니에요! 전 알현실에 가지도 못했다고요! 정신 차리고 보니 수도 외곽에 있었어요! 방금 왔어요! 진짜예요!"

그 사람이 외쳐대는 소리를 들으며, 기르골은 태연히 근처 가게에서 커피를 사 손에 들었다.

'일단 집에 한 번 더 가보고, 또 사디가 없으면…… 라나문에게 가봐야 하나. 아니. 아니. 아니다. 그놈은 너무 게을러.'

그 의욕 없고 나태한 대적자는, 자기 외에도 다른 대적자가 있다면 시큰둥하게 "잘됐네."라고 말할 게 분명하다.

그러고는 있는지 없는지 모를 그 조그마한 정의감조차도 포근한 이불 안에 넣고 안심할 거다. 그러면…….

'로드 후보. 황제에게 가봐야겠군.'

도미스를 다시 만날 생각을 하니 심장이 미친 듯이 뛰어야 하는데. 한편에 텁텁하게 걸리는 얼굴이 있어, 기르골은 덜 마신 커피를 쓰레기통에 넣어버렸다.

그 시각.

라틸은 라틸대로 칼라인과 마주 앉아 대적자가 나타나면 어떻게 해야 할지, 대적자를 어떻게 찾을지를 의논하고 있었다.

"제가 주인 곁을 떠나 잠시 떠돌아다닐 때 찾은 목록입니다."

칼라인은 라틸에게 자신이 입수한 명단을 보여주었다.

"신전에서 예언에 나온 날짜를 계산해, 대적자일지도 모르는 아이들을 모은 적이 있습니다. 그때 신전에서 지낸 아이들 이름입니다."

라틸은 목록을 살피다가 익숙한 이름을 발견했다.

"아이니 황후도 목록에 있네. 신전에서 지내진 않았다 되어있지만."

'하긴. 칼라인 일에 관련되면 감정이 이성을 누르는 것 같았지만, 기본적으론 똑똑한 사람 같았어.'

아무 증거도 없이 무작정 자신이 대적자라고 우기진 않을 거다. 뭔가 있으니 우겼겠지.

"음?"

그러다 라틸은 전혀 의외인 이름을 하나 더 발견했다.

"라나문?"

뜻밖에도 거기에 라나문의 이름도 있었다. 라틸은 '이게 뭐냐'는 눈으로 칼라인을 보았다. 하지만 칼라인은 라나문의 이름을 보면서도 아주 덤덤했다.

"신전에 갔던 사람들 이름은 다 적은 겁니다. 하지만 아마 그자는 대적자일 확률이 낮을 겁니다."

"그건 왜?"

"그자는 정의감이 안 보이니까요."

"왜 애한테 그래? 라나문도 정의로울 수도 있잖아. 예를 들어…… 음, 예를 들면…… 음, 뭐가 있지."

딱히 생각나는 게 없다. 라틸이 입을 다물자 칼라인이 '그것 보세요' 하는 듯 다시 고개를 내렸다.

미안해, 라나문. 난 최선을 다했어. 라틸은 속으로 중얼거리고서 다시 목록을 살폈다.

점심때 틈을 내서 칼라인과 대화한 라틸은 저녁때 역시 칼라인을 만나서 대적자에 관한 이야기를 들었다.

"대적자는 정의감이 깊은 성격이지만 절대로 헷갈리면 안 됩니다. 여기서 '정의로운 성격'이 인간들이 흔히 생각하는 '착한 성격'이 아닙니다."

"그럼?"

"대적자가 최우선으로 하는 건 '다수의 사람'입니다."

"다수의 사람?"

"다수를 위해 소수를 희생시킬 수 있단 겁니다. 예를 들자면, 천 명을 구하기 위해 백 명이 서있는 다리 줄을 끊어버리기도 하죠."

라틸은 잠시 멍해졌다.

"역시 내가 대적자 아닐까?"

이쪽은 진지한 질문인데. 칼라인은 뭐가 그리 웃긴지 웃음을 터트렸다. 라틸은 민망해져서 부루퉁하게 물었다.

"근데 예시가 너무 구체적이다?"

"실제 있던 일입니다."

"!"

"후손을 위해 현재의 사람들을 없앤 적도 있죠. 희생해야 할 그룹에 자기가 포함되어 있어도 마찬가집니다."

정의롭게 미쳤단 건가. 대적자의 보살핌을 받으려면 일단 다수 그룹에 포함되어야 하나 보다. 라틸은 놀라서 고개를 가로저었다.

"생각해 보니 나랑은 좀 다르네. 난 다수를 우선하는 게 아니라, 나한테 소중한 걸 우선하거든. 내 친구들, 내 가족, 내 나라 사람들, 내 신하들."

이것도, 저것도 좋은 건 아니겠지만 라틸은 혀를 찼다. 어쨌든 대적자란 인간들도 장난이 아니구나.

'하긴. 저렇게 극단적이니 내내 로드에게서 승리를 쟁취한 거겠지?'

대적자들은 저렇게 살아왔는데, 꿈속에서 보는 도미스는 어떤가. 남한테 피해라도 입힐까 달달 떨면서 늘 자기가 손해 보고 살지 않던가.

"성격에서 밀리잖아……."

뱀파이어들을 조종하는 호구라니. 뱀파이어를 조종한다는데도 왜 이렇게 약해 보일까.

"그 대적자 이야기는 기르골이 해줬어?"

기르골 이야기에 칼라인은 조금 흠칫했지만 솔직하게 대답했다.

"네."

"그렇구나. 음, 둘은 나이가 많으니까."

"……."

"아, 미안해. 나이 얘기 싫어하지? 나이가 많아서?"

라틸이 깐죽거리자 칼라인은 아예 대답을 회피하고 시선을 내렸다. 하지만 입가가 딱딱하게 굳은 게 역시 싫은 눈치였다. 라틸은 낄낄 소리 없이 웃다가 허공에 대고 라나문의 이름을 적었다.

"일단 목록에 올라온 사람들은 하나하나 확인해 봐야겠다. 라나문부터."

"그자는……."

"정의감이 없어 보이긴 하지만 그래도 확실히 해야지."

라틸의 단호한 말에 칼라인의 입꼬리가 미묘하게 올라갔다.

"그러다 라나문이 정말 대적자면요?"

"응?"

"주인은 그자를 죽일 수 있습니까?"

정말 라나문이 대적자라 여기기보다는 라틸이 나이로 놀려댄 복수를 하는 것이었다.

라틸도 이를 알기에 대수롭지 않게 웃고서 그 질문을 넘겨버렸다.

"왜 그런 질문을 해, 우리 라나문 서운하게. 넌 라나문이 자기가 선 다리 밧줄을 끊어서라도 다른 사람을 살릴 것 같아?"

"라나문, 네가 다리 위에 서있는데, 뒤에서 막 좀비 떼가 달려온다고 생각해 봐."

내내 자신을 피하던 라틸이 갑자기 찾아와서 심각하게 질문하자 라나문의 눈에 황당한 기색이 어렸다.

"그걸 물어보러 오신 겁니까?"

"하하, 설마."

맞다.

칼라인에게는 '그럴 리 없다'라고 했지만, 말하고 나니 그래도 확인해 보고 싶어서였다. 혹시 모르지 않는가. 라나문이 겉으로는 게으르고 자기중심적인 미남이지만 사실 알고 보면 속마음은 이타적일지도.

"해봐, 일단."

"……했습니다."

"네 뒤에는 좀비떼가 오고 있고, 다리 건너편에는 먼저 달아난 사람들이 한…… 스무 명? 그쯤 있어."

"위치를 바꾸면 안 됩니까? 꼭 그런 가정을 해야 합니까?"

역시 얘는 아닌 것 같은데.

"……일단 그 위치로 상상해 봐."

라나문은 라틸의 질문이 영 마음에 안 드는 눈치였으나 이번에도 마지못해 고개를 끄덕였다.

"했습니다."

"좋아. 그리고 또 상상해 봐. 네 속도가 느려서……."

"전 달리기를 잘합니다. 몇 초면 다리를 건넙니다."

"다리를 다쳐서 느려졌어. 그래서 좀비들을 따돌리고 다리를 건너갈 수 없어. 네가 다리를 다 건널 때쯤엔 다른 좀비들도 다 같이 건너편에 도착해."

라나문이 반듯한 미간을 조금 구겼다.

"왜 그렇게 부정적인 말만 하십니까?"

"아, 하여튼. 그런 상황이야. 그러면 넌 어떻게 할 거야?"

"그때쯤엔 전 죽었을 텐데 선택권이 있습니까?"

"아니, 건너편 사람들이라도 살리기 위해 다리 줄을 끊을 거냐고."

라틸은 질문을 하고서 좀 초조해서 라나문을 보았다.

물론 고작 이 질문만으로 대적자를 가려낼 수 없단 건 알았다. 대적자를 가려내려면 기르골이 가진 검, 그 검이 필요하단 것도.

하지만 여기서 라나문이 대적자답지 않은 대답을 하나 해준다면, 마음이 좀 편해질 것 같았다.

하지만 라나문이 생각보다 대답을 바로 하지 않자 라틸은 괜히 긴장됐다.

뭐야……. 라나문. 너 생각보다 희생적인…….

"전 포기하지 않습니다."

"어?"

"저라면, 일단 최대한 달릴 겁니다. 살 수 있는 가능성을 포기하고 멈춰서 다리 줄을 끊는 게 아니라요."

"건너편 사람들이 다 죽는데?"

"제가 뛸 동안 그 사람들도 뛰겠죠."

말을 한 라나문이 조금 걱정이 되는지 라틸을 보았다.

"혹시 제가 나쁘다고 생각하시는…….'"

라틸은 고개를 빠르게 젓고서 라나문의 손을 확 잡았다.

"아니! 전혀!"

"!"

"맞아. 살려고 발버둥 쳐야지. 맞아."

라틸은 흐뭇하게 웃었다. 그래. 역시 우리 라나문은 대적자가 아니야. 애가 얼마나 자기 목숨을 소중하게 여기는데?

그렇게 라나문에게 만족한 대답을 얻은 라틸은 신이 나서 하렘을 나가 본궁으로 걸어갔다.

그런데 하렘 근처를 거의 다 나갔을 때쯤, 누군가 뒤에서 라틸을 따라왔다. 몰래 따라오는 소리는 아니고, 그냥 뒤를 따라오는 소리였다.

라틸은 문 앞에서 뒤를 돌아보았다. 그곳에는 게스타가 부드러운 연두색 스웨터 차림으로 허겁지겁 뛰어오고 있었다.

안 그래도 보드라운 인상의 게스타가 그런 옷차림으로 달려오자, 라틸은 저도 모르게 멈춰 섰다.

"왜 그래, 게스타?"

게스타가 코앞으로 오자 라틸은 얼른 물었다.

게스타는 숨이 찬지 허리를 숙이고서 숨을 골랐다. 바로 대답하지 못하는 그의 등을 라틸이 아프지 않게 두드려 주었다.

숨을 고르자 게스타는 허리를 들고서 라틸을 새싹 같은 눈으로 보았다.

"무슨 일 있어?"

라틸이 재차 묻자, 게스타는 서운한 듯 커다란 눈을 그렁그렁하게 뜨다가 라틸에게 물었다.

"폐하는…… 왜 제겐 관심을 안 주세요?"

"어?"

라틸은 이게 무슨 말인가 싶어서 어리둥절해졌다.

"너한테 관심을 안 주다니?"

'갑자기 무슨 관심?'

게스타의 표정이 더욱 울적해졌다. 비 맞은 고양이처럼 그가 커다란 눈으로 바라보자 라틸은 괜히 자책하게 되었다. 뭔지 모르지만 내가 잘못한 것 같아.

"폐하는 제 생각을 전혀 안 하세요?"

그러다 게스타가 재차 묻자 라틸은 이제야 떠올렸다. 맞아. 그러고 보니 게스타가 아주 수상한 행보를 보였지.

쇼드 폴리에 가면서 까먹었다가 돌아와서 다시 생각나긴 했는데. 이후 게스타에게 갈 때 타시르와 대신관이 따라오면서 못 물어봤다. 문제는 그 후에 다른 것들이 펑펑펑 터지면서 또 까먹었단 거지만.

설마. 게스타는 자신에게 뭔가를 물어주길 기다리고 있던 걸까?

'아니, 그보다 내가 할 말이 있던 건 어떻게 안 거야? 그때 분명 자는 척을 하고 있었잖아? 내가 자는 척하는 걸 알고 게스타도 일부러 그런 모습을 보인 건가?'

하긴. 어느 쪽이든 결과는 같지만.

"미안. 잊고 있었어."

라틸이 솔직하게 대답하자 게스타의 눈이 밤톨처럼 동그래졌다.

뭘 물어봐야 하지? 음. 그런데 쟤가 그리핀이랑 무슨 대화를 했더라?

라틸의 눈동자가 흔들리자, 게스타는 자신이 라틸에게 잊었단 걸 깨달았는지 눈이 2밀리미터 정도 더 커졌다.

"일단…… 들어가자. 여기 서서 말할 내용은 아니니까."

라틸은 다시 몸을 돌려 이번에는 게스타의 방으로 갔다.

"혹시 네 시종도?"

"모르고 있어요……."

"그럼 심부름 보내자."

게스타는 시종에게 도서관에 가서 책을 열다섯 권 찾아 달라고 보냈다. 라틸은 '열다섯 권이나?'라고 생각했지만, 그 이야기를 하는 대신 소파로 가 털썩 앉았다.

게스타는 문을 단단히 닫고서 라틸의 곁으로 다가왔다. 그가 맞은편에 앉자, 라틸은 "음." 하고 말문을 열었다.

"일단 넌 내 적은 아니다. 그렇지?"

사실 이건 라틸이 게스타에 대한 일을 우선순위에서 뒤로 미룬 원인이기도 했다.

자신이 대적자라는 게 확실했다면 촉을 세워 게스타를 경계했을 텐데. 일단 게스타는 그리핀과 대화했고, 그리핀은 유명한 로드의 편이라지 않은가. 그러다 보니 인지하지도 못한 새 순서가 뒤로 밀린 게 분명했다. 아마도.

"예, 아닙니다."

"칼라인이랑 한패야?"

무슨 차이인진 모르겠지만 게스타는 잠시 생각하다가 말을 정정해 주었다.

"한배를 타고 있어요."

"그 배가 내 배고?"

게스타가 고개를 끄덕이자, 라틸은 그의 보기 좋게 혈색 있는 뺨을 곁눈질했다.

"뱀파이어는 아니지?"

일단 아닌 것 같긴 한데.

"아니에요……."

"그럼 어떤 거지?"

"폐하의 편이에요……."

"구체적으로는? 그건 답이 아닌 것 같은데."

"궁금하세요?"

"그럼!"

대답하고 활짝 웃다가, 라틸은 이토록 긴장감 없는 대답이 있나 싶어 도로 입을 다물었다.

게스타가 그리핀과 대화할 땐 그에게 깨어있단 걸 들킬까 봐 심장이 조마조마했는데. 자신이 로드란 걸 알게 되어서인가……. 왜 이렇게 긴장이 안 되는지 모르겠다. 어쩌면 어릴 때부터 보고 자란 오빠 친구가 뱀파이어란 걸 알게 된 순간, 이젠 더 놀랄 일이 없어서일지도.

"……."

어쨌든 이 부실한 긴장감은 게스타도 눈치챈 모양이었다. 라틸이 우물거리자 게스타의 눈이 처량한 강아지처럼 변했다. 산책하러 뛰어나갔다가 폭우를 맞고 뛰어 돌아온 강아지 표정이었다.

라틸은 어쩐지 자신이 게스타를 의심하지 않은 게 큰 잘못처럼 여겨졌다. 보통의 경우 이건 잘못이 아니겠지만.

"정말이야, 게스타. 네 정체가 뭐지?"

자신이 뱉고서도 너무 무게감 없게 들리는 질문에 라틸이 속으로 재차 자책하는 사이. 게스타는 시무룩하게 고개를 떨구더니, 천천히 머리를 들고서 속삭였다.

"말씀 안 드릴래요."

"왜? 알려주려고 온 거 아니었어?"

"폐하께서 궁금해하셨으면 좋겠어요. 저에 대해서요……."

의심받고 싶단 건가. 얘도 이상한 걸 좋아하는구나.

라틸은 '네 정체는 이상한 애 같아'라고 말하고 싶은 걸 꾹 누르고서, 진지하게 고개를 끄덕였다.

"알았어. 좀 더 궁금해해 볼게."

'얘 의외로 관심받는 걸 좋아하네.'

너무나 안타까운 일이지만 게스타는 이번에도 또 뒤로 밀리고 말았다. 라틸은 '게스타의 정체가 뭘까?' 생각하면서 일을 하긴 했

으나, 침실에 돌아가자 또 그 일을 까먹었다.

"너!"

그리핀이 창틀에 와있는 모습 때문이었다.

"폐하? 왜 그러십니까?"

응접실에서 들려오는 목소리에 라틸은 "아무것도 아니다!" 하고
외치고서, 문을 닫아 잠근 다음 창가로 달려갔다.

그리핀은 창틀에 배를 대고 납작 엎드려 있다가, 라틸이 다가오
자 동그란 눈을 그렁그렁하게 뜨더니 날개를 펼치며 절하는 시늉
을 했다.

[로오드으! 내가 왔습니다요!]

라틸이 창문을 열어주자, 그리핀은 짧은 두 다리로 얼른 방 안에
들어오더니 라틸의 주변을 한 바퀴 날면서 사자 꼬리로 연달아 라
틸의 얼굴을 두드렸다.

라틸은 자꾸 입에 들어가는 사자 꼬리를 퉤퉤 뱉어댔으나, 그리
핀은 전혀 개의치 않는 듯 즐거워 보였다.

그리핀은 나중엔 라틸의 얼굴 바로 앞에서 정지 비행을 하며 부
담스러울 정도로 라틸을 빤히 바라보았다.

"왜 그렇게 봐?"

그게 이상해 라틸이 묻자, 새의 눈가가 사람이 웃는 것처럼 휘어
졌다.

[로드를 이리 보니 너무 좋습니다요. 로드, 로드. 내가 기억나십
니까? 내가 기억나지요?]

"전에도 한 번 내 방에 왔었지."

[그 전에 말입니다.]

"아니."

라틸의 즉답에 그리핀은 안타깝다는 듯 부리를 벌려 숨을 켁 토해내고는, 라틸의 침대로 올라가 깃털을 고르며 말했다.

[로드는 나를 참으로 아꼈지요. 로드는 내가 세상에서 제일 좋댔어요. 기억납니까요?]

"아니."

[기억나면 알 겁니다요. 우리가 얼마나 즐겁게 지냈는지. 로드, 로드는 말이요, 내 머리를 이렇게, 이렇게 쓰다듬어 줬습니다요.]

새가 날개로 허공을 쓰는 흉내를 내기에 라틸은 다가가서 원하는 대로 머리를 쓸어보았다.

그리핀은 좋은지 끼룩끼룩 웃더니, 라틸의 다리를 베고 배를 내밀고 누웠다.

그 격의 없는 행동을 보다가 배를 쓸어주자, 새는 또 좋다고 웃어댔고 라틸은 궁금해졌다. 그러니까…… 내가 얘를 타고 날아다녔단 거지?

그 손길을 느꼈는지 그리핀이 웃던 걸 멈추고 놀리듯 물었다.

[왜 자꾸 날개를 만지십니까요, 로드? 제 날개가 마음에 듭니까요?]

작은 부리를 제멋대로 움직이는 꼴이 귀여워서, 라틸은 그리핀의 부리 끝을 손가락으로 몇 번 찌르다가 물었다.

"내가 널 언제부터 탈 수 있어?"

몸이 다 크려면 250년이 걸린다고 했지. 이번에도 그렇게 말하려나, 생각하면서. 그런데 그리핀은 이번엔 250년 이야기를 꺼내지 않았다. 대신 눈을 커다랗게 뜨더니 충격받아 벌떡 일어났다.

"어? 왜?"

[로드는 그렇게 커다랗고 저는 이렇게 앙증맞은데, 저더러 태워 달라굽쇼?]

"어?"

로드가 그리핀을 타고 다닌 거 아닌가?

[로드, 양심을 좀 갖추십쇼. 로드 태우고 가다간 내 척추뼈가 다 박살 나요.]

"!"

다음 날.

평소처럼 식사를 마친 라틸은 자신이 게스타에 대해 또 까먹었 단 것도 잊은 채 그리핀의 역할이 뭔지 고민했다.

기르골은 그리핀이 춤추는 것 말곤 하는 게 없다 했지. 어쩐지 기르골의 말이 옳은 것 같았다.

250년 뒤에는 덩치가 큰다는 것 같지만, 그때쯤이면 과연 자신 이 살아있긴 할까? 다시 태어나도 500년 뒤인데, 250년은 진짜 너 무 애매한 거 아닌가.

그럼 저 그리핀은 로드가 깨어날 땐 맨날 쪼끄만 상태란 거 아 닌가.

그 불만은 집무실에 들어갈 때까지도 계속되었으나, 다행히 일을 시작하자 점점 크기가 줄어들더니 나중에는 게스타에 관한 생각과 비슷할 정도로 줄어들어 마음 한구석에 콕 박혔다. 위치로 따지자면 엄지 끄트머리 즈음에.

덕분에 라틸은 평소처럼 일에 열중할 수 있었다.

"그럼 아직까지 이쪽으론 이렇다 할 기현상은 없는 거네?"

"예. 몇몇 나라들에는 이상 현상이 일어나고 있지만, 타리움 쪽은 상대적으로 깨끗합니다."

그 '깨끗'에 하렘에서 일어난 사건은 안 치는 건가……. 라틸은 잠시 생각했으나 그 일은 대신관과 성기사들 쪽에서 바로 해결한 걸 떠올리고 고개를 끄덕였다. 직접 본 게 아니니 큰일이 아니라 여겨지나 보다.

"그래. 다행이라 하기도 뭐하고. 그러네."

"다행이 아닌가요?"

"한두 나라에 이상이 생기면 몰라도 전 세계에 이상이 생기는데 우리나라만 멀쩡하면, 나중에 뒷감당이 힘들잖아."

이후 집무실에서의 오전 일과가 끝나자 라틸은 국무회의를 위해 이동했다.

회의장 근처로 가자 시종장이 단단한 파일에 클립으로 집어둔 서류를 확인하고서 알려주었다.

"오늘은 월랑에서 사절단이 왔습니다, 폐하. 전에 폐하께서 거절하신 '그 일' 때문일지도 모릅니다."

"그 일이라면…… 왕자를 후궁으로 보내겠다던……?"

"예. 폐하께서 안 받으신다니 억지로 보내진 못할 테지만 거절에 대해 어떤 반응을 보일진 직접 봐야 알 듯합니다."

"불편하겠네요."

라틸은 작게 중얼거리고서 회의실 안으로 들어갔다.

황제가 드나드는 통로를 통해 바로 앞쪽의 연단에 올라가자 모여 서있던 사람들이 동시에 라틸에게 허리를 굽혔다.

라틸은 고개를 끄덕이다가 그 사람들 틈에 조금 복식이 다른 이들이 섞여있는 걸 알아차렸다. 저들이 월랑에서 온 사절단이겠지.

후궁 이야기를 거절한 터라 좀 보기 꺼림칙했으나 사실 그런 감정은 상대가 더할 터. 라틸은 그 일이 아예 없었던 것처럼 웃으면서 그들에게 말을 걸었다.

"어서들 오게."

라틸이 먼저 인사를 건네자, 사절단 대표로 보이는 이도 얼른 나서서 격식에 맞춘 인사말을 뱉었다.

라틸은 고개를 끄덕이다가 사절단 대표의 뒤쪽에 선 사람들을 발견하고 멈칫했다.

라틸은 그중 하나를 바로 알아보았다. 말을 유난히 재수 없게 하는데도 사절단 대표가 말리지 못하던 그 소갈머리 없던 사절이었다.

하지만 지난번과 달리 그 사절은 라틸과 눈이 마주치자 공손하게 인사를 올렸다.

대표는 이를 눈치채고는 얼른 말을 꺼냈다.

"이분은 월랑의 이이사라 왕자님입니다, 폐하."

공격적으로 말해대던 사절의 얼굴을 기억하는 몇몇 비서들의 표정이 굳었다. 그런 분위기를 모를 리가 없을 텐데도 대표는 생글생글 웃으면서 말을 이었다.

"일찍이 카리센의 황제 폐하께서 타리움에 유학하고 가신 일이 있으시지요. 타리움은 교육으로 유명한 나라니까요. 마침 저희 이이사라 왕자님도 학구열이 무척 대단한 분이랍니다, 폐하."

라틸은 속으로 생각했다. 뭐지, 이 전조는. 왜 저런 걸 굳이 말해 주지? 뒤에 뭔가…… 싫은 말이 나올 것 같은데.

"해서, 이이사라 왕자님께서는 타리움에서 수학하고 싶어 하십니다, 폐하."

역시나. 라틸이 그럴 줄 알았다고 생각하는 사이, 뒤에서는 뭔가 '부득' 하고 부러지는 소리가 났다. 각도상 서넛이 있는 곳이지만 라틸은 굳이 돌아보지 않았다.

그리고 사실, 아까부터 라틸의 시선을 사로잡는 건 그 재수 없던 월랑의 왕자가 아니었다. 라틸은 그쪽은 그냥 얼굴을 알아보는 선에서 더한 감정이 없었다. 처음 봤을 때부터 라틸이 눈을 뗄 수 없던 건…….

'기르골이 왜 여기 있지?'

왕자 뒤에 밀착해 서있는 뱀파이어, 기르골 때문이었다. 하지만 놀란 표정도, 아는 눈치도 보일 수 없는 상황이라 라틸은 일부러 그쪽은 쳐다도 보려 하지 않았다. 그래도 심장이 뛰었다. 기르골이 뭘…… 알고 왔나? 아니면 '황제가 로드다'는 의심을 하고 있으니까 그냥 확인하러 왔나?

그런데 혼란스러운 귓가로 갑자기 부드럽고 맑은 파도 소리가 들려오기 시작했다.

라틸은 의아해 고개를 들었다. 소리는 라틸에게만 들리는 게 아닌지, 타리움의 관리들과 월랑의 사절단 역시도 어리둥절해 사방을 보고 있었다.

그러다 홀 전체가 갑자기 파랗게 물들기 시작하자 기이한 현상에 웅성거림이 더욱 커졌다.

그 순간, 아치문이 해초처럼 변하더니 누군가 그 푹 늘어진 해초를 거두며 모습을 드러냈다.

해초 사이로 모습을 드러낸 이들은 보석과 금속으로 된 옷을 입은, 분위기가 아주 묘하고 신비로운 이들이었다.

난데없는 이변에 사람들이 웅성거렸다. 그냥 들어오면 '누구야? 왜 여기 저러고 와?' 하겠지만, 홀 전체가 파랗게 변했고 문은 해초가 되었다. 파도 소리가 사방에서 들려오기까지 하니 다들 정신이 아득할 지경이었다.

그러다 사람들은 알아차렸다, 들어오는 이들의 귀가 사람의 귀가 아니란 걸. 그들의 귀는 아름다운 물갈퀴 날개처럼 보였다.

놀라서 숨을 들이켜는 소리 사이로 라틸은 개중 몇몇 얼굴을 알아보았다. 특히 한 명은 이름도 기억해 냈다.

'티투다.'

자신을 부르려면 벽에 대고 '티투 티투' 외치라 했던 그 피인어.

전에 봤을 땐 귀가 멀쩡하더니, 피인어 티를 내려고 그러나? 오늘은 티투의 귀도 인어 같은 귀였다. 그리고…….

다른 피인어들도 신비롭지만, 유독 신비롭고 위엄 있는 저 남자. 중앙에 선 저 남자. 전에는 얼굴을 본 적이 없는 피인어지만, 라틸은 다른 피인어들이 그를 둘러싼 걸 보고서 그 피인어가 누구인지 대충 짐작해 냈다.

'다른 피인어들을 통솔하던 그 수염 수북하던 피인어인가 봐. 지금은 수염을 깎은 모양이고. 하지만 저 피인어들이 여기엔 왜 온 걸까?'

그사이, 사람들의 시선을 받으며 중앙으로 피인어들이 걸어오자 월랑의 사절단들은 그들을 피해 앞으로 우르르 이동했다. 그들 가까이 있으면 큰 문제가 생길까 봐 염려되는 듯했다.

어찌 보면 피하는 행동이라 기분 나쁠 수도 있지만 피인어들은 그쪽은 신경도 쓰지 않고 라틸만 보고 있었다.

그러다 지배자 피인어와 라틸의 눈이 마주치자 그가 입꼬리를 올리더니 주위 사람들을 둘러보며 자신들을 소개했다.

"인간 여러분, 이렇게 만나서 반갑소! 우리는 인어요!"

사람들이 놀라서 웅성거렸다.

"인어?"

"그…… 전설에 나오는?"

"진짜 인어라고? 저 귀가 진짜라고?"

"세상에!"

"정말 아름다워……."

반면 라틸은 눈썹을 치켜뜨고 양 입술 끝을 내렸다. 어디서 사기야, 저것들? 피인어잖아. 구분 똑바로 하라며? 왜 자기들이 사칭해?

하지만 인상을 찌푸린 이들보다는 감탄하는 이들이 더 많았다. 몇몇은 감동해서 눈시울까지 붉히고 있었다.

그럴 수밖에 없는 게, 인어는 원체 이미지가 좋은 종족이었다. 아니, 사실은 종족이라기보다는 전설 속에 나오는 신비로운 존재의 느낌이긴 하지만. 하여튼 다들 좋게 보았다. 그런 종족이 난데없이 등장하자 다들 놀랄 만도 했다. 현실이 되어 나타난 동화 정도로 보이지 않을까?

서넛이 뒤에서 또 '부득' 하는 이상한 소리를 냈다. 라틸은 힐긋 그를 돌아보았다. 서넛은 인상을 찌푸리고 있었지만 놀란 눈치는 아니었다.

"폐하."

한차례 소란이 가라앉을 즈음, 피인어 지배자가 라틸을 불렀다. 라틸은 서넛에게서 시선을 떼고 다시 피인어 지배자를 보았다가 흠칫했다. 이곳에는 바람 한 점 불지 않는데, 그의 파란 머리카락은 여기가 물 속인 것처럼 혼자서 허공을 너울거리고 있었다.

대체 저들이 왜 여기 와서 인어 흉내지? 라틸은 수상쩍게 여기면서도 일단 속내를 감추고 웃었다.

"이거 참, 미안하군. 갑자기 인어가 나타나니 놀랐네."

라틸은 그들을 처음 보는 듯이 자기도 인어의 출현에 놀란 척 굴었다. 피인어 지배자는 다른 피인어들을 뒤로 하고 혼자 몇 걸음 더 앞으로 다가왔다.

라틸에게서 세 걸음 정도 떨어진 곳에 피인어가 서자 근위기사들이 긴장해서 경계했다. 라틸은 그들에게 '가만히 있으라'는 눈짓을 하고서 호의 어린 시선을 던졌다.

"여긴 어떻게 온 거지?"

피인어는 라틸을 미묘한 눈으로 바라보다가 대답했다.

"인어 세계에 라트라실 황제 폐하의 명성이 멀리 퍼져있소."

그 뜬금없는 칭송에 라틸은 '응?' 하고 눈썹을 들어 올렸다.

지켜보던 사람들도 조금 당황했다. 즉위한 지 일 년도 안 된 황제의 명성이 인어 세계에 퍼졌다고? 사람들은 공통적으로 떠올렸다. 대체 뭐로?

즉위 기간이 너무 짧다 보니 라틸은 실정을 하지도 선정을 하지도 않았던 것이다. '정치를 못한다'고 할 수도 있지만 '정치를 잘한다'라고 하기도 애매했다.

명성이 바다 세계까지 퍼졌다? 솔직히 말도 안 됐다. 만약 저 말을 한 이들이 인어가 아니라 그냥 해상국가 사람이라면, 다들 '아부가 과하네'라고 비웃었을 정도로.

하지만 말을 한 이들이 인어이다 보니 사람들은 아부라고 생각하진 않았다. 딱히 이유는 없지만, 사람들은 인어도 과장을 하고 아부를 할 거라고는 생각하지 않는 눈치들이었다.

"고맙네."

라틸은 피인어 지배자가 숨구멍이 없어질 정도로 자신의 얼굴에 금칠을 해주자 어색하게 웃고서 인사했다. 그러면서도 슬쩍 기르골을 확인했다. 피인어가 여기 나타난 것도 놀랍고 인어를 사칭한 것도 놀랍지만, 여기서 기르골과 피인어들이 또 싸울까 봐도 불안했다.

그러나 기르골이 사절단 사이에 끼어있는 데다 위치상 사절단보다 앞쪽에 있다 보니, 피인어들은 기르골을 눈치채지 못했다. 기르골은 피인어들을 알아보았을 테지만 그는 굳이 저들에게 아는 척하지 않았다.

'기르골은 왜 가만히 있지?'

심장이 두근두근한 걸 꾹 누르고서 라틸은 피인어 지배자에게 너그럽게 말했다.

"그대는 이름이⋯⋯."

"인어들의 지배자, 므라딤이오, 인간 황제여."

"그럼 므라딤."

'님'을 붙여야 하나?

"갑자기 인어가 나타나서 좀 놀랍긴 하지만, 인어는 아주 평화롭고 멋진 종족이지. 그대들이 여기에 방문한 걸 고맙게 여기겠네."

"감사하오."

"볼일이 있어서 온 것 같으니, 우선 다른 이들은 쉬게 하고 그대는 나와 둘이서 얘기할까?"

'왜 피인어가 여기 나타난 건진 모르겠지만 일단 둘이 있으면 좀 더 편하게 얘기할 수 있겠지.'

"사블레 후작."

"네."

"사절단이 쓰는 방을 여기……."

그러나 라틸이 시종장에게 사절단이 쓰는 방을 주라 하기도 전. 므라딤이 먼저 끼어들어 사양했다.

"아, 안 피곤하니 괜찮소."

이 피인어…… 눈치 없구나. 라틸은 입을 다물었다. 시종장은 눈치 빠르게 라틸의 의도를 파악하고 있다가, 피인어 지배자가 난데없이 황제의 말을 끊자 일부러 말을 돌려버렸다.

"인어가 찾아오니 몹시 영광입니다, 인어 지배자님."

"그렇지."

"한데…… 무슨 일로 여기에 오신 건지……?"

시종장의 말은 사실 이곳에 모인 이들 대다수가 궁금해하던 질문이었다. 다들 그저 놀라서 인어를 구경하다가 시종장의 말을 듣고서야 귀를 열고 상황을 파악했다.

라틸도 마찬가지였다. 여기서 하는 말이 진심인지 아닌지야 둘째치고라도 대체 무슨 생각으로 여기 왔는지는 궁금했다.

의외로 미리 생각해 온 대답이 있는지 지배자 시종은 바로 대꾸했다.

"괴물들이 하나둘 세상에 나타나고 있다고 들었소. 우리의 힘이 필요할 거요. 우리는 강하니까."

그 말이 끝나자마자 타리움 관리들이 일단 박수를 쳤다.

다들 "오오!", "세상에!", "인어가!" 하고 중얼거리는 걸 보니, 인어가 자기들 편에 선다는 게 신기한 듯했다.

사실 아직 그들은 인어들이 대체 황제의 무슨 칭송을 듣고 이러는지 짐작도 하지 못했지만, 좋은 게 좋은 거 아니겠는가.

반면 월랑에서 온 사절단은 겉으로는 웃고 있지만 다들 입만 움직이고 눈이 안 움직였다. 자기 나라에 왔으면 좋았겠지만 남의 나라에 굴러들어온 행운이다 보니 그리 기쁘진 않은 눈치였다.

하지만 인어들, 정확히는 인어를 사칭한 피인어들은 이런 분위기를 신경 쓰지 않고 라틸을 향해 온갖 칭찬을 또 늘어놓기 시작했다.

"타리움의 황제는 참으로 공평하다 들었습니다."

"용맹하다지요."

"타리움 황제와 손을 잡을 수 있다면 인어들에겐 참 기쁜 일일 겁니다."

그럴 때마다 타리움 관리들은 덩달아 어깨를 폈다. 하지만 라틸은 저들이 자신에 대해 좋게 말해줄수록 찝찝했다. 저 피인어들이 '로드의 편일 때도, 아닐 때도' 있다던 말 때문에 저게 진짜 호의인지 아닌지 구분하기 어려웠다. 결국, 라틸은 그들과 한 번 더 은밀하게 대화해 보려 시도했다.

"할 말이 많아 보이는데. 우선은 쉬고 이야기하지. 바다……에 있다가 육지로 오면 수분이 부족하진 않은가?"

"물론이오."

그러나 브라딤은 이번에도 라틸의 말을 흔쾌히 거절하더니, 아무도 예상하지 못한 말을 꺼냈다.

"두 종족이 위기를 앞두었고, 이젠 힘을 합치려 하지. 하지만 우리는 인간들과 오래 떨어져 살아서 인간 세상에 대해 아는 게 적소. 그래서 말인데…….”

‘말인데?’

“폐하께선 아직 국서를 정하지 않았다고 들었소.”

‘설마!’

라틸이 눈을 동그랗게 떴다. 내내 ‘인어가 우리랑 한편 하고 싶
대!’라고 신기해하던 다른 귀족들 역시 마찬가지였다. 저 말을 꺼
낸단 건 혹시…….

“내가 국서로 들어가면 어떻겠소?”

역시나.

인어들의 입에 발린 칭찬에 흐뭇해하던 관리들까지도 이번에는
당혹스러운 표정이 되었다.

국서 자리는 그들도 자신들이 미는 후궁이 차지하길 바라고 있
었으니, 당연히 난데없이 나타난 동화 속 존재가 ‘그거 내 거’ 하고
혀를 내밀면 황당할 것이다. 하지만 관리들의 표정은 월랑 왕자의
표정에 비하면 거의 무표정에 가까워 보일 지경이었다.

월랑 왕자는 그래도 표정 관리를 지난번보다 열심히 하는 눈치
더니, 이번에는 아예 관리에 실패했다. 얼굴 근육 하나하나가 다른
생명을 얻어서 각기 다른 방향으로 발사된 것처럼 보였으니까.

그러다 라틸과 눈이 마주치자 혐오감 어린 눈빛을 보내는 게, 유
학생으로 꼭 받고 싶을 정도였다. 옆에 두고 괴롭힐 수 있도록.

하지만 지금은 후계자 쟁탈전에서 밀린 왕자 따위가 중요한 게
아니었다. 라틸은 한바탕 일어난 소란이 다시 가라앉기를 기다렸
다가 차분하게 입을 열었다.

"청혼인가?"

일부러 농담조로 말하며 웃자 다행히 타리움 관리들은 웃음을 터트렸다. 당황했던 분위기도 풀리고 인어들도 기분 나빠하지 않았다.

그렇게 적당히 분위기를 눌러둔 다음, 라틸은 진짜 대답을 했다.

"고맙지만 짐의 결혼은 쉽게 결정할 일이 아니라. 인어들 역시 마찬가지일 테니, 서로 시간을 좀 가져보지. 사블레 후작."

"네."

"인어들에게 방을 주어라."

"네."

또 인어들이 끼어들까 봐 라틸과 사블레 후작은 이번에는 빠르게 말을 주고받았다. 그러나 인어 지배자는 말이 끝나자 또 끼어들었다.

"아아, 우리는 인간의 방에서 지내는 것보단 물에서 지내는 게 더 편하니 괜찮소. 이곳 황실에 큰 호수가 있다고 들었는데. 거기서 지내면 되오."

공교롭게도 그 큰 호수가 위치한 게 하렘 안이었다. 노리고 한 말인지 우연이 맞아떨어진 건지는 알 수 없지만. 물 안이 더 편하다는데 굳이 뭍에서 지내라 할 수도 없어서 라틸은 그러라 말했다.

피인어들이 나가자 파랗게 잠겼던 홀 안은 원래 색을 되찾았지만, 사람들의 낯빛은 여전히 파랗게 질려있었다.

라틸은 급격히 피로해졌다.

월랑 사절단도 대충 적당한 손님용 방으로 보낸 라틸은 모든 일정을 취소하고 자신의 방으로 갔다.

기르골도 마음에 걸리긴 하지만, 아니, 사실은 그 기르골이 내내 한마디도 안 하고 그 재수 없는 왕자 뒤에서 웃고 있던 게 몹시 거슬렸지만, '이 몸'으로는 그를 아는 척할 수도 없기에 라틸은 그쪽은 쳐다도 보지 않았다.

"진정될 만한 차 한 잔만."

라틸은 그렇게 말하고서 안락의자에 가 머리를 등받이에 푹 눌러 기대고 눈을 감았다.

기르골은 대체 왜 여기 왔지? 그 피인어들은 왜 인어를 위장해 여기 왔지?

그때, 시녀가 차를 가져와 라틸의 옆에 내려놓으며 알려주었다.

"폐하, 월랑 왕자의 호위가 심부름을 왔는데요……. 어떻게 할까요?"

라틸은 눈을 번쩍 떴다. 기르골!

라틸은 당황해서 벌떡 일어났다. 어쩌지? 만나야 하나? 어떡해? 근데 기르골은 내가 사디란 걸 바로 알아볼 수 있나?

칼라인한테 '사디'를 만났을 때 어떻게 알아본 건지 물어볼걸!

'사디'가 됐을 때 냄새가 바뀌는지 아닌지.

후회했지만 이미 기르골은 방문 앞에 있었고, 칼라인은 저 멀리 하렘에 있었다. 라틸은 서둘러 화장대로 달려가 서랍을 열고 향수를 손에 잡히는 대로 다 꺼내 몸에 뿌렸다.

'아냐.'

그걸로도 불안해서, 아예 한 통은 뚜껑을 따서 몸에 들이붓자 온몸에서 과한 향이 풍겨왔다. 옷도 축축해졌지만 그건 문제가 아니었다. 기르골이 자신을 알아보느냐 못 하냐의 문제에 비한다면.

라틸은 향수를 도로 서랍에 대충 집어넣은 다음, 안락의자로 달려가 앉으며 아무렇지 않은 척 말했다.

"들여보내라."

문 열리는 소리가 꼭 지옥문 같다고, 라틸은 초조하게 생각했다. 그래도 그쪽으로 시선을 주지 않고서, 라틸은 근엄한 황제인 양 심각하게 카펫만 쳐다보았다.

문 닫히는 소리를 듣고서야, 라틸은 근엄한 황제가 카펫을 노려보진 않을 거란 생각에 자연스러운 척 고개를 돌렸다.

'나는 황제다. 나는 황제다. 게다가 로드. 무시무시한 로드……. 젠장. 그런데 나보다 쟤가 더 나쁜 놈 같지 않나?'

기르골은 문을 닫고 안으로 들어오다가, 그런 라틸을 보더니 부드럽게 웃었다.

그 미소엔 적대적인 면이 보이지 않아서 라틸은 그나마 조금 안심했다. 다행이야. 내가 '사디'란 걸 알고서 온 건 아닌가 봐.

그러면 월랑 왕자 일로 온 걸까? 아니. 아니지. '라트라실 황제'

를 로드라 의심하긴 했으니, 그 일로 온 게 아닐까? 그런데 쟤는 무슨 수로 월랑 왕자를 따라온 거야?

혼란한 속내를 드러내지 않고서 라틸은 침착하게 물었다.

"무슨 일로 왔지?"

지나치게 근엄한 척하느라 목소리가 평소보다 두 톤 정도 낮아져 있었으나, 라틸은 신경 쓰지 않기로 했다.

기르골은 대답에 앞서 공손하게 한 손을 배에 붙이고 인사를 올렸다.

"라트라실 황제 폐하를 뵙습니다."

그 평범하고 예의 바른 인사에, 라틸은 '어라' 싶어졌다. 뭐지……? 뭘 알고서 온 건 아닌가? 로드가 맞는지 아닌지 확인차 한번 와본 건가……?

그러나 안심하자마자 기르골은 웃으면서 다가와 나지막하게 말했다.

"기억났어, 아가씨. 우리가 어디서 처음 만났는지."

기르골의 입가에 미소가 더욱 짙어졌다. 그 섬뜩한 웃음에 라틸은 순식간에 석화되어 버렸다.

'다 알고서 왔구나! 그냥 로드라서 온 것도 아니야. 내가 사디란 걸 알고 있어!'

와서 안 걸까, 알고서 온 걸까. 알았다면 어떻게 안 걸까. 향수를 퍼다 부었는데. 지금 향수 냄새가 사방을 진동하는데, 그 사이로 냄새를 맡은 건가? 혼란스럽지만 라틸은 애써 표정을 관리하고서 '얘가 무슨 소리지?' 하는 듯 능청맞게 눈썹을 치켜떴다.

"무엄하군. 그게 무신 소리냐."

발음이 조금 새긴 했지만 그건 중요하지 않았다. 기르골은 그런 라틸이 귀엽다는 듯 물끄러미 보더니, 다시 조용조용하게 물었다.

"아가씨가 살아있다는 데 안심해야 할까. 아가씨가 날 속인 데 화를 내야 할까. 그것도 아니면…… 우리의 재회를 기뻐해야 할까, 응?"

조곤조곤 말하는가 싶던 기르골은, 어느새 라틸의 귓가에 대고서 속삭이고 있었다. 그의 목소리는 아주 듣기 좋았고, 그가 말을 할 때 새어 나오는 미약한 바람은 간지러울 정도로 부드러웠으나 라틸은 소름이 돋았다.

목울대가 움찔하면서 어깨가 말려 들어갔다. 대체 이 상황에 뭘 어떻게 대응해야 하는지. 막막한 기분에 머리만 팽글팽글 돌아가는데, 그럴수록 머릿속은 하얗게 질려갔다.

그러다가 기르골이 귓가에서 입을 떼는 순간, 라틸은 지체 없이 그를 공격했다. 그의 어깨를 쥐고 곧장 발로 옆구리를 가격했다. 그러나 기르골은 피하지도 않고서 그냥 맞아가며 라틸의 다리를 붙잡아 버렸다.

"음."

자기도 미간을 찡그렸다 펴는 걸 보니 아프긴 한 모양인데, 그래도 기르골은 라틸의 다리를 잡고 놓지 않았다.

설마 맞으면서까지 붙잡을 줄은 몰랐던지라, 라틸은 빠져나가기 위해 다리에 힘을 주었으나 기르골은 굉장히 힘이 좋았다.

그는 라틸의 한쪽 다리를 잡은 채 건너편 일인용 소파로 이동했고, 라틸은 선택권이 없이 한 발로 통통 튀면서 따라갔다.

　소파 앞에 도착하자, 기르골은 라틸을 거기 앉게 하고는 자기 손이 수갑이라도 된 것처럼 라틸의 양손을 꽉 깍지 끼고서 웃었다.

　"내가 무서워?"

　"!"

　"그러면 안 되는데. 혹시 아가씨, 내가 무서워?"

　이게 공격을 받더니 미친 건가. 멋대로 의자에 앉혀 놓고서는 그가 던지는 뜬금없고 맥락 없는 질문에 라틸은 당황스러워졌다. 게다가 질문을 하면서 기르골이 얼굴을 코앞에 가져다 대는데, 그 모습은 소름이 돋을 정도였다.

　천사처럼 잘생겨도 저렇게 웃으면 무섭구나. 라틸은 난데없는 깨달음에 마른침을 삼켰다.

　기르골은 여전히 라틸의 두 손을 잡은 채 마구 웃어 대다가 재차 물었다.

　"대답해 봐, 아가씨. 내가 무서워?"

　질문을 던지는 눈동자는 희번득했다. 라틸은 기르골의 눈동자가 맛이 간 걸 알아차렸다.

　그걸 깨닫자 라틸의 마음속에 두려움이 솟아났다. 대적자가 아니면 로드를 못 죽인다고 안 했나? 그런데 이 뱀파이어, 왜 이렇게 강하지? 내가 각성을 아직 못 해서 그런가? 각성 전 로드는 기르골보다 약한가? 하지만 그런 거라면 기르골이 늘 각성 전에 로드들을 죽이면 됐잖아.

　그러나 기르골은 로드를 직접 죽이지 않았고, 꼭 대적자를 사이에 끼웠다. 그 이유는 뭘까? 제한이 있어서? 아니면 이게 놈에겐 다 즐거운 게임일 뿐이라? 머리를 굴리면서도 라틸은 당당하게 허세를 부렸다.

"그럴 리가. 너 같은 건 허섭스레기인걸."

사실은 붙잡힌 다리 한 짝도 못 빼고 있었으나, 그래도 움츠린 티를 내지 않았다. 말하고 나니 너무 과하게 표현했나 싶었으나, 이미 뱉은 말을 주워 담을 수는 없었다.

라틸은 기르골의 눈치를 살폈다. 그런데 어째서인지, 그는 오히려 슬슬 진정되는 눈치였다.

'왜 진정되는 거지? 허섭스레기라 했는데, 왜 진정하는 거지?'

라틸의 의구심이 풀리기 전, 문을 두드리는 소리가 나더니, 시녀가 문 너머에서 보고했다.

"폐하, 칼라인 님이 찾아오셨습니다."

기르골과 라틸이 서로 소리를 거의 내지 않고 소곤소곤 말하며 싸웠기에, 시녀의 목소리는 태연했다. 그녀는 이 안에서 무슨 일이 벌어지는지 모르는 듯했다.

라틸은 대답에 앞서 기르골을 보았다. 기르골은 칼라인 이름을 듣자 고개를 갸웃하고 있었다. 그러더니 곧 라틸에게서 손을 떼고 라틸의 소파 손잡이에 걸터앉았다.

이 상황에 옆에 앉는다고? 라틸이 도끼눈을 뜨고 보았으나, 기르골은 비키지 않았다. 라틸은 칼라인을 들여보내라 하지도, 말라 하지도 못하고서 기르골을 경계하듯 빤히 쳐다보았다.

반면 기르골은 칼라인 이름은 안중에도 없단 듯 라틸에게 아까처럼 묻기만 했다.

"정말 내가 안 무서워?"

라틸이 대답 대신 빤히 보기만 하자, 기르골은 한 손을 라틸의 목 뒤로 뻗어 머리카락 한 가닥을 잡고 자기 손가락으로 꼬며 물었다.

"왜 날 속였어?"

"내가 그대를 속인 게 아냐."

"?"

"그대가 날 속인 거지."

"음."

라틸은 시야 구석진 곳에서 연신 돌아가는 창백한 손이 신경 쓰였으나, 애써 모른 척하고 덤덤하게 말을 이었다.

"난 내가 대적자인 줄 알았어, 그대 때문에. 그러니 이건 다 그대 탓이다."

라틸이 무조건 우기고 보자, 기르골이 고개를 갸우뚱했다. 너무 우겼나 싶어서, 라틸은 이번에는 조금 방향을 바꾸었다.

"새 대적자는? 찾았어?"

기르골은 눈을 가늘게 뜨더니 라틸의 머리카락을 놓아주고서 빈정거렸다.

"날 버리고 갔으면서. 무슨 상관이지?"

'무슨 상관이냐고? 큰 상관이 있으니까 묻는 거지. 알면서.'

"이번엔 대적자 편 하지 말고…… 내 편 하면 안 돼?"

라틸의 대답에 기르골이 한쪽 입꼬리만 올렸다.

"날 속여놓고서?"

다행히 그는 기분이 나빠 보이지도 않았고, 아까처럼 눈에 이상한 기미가 감돌지도 않았다.

라틸은 주저하다가 그와 사디의 약속을 걸고넘어졌다.

"내 편 되기로 했잖아, 어떤 상황이 와도."

기르골의 손가락이 잠깐 떨렸다. 하지만 그것도 잠시.

"내가 그 약속을 한 건 사디 양인데."

기르골은 느긋하게 웃으면서 거짓말했다.

"내가 그 약속을 한 건 사디 양이지. 그쪽이 아닌데."

라틸은 '그게 나잖아'라고 말하기 위해 기르골을 보았으나, 한발 앞서 기르골이 라틸의 턱을 두 손가락으로 잡고 올리며 물었다.

"증명할 수 있어? 같은 사람이라고?"

라틸은 어이가 없어졌다. 기가 막혔다. 자기가 먼저 알아내 놓고서는 이제 와서 나한테 증명해 보라고?

'놀리는 것 같은데.'

라틸이 빤히 노려보자, 기르골이 조르듯 목소리를 흘렸다.

"응? 증명해 봐. 그러면 약속 지킬게."

그의 입꼬리가 가면처럼 올라가자, 라틸은 그가 자신을 손바닥 위에 놓고 가지고 놀려는 게 확실하단 생각에 불쾌해졌다.

그러나 무어라 대꾸하려던 순간, 라틸은 그가 울고 있단 걸 알아차렸다. 그의 붉은 눈동자에서 눈물이 흘러나오고 있었다. 하지만 본인은 모르는 눈치였다.

뭐지? 왜 울지? 이게 뭔가 싶어서, 라틸은 천천히 손을 들어 올려 그의 눈물로 손가락을 가져갔다.

그러나 뺨에 손이 닿기 전, 라틸을 물끄러미 바라보던 기르골이 갑자기 정색하더니 뒤로 확 몸을 뺐다. 라틸의 손이 허공에 맴돌았다.

라틸이 쳐다보자, 기르골이 멍하게 중얼거렸다.

"나랑 아직 얘기하기 싫구나, 아리탈."

아리탈? 아리탈은 누구야?

라틸은 그가 자신을 이상한 이름으로 부르자 의아해졌으나, 기르골은 더 말하는 대신 이번에는 아주 슬픈 표정으로 라틸을 바라보았다.

그러면서도 눈동자 속 까만 동공이 점점 커다래지는 게, 또다시 맛이 가려 하고 있었다.

'뭐야, 얘. 멘탈이 젠가 같잖아.'

그때, 밖에서 "폐하?" 하는 시녀의 목소리가 들려왔다. 그 소리에 커다래지던 기르골의 동공이 다시 원래대로 돌아오자, 라틸은 저도 모르게 주먹을 쥐었다가 폈다.

'뭐지. 사디로 만날 땐 거의 항상 제정신 같았는데. 지금은 왜 저렇게 오락가락하는 거지?'

꽃을 뜯어먹으면서 쫓아오는 둥 이상한 면이 보이긴 했어도, 책임감 있게 이것저것 가르쳐 주려 하긴 했는데.

'아…… 아니야. 생각해 보니 처음 만났을 때도 일관적으로 이상하긴 했어. 꽃도 뜯어먹고, 갑자기 고백이나 해대고. 식시귀를 잡아 와서 없애보라 하고 피도 빨아먹고.'

생각은 기르골이 창가로 걸어가면서 끊어졌다.

라틸은 벌떡 일어났다.

이번엔 또 뭘 하려는 건가 싶었으나, 기르골은 창문 앞에 서더니 힐긋 반만 뒤를 돌아보며 작별 인사를 건넸다.

"다시 올게. 어떻게 증명할지 이번엔 먼저 생각해 놔, 제자님."

뭘 증명해? 자기 입으로도 이미 제자라 부르고 있으면서!

라틸은 어이가 없었으나 기르골은 말을 남기자마자 이미 사라져 있었다.

"폐하?"

세 번째로 시녀가 문 너머에서 부르자, 라틸은 제자리로 돌아가며 중얼거렸다.

"들어오라 해."

긴장감에 손바닥이 가려워졌다.

증명을 못 하면, 다른 대적자를 찾아서 날 죽일 방법을 찾을 거란 뜻인가?

약속을 안 지키면 대체 뭘 어떻게 하겠단 거지?

칼라인은 라틸에게 오다가 흠칫하더니 그 자리에 우뚝 멈춰 섰다. 같은 뱀파이어인데도 기르골과는 완전히 느낌이 다른, 야성적이면서도 서늘한 녹색 눈동자가 조금조금씩 움직이며 방 안을 훑었다.

냄새 맡기에 몰두한 육식 동물처럼 그가 코를 조금씩 조금씩 움직이자, 라틸은 그게 신기해 머리를 옆으로 까딱까딱 따라 움직였다.

'뱀파이어들은 냄새를 잘 맡나? 기르골 냄새가 나는 건가? 난 아무 냄새도 못 맡겠는데. 피 냄새는 잘 맡게 됐지만.'

의아해 보고 있자니, 마침내 칼라인이 냄새 맡길 멈추고 중얼거렸다.

"좀 불쾌한…… 느낌이 납니다, 주인."

그러면서 다가온 칼라인은 놀랍게도 기르골이 앉았던 딱 그 자리를 찾아냈다. 칼라인이 거기에 얼굴을 들이밀고서 또 냄새를 맡자, 라틸은 신기해서 작게 손뼉을 쳤다.

"우와, 뱀파이어들은 다 그렇게 개코야?"

"개코…….."

칼라인은 라틸의 표현에 잠시 주춤하다가 대답했다.

"인간들보다야 다 코가 밝은 편입니다. 하지만 제가 유난히 코가 밝은 편이기도 합니다, 주인."

이윽고 그는 주위를 의심스럽게 보다가, 활짝 열린 창문을 발견하더니 그쪽으로 다가갔다.

창틀을 손으로 짚은 그는 아래와 옆을 샅샅이 살폈으나, 이미 기르골은 가고 없는지 라틸을 돌아보며 물었다.

"누가 다녀갔습니까?"

라틸은 칼라인이 혼자 냄새만으로 기르골 이름까지 알아낼 수도 있을 것 같아서 입을 다물었다. 그렇다면 진짜 신기할 것 같은데.

"향수 냄새가 너무 진해서 좀 헷갈립니다."

하지만 칼라인이 뒤이어 중얼거린 소리에, 라틸은 민망해져서 표정을 구겼다. 기르골을 헷갈리게 하려 뿌린 향수에 칼라인이 낚이다니.

하긴. 냄새를 뒤덮으려고 몇 개를 번갈아 뿌린 다음 한 통은 아예 들이부었으니 당연히 냄새가 과하겠지만.

라틸은 대답 대신 뚱하게 물었다.

"아리탈이 누구야?"

칼라인은 바로 알아듣고서 눈이 험악해졌다.

"기르골이 다녀갔군요."

"아리탈이 누구야?"

화가 났는지 칼라인이 이를 내밀자 뾰족하고 날카로운 송곳니가 드러났다. 라틸이 그걸 손으로 잡아보자, 칼라인은 입을 벌린 상태로 굳어버렸다.

"여보세요. 아리탈이 누구냐니까요."

라틸은 칼라인이 약간 악어 같다고 생각하며 손을 뗐다. 이가 자유로워지자, 칼라인은 미간을 찡그리고서 라틸에게 타박했다.

"그러면 안 됩니다. 날카롭습니다, 주인. 손을 다칠지도 모릅니다. 아리탈은 이전 로드 중 하나의 이름입니다."

"기르골이 나를 그렇게 불렀어."

"미쳐서 그럽니다."

단호하게 기르골을 평가한 칼라인은 기르골이 앉지 않았던 쪽 의자로 다가가 앉으며 물었다.

"기르골은 어떻게 온 겁니까?"

"윌랑 왕자 뒤에 붙어왔어. 어떻게 붙어온 건진 모르겠지만."

"기르골에게 물어보긴 힘들 테고. 그 왕자에게 물어봐야겠군요."

'기르골에게 물어보긴 힘들다고?'

"있지, 칼라인. 자존심 상해 하지 말고, 하나만 물어봐도 돼?"

"물어보시지요, 주인."

"네가 기르골이랑 싸우면 어떻게 돼?"

"제가 집니다."

"그건 나도 알아."

라틸의 단호한 말에 칼라인이 자존심이 상한 듯 좀 충격받은 표정을 지었다.

"내 말은, 어느 정도 버티다 져?"

라틸이 이를 무마하기 위해 다음 말을 했으나, 칼라인은 더욱 자존심이 상했는지 아예 대답하지 않았다.

라틸은 대답을 유추할 수 있었다.

'금방 지는구나. 오래 버티지도 못하나 봐.'

그 표정이 너무 싫었던 걸까. 라틸의 눈치를 보던 칼라인은 슬그머니 후배 방패를 내밀었다.

"서넛보단 제가 강합니다."

'눈물 날 것 같다. 저걸 자랑이라고. 내 편은 다 약하네……'

라틸이 무시무시해 보였던 자신의 두 측근 뱀파이어가 알고 보니 좀 약한 게 아닌가 하는 오해를 하고 충격을 받은 그때, 서넛은 피인어들을 호수로 안내하고 있었다.

인어로 위장한 피인어들이 줄지어 서넛을 졸래졸래 따라가는 모습을, 하렘에서 일하는 궁인들은 넋을 놓고 구경했다.

그들은 당장 고향에 있는 가족들에게 연락을 해서, 인어들이 줄 서서 걸어가는 걸 봤다고 알려주고 싶었다.

하지만 이들이 단순한 호기심에 인어들을 바라보는 것과 달리, 산책하다가 이 광경을 본 클라인은 조금 충격을 받았다.

"저거 뭐야. 저거 인어 아냐? 인어가 여길 왜 와?"

바닐은 옆에서 "인어라니요? 전하, 여기에 무슨 인어가……." 있냐고 웃으면서 대꾸하다가, 뒤늦게 인어 무리를 보고 놀라 말을 바꿨다.

"인어네요!"

악시안도 이번에는 제법 놀라서 눈을 평소보단 조금 크게 떴다.

"신기하군요. 하렘에 오는 걸 보니 손님으로 온 건 아닌데……."

안 그래도 가장 앞에 선 인어가 너무 아름답게 생겨서 기민하게 안 좋은 감을 받았던 클라인은 깜짝 놀라 물었다.

"저 인어들도 후궁으로 온다고?!"

"인어들은 아니고, 인어는 올 것 같은데요. 인어도 후궁으로 들이다니. 폐하께선 편견이 없으신가 봅니다."

태연한 악시안의 대답에 클라인은 바락 소리 질렀다.

"지금 이게 편견 문제야?"

악시안이 어리둥절한 눈으로 보자, 클라인은 주먹을 쥐고 자신의 가슴을 손바닥으로 텅텅 두드렸다.

"물에서 가장 매력적인 건 나라고! 그런데 지금 인어들이 오면 내가 어떻게 돼!"

그 버럭 외치는 소리에, 악시안은 '언제부터 우리 황자님이 물에서 가장 매력적이었나?' 생각했으나, 일단 결론에는 수긍했기에 고개를 끄덕였다.

"대책을 세워야겠습니다."

클라인은 대번에 계책을 냈다.

"인어는 아랫도리가 징그럽다고 하자, 흐물흐물하고."

"본 적 있으십니까?"

"없어! 그냥 우기는 거야."

그러나 악시안이 대답하기 전, 바닐이 걱정스럽게 반박했다.

"근데, 전하, 그 소릴 듣고 폐하께서 더 호기심을 가지면 어쩌지요? 근데 막상 까보니 너무 멀쩡하면…….""

"어쩌면 역으로 아름답게 생겼을지도 모릅니다, 황자님."

"나보다?!"

"오해 살 발언은 자제해 주시지요. 저는 인어는커녕 황자님 아랫도리도 본 적이 없으니까요. 비교하지 못합니다."

클라인은 초조하게 입술을 깨물었다.

그리고 뱀파이어인 서넛과, 소리에 엄청나게 예민한 피인어들은 그들의 대화를 다 듣고서 다른 의미로 입술을 깨물었다.

서넛은 민망해서 몇 번이나 헛기침을 했으나, 피인어들은 자기들끼리 사람은 들을 수 없는 주파로 소곤거리면서 연신 피식거렸다.

서넛은 그들이 자랑스럽게 웃어대는 걸 보며, 클라인의 기대는 이루어지지 않으리란 걸 알아차렸다.

서넛은 덩달아 실망해 어깨를 시무룩 떨구다가, 옆에 선 피인어 지배자 므라딤을 힐긋 보았다.

므라딤은 당당하게 턱을 치켜들고 가슴을 내밀고 있었다. 그 자신감 넘치는 모습에 서넛은 기분이 나빠져서 차갑게 말했다.

"이렇게 말도 없이 와선 안 됐습니다."

그러나 므라딤은 태연자약하게 대답했다.

"어째서? 이번 로드는 철저하게 자신에 대해 감추는 전술을 쓰고 있기에 거기에 맞춰준 것뿐이네, 나는."

자신이 서넛에게, 그리고 황제의 후궁들에게 무슨 짓을 했는지 전혀 모르는 눈치였다. 물론 이 피인어 입장에선 그들을 고려할 이유도 없었지만.

"글쎄요."

"사실이라네. 그러니 우리도 정체를 밝히지 않고 빌어먹을 인어로 위장해 오지 않았나."

인어 이야기가 나오자 므라딤의 얼굴에 처음으로 불쾌해하는 기색이 어렸다. 곁에서 가만히 이야기를 듣던 티투 역시 입을 삐쭉이며 덧붙였다.

"인간 맞춤형이죠. 인어들은 이미지 메이킹을 잘해놔서 인간들이 좋아하니까요."

　최소한 이 피인어들은, 국서니 후궁이니 하는 문제보다는 자기들이 인어로 위장한 걸 더 신경 쓰는 게 분명했다.

　그러면 국서 이야기는 없던 걸로 할 수 있지 않을까. 딱히 다른 이유가 있어서 국서 이야기를 꺼낸 게 아니라면?

　서넛은 곰곰이 생각하다가, 어느새 호숫가에 도착한 걸 알아차리고 멈춰 서서 물었다.

　"국서 이야기는 왜 한 겁니까?"

　"자연스럽게 접근하려면 그게 가장 좋지 않나."

　"그냥 힘을 합치자고만 했어도 자연스러웠을 겁니다."

　"뱀파이어들은 고리타분하군."

　"므라딤 님이 갑자기 국서 이야기를 꺼내는 바람에 폐하께서 곤란해지셨습니다."

　"어째서?"

　대답을 하려다가 서넛은 근처에서 들리는 이상한 소리에 말을 멈추고 주위를 보았다.

　호숫가에 도착한 피인어들이 호수 주위에 일정한 간격으로 흩어져서는 알 수 없는 소리를 하며 호수를 향해 손을 뻗었다.

　왜 저러나 싶어 계속 보고 있자니, 놀랍게도 호수에서 물방울들이 방울방울 위로 솟아오르기 시작했다. 궁인들은 그 영롱하고 신비로운 모습에 탄성을 뱉었다.

　확실히 신기한 장면이긴 했으나, 서넛은 그 광경을 계속 보는 대신 목소리를 더 낮추어 므라딤에게 마저 따졌다.

"어째서냐고요? 폐하는 지금 국서를 들일 생각이 없으시니까요."

그러나 방울이 된 호수 물이 이번엔 위로 솟구치는 바람에, 서넛은 또 말을 멈추어야 했다.

다시 돌아보자, 호수에 담겨있던 파란 물들이 마치 손잡이가 호수에 박힌 커다란 우산처럼 변해있었다.

그 우산 모양 물은 일정한 간격으로 계속해 흘러갔고, 그 아래로 우산 손잡이 부근에 동그란 통로를 만들었다.

커다란 배수관처럼 생긴 그 통로 안쪽으로는 물이 빠르게 흘러가고 있었다.

몇몇 피인어들이 그 통로 안으로 가장 먼저 들어가자, 다른 피인어들도 차례대로 그 안으로 따라 들어갔다.

나중에는 므라딤과 서넛의 곁에 있던 티투까지 안으로 들어가자, 호숫가에 홀로 남은 건 므라딤뿐이게 되었다.

사람들의 시선이 자연스럽게 서넛과 므라딤에게 몰리자 서넛은 입을 다물었다.

므라딤 역시 시선을 느꼈는지, 더 이야기하는 대신 빙그레 웃고서 그의 눈엔 아직 너무 어린 뱀파이어 나이트의 어깨를 두드렸다.

"이야기는 나중에 하지. 우리도 먼 길을 오느라 지금 좀 지치긴 했거든. 쉬고 오겠네."

므라딤이 호수로 들어가며 한 번 몸을 털자, 그의 다리가 보석처럼 아름다운 지느러미로 변했다.

사람들이 탄성을 뒤로하고, 므라딤은 자신도 그 물의 통로로 들어갔다.

마지막 피인어까지 사라지고 나자 파랗게 올라갔던 물의 우산이 휙 접히더니, 순식간에 평범한 물줄기로 변해 호수에 찰싹 떨어졌다.

그 바람에 대량의 물방울이 사방으로 튀었고, 호수 근처에 서있던 서넛은 피할 새도 없이 옷과 머리가 물에 흠뻑 젖었다.

서넛은 눈가에 묻은 물기를 한 손으로 훔치면서 브라딤이 사라진 호수를 착잡하게 바라보았다.

기분이 나쁜데. 한편으로는 안심도 되었다.

이번에는 나이트가 둘이고 피인어들도 이쪽에 합류했다. 대신관과 성기사들 역시, 비록 황제의 정확한 정체를 모르고서 붙은 거긴 하지만 한편이 되어주었다. 적과 아군 사이를 오가던 피인어들과 늘 적이었던 성기사들이 아군이 된 것이다.

어쩌면…… 이번에는 이쪽이 이길지도 몰랐다.

창문을 다 연 다음 느릿하게 목욕을 하고 나오니, 다행히 향수 냄새가 다 빠져있었다.

"머리를 말려 드릴까요, 폐하?"

"아니. 괜찮다."

시녀들은 한밤중에 뭘 했길래 향수를 한 통이나 다 쓴 건지 궁금한 눈치였지만, 묻진 못하고 빈 통만 챙겨 나갔다.

그녀들이 나가자 라틸은 물기가 뚝뚝 떨어지는 머리카락을 대충 수건으로 돌돌 말아 옆으로 늘어뜨린 다음, 침대에 걸터앉아 기르골에 대해 생각했다.

'어떻게 해야 기르골이 날 공격하지 않을까.'

기르골은 얼결에 이쪽을 '아리탈'이라고 불렀다. 사디도, 도미스도 아니라 아리탈. 칼라인은 아리탈이 로드 중 하나의 이름이라고 했지.

그 이름을 말할 때 울었다는 건…… 슬픈 마음이 있는 상대란 건데. 어떤 마음일까.

'설마 죽여서 미안해, 뭐 이런 건 아니겠지.'

소름이 돋은 손목을 삭삭 다른 손바닥으로 비비면서, 라틸은 수천 년을 살아온 뱀파이어의 심리를 이해하려 끙끙 애써보았다.

하지만 부활을 거듭하는 로드라 한들, 자신의 기억은 늘 죽을 때마다 끊기니 잘되지 않았다.

'진짜 친했는데 죽여야 해서 미안하단 건가? 아니면 죽이고 싶지 않았는데 죽였나? 하긴. 그렇게 오래 살았는데, 좀 친하게 군 로드가 나 하나만은 아니었겠지.'

어쨌든 그런 감정도 있어 보이고, 생각보다 기르골이 로드에게 적대적이지도 않은 것 같으니, 잘 이용하면 대적자 편이 못 되게 할 수도 있을 것 같은데.

생각하는 사이 어느새 머리카락이 다 말랐다. 수건이 머리카락보다 더 축축해지자, 라틸은 수건을 옆에 놓고 침대에 벌러덩 드러누웠다.

이럴 때 도미스의 기억을 알면 좀 도움이 될지도 모르는데. 왜 로드들은 환생할 때마다 기억을 잃는 걸까.

'그러고 보니 요즘은 도미스 꿈도 안 꾸네. 왜 그러지? 설마. 진짜 거기 난간에서 떨어져서 죽었나? ……아닐 거야. 도미스가 죽은 위치는 다른 데잖아. 칼라인 꿈속에서 분명……?'

어라. 라틸은 멍하게 수건을 만지작거리다가 벌떡 상체를 일으켰다.

'생각해 보니 그건 칼라인 꿈이잖아?'

라틸은 불현듯 떠오른 사실에 수건을 움켜쥐고서 눈을 빠르게 깜빡였다.

꿈은 현실과 똑같지 않다. 꿈속에서는 끔찍하게 사이 나쁜 사람이 친하게 나오기도 하고, 자신이 하지도 않은 실수를 한 것처럼 나오기도 한다.

'그러면 칼라인의 그 꿈도 현실과 다를 수도 있지 않나?'

"젠장."

라틸이 벌떡 일어나 나가자, 근위병이 교대하다 말고서 황급히 따라붙었다.

"폐하? 어디 가십니까?"

"칼라인에게 간다!"

라틸은 회랑을 바쁘게 걸어가 하렘 입구 부근까지 빠르게 도착했다. 그런데 하렘에 들어가기 전, 쭉 이어지는 회랑에 누군가 난간에 기대어 앉아있었다.

'타시르?'

타시르가 무릎 위에 노트를 두고, 하늘을 보다가 자기 노트를 번

갈아 보면서 뭔가를 끼적이고 있었다. 그러다 라틸이 다가가자, 타시르는 기척을 느끼고는 돌아보면서 웃었다.

"이런. 폐하."

그가 슬그머니 자연스럽게 노트를 뒤로 감추자, 라틸은 별생각 없이 왔다가 눈썹을 치켜떴다. 뭐길래 감추지?

하지만 타시르는 방긋 웃는 얼굴로 라틸을 보고만 있었다. 그러다 라틸이 고개를 기웃하자, 각도를 맞춰서 같이 옆으로 고개를 기웃했다.

"장난치기는."

그걸 본 라틸이 웃음을 터트리자, 타시르는 라틸이 걸어가려던 방향에 있는 건물을 힐긋 보고서 물었다.

"어디 가십니까?"

이 방향 끝에 하렘이 있는 걸 몰라서 묻는 건 아닐 테고. 누구를 찾아가냐고 묻는 것 같았다.

"응."

라틸은 칼라인에게 간다고 대답하려다가, 불현듯 떠오른 아이디어에 눈을 동그랗게 떴다.

"폐하?"

"아아. 너는? 추운데 왜 나와있어."

생각을 바꾼 라틸이 얼버무리자, 타시르는 "그야 저는……." 하고 대답하려다가 라틸처럼 뒷말을 바꾸었다.

"바람 쐬러 나왔지요."

"그래. 빨리 들어가라."

새롭게 떠오른 아이디어로 한시가 급해진 라틸은 타시르의 팔을 몇 번 두드리고서 다시 왔던 길을 빠르게 돌아갔다.

황제가 행렬을 데리고 가버리자 타시르는 도로 난간에 앉았다. 거기서 그는 우두커니, 멀어지는 행렬을 구경했다. 어두운 밤이지만 황제를 뒤따르는 이들이 든 조명 덕에 저쪽은 환히 밝았다.

그 조명에서 나온 빛이 황제가 걸친 망토의 보석에 부딪힐 때마다 자잘하게 빛이 났고, 그 모습은 황제 일행이 은하수를 건너가는 것처럼 착시 효과를 일으켰다.

타시르는 감추었던 노트를 다시 앞으로 돌려 무릎에 내려놓았다. 그 위에는 라틸의 얼굴이 스케치되어 있었다.

"관심도 없으시네."

그걸 빤히 보던 타시르는 중얼거리고서 노트를 덮고 일어났다. 시종인 히얼란은 숨어서 그 모습을 지켜보다가 혀를 차면서 곁으로 다가왔다.

"폐하의 동선을 계산해서 나오시면 뭐하나요. 마주쳐도 별 반응이 없으신데. 당황스럽네요. 소단주님이 말을 이상하게 얼버무려도 개의치 않으시잖아요."

한숨을 내쉰 히얼란은 타시르가 노트와 펜을 챙기는 걸 보다가, 적당히 가져온 비품을 다 챙긴 것 같자 난간을 넘어 회랑으로 들어간 다음 걸어가며 툴툴거렸다.

"소단주님도 어디서 지느러미나 꼬리 같은 거 갖다가 붙여야 하는 거 아닌가 모르겠어요. 폐하가 평범한 취향은 아닌 것 같은……."

그런데 구시렁거리다 보니 옆에 있어야 할 타시르가 보이지 않왔다.

"소단주님?"

놀라서 고개를 돌린 그는, 아까 그 자리에 큰 깨달음을 얻은 얼굴로 서있는 타시르를 발견했다.

타시르는 마치 새로운 수학 공식을 발견한 표정이었으나, 그걸 본 히얼란은 등골이 오싹해지고 불안해졌다.

"도련님? 표정이 왜 그러세요? 또 이상한 계획 생각 중이신 거 아니죠?"

"그래. 그거야."

"떠올리셨구나. 아……."

"꼬리."

이를 어째. 툭 치면 벗겨지는 옷을 포기하셨나 싶더니. 히얼란은 두 손으로 얼굴을 감싸고 쪼그려 앉았다.

월랑 왕자는 손에 든 초상화 펜던트를 바라보고 있었다. 초상화 속에는 이변이 없었다면 그와 결혼했어야 할 약혼녀의 얼굴이 그려져 있었다.

하지만 이변이 일어났다. 그가 지지한 왕자가 후계자 다툼에서 밀리게 되자, 왕세자가 반대파의 높은 가문 미혼 자식들을 전부 다 신분이 낮고 야심 없고 조금 멍청한 이들과 결혼시켜 버린 것이다.

그의 약혼녀도 이 조치를 피해 가지 못했다.

"아일리……."

왕자가 펜던트를 두 손으로 감싸고 이마를 대자, 부하는 그 모습을 안타깝게 보다가 위로했다.

"이미 결혼한 분이니 잊어야 합니다, 왕자님."

그래도 왕자가 대답을 하지 않고 눈만 질끈 감고 있자, 부하는 초조하게 말을 이었다.

"그리고 라트라실 폐하께 너무 적대적으로 대하지 마시지요."

그 말에 왕자가 눈을 뜨고 눈동자를 옆으로 굴렸다. 그래도 부하는 하던 말을 마저 마무리 지었다.

"라트라실 황제와 척을 져서 좋은 건 하나도 없습니다, 왕자님. 그분……을 위해서도요."

"그래서. 그 황제 비위를 살랑살랑 맞추다가 후궁으로 들어갈 수 있게 해보라? 형님들이 원하는 것처럼?"

"그런 뜻이 아닙니다."

왕자는 펜던트 속 그녀가 추울세라, 천으로 싸서 주머니에 넣었다.

"왕자님은 왜 그렇게 라트라실 황제를 싫어하십니까?"

"모든 사람들이 그 여자를 좋아해야 하진 않아."

"좋아할 이유는 없지만, 싫어하지 말아야 할 이유는 있으니까요. 강대국의 황제 아닙니까. 우리나라와 사이도 괜찮고요. 감정을 감추고 좋게 좋게 대하는 것도 외교가 아닐까 생각됩니다."

"난 결혼을 통해 황권을 안정시키고, 귀족들의 힘을 조정하고, 그런 게 딱 질색이다."

"……."

"난 그 황제가 싫다. 내가 누구를 싫어하든 내 마음이고."

부하는 한숨을 내쉬었다. 그러니까…… 그 감정을 가지는 거야 자유인데, 그걸 드러내지 마시라니까…….

그런데 갑자기 바깥쪽이 조금 소란스럽더니, 왕자의 다른 시종이 힐레벌떡 안으로 뛰어들어와 앞에 한쪽 무릎을 꿇고 앉았다.

"무슨 호들갑이냐."

이를 본 왕자가 차갑게 묻자, 시종이 환한 얼굴로 외쳤다.

"왕자님, 왕자님. 지금 이쪽으로 폐하께서 오고 계십니다. 커다란 꽃다발을 들고요!"

"뭐?"

왕자는 당황했으나, 부하는 반색했다.

"폐하께서 왕자님께 꽃다발을 주시려나 봅니다!"

"그 여자가 나한테 왜?"

"당연히 왕자님이 마음에 드시니까 그런 거겠죠!"

부하는 왕자를 일으켜 세웠고 시종은 얼른 그의 옷매무새를 정리해 주었다. 왕자는 아직 당황스러운 눈치였다.

"폐하께서 어디까지 오셨는지 살피고 오겠습니다."

그 틈에 시종이 쌩하니 뛰쳐나가자, 왕자는 얼떨떨해 있다가 가까스로 제정신을 찾고 기가 막혀 탄식했다.

"정말 타고난 바람둥이 황제로군."

"좋은 게 좋은 거지요. 꽃을 주시면 그냥 받고 고맙다고 하세요."

부하가 달래주어도 왕자는 여전히 표정을 펴지 못했다. 그런데

신이 나서 나갔던 시종이 아까와 달리 굳은 얼굴로 돌아와서는 제대로 말을 꺼내지 못하고 쩔쩔맸다.

그 기색을 눈치챈 부하가 "왜 그래?" 하고 묻자, 시종은 왕자의 눈치를 살피며 웅얼거렸다.

"그게……."

"말하라."

"폐하께서…… 그게……."

시종이 얼버무리자 왕자는 답답해서 그냥 자기가 나가보기로 하고 휙 걸어갔다. 시종은 창백한 얼굴로 그 뒤를 따라갔다. 무슨 일인가 궁금해진 부하도 뒤따랐다.

그러나 길에 황제는 보이지 않았다. 대신 황제의 행렬 끄트머리가 저쪽을 지나가는 게 보였다.

그 방향도 월랑 사절단이 사용하는 숙소가 맞긴 했기에, 왕자는 황제가 왜 저쪽으로 간 건지 의아해졌다.

"조용히 하라."

두 부하에게 신호를 보낸 왕자는 자신도 발소리를 죽이고서 황제가 있는 쪽으로 조심조심 가보았다. 어두운 길로만 가서인가. 황제의 행렬에서 나오는 빛 때문에 황제 부근에만 빛이 어린 것처럼 보였다.

그 빛의 중앙 지점에서 황제는, 왕자가 도중에 만나 우정을 나눈 친구 기르골과 마주 보고 서있었다. 황제는 기르골의 앞에서 한 손을 뒤로 돌려 자신이 든 꽃다발을 감추고 있었으나, 꽃다발이 우악스럽게 큰 탓에 별로 효과는 없어 보였다.

그래도 황제는 꿋꿋하게 꽃다발을 감추고서, 왕자는 한 번도 본 적이 없는 환한 미소를 지으며 말했다.

"그대를 본 적이 있다."

기르골은 황제의 말에 눈을 커다랗게 떴고, 왕자는 인상을 찌푸렸다. 전에 본 적이 있다고? 아는 사이인가?

그 순간, 라틸이 뒤에 감추고 있던 꽃다발을 기르골에게 내밀었다. 기르골이 멍하니 꽃다발을 안아 들었다가 시선을 맞추자, 황제가 이번에는 방긋 웃으며 말했다.

"그건 선물."

"!"

라틸이 타시르를 보고 떠올린 게 이것이었다. 기르골에게 자신이 사디란 걸 보여주는 방법. 일부러 둘의 첫 만남을 재현해 보인 것이다.

기르골도 '네가 사디란 걸 증명해 봐'라고 말하긴 했지만 뭘 기대한 건 아니었던지, 생각지도 못한 접근에 놀라서 꽃다발을 안고 우두커니 서있었다. 그 모습을 보며 왕자의 뒤에서 시종이 부득부득 이를 갈았다.

"저런 되먹지 못한 자식이 감히 폐하께 꼬리를 치다니!"

부하는 '반대 상황 아닌가' 하고 생각했지만, 심정적으로 찬성이었기에 입을 다물었다.

그들은 황제가 자신의 생명과 평화를 걸고 가장 위험한 야수를 달래고 있단 걸 알지 못했다.

31

역시 네가 아니었어!

누군가 멀지 않은 곳에서 이쪽을 지켜보고 있단 건 라틸도 알았다. 정확한 말소리는 구분하기 어렵지만 소곤거림은 들려왔다.

하지만 뒤에서 누가 뭘 하든, 지금 라틸은 신경 쓸 처지가 아니었다. 기르골의 반응만이 가장 중요했다. 그의 동공이 부풀어 오르는지 아닌지가 제일 중요했다.

마침내 기르골이 천천히 손을 뻗는가 싶더니 꽃봉오리 하나를 똑 뜯어서 입에 가져갔다. 불그스름한 입술 사이로 새하얀 꽃잎이 들어가자, 꽃의 마지막 향기가 그 사이로 새어 나오는 느낌이 났다.

꽃을 받아먹었다는 건…… 마음이 좀 풀렸단 건가? 내가 사디란 걸 인정하는 거겠지?

"맛있어?"

희망을 품고 질문하자 기르골이 맛을 평가하는 대신 눈이 가늘어지도록 웃으면서 중얼거렸다.

"왜 아가씨가 나한테 이렇게 잘해주나 모르겠어."

'아가씨?'

'폐하한테 아가씨라고?'

'저자가 미쳤나?'

지켜보던 이들이 '아가씨'라는 소리에 눈을 왕방울만 하게 떴으나 기르골도, 라틸도 자신들 외 사람들에게는 신경 쓰지 않았다.

라틸은 기르골이 한 질문을 하나하나 소처럼 되새김질한 다음, 말 한마디 한마디를 분석하고 숨은 뜻을 찾으려 애쓰다가 적절한 답을 찾고서 대답했다.

"난 하던 대로 하는 건데. 이게 갑자기 이상하게 여겨진다면, 내 문제가 아니라 그대 문제가 아닐까?"

기르골이 꽃 하나를 완전히 씹어 삼키고서 짧게 웃었다.

"제자님은 말을 너무 잘하네."

'아가씨'가 '제자님'으로 바뀌었다. 둘 중 어느 쪽이 더 애정이 담긴 말인진 모르겠으나, 적어도 이쪽이 사다란 건 인정한단 뜻이겠지.

물이 들어올 때 노를 저어야 한다. 라틸은 하나 더 준비해 왔던, 결정적인 한 방을 바로 날려버렸다.

"전엔 약속 못 지켰잖아. 이번엔 지켜줘."

"전에 약속?"

기르골이 의아해서 라틸을 쳐다보았다. 라틸은 조금 더 임팩트를 주고 싶어서, 기르골이 안은 꽃 중에서 유일한 붉은 꽃봉오리를 똑 떼며 일부러 아주 작게 중얼거렸다.

"다른 사람한테 뺏기지 않을 유일한 하나. 되어주기로 했으면서. 못 지켰잖아. 이번엔 지키라고."

기르골의 속눈썹이 파르르 떨리면서 그의 눈꺼풀이 차츰차츰 위로 올라갔다. 뭔가 더 인상적인 장면을 연출해야 할 것 같아서, 라틸은 어쩔 수 없이 꽃봉오리를 입으로 가져갔다.

느리게 가져가 그가 하듯 똑같이 씹으면서 바라보자, 기르골의 눈이 더욱 커다래졌다. 안 그래도 큰 눈이 더 커진 채 기르골이 물었다.

"전생 기억이…… 있어?"

그 목소리는 아까 라틸이 낸 소리보다 더욱 작아서, 주위에 몰래 숨어있는 이들은 아무도 듣지 못했을 것이다. 게다가 몹시 불안정한 목소리였다. 기르골이 큰 충격을 받은 게 분명했다.

'그렇다는 건 다른 로드들은 나처럼 전생을 기억하진 못했던 걸까? 로드마다 능력이 다 다른가?'

"일부만."

기르골을 따라 해보았지만 방금 딴 꽃봉오리에서는 전혀 맛이 느껴지지 않았고, 괜히 찝찝한 기분만 났다. 차를 우려 마시거나 요리에 넣지도 않고 어떻게 이렇게 먹는 걸까.

그래도 표정을 철저하게 관리하며, 라틸은 목구멍에 넘길 수 있을 만큼만 꽃을 씹어 목 뒤로 꿀꺽 삼켰다. 그러고 보니, 기르골의 눈동자가 점점 커지고 있었다. 그의 젠가 멘탈이 빠지려는 게 분명했다.

　이대로 있으면 그가 또 어떻게 나올지 모른다. 라틸은 더 말을
섞는 대신 돌아서 버렸다.

　기르골과 묘한 대화를 나눈 황제가 유난히 빠른 속도로 멀어
지자, 월랑 왕자 무리는 어두운 길에서 빠져나와 기르골에게 다
가갔다.

　월랑 왕자는 기르골이 혹시 자신의 친구가 되어준 게 여기 오기
위해서인가 싶어 표정이 굳은 채였고, 뒤의 호위와 시종 역시 표정
이 험악했다.

　기르골은 다가오는 왕자 일행을 가만히 바라보았다.

　왕자는 기르골이 품에 안은 우악스럽게 커다란 꽃다발을 한 번,
기르골의 표정을 한 번, 황제가 가버린 길을 한 번 힐긋 보다가 입
을 열었다.

　아니, 열려고 했다.

　하지만 한발 앞서 내내 씩씩거리던 왕자의 호위가 먼저 기르골
의 머리채를 붙잡았다.

　"이 여우 같은 것! 머리카락을 죄다 뽑아주마!"

　그리고 이 모습은 기르골의 반응을 확인하기 위해 슬쩍 돌아온
라틸이 똑똑히 목격했다.

　"!"

기르골이 머리채를 잡혔어! 라틸은 비명이 터질 뻔한 입을 막고서 얼른 뒤돌아 그 자리에서 피신했다.

'젠가가 무너질 거야!'

하지만 기르골은 의외로 침착했다. 게다가 머리채를 잡든 뭘 하든, 기르골에게 인간들은 너무나 약한 존재여서 이런 일로는 크게 신경 쓰이지도 않았다.

개미에게 물렸다고 해서 모욕감에 치를 떠는 사람이 없는 것처럼, 기르골도 마찬가지였다.

오히려 힘껏 기르골의 머리카락을 잡아당겼던 호위가, 단 한 가닥도 뽑히지 않는 머리카락과 기르골의 서늘한 시선에 당황해 제 스스로 손을 놓고 웅얼거렸다.

"모근이 튼튼하군."

윌랑 왕자는 한심하단 시선으로 호위를 흘겨보다가, 호위가 뒤로 얌전히 물러나자 기르골에게 차갑게 물었다.

"황제를 노리고 날 따라온 거였나."

왕자는 황제에게 눈곱만큼도 좋은 감정이 없었고 후궁이 될 마음도 없었으나, 기르골이 자신을 이용했느냐 마느냐는 이와 별개의 일이었다.

짧은 시간 안에 그의 마음을 완전히 홀리고, 울적해진 그를 위로해 준 기르골이 처음부터 그를 이용하려 접근한 거라면 몹시 화가 날 것 같았다.

기르골은 대답 대신 라틸이 주고 간 꽃을 뜯어 입에 넣고 우물우물 씹다가, 왕자 쪽을 보며 활짝 웃었다. 마치 천상의 사탕을 먹은 것처럼.

그 표정을 본 왕자와 호위, 시종 세 사람은 거의 동시에 깨달았다. 이거…… 미쳤구나.

'그 월랑 사람, 살아있으려나 몰라.'

어쨌든 기르골도 '공식적'으로는 월랑 사절단이 데려온 사람이니까. 문제가 생겨도 내부에서 처리하겠지. 예를 들어, 기르골이 자기 머리채를 뜯으려 든 사람의 목을 뜯으려 한다 하더라도 말이다.

다행히 방으로 돌아와 잠옷을 입고 머리카락을 느리게 빗고 피로 회복에 좋다는 따뜻한 차를 한 잔 마실 때까지도 그런 소식은 들려오지 않았다.

어떻게 넘어갔는진 모르겠지만 기르골이 자기 머리카락을 뽑으려 든 사람을 후하게 봐준 게 분명했다.

안심한 라틸은 이불 속으로 파고 들어가 침대에 누웠다. 칼라인에게 도미스의 최후를 묻는 것도 가능한 일이지만, 생각해 보니 그건 늦은 밤에 달려가서 캐물어야 할 일은 아니었다. 어쨌든 도미스는 죽었으니까. 지금 중요한 건…….

'기르골과 로드들 사이를 알아내야 해. 과거를 알면 기르골이 왜 내내 승리만 했는데도 멘탈이 젠가가 됐는지 알 수 있을 거야. ……날 때부터 저랬다면 뭐, 어쩔 수 없지만.'

라틸은 배 위에 손을 얌전히 올리고 눈을 꽉 감은 다음 속으로 주문을 외웠다.

'도미스 나와라. 도미스 나와라. 도미스 나와라. 도미스 죽었으면 다른 로드라도 나와라. 아리탈 나와라…….'

그 시각, 칼라인은 창문 뒤에 달린 베란다에 의자를 가져다 두고 앉아, 어두운 하늘을 올려다보고 있었다.

수백 년 전이나 지금이나 밤하늘은 달라진 게 없다. 칼라인은 꼭 이런 날씨에 보았던 도미스를 생각했다.

그때도 칼라인은 하늘을 보면서, 나이트가 대체 무엇인지 고민하고 있었다. 로드인 안야를 찾았는데 왜 이렇게 무료하기만 한지. 자신이 대체 뭘 해야 하는 건지. 꼭 로드가 각성하고 뭔가를 해야 하는 건지. 이 모든 것들이 그 시기에는 한창 허무했다.

그러다가 칼라인은 누군가 자신을 부르는 목소리를 들었다.

칼라인!

절박한 목소리였으나 그건 실제가 아니었다. 칼라인은 주위를 둘러보다가, 본능적으로 한 방향을 향해 뛰었다. 뚜렷한 이유가 없으나 그쪽으로 가야 할 것 같았다.

'시체?'

그곳은 저택 후원에 난 쓰레기 처리장으로, 일할 때를 제외하고는 사람들이 거의 드나들지 않을 법한 곳이었다. 그곳에서 한 무리의 하녀와 하인들이 축 늘어진 사람을 옮기고 있었다.

몰래 일을 해치우는 모양새가 수상한 짓거리를 하는 것 같았다. 칼라인은 발소리를 숨기지 않고 그들을 향해 걸어갔다.

"나리!"

그 소리에 고개를 돌린 이들은 칼라인을 발견하자 들고 있던 걸 놓고 황급히 무릎을 꿇었다. 칼라인은 성큼성큼 걸어가 그들이 뭘 옮기려 했는지 내려다보았다.

'도미스!'

뜻밖에도 그들이 옮기던 건 도미스였다. 완전히 기절한 듯한 도미스. 창백한 피부와 힘없이 늘어진 몸, 반쯤 열린 채 다물지 못한 입술과 이마에 묻은 핏자국을 보자 칼라인은 감전된 듯 분노에 차 입을 열었다.

"무슨 짓이지?"

왜 화가 나는지는 모르겠으나 이 상황이 그의 모든 신경을 분노로 하나하나 바꿔놓고 있었다.

하인과 하녀들은 대답 대신 달아나 버렸다. 변명조차도 통하지 않을 거라 여긴 듯 그들은 각자 다른 방향으로 뛰어갔다. 얼굴을 가린 채 뛰는 걸 보니 사람이 너무 많아서 칼라인이 자기들을 찾아내진 못할 거라 여기는 눈치들이었다.

칼라인은 그들을 쫓아가는 대신 허리를 굽혀 도미스의 목덜미에 손을 대보았다. 미약하지만 박동이 느껴졌다. 동맥 너머로 심장이 뛰고 있었다.

칼라인은 한숨을 내쉬고서 도미스를 안아들고 돌아섰다. 하지만 몇 걸음도 걷지 않아 그는 마음을 바꾸었다. 산 사람을 시체처럼 옮기던 이들이 저 안에 있었다. 도로 제자리에 돌려두면 무슨 일이 벌어질까?

'배척받는 건가.'

칼라인은 난데없이 발견한 도미스를 어떻게 해야 하나 고민하다가, 우선 백작의 성에서 좀 떨어진 곳에 위치한 커다란 나무 아래에 그녀를 내려놓았다.

그다음으로는 성 안으로 들어가, 전에 동생 안야가 도미스를 공격할 때 유일하게 도미스를 편들어 주던 다른 안야를 찾아갔다.

"그쪽이 여긴 무슨 일이세요?"

하녀 안야는 칼라인을 보자 경계부터 했지만, 칼라인이 "도미스가 다쳤는데." 하는 말만 던지고서 돌아서 걸어가자 무섭지도 않은지 뒤를 바로 따라왔다.

"도미스가 다치다니요? 무슨 일인데요?"

"여기 하녀와 하인들이 옮기고 있었다, 기절한 도미스를."

"뭐라고요? 왜요?"

"좋은 의도 같진 않던데."

칼라인은 도미스를 숨겨둔 곳으로 갔고, 하녀 안야는 도미스를 보자 울면서 끌어안았다. 하녀 안야가 도미스를 끌어안고서 복수할 거라고 중얼거리자, 칼라인은 현실적으로 조언해 주었다.

"복수는 잊고 여기서 나가라."

"뭐라고요?"

하녀 안야가 그걸 말이라고 하냐는 듯 그를 쏘아보았다. 칼라인이 그들을 편든다고 여기는 눈치였다.

칼라인은 그녀가 자기 충고를 따르지 않을 분위기이자 한마디 더 덧붙였다.

"괜히 복수하려 들다가 랑스터 백작에게 걸리면 둘 다 더 위험해진다."

칼라인은 그 이상 자세한 이야기를 해주지 않았지만, 여기까지 들은 안야는 영리하게도 칼라인이 해코지를 하려 부른 게 아니란 걸 바로 깨닫고는, 도미스의 상체를 일으키며 의심스럽게 물었다.

"그쪽은 도미스를 싫어하지 않아요? 왜 이 애를 구해준 거죠?"

"싫어한 적은 없다."

단호하게 말한 칼라인은 안야에게 영지로는 안 돌아가는 게 나을 거라 말하고서 그 자리를 벗어났다. 그리고 걸어가다가 자신이 한 말을 뒤늦게 떠올리고는 제자리에 멈춰 서서 이마를 찌푸렸다.

그래. 싫어한 적은 없다, 아마도. 싫어하고 뭐고 할 것도 없는 게, 죽든 살든 그와 아무 관련도 없고 세상에 아무 지장도 주지 않는 보잘것없는 사람일 뿐이지 않던가.

그런데…….

'왜 그 여자를 보면 계속 답답하지?'

도미스에 관한 꿈을 꾸려는 노력이 먹혔든 걸까. 눈을 떴을 때, 라틸은 도미스가 가장 좋아하는 하녀 안야의 얼굴을 발견했다.

'다시 도미스 기억이다.'

"안야 씨."

도미스의 목소리가 흘러나왔다. 라틸은 하녀 안야의 얼굴이 눈물로 젖어있고, 주위가 저택 내부가 아니란 걸 알아차렸다. 이곳은 밖이었다. 밤이었고.

"도미스, 정신이 들어?"

"어떻게 된 거예요?"

"내가 묻고 싶은 거야. 대체 이게 무슨 일이야."

"앨리가 죽은 게 나 때문이라고…… 내 돈이랑 보석을 다 훔쳐 갔어요. 날 계단 아래로 떠밀고…….."

"그래서 그냥 가라 했구나."

"누가요?"

"네 의붓동생이랑 같이 온 사람 중에 하나가. 널 구한 다음 날 부르러 왔어. 돌아오지 말고 떠나라길래 무슨 소리인가 했더니. 이래서 그랬나 보다."

도미스는 의붓동생과 온 사람이 자신을 구했다고 하자 대번에 기르골을 떠올렸다. 라틸 역시 기르골일 것 같았다. 이 시기의 칼라인은 재수가 없었으니까.

도미스는 안야의 부축을 받아 가까스로 몸을 일으켰다.

"생각보단 상처가 깊지 않아서 다행이야. 진짜 놀랐는데."

"절 구한 사람한테 감사 인사라도…….."

"거기까지 가다가 너 멀쩡한 거 보면, 그 × 같은 새끼들이 너한테 또 해코지하려 들걸? 괜히 찔리니까."

"하지만…….."

"어차피 네 의붓동생 아니었으면 앨리 친구들이 널 노리지도 않았잖아? 그쪽 집안 사람들은 그냥 죄다 잊어버려. 그게 나아."

몸을 일으킨 안야는 도미스의 손을 잡더니 저택과는 반대 방향으로 걸어가기 시작했다. 저택 밖으로 나가는 길이었다.

"안야 씨? 안야 씨는 왜 여기로……?"

그에 당황한 도미스가 우물거리자, 안야는 이 말을 해도 될지 모르겠다는 듯 망설이다가 털어놓았다.

"사실 난 랑스터 백작가에서 벌어지는 실종 사건을 조사하러 왔어. 왕립 수사관이야."

"네?"

도미스는 당황해 되물었지만, 그 말을 듣자마자 하녀 안야가 보여주었던 수상쩍은 태도를 몇 가지 대번에 떠올렸다.

처음 경비병이 안야에게 하녀 자리에 도미스를 데려가 달라 했을 때, 자기도 위험한 저택 하녀 일에 지원하면서 도미스가 지원하는 건 싫어했던 것. 하녀장이 내건 규칙을 무시하고 몰래몰래 밤에 돌아다니던 것 등등.

그냥 다소 반항적인 사람인 줄 알았는데, 다 이유 있는 행동이었던 것이다.

"나랑 같이 가자, 도미스. 처음엔 네가 좀 귀찮았지만 지금은 동생처럼 생각하고 있어. 내가 왕궁에서 일할 수 있게 추천장을 써줄게. 딱딱하고 격식도 까다롭지만 대우는 훨씬 나아."

화면은 또다시 바뀌었고, 다음 장면은 보기 거북하지 않았다. 도미스는 좋은 옷에 깨끗한 앞치마를 걸치고, 한겨울인데도 따뜻한 곳에서 일하고 있었다.

　일을 하다가 "네 언니가 너 찾는다."라는 말을 듣고 밖으로 나가면 안야가 과자나 사탕, 초콜릿 같은 걸 들고 서 있었다.

　'둘이 더 가까워졌네.'

　보기 좋은 모습이라 생각하면서도 라틸은 의아해졌다. 이 안야는 역할이 뭐지?

　라틸이 보는 도미스의 기억은 도미스가 집어둔 것처럼 중요한 장면들뿐이었다. 하지만 언니 안야와의 일들은 얼핏 보아선 그리 중요해 보이지 않는다. 그래도 이 기억을 보여주는 이유가 있을 텐데. 그게 대체 뭘까?

　'알고 보면 언니 안야가 대적자인 거 아냐? ……아니겠지. 칼라인 꿈속에 나온 대적자랑 얼굴이 아예 다르잖아.'

　그러다가 한 번 더 장면이 끊기는가 싶더니, 도미스가 하녀장과 마주 선 장면이 나타났다. 이 하녀장은 그 수상한 백작가의 하녀장과 다른 사람으로, 아주 따뜻한 인상의 여자였다.

　"클레렌드 대공의 후계자가 떠날 때까지 휴가를 쓴다고?"

　"네……."

　"그 사람들이랑 안 좋은 일이라도 있어?"

　"네……."

바쁜데 미안해요, 하녀장님. 하지만 클레렌드 대공 후계자는 내 동생인데, 그 애가 여기로 온단 이야기를 듣고서 머물 수는 없어요.

라틸은 도미스가 자신이 사용하는 듯한 방을 떠올리자, 그 이미지를 함께 느꼈다. 도미스는 의붓동생이 이곳에 온단 소식을 듣고 동생이 돌아갈 때까지 아예 자기 방에 틀어박혀 있을 예정인 듯했다.

'그래. 그게 낫겠다.'

라틸도 도미스의 생각에 동의했다. 하지만 하녀장은 이보다 더 좋은 제안을 해주었다.

"마음을 바꾸진 않을 것 같고, 어쩔 수 없네. 알았어."

"감사합니다."

"대신."

"네."

"유리별장에 가있어. 기껏 휴가 잡아놓고 방에 있지 말고."

"네?"

"유리별장이라고, 궁정인들이 빌려 쓸 수 있는 예쁜 별장이 있어. 원래는 어느 공주님이 쓰시다가……. 아아, 유래는 됐고. 하여튼 그런 데가 있어. 넌 아직 일반 직급이라 빌릴 수 없는데, 내 이름으로 빌려줄게. 거기서 쉬다 와."

'그래도 도미스가 여기선 좋은 사람들이랑 어울렸구나.'

라틸이 감탄하는 사이 또다시 장면이 바뀌었고, 이번에는 정말 유리별장이란 말이 딱 어울리는 건물이 나타났다.

천장과 벽의 상당 부분이 유리로 되어있어서, 집 안에서도 자연을 마음껏 느낄 수 있는 그런 건물이었다.

'집 예쁘네. 나도 이런 거 하나 만들까.'

그런데 도미스가 그곳 별장에서 한창 혼자 돌아다니면서 즐거워할 때였다. 뒤에서 무언가 소리가 났다. 놀란 도미스가 확 고개를 돌리자, 허리까지 올라오는 꽃더미 사이로 칼라인이 보였다.

놀란 도미스가 멍하게 바라보자 칼라인 역시도 여기서 도미스를 만날 줄 몰랐던지 잠시 아무 말도 하지 못하고 서있었다.

두 사람 다 서로를 바라보기만 하는데, 그 사이로 불어오는 찬바람이 목덜미에 닿자 도미스는 간지러워서 어깨를 움찔했다. 간지러운 건 목덜미인데 이상하게 그 기운은 심장까지 번져갔다.

왜 여기에 있냐고 묻지도 못하고 도미스는 주저하며 눈꺼풀을 떨구었다. 바삭거리면서 손에 닿는 꽃들이 도미스의 기분을 붕 뜨게 만들어 주었다.

용기를 낸 도미스가 시선을 들었을 때도 칼라인은 여전히 그 자리에 있었다. 그러다가 두 사람은 거의 동시에 입을 열었다.

"몸은 좀 괜찮나."

"기르골한테 고맙다고 전해줘요."

조용히 있을 때는 미묘하게 일렁이던 분위기는, 둘이 입을 여는 순간, 얼어버린 유리처럼 쨍하고 깨져버렸다. 착각일지도 모르지만 라틸은 칼라인의 표정을 보고 그렇게 느꼈다.

"기르골?"

칼라인의 질문에 도미스는 고개를 끄덕이고서 작게 웅얼거렸다.

"그쪽도 알고 있는 것 같지만…… 기르골이 날 구해줘서요. 거기…… 저택에 있을 때요."

칼라인의 표정이 차갑고 서늘해지자 도미스는 고통을 느끼고 소맷자락 끝을 꽉 움켜잡았다. 라틸은 도미스의 슬픔을 느꼈다. 그녀는 '저 사람은 왜 날 이렇게 싫어하지?'라고 생각하고 있었다.

"그러지."

이윽고 칼라인이 차갑게 대답했으나, 분위기는 여전히 살벌했다. 도미스는 한참 만에야 칼라인이 이곳에 있는 게 이상하단 걸 깨닫고 물었다.

"그런데 칼라인 씨는 여기에 왜……."

"기르골이 왔으면 좋았을 텐데, 내가 와서 실망했나 보군."

"네? 아니, 그게 아니라, 이 부근에 안 계셨잖아요. 원래."

"왕궁에 가는 길이었는데, 안야가 몸이 좋지 않아져서 쉴 곳을 찾고 있었다. 이 부근에 쉴만한 저택이 있다고 들어서."

도미스는 칼라인이 말한 저택이 자신이 머물고 있는 유리별장이란 걸 깨닫고 황급히 거절했다.

"아, 안 돼요. 여긴 제가 빌려서 쓰고 있어요."

칼라인이 '네가 무슨 재주로?'라는 시선으로 내려다보자, 도미스는 얼굴이 벌게졌다.

"왕궁에서 일하는 사람들이 빌려 쓰는 곳이에요. 지금은 제가 빌려 쓰는 거니까, 그, 칼, 라인은 오면 안 돼요."

도미스는 안야와 엮이고 싶지 않았고, 양부도 보기 싫었다. 양모는 그리웠지만 양부의 괴롭힘과 안야의 무시를 참아줄 정도는 아니었다.

하지만 안야의 이름을 걸면 자신이 동생을 너무 질투하는 티가 날까 봐 도미스는 칼라인의 이름을 내세우며 거절했다.

그러나 소용없었다. 칼라인은 도미스의 말에 표정이 더욱 싸늘해지더니, 거의 비웃는 수준으로 조롱했다.

"클레렌드 대공의 후계자가 오는 걸 고작 너 혼자서 막겠다고? 공작이 사용하고 있다 해도 자리를 비켜야 할 텐데?"

"!"

그 말에 도미스의 눈이 커다래지자, 칼라인은 아까는 재수 없게 비웃어 놓고선 뭐가 마음에 안 드는지 자기가 더 표정이 굳어서 돌아섰다.

"걱정 마라. 보기 싫다는데 굳이 여기 와 지낼 생각 없으니."

'꿈에서 깨면 칼라인을 혼내줘야겠어.'

자기가 재수 없게 굴었던 기억이 돌아오면 화내도 좋다 했으니, 원하는 대로 해주어야겠다. 라틸은 씩씩거리면서 칼라인을 향해 좀스럽다고 외쳐댔다.

도미스는 그러지 못했다. 처음 만났을 때부터 유독 칼라인을 신경 쓰더라니. 도미스는 칼라인이 저러고 돌아서자, 그새 쪼르르 달려가 말을 바꿨다.

"여기 머물러도 돼요. 근처에 다른 머무를 데는 없어요."

"내가 오는 게 싫다면서."

"그쪽이 싫은 게 아니라……."

'안야랑 양부가 싫은 거다, 칼라인, 이 멍청이야!'

칼라인이 빤히 내려다보자, 도미스는 저 싸가지 없는 놈이 뭐가 좋다고 얼굴에 열이 올라와서는 또 시선을 내리깔았다.

라틸은 자기 가슴을 퍽퍽 내리쳤다. 실제론 손도 못 움직였지만 기분상 그랬다. 자신이 전생에 이런 호구였다니. 믿을 수가 없었다.

"저…… 칼라인 씨, 여기 머물러도 좋으니까…… 하루에 30분씩만 절 찾아와 줄 수 있어요?"

"찾아오다니? 넌 다른 데 간단 건가?"

"같이 있긴 싫어서……."

"!"

"별장 끝에 방 두 개짜리 작은 건물이 따로 있어요. 전 거기에 있을게요."

다시 화면이 바뀌고, 도미스가 아름다운 유리별장 본관을 놔두고 좁아터진 창고 같은 곳에서 요리하는 모습이 보였다. 정확히 라틸이 볼 수 있는 건 도미스의 손과 칼, 도마 정도였지만.

도미스는 샐러드와 간단한 수프를 만든 다음 테이블에 2인분을 차려 놓고 식탁 앞에 앉았다.

안야는 이미 이곳에 들어와 지내는 것 같으니, 칼라인이 약속을 지키기를 기다리는 것 같았다.

라틸은 칼라인이 약속을 깨면 머리통에 알밤을 세 대 때릴 거라 맹세했으나, 다행히 칼라인은 약속을 지켰다.

"난 배가 고프지 않은데."

재수 없긴 매한가지였으나, 그래도 칼라인은 딱 30분, 도미스의 맞은편에 앉아 그녀가 식사하는 걸 바라봤다.

다시 장면이 바뀌었을 때, 두 사람은 다른 요리를 앞에 두고 있었고, 이번에도 칼라인은 음식에는 손도 대지 않았으나 도미스를 기다리긴 했다.

다음 날에도 같은 일이 반복되었고, 또 다음 날에도 같은 일이 반복되었다. 그리고 시간이 지날 때마다 도미스는 칼라인을 점점 더 의식했다.

'도미스가 칼라인을 먼저 좋아했구나.'

그러다가 다시 장면이 바뀌었다. 도미스 앞의 접시가 거의 비고, 칼라인 앞의 음식은 여전히 그대로일 때, 반복되던 일상이 조금 바뀌었다.

"내일은 요리를 해두지 마라."

칼라인이 몸을 일으키며 말한 것이다.

"내일은 안 오는 건가요?"

도미스가 실망해서 묻자, 칼라인은 잠시 머뭇거리는가 싶더니 무뚝뚝하게 말했다.

"내가 요리를 잘해."

도미스는 바로 알아듣지 못하고서 멍하게 대답했다.

"그렇군요."

칼라인이 자랑한다고 여기는 듯했다. 그러다가 도미스는 '내가 요리를 못한다고 돌려서 흠잡는 건가?' 하고 갑자기 울적해했다.

칼라인은 그 모습을 보다가 짧게 혀를 차더니 좀 더 풀어서 자기 의도를 설명했다.

"내일은 내가 요리해 주겠단 거다."

"아!"

"좋아하는 요리가 있나?"

도미스는 칼라인이 풀어서 얘기를 했는데도 바로 대답하지 못하고 멍하게 우물거리다가, 갑자기 놀랍도록 기분이 좋아져서 대답했다.

"그럼 오리고기 요리…… 먹고 싶어요."

오리고기 이야기를 듣자, 전에 가짜 황제 사건 때 칼라인과 둘이서 카리셴으로 가던 일을 떠올렸다. 당시 칼라인은 자연스럽게 라틸이 오리고기를 좋아한단 것처럼 챙겨주려 들었다. 이때 일 때문일까?

"오리고기?"

도미스는 고개를 끄덕였다. 그 외 다른 말은 하지 않았으나, 라틸은 도미스가 짧게 떠올린 옛날 일을 알 수 있었다.

양부모 밑에서 살 적에 양모가 아픈 적이 있었다. 그때 양부는 어디서 난 건지 오리고기를 가져와 양모에게 수프로 만들어 주었다.

그때 살코기를 좀 떼두었다가 안야에게도 조금씩 뜯어먹였는데, 도미스에겐 주지 않았다.

도미스는 그때부터 오리고기가 무슨 맛일까 내내 궁금해하다가, 랑스터 백작가에서 일할 때 한 번 연회에서 남은 오리고기를 먹게 되었다. 그게 도미스에게 무척 맛있던 기억으로 남은 듯했다.

"그러지."

전후 사정을 모르는 칼라인은 그렇게만 대답하고 나갔고, 도미스는 칼라인이 나가자 속으로 30을 센 다음 창문으로 달려가 칼라인이 어디까지 멀어졌는지를 확인했다. 칼라인이 더 보이지 않게 되자, 그녀는 혼자서 방방 뛰다가 소리 없이 비명을 지르다가 침대로 가 뒹굴뒹굴하며 허공을 발로 찼다.

하지만 곧 그 모든 행동은 바람 빠진 공처럼 변했고, 도미스는 기가 죽어서 침대에 축 늘어졌다.

칼라인 님 같은 사람이랑 나는 절대 이루어질 수 없겠지.

다시 장면이 바뀌었을 때, 도미스는 혼자 텅 빈 테이블 앞에 앉아있었다.

'칼라인은?'

칼라인은 맞은편에도, 조리대에도 보이지 않았다. 좁은 방 안이라 그가 이곳에 없단 건 대번에 알 수 있었다. 그러다 도미스가 시계를 쳐다보았고, 라틸은 칼라인이 평소 오는 시간이 지났는데도 오지 않았다는 걸 알아차렸다.

'약속을 깨는 건가?'

라틸은 대번에 칼라인의 인성을 의심했으나, 도미스는 걱정부터 했다.

무슨 일이 생겼나?

도미스는 주저하다가 결국 작은 별채를 나가 본체로 가보았다. 그리고 본체 건물에서 조금 떨어진 곳에 도착했을 때, 유리로 된 벽 너머로 안야가 오리고기 요리를 먹는 게 보였다. 칼라인은 안야의 맞은편에서 음식을 하나하나 자르면서 먹는 걸 돕고 있었다.

'칼라인, 이 자식, 거기서 뭐 하고 있어!'

라틸은 혈압이 올랐다. 도미스도 이번엔 좀 충격을 받았는지 멍하게 서있다가 눈물을 뚝뚝 떨어뜨렸다.

그러다 라틸은 칼라인이 안야를 챙겨주면서도 인상을 찌푸리고 시계를 몇 번 확인하는 걸 보았다. 약속을 잊은 건 아닌 것 같았다.

그때 덩달아 인상을 쓰면서 칼라인에게 무어라 말하던 안야가 갑자기 고개를 돌리더니, 도미스를 발견하고서 입을 벌렸다. 안야는 곧장 식당에 난 문으로 나오더니 도미스에게 차갑게 물었다.

"네가 왜 여기 있지? 이런 데까지 쫓아왔어?"

그 불쾌한 목소리에, 도미스는 뒤돌아서 자신이 머무는 곳으로 달려갔다. 달아날 필요가 하나도 없는데도, 도미스는 어째서인지 달아났다.

그런데 그 모습이 안야가 데리고 다니는 사냥개들을 자극한 게 틀림없었다. 마당을 뛰놀던 사냥개들이, 도미스가 달아나기 시작하자 갑자기 쫓아 뛴 것이다.

놀란 도미스는 방향을 바꾸었고, 유약한 정신과는 전혀 다른 속도로 빠르게 뛰었다. 개들은 컹컹 짖으며 도미스를 쫓아갔지만 도미스는 놀라울 정도로 개들을 피해 잘 도망 다녔다.

칼라인이 개들을 말리기 위해 중간에 개입하면서 상황은 더욱 난장판이 되었다. 이 광경을 본 양부가 문을 열고 나오는 순간, 사건이 벌어졌다.

안야의 부하들까지 이쪽으로 오면서 막다른 길에 몰린 도미스가, 양부를 지나쳐 집 안으로 쏙 달아난 것이다.

양부가 방금 뭐가 지나갔냐고 황당해 묻기도 전에, 흥분한 개들은 도미스를 쫓는 데 거슬리는 양부를 깨물어 버렸다.

"으악!"

"아버지!"

안야가 비명을 지르자 개들은 그제야 기가 죽어서 몸을 납작 엎드렸다.

하지만 양부는 이미 화가 날 대로 나 있었다. 그는 목에 핏줄이 서도록 고함을 지르며, 자기를 스쳐 지나간 양딸에게 삿대질했다.

"도둑이다! 도둑이야! 저 도둑년을 당장 잡아와!"

병사들이 우르르 저택 안으로 쏟아져 들어왔고, 도미스는 황급히 계단을 지나 커다란 기둥 뒤로 뛰었다.

양모를 부축하고 계단을 내려오던 기르골은 마침 그 광경을 발견하고는, 양모를 놓고 양부와 도미스 사이를 가로막으며 웃었다.

"왜 이럽니까? 그만해요."

"내 다리를 보게! 저년, 저년이 내 다리를 이렇게 만들었어! 누가 누구더러 그만두란 건가!"

도미스는 커다란 기둥 뒤에 숨어서 고개를 저었다. 기르골은 힐긋 도미스 쪽을 보더니, 다시 웃으면서 양부를 말렸다.

"우리 도미스 양이 선생 다리를 물어뜯은 것 같진 않은데. 입가도 깨끗하고."

"저년이 날 방패로 삼았어! 날 개들에게 밀쳐냈다고!"

"우리 도미스 양은 기지가 뛰어나군요."

그 말에 안야가 차갑게 "기르골, 지금 장난칠 때가 아니에요."라고 말하자, 기르골은 항복하는 시늉을 하며 두 손을 들어 올렸다.

"아버지도 진정해요."

이어서 안야는 양부에게도 서늘하게 말하고는, 도미스에게도 비슷한 톤으로 물었다.

"네가 왜 우리 집에 있는 거지? 설마, 계속 우릴 따라다녔어? 너…… 나한테 집착하니?"

도미스는 울먹이면서 항의했다.

"내가 먼저 여기 와있었어! 네가 아프다고, 사용해야 한다고 해서 내가 빌려준 거야! 멋대로 와 놓고선 왜 다들 멋대로 굴어! 여기가 무슨 너희……."

'집이야'라는 뒷말이 나올 것 같았으나, 성큼성큼 걸어온 양부가 도미스의 입을 막아버렸다.

"어디서 버릇없게 반말이야!"

철썩 소리가 나며 얼굴이 돌아가고, 놀란 도미스가 양부를 보는 순간. 라틸은 기르골이 묘한 표정으로 양부를 보는 걸 보았다. 찰나 스쳐 지나간 기르골의 눈빛은 그가 정신이 나가기 직전에 잠깐 반짝 들어오는 그 표정이었다.

그러나 다음 순간, 기르골이 한 행동은 양부를 공격하는 게 아니라 도미스를 감싸 나가는 거였다. 칼라인도 그 뒤를 따랐다.

하지만 칼라인은 뒤에서 들려오는 "돌아와." 하는 명령에, 망설이다가 결국 돌아서고 말았다.

기르골은 도미스를 창고 같은 별채에 데려다주고는, 눈물을 닦아주면서 혀를 찼다.

"볼 때마다 우는 아가씨네. 왜 이렇게 울 일이 많을까, 응?"

도미스가 끅끅거리며 바라보자, 기르골은 재차 혀를 차고서 도미스를 품에 안고 등을 토닥거렸다.

한참을 그러고 있다가 도미스가 진정하자 기르골은 그녀를 놓아주고서, 조리대로 가더니 먹을 게 있나 없나 기웃거렸다.

잠시 뒤, 기르골은 뭘 어떻게 한 건지 금세 수프를 만들어 와서 도미스에게 건넸다.

그러다가 도미스가 식사를 다 해갈 즈음, 먹는 모습을 내내 빤히 바라보던 기르골이 은근한 목소리로 물었다.

"울보 아가씨, 로우저 씨가 죽으면 아가씨가 안 울까?"

"……."

도미스는 어떨지 모르겠지만 라틸은 안 울 자신이 있었다.

잠에서 깨자마자 라틸은 주섬주섬 베개를 챙기고서, 침실을 나가 하렘으로 갔다. 그리고 칼라인의 방에 들어간 다음, 웃으면서 반겨주는 그의 등짝을 베개로 펑펑 두드렸다.

"주인?"

"요 얄미운 주둥이. 요 얄미운 주둥이."

"주인? 잠시만, 주인. 왜 그러는지부터……."

"오리고기를 누구 입에 먹인 거야, 이 거짓말쟁이. 오리고기를 했으면 후딱 나한테 갖고 와야지, 누구한테 떠먹이고 있어? 응?"

베개로도 모자라 라틸이 등짝을 찰싹찰싹 두드리자, 칼라인은 어리둥절해서 그걸 다 받아주다가 뭔가를 떠올렸는지 희미하게 웃었다.

그걸 본 라틸은 더욱 속이 뒤집어져서 입술을 아프지 않을 정도로만 두 손가락으로 집어버렸다.

"뭘 잘했다고 웃어?"

"……."

라틸이 입술을 놓아주고 흘겨보자, 칼라인은 라틸을 안아 침대에 데려가더니 자기 무릎에 자연스럽게 앉히고서는 달려오느라 헝클어진 머리카락을 손으로 쓸어 뒤로 넘겨주었다.

"그게 생각난 겁니까?"

"말해봐. 오리고기는 왜 옆으로 샌 거야? 왜 내 입이 아니라 뜬금없이 딴 사람 입으로 들어갔어?"

"처음부터 2인분을 만들었습니다."

"뭐야?"

"만들고 있는데, 안야 양이 배가 고프다고 했죠. 그래서 양을 더 많이 해서 따로 그릇에 담았습니다."

"근데 왜 나한테 안 왔어! 걔한테 그릇째 주고 나한테 바로 왔으면 되잖아!"

"안야 양의 팔이 부러져서요. 안야 양이 아파서 별장에 머무른다고 한 게, 사실은 팔 때문이었습니다."

"!"

이걸 화를 내야 하나, 말아야 하나 싶어 라틸이 우물거리는 사이 칼라인이 조금 걱정스럽게 물었다.

"안야 양에 대해서도 기억이 납니까, 주인?"

"도미스가 당한 것만 기억나."

"……."

라틸의 말에 칼라인은 웃어야 할지 말아야 할지 헷갈리는 듯 애매한 표정을 지었다. 라틸은 한숨을 내쉬고서 칼라인에게 단호하게 말해주었다.

"도미스는 네 성격에 반한 게 아냐. 네 얼굴에 반한 거야. 확실하게 구분해 두도록 해."

칼라인이 입술을 움찔하더니, 광대를 슬쩍 올리고 턱에 힘을 주었다. 이쪽은 진심으로 한 말인데. 칼라인에겐 그게 웃기기만 한 듯했다.

라틸은 칼라인을 재차 흘겨보고서 일어선 다음, 카펫에 떨어진 베개를 도로 줍고서 방문으로 걸어갔다.

"이대로 가십니까? 여기까지 와서…… 쉬다 가지 않으시고요?"

칼라인이 침대에 나른하게 옆으로 눕더니, 거만한 표범 같은 태도로 유혹했지만 라틸은 흥 코웃음을 치고서 문을 닫고 나가버렸다. 그러다가 다시 문을 연 다음, 그에게 전생과는 상황이 완전히 다르단 걸 알려주었다.

"쉬어갈 남자가 그대 하나만이 아니라서."

방긋 웃은 라틸이 문을 쾅 닫자, 안쪽에서 작은 신음이 들려왔다.

'이제 어쩌지?'

칼라인 방에서 나온 라틸은 복도 어중간한 지점까지는 거침없이 나아갔으나, 거기서부터는 잠시 우두커니 서있었다.

칼라인에게 달려온 건 당시에 너무 열이 받아서였다. 다른 후궁에게 갈 생각은 없었다. 그러나 막상 여기까지 오고 나니, 이대로 방에 돌아가기도 아쉬웠다.

'요즘 다른 후궁들한텐 잘 가보지 못했으니까…….'

게스타와 타시르 사이에서 고민하다가, 라틸은 몇 시간 전에 보았지만 거의 대화를 나누지 못하고 헤어졌던 타시르에게 가기로 결정했다.

'서운했을지도 몰라. 그땐 기르골에게 빨리 가야 해서 별생각 없이 넘겼지만, 그건 내 사정이잖아.'

타시르 방에 가서 자고 있다고 하면 그냥 돌아가고, 아니면 타시르 방에 들어가자. 결심을 한 라틸은 곧장 타시르의 방으로 걸어갔다.

"폐하!"

다행이라 해야 할지 타시르도, 그의 시종도 깨어있었다. 하지만 어째서인지 타시르의 시종은 라틸을 보자마자 얼굴이 하얗게 질려서는 손을 이상하게 허우적거렸다.

"저, 폐하. 폐하. 저희 소단주님은 지금, 폐하, 그러니까……."

"혹시 내가 들어가면 안 될 상황인가?"

그 허둥대는 모습이 너무 이상해 라틸이 묻자, 타시르의 시종은 얼굴이 벌게져서는 횡설수설했다.

"아직 완성되지 않아서, 아니, 그러니까 지금 소단주님이 이상한……."

이게 무슨 말인가 싶어서 빤히 내려다보는 그때, 문 안쪽에서 "들어오셔도 됩니다, 폐하." 하는 목소리가 들려왔다.

그 소리에 히얼란이 울상을 짓고 문을 열었고, 라틸은 '왜 저러지?' 생각하면서 방 안으로 들어갔다가 안고 간 베개를 떨어뜨렸다.

"그게…… 뭐냐?"

타시르의 천골 부분부터 털이 풍성하고 보송보송한 동물 꼬리 같은 게 달려있었다. 아니, 내려와 있다고 해야 할까. 라틸은 눈을 비볐다. 그러나 다시 봐도 그건 분명 동물 꼬리였다.

얘도 혹시 종족의 비밀이라거나, 그런 게 있는 건가. 라틸은 넋을 놓았다. 그 뒤에서 히얼란은 괜히 자기가 부끄러워서 얼굴을 감쌌다.

하지만 막상 장본인인 타시르는 아주 담대하고 태연했다.

"너 지금…… 그게 무엇이냐?"

라틸이 멍하게 물어도 마찬가지였다.

"마음에 드십니까?"

타시르가 웃으며 하는 질문에 라틸은 황당해서 입을 쩍 벌렸다.

"마음, 에 들고 말고를 떠나서 이게 무슨!"

라틸은 기가 차서 타시르 앞으로 달려가 꼬리를 잡고 쭉 당겼다. 이거 뭐냐고 묻기 위해서. 그러나 당기자마자 꼬리가 '핑' 하고 빠져버렸고, 라틸은 붕어눈이 돼서 비명을 질렀다.

'내가 꼬리를 뺐어! 타시르 꼬리를 뽑았어!'

당황한 라틸의 뒤에서 히얼란도 같이 박자에 맞춰 비명을 질렀다.

"미안. 일부러 뽑으려던 게 아니라……."

아직 이게 진짜인지 가짜인지 구분하지 못한 라틸은 황망해서 재빨리 사과했다. 그러다가 꼬리가 사라진 자리에 남은 게 타시르의 엉덩이란 걸 발견하자, 눈 큰 붕어가 되어 비명을 질렀다.

"으악! 그건 왜 드러내!"

"전후 관계를 똑바로 해야지요, 폐하. 저는 꼬리로 잘 가리고 있었는데, 폐하가 이렇게 만든 겁니다."

"내가 언제! 내가…… 내가 그랬네. 그래도!"

라틸은 탐스러운 꼬리를 들고서 당황해 쩔쩔매다가, 일단 꼬리로 다시 타시르의 엉덩이를 가려주려 시도했다. 그러다가 타시르가 돌아서려 하자, 라틸은 계속 뒤돌아 있으라고 그의 등짝을 찰싹

치면서 항의했다.

"대체 뭐 하고 있던 거야? 이 꼬리는 뭐고 바지는 왜 벗고 있어?"

"꼬리가 드러나게 바지 입는 게 쉽지 않았습니다, 폐하. 그래서 위치를 정확하게 확인한 다음 바지를 리폼하려 했죠."

바지를 이제야 리폼한다는 걸 보니 일단 진짜 꼬리는 아닌가 보다. 자신이 타시르의 꼬리를 뽑은 게 아니란 걸 알자, 라틸은 조금 안심해서 물었다.

"뭐야, 이 꼬리? 대체 이게 뭔데?"

라틸이 꼬리를 잡고 흔들자, 통통한 꼬리가 손 안에서 펄떡였다. 촉감도 어찌 이런 걸 구했을까. 라틸은 속으로 혀를 찼다. 그러거나 말거나 타시르는 뒤돌아선 채 고개만 반쯤 뒤로 돌려 흐뭇하게 물었다.

"마음에 드십니까?"

라틸은 코웃음을 쳤다.

"마음에 드냐고? 이런 게? 내가 이런 걸 좋아할 것 같아?"

하지만 생각과 다르게 입꼬리가 올라가서 내려오지 않았다. 그게 돌아선 타시르의 뒷모습이 너무 아름다워서인지, 아니면 이 상황이 웃겨서인지는 모르겠지만 어쨌든.

라틸은 힘주어 입가를 내리려 했으나 잘 되지 않았다. 이런 얼굴로 '마음에 안 들어'라고 말해봐야 더 우습기만 할 것 같아서 마지못해 수긍했다.

"조금 귀엽긴 해."

'정말로 폐하, 이런 거 좋아하시는구나.'

'도련님이 그냥 하는 말인 줄 알았는데.'

'특이한 취향이신가 봐.'

'그냥 도련님 엉덩이가 마음에 드시는 거 아냐?'

문이 조금 열려있는 바람에 히얼란과 호위들이 대화를 들으며 오해하고 있었지만, 라틸은 꼬리가 준 충격에서 아직 빠져나오지 못한 터라 이를 눈치채지 못했다.

"그렇죠? 귀엽죠?"

그러다가 타시르가 또 돌아서려는 걸, 라틸은 '으악' 비명을 지르며 돌려세웠다.

"그대로 있어라."

"뒷모습을 좋아하시는군요."

"아니야. 앞모습을 보고 싶지 않아서 그래."

"앞도 만족하실 텐데요."

라틸은 무어라고 말하려다가, 타시르의 뒷모습을 힐긋 보고는 마른침을 삼켰다. 타시르는 정말로 뒷모습이 예쁘긴 예뻤다. 다리에 붙은 적당한 근육이나 길쭉하게 쭉 뻗은 종아리며 허리에서부터 내려오는 선 같은 것 등.

그의 날개뼈를 본 라틸은 얼굴에 열이 올라와서 히죽히죽 웃었다. 표정을 엄숙하게 하고 싶은데 그게 잘 되지 않았다. 환한 조명 아래에서 이런 걸 보고 있자니, '황제 자리 만세'라고 외치고 싶었다.

"넌 정말 어디로 튈지 모르겠다. 짐은 네가 이러면 참 곤란해."

그래도 목소리만큼은 위엄 있게 내려 시도하는데, 그 순간, 타시르가 꼬리를 앞으로 들고 휙 돌아서더니, 꼬리 끝의 보드라운 털로 라틸의 볼을 톡 두드리고서 눈웃음을 지었다.

길쭉하고 시원한 눈매가 가늘게 휘어지는데, 그 모습이 너무나 귀여워서 라틸은 잠시 자신이 표정 관리를 하고 있었다는 걸 잊고 말았다.

나 이런 거 좋아하나 봐. 라틸은 새로운 깨달음을 얻었다.

그러다가 타시르가 침대로 저벅저벅 걸어가 엎드리자, 라틸은 실에 묶인 것처럼 그 뒤를 따라갔다. 그래도 완전히 다가가진 못하고서 주춤 두 걸음을 두고 선 라틸에게, 타시르가 손을 까딱하며 웃었다.

"내 꼬리, 도로 붙여줘요, 부인."

라틸의 머릿속에서 설탕을 꽉꽉 눌러 채운 폭탄이 펑 소리를 내며 폭발했다.

"황후 폐하, 타리움에 다녀온 사절단이 도착했다고 합니다."

아이니는 머리만 남은 헤움에게 이것저것 먹을 걸 챙겨줘 보다가, 방 밖에서 들리는 목소리에 포크를 내려놓았다.

"흑사신단과 대적자 관련한 일로 보낸 사절단이 왔나 봐."

헤움은 힘없이 눈을 깜빡였다. 목이 잘린 부작용일까. 식시귀가 된 후로도 곧잘 말하던 헤움인데. 목이 잘린 후로는 가끔 상태가 좋아졌다 나빠지길 반복했다.

이따금 생전처럼 말을 잘하다가도, 이따금 이렇게 말도 제대로 하지 못하고 눈만 움직였다. 아이니는 그 모습을 가슴 아프게 바라보다가, 일어나면서 헤움의 목을 상자에 담고 그 위에 위장용 천을 덮었다.

"답답해도 참아야 돼."

그래도 혹시나 몰라 상자 뚜껑을 느슨하게 닫아둔 아이니는 작은 목소리로 그에게 당부했다.

"아무도 들어오지 말라고 했지만 누군가는 내 말을 어길 수도 있어. 그런 사람이 오면 쥐 죽은 듯 가만히 있어야 해. 절대로 들키면 안 돼."

다행히 헤움 황자는 정신이 멍할 때도 의사소통은 되었다. 그가 눈을 깜빡이자, 아이니는 천을 다시 잘 덮어준 다음, 침실 문을 열고 밖으로 나갔다.

"폐하께서는?"

"먼저 홀로 가셨습니다."

"그래."

아이니는 아까의 슬픈 표정을 지우고서 사절단이 있을 홀로 걸어갔다. 홀 안에 들어서자 사절단이 줄지어 서있고, 그 앞에 하이신스 황제가 있었다. 아이니는 하이신스에게 까딱 묵례를 하고서 그의 옆으로 가 섰다.

그러나 사절단이 한 보고는 생각보다 훨씬, 아주 많이 그녀의 심기를 거슬리게 했다.

"타리움의 황제는 흑사신단에 대해 조사하고 싶거든 수사관을 타리움으로 직접 보내라 하셨습니다."

"뭐라?"

아이니는 무표정하게 서있다가 눈썹을 찌푸렸다.

"그 나라에서 어떻게 방해할 줄 알고 수사관을 보내란 거지?"

"타리움 쪽에서도 같은 이유를 들었습니다, 폐하. 여기에 용병들을 보냈다가 제대로 수사를 할지 어떻게 믿을 수 있겠냐고요."

"!"

"합당한 증거가 있다면 수사에 협조하겠지만, 황후 폐하께서 실종된 기간 동안 흑사신단 용병들은 그곳 수도에 나타난 식시귀를 처리하는 일로 무척 바빴다고 했습니다. 자리를 아예 비워야 했을 정도인지라, 그들이 황후 폐하를 납치했단 주장을 믿기가 어렵다 하였습니다."

사절단의 설명에 아이니는 분노로 혈관이 파랗게 튀어나왔다. 그들이 자신의 말을 부정해서가 아니라 '식시귀'란 단어 때문이었다.

라트라실 황제는 수도에 나타났다가 잡힌 식시귀가 헤움 황자인 걸 분명 알 텐데. 자기가 직접 죽이게 한 그 식시귀 이야기를 굳이 꺼내 전달했다는 건, 이쪽을 도발하려는 뜻이 분명했다.

그쪽에서 그렇게 나온다면 이쪽에서도 냉정하게 나갈 수밖에. 아이니는 서늘하게 호흡을 가다듬고서 차갑게 말했다.

"흑사신단에서 나를 잡으려 한 이유는 그들이 사람이 아니기 때문이다."

아이니의 말에 사람들이 다시 웅성거리기 시작했다. 하이신스 역시 인상을 찌푸리고 옆을 보았다.

"사람이 아니라니, 황후?"

"말 그대로입니다, 폐하."

아이니는 작게 대답하고서, 사절단 쪽을 향해 말을 이었다.

"그들은 사람이 아니니 대적자인 나를 없애고 싶었겠지. 나는 라트라실 황제가 이 일에 연관이 없다고 믿는다. 하지만 수사조차 진행하지 못하게 한다면, 글쎄. 연관성을 의심할 수밖에 없군."

그 무시무시한 내용에, 하이신스가 재차 끼어들었다.

"황후, 용병들이 뱀파이어인 게 확실하오?"

"전부 다는 아니겠지요. 하지만 다수 끼어있는 건 확실합니다."

하이신스의 표정이 굳자, 아이니는 무뚝뚝하면서도 이성적인 태도로 그에게 충고했다.

"폐하께서 저를 싫어하시든 아니든, 우리는 카리센을 위해서 한편이 되어야 합니다. 타리움이 뱀파이어들로 이루어진 용병들을 두둔하고 감싼다면, 우리는 그들의 저의를 의심하고 경계해야 합니다. 제가 싫더라도 타리움이 뱀파이어와 손을 잡을 경우 우리에게 벌어질 일들에 대해 우선 생각하세요."

사절단에게 휴식한 후 다시 타리움으로 가란 지시를 내린 뒤, 아이니는 복잡한 감정에 휩싸여 자신의 방으로 돌아갔다.

기분이 이상했다. 그녀는 칼라인을 사랑했고, 칼라인을 지키고 싶어 했고, 흑사신단 뱀파이어들 중엔 전생에서 친했던 이들도 몇 몇 있었다.

그런데 어째서…… 어째서 이렇게 화가 나는 걸까. 왜 그들이 뱀파이어라고 말해버린 걸까. 칼라인만큼 사랑한 건 아니지만, 개중 몇몇은 친구가 분명한데.

그 생각에 몰두하며 마음이 복잡해진 탓일까. 침실에 도착할 즈음 아이니는 머리가 몹시 아파왔다.

"으⋯⋯."

그녀는 눈살을 찌푸리고 문가에 기대어 앉았다. 한쪽 골머리가 번개로 지지는 것처럼 고통스러웠다. 약을 먹어야 할 것 같았다.

'나'는 칼라인을 사랑하잖아. 그에게 해를 끼쳐선 안 돼. '나'는 칼라인을 사랑하잖아. 그에게 해를 끼쳐선 안 돼.

뇌에 대고 어떤 목소리가 계속 속삭이는 것 같았다. 아이니는 약을 가져오라 외치려 했으나 그전에 결국 정신을 잃고 말았다.

옷장 안에서, 아이니가 만들어 준 작은 틈으로 이 광경을 지켜보던 헤움은 쓰러진 아이니의 어깨와 목 사이에 새까만 연기가 들러붙은 걸 발견하고 놀라서 눈을 커다랗게 떴다.

'저건 대체?'

게다가 그 연기는 단순히 아이니에게 들러붙는 데서 그치지 않고, 그녀를 계속해서 공격하는 것처럼 보였다. 그때마다 기절한 상태로도 아이니가 괴로워하자, 헤움은 결국 참지 못하고 목소리를 내고 말았다.

"누구 없느냐! 황후가 쓰러졌다! 황후가 쓰러졌어!"

그 소리를 들은 시녀와 호위들은 깜짝 놀라 문을 열고 들어왔다가, 문가에 기절한 아이니를 발견하고 놀라 "황후 폐하!", "황후 폐하!" 하고 외쳐댔다.

"의사를! 서둘러! 빨리!"

"이쪽으로 눕혀라! 얼른!"

시녀들은 아이니를 침대 위에 눕혔고 호위 두 명은 의사를 부르기 위해 뛰쳐나갔다.

그사이, 호위 한 명이 마른침을 삼키고서 방 안을 천천히 훑어보았다. 황후 외엔 아무도 없는 방 안에서 남자의 목소리가 들려왔단 걸 깨달은 눈치였다.

혜움은 눈을 질끈 감았다.

"황후 폐하, 괜찮으십니까?"

아이니는 익숙한 천장을 보며 눈을 깜빡이다가, 자신을 걱정스럽게 바라보는 시녀들 쪽을 보며 물었다.

"이게 무슨……."

"황후 폐하께서 쓰러져 계셨어요."

"궁의가 말하길, 기력이 많이 쇠약해지셨다고 합니다."

아이니는 눈썹을 찌푸리고서, 흑사신단에 뱀파이어가 있단 소리를 한 후부터 무섭도록 아프던 관자놀이를 눌렀다. 지금은 그 통증이 거의 없었다.

'대체 뭐였지.'

한숨을 내쉰 아이니는 시녀의 부축을 받아 상체를 일으켰다.

"혜움 황자님 망령이 황후 폐하를 공격한 게 틀림없습니다."

"하지만 이제 괜찮아요. 다 괜찮으니 안심하세요, 황후 폐하."

그러다가 시녀들이 하는 이상한 소리에, 아이니는 관자놀이에 손을 댄 채 인상을 더욱 찌푸리며 물었다.

"그게 무슨 소리냐."

시녀 하나가 겁먹은 얼굴로 옷장 쪽을 눈으로 가리키며 속삭였다.

"저 안에 혜움 황자님의 목이 들어있었답니다. 지금은 처리했으니 괜찮을 거예요, 황후 폐하."

그 말에 아이니의 눈이 커다래졌다.

"뭐? 무슨 소리야? 처리하다니?"

아이니의 파랗게 질린 표정을 시녀들은 오해했다. 그녀들은 황후가 목 이야기를 듣고 공포에 질린 거라 여기고는 얼른 아무렇지 않은 척 웃으면서 위로했다.

"걱정하지 마세요, 황후 폐하. 이젠 없는걸요."

"그래도 찜찜하시면 방을 바꾸시는 게 어떨까요?"

아이니는 손을 내젓고서 비틀비틀 일어났다. 옷장 앞으로 간 그녀는 덜덜 떨면서 문을 열었다. 상자째 텅 비어버린 걸 보자 그녀는 눈을 질끈 감았다. 머릿속이 하얗게 비워졌다.

"황후 폐하?"

그제야 시녀들도 무언가 이상한 걸 느끼고 다가왔다.

"괜찮으세요?"

"왜 그러세요?"

"황후 폐하, 궁의를 부를까요?"

하지만 그녀들은 차마 황후가 헤움 황자의 목을 직접 가지고 있었다고 믿고 싶지 않은 듯, 그런 생각은 하면서도 표현을 피했다.

아이니는 가라앉은 목소리로 가까스로 물었다.

"목은…… 어디로 갔느냐."

아무도 대답하지 않았다. 아이니는 분노를 꾹 눌러 참고서 다시 물었다.

"목은 어디로 갔냐고 물었다."

시녀 하나가 기어들어가는 목소리로 가까스로 대답했다.

"지하감옥에 가둬둔 좀비들을 황제 폐하께서 처리한다 하셨는데, 거기에 가져갔을 겁니다."

아이니는 벽을 짚은 손에 힘을 주었다. 그 반동으로 몸을 앞으로 밀어낸 그녀는 무작정 앞을 향해 돌진했다. 지하감옥으로 가서 헤움을 찾아볼 생각이었다.

그러나 지하감옥 근처에 갔을 때, 이미 그곳에선 매캐한 연기가 올라오고 있었다. 입가를 천으로 막은 하인들이 시커먼 재를 가득 담은 포대를 찜찜한 표정으로 운반하는 게 보였다.

"황후 폐하."

그러다 아이니를 발견한 하인들이 서둘러 일을 멈추고 인사했으나, 아이니는 인사를 받는 둥 마는 둥 하며 덜덜 떨리는 손가락으로 포대를 가리켰다.

"저 안에…… 저 안에…….'"

"괴물들을 태우고 나온 재입니다, 황후 폐하."

아이니의 표정이 하얗게 질리자, 하인 하나가 황후를 위로하기 위해 얼른 덧붙였다.

"모든 작업이 다 끝났으니 이제 안심하셔도 됩니다."

말이 끝나는 순간, 아이니는 그대로 쓰러져 버렸다.

다시 깨어났을 때, 아이니는 걱정스러운 표정의 루이스를 보았다. 그녀가 아이니의 손 하나를 두 손으로 잡고서 울먹이는 눈으로 내려다보고 있었다.

아이니는 몸을 일으킬 힘도 없어서 그저 눈을 질끈 감아버렸다. 대체 어디서부터 뭐가 꼬이기 시작한 건지 알 수가 없었다.

헤움을 너무나 사랑했는데. 칼라인을 보는 순간 갑자기 홀린 듯 그를 사랑하게 되었다. 전생의 기억이 깨어나면서 그를 향한 마음은 너무나 깊어졌고, 나중에는 정신이 혼미할 지경이었다.

헤움이 자신의 친구를 죽였을 거란 의심과 맞물리면서 아이니는 헤움을 향한 마음을 억지로 떨치려 했다. 칼라인은 마침 거기에 딱 어울리는 상대였다.

그러나 전생 기억이 이토록 생생한데도 칼라인은 자신은 도미스가 아니라 한다. 로드는 환생을 거듭하기에, 기억이 있건 없건 그녀가 현재 로드가 아닌 게 도미스가 아니란 증거라 한다.

이런 상황에서 그녀는 자신이 대적자란 걸 알게 되었다. 그런데도 아직 칼라인을 사랑하는 마음이 남아있고 이 마음은 애증처럼 변해갔다가 후회로 변하길 반복했다.

자신이 도미스가 아니라면 이런 마음이 왜 있는 건지도 모르겠는데. 그런 와중에 자신이 현생에서 사랑한 헤움까지 사라지자 심장이 미어질 것처럼 고통스러웠다.

차라리 칼라인을 사랑하지 않았더라면. 전생 기억이 없었더라면. 그러면 괴물이 되어 나타난 헤움일지라도 다시 받아들일 수 있었을까? 후회해 보지만 돌이킬 수 없단 게 너무나 괴로웠다.

"황후 폐하."

루이스가 말을 걸지만 대답할 여력도 없어서 아이니는 고개만 저었다.

"나중에 얘기하자."

그러나 루이스는 목소리를 낮추어 다시 그녀를 불렀다.

"황후 폐하, 실은 드릴 말씀이 있습니다."

아이니가 고개를 돌리자 루이스가 조심스럽게 털어놓았다.

"헤움 황자님이 황후 폐하께 꼭 전해 달라고 한 말이 있습니다. 다들 괴물이 한 말이라고 귀담아듣지 않았지만요."

"전해 달라니?"

"황후 폐하에게 '무언가 붙어있다'라고 했어요."

"뭐가?"

"거기까진 저도 잘……."

아이니에게 헤움 황자의 마지막 말을 전한 루이스는 이후 궁전을 나왔을 때 다가 공작을 찾아가서도 그 이야기를 전했다.

"쓸모없는 황자 같으니라고."

다가 공작은 헤움 황자가 죽었단 이야기를 듣자 화가 나서 탁자를 쾅 내려쳤다.

'아이니를 위해 죽어달라 했더니, 고작 그렇게 사라져?'

다가 공작은 이를 갈았다. 사람들 앞에서 아이니가 헤움을 죽이게 하려 했는데. 그가 이렇게 허망하게 가버렸으니 계획이 첫 단추부터 틀어져버린 거나 다름없었다.

물론 아이니가 '대적자의 검'이란 걸 가지게 되었고 하이신스가 못 뽑는 그 검을 사람들 앞에서 직접 뽑는 모습을 보임으로써 대적자란 건 잘 알렸지만.

그렇더라도 계획이 일그러지는 건 좋지 않은지라 다가 공작은 이마를 짚고 눈살을 찌푸렸다. 루이스는 그런 공작을 살피다가 조심스레 물었다.

"황후 폐하께 뭔가 붙어있다니. 안 좋은 게 아닐까요? 고위 신관을 불러서 한 번 봐달라 부탁해 봐야……."

"안 된다."

다가 공작의 단호한 말에 그녀의 말은 끝마무리를 짓지 못했다.

"혹시 위험할지도 모릅니다."

그러나 다가 공작은 눈 하나 깜짝하지 않았다.

"명색이 대적자인데, 위험한 게 붙었겠느냐. 그런 게 있더라도 알아서 이겨낼 거다. 내 딸은 강해."

"……."

"너는 황제와 아이니가 혹시라도 사이가 좋아지지 않게 잘 보도록 해라."

"예, 공작님."

햇살이 창문에 비스듬하게 들어와 타시르의 얼굴 반쪽을 평소보다 유난히 환하게 만들었다. 라틸은 옆으로 누운 채 한 손을 들어 그의 얼굴을 손가락으로 가만가만 더듬어 보았다.

시원시원한 이목구비가 손가락 아래에서 뚜렷하게 존재감을 드러냈다. 그 형태를 손안에서 느껴보고 있자니 라틸은 싱숭생숭해졌다. 그러다가 손을 치우자 손바닥 뒤에 가려졌던 눈이 드러났다.

손을 올릴 때는 분명 눈을 감고 있었는데. 손을 치우자 타시르가 눈을 뜨고 있었다. 눈이 마주치자 그가 눈웃음을 짓더니 라틸의 손을 자기 입술에 가져가 손바닥 위에 한 번 비비고서 물었다.

"무슨 생각을 하십니까?"

"난 순애보 황제라 기록되긴 글렀구나, 하는 생각."

라틸이 나지막하게 속삭이는 말에 타시르가 한번 짧게 웃었다. 라틸은 그가 웃는 걸 가만히 보다가 그의 품 안에 머리를 묻고 가만히 있었다. 타시르는 그게 의아한지 라틸이 하는 대로 가만히 있다가 등을 가볍게 두드리며 웃었다.

"갑자기 이렇게 잘해주시니 불안한데요."

"뭐가?"

"제 시종이, 저는 사랑하는 여자를 곁에서 돕기만 하다가 나중에 행복을 빌면서 떠나주는 로맨스 소설 남자 조연 같다고 한 적이 있어서요."

"뭐야?"

라틸이 웃음을 터트리자, 타시르는 어깨를 으쓱하고는 그녀를 좀 더 자신에게 가까이 붙였다. 라틸은 그의 가슴에 머리를 올리고서 타시르가 수제작으로 만들었단 꼬리털을 쥐고 끄트머리로 그의 목덜미를 문질렀다.

"말도 안 되는 소리 하지 마. 넌 날 사랑하지도 않잖아?"

"갑자기 잘해주시니 그러지요. 그리고 사랑은 합니다."

"좀 가벼울 뿐이지."

"그렇죠."

라틸이 그의 옆구리를 간지럽히자 타시르는 움찔 몸을 움직이다가 라틸을 팔째 꽉 끌어안아 버렸다. 가벼운 말과 달리 끌어안은 힘은 강했고, 그에게서 나는 좋은 향기와 곁에 온전히 자신의 사람이 있다는 포근함은 안정적이고 편안했다.

사실 따지자면 타시르는 암살 집단으로 알려진 곳의 수장이니 아주 위험한 남자이기도 한데. 주위에 뱀파이어니 피인어니 하는 이들이 있어서인가. 그의 곁에 있으면 긴장하지 않게 되어서 좋은 것 같았다.

클라인도 물론 곁에 있으면 편안하지만 타시르와 클라인은 느낌이 아주 달랐다. 클라인은 그 생각 없는 행동이 귀엽고, 함께 있으면 같이 활력이 도는 반면, 타시르는 분명 후궁 중 제일 가벼운 성격인데도 의지가 되었다.

"이래서 다른 후궁들이 널 좋아하는 걸까."

'따지자면 라나문 쪽도 다른 종족은 아니지만. 개한테는 뭔가 자꾸 눈치를 보게 된단 말이지.'

"왜 그럴까."

"뭐가 말입니까?"

"……아니. 아니다."

타시르가 라틸의 머리카락 사이에 손을 넣어 문지르자 다시 수마가 몰려왔다. 그러나 라틸은 밖에서 들려오는 엄청난 물소리에, 반쯤 감았던 눈을 도로 깜짝 놀라 번쩍 떠야 했다.

"무슨 소리야?"

"물소리 같은데요."

"그건 나도 안다. 근데 여기서 물소리 날 일이…….."

피인어 브라딤의 모습이 떠오르자, 라틸은 벌떡 일어나 밖으로 나갔다.

'무슨 사고를 치려고?'

예상대로 밖으로 나와보니 호수에 들어갔던 피인어들이 우르르 밖으로 튀어나오고 있었다. 사람들이 신기해서 자기들을 쳐다보거나 말거나 개의치 않는 태도들이었다.

개중 가장 앞줄에 있던 브라딤은 머리카락에서 물기를 짜고 있었는데, 라틸을 발견하자 대번에 가까이 다가왔다.

"좋은 밤 지내셨소, 폐하."

므라딤을 보자 타시르 옆에 있으면서 잠시 현실에 포근하게 내려앉았던 마음이 다시 바람에 휩쓸리듯 훌쩍훌쩍 위로 올라갔다. 라틸은 아무도 모르도록 짧게 한숨을 내쉬고서 회중시계를 꺼내 확인했다.

어차피 일할 시간이 다 되어가니 슬슬 타시르 방에서 나오긴 해야 할 때였다.

라틸은 회중시계를 품 안에 집어넣고서, 제일 현실 같지 않지만 현실인 곳으로 돌아와 므라딤을 보며 웃었다.

"그러고 보니 우리 인어 왕과는 나눌 말이 있었지. 잠시 같이 걸을까?"

"호수 안쪽에 이상한 것들이 돌아다니는 걸 아시오, 폐하?"

"이상한 것들?"

"흑마법사가 불러낸 존재들 같았소. 그런데 적의는 안 보이더군. 그냥 물고기처럼 흘러다니고 있었소."

사람들로부터 떨어져 단둘만 걷게 되자 므라딤은 신비롭고 위험한 이야기를 바로 꺼냈다. 흑마법사 운운하는 걸 보니 이 피인어는 라틸이 로드란 걸 알고 온 눈치였다. 라틸은 고개를 끄덕이다가, 그에게 내내 궁금했던 이야기를 물었다.

"정말로 여기엔 왜 온 건가?"

국서로 받아 달라며 이곳에 왔을 때, 므라딤은 괴물들을 처리하는 걸 돕기 위해 힘을 합치고 싶다고 둘러댔다. 그러나 라틸은 므라딤의 이 말을 바로 믿지 않았다.

단순히 힘을 합치기 위해서라면 굳이 국서로 오겠단 말은 안 했을 텐데. 상대는 그러지 않았으니까. 므라딤은 굳이 숨기는 대신 솔직하게 대답했다.

"폐하께서 로드란 걸 알게 되었소."

'역시 알고 왔구나. 짐작하던 거지만.'

"그때 찾아왔던 엘프가 폐하인 것도 알고 있소."

"그건 잊어버려."

라틸이 단호하게 말하자 므라딤이 한 번씩 웃었다. 그 반짝이는 청년 같은 모습에, 라틸은 그에게 몇 살이냐고 묻고 싶어졌지만 분명 어마어마한 대답이 돌아올 듯해 관두었다.

"내가 로드란 걸 알고 왔다면 내 편이 되고 싶단 거, 맞나?"

"당연하지 않소? 이번에야말로 우리의 염원을 꼭 이뤄 봅시다."

라틸은 반사적으로 고개를 끄덕이다가, 멈칫하고서 므라딤을 보았다.

"염원이라니? 무슨 염원?"

"당연히 세계 정복 아니겠소."

라틸은 눈을 깜빡이다가 기겁해서 "어?" 하고 되물었다.

"진짜야?"

"농담이라오."

"깜짝이야."

"그건 농담이 맞고. 그리고 '우리의 염원'이란 부분도 좀 정정하긴 해야겠소."

"왜?"

"내가 항상 로드의 편이었던 건 아니지만, 생각해 보면 로드들마다 성격도 바라는 것도 제각각이었거든. 그러니 그대가 '도미스'란 이름을 쓸 때의 염원이 지금의 염원은 아닐 수도 있지 않소."

라틸은 브라딤의 머리카락에서 뚝뚝 떨어지는 머리카락을 아무 생각 없이 바라보다가, 뜻밖의 이름에 멈칫했다.

"도미스의 염원? 그런 게 있었어?"

칼라인은 '로드로서 뭘 해야 하냐'고 묻는 라틸에게 자신도 모르겠다고 대답했다. 대적자가 오니 그냥 싸움만 했다고.

"칼라인은 그런 말 없던데."

"칼라인이 알면서도 모른 척한 건지, 아니면 진짜로 몰라서 말 안 한 건진 모르겠지만 전대 로드가 하고 싶어 한 게 있긴 했소."

"그게 뭔데?"

"전대 로드는 환생하고 싶지 않아 했소."

뜻밖의 말에 라틸은 눈을 휘둥그렇게 떴다.

"정말이야? 아니…… 왜?"

잘 이해가 가지 않았다. 자신이 기억하지 못하더라도 뭐 환생을 계속해서 나쁠 건 없지 않나?

"환영받고 싶다 했소."

그러나 브라딤의 설명에 라틸은 조금 납득했다.

"아……."

도미스는 여기저기 쫓겨 다니고 자주 울었다. 아픈 기억이 많으니, 힘겹게 살다 보면 그렇게 생각할 것도 같았다.

"그럴 만하지."

"전대 로드에 관해 아시오?"

"조금. 외롭고 고생을 많이 했더라고."

"그렇소? 내가 만났을 땐 동료들이 이미 많아서. 그랬던 건 몰랐소."

그러나 브라딤의 이어진 설명은 라틸이 알던 것과는 조금 달랐다.

"동료들이 많았어?"

늘 배신만 당하던 도미스가? 라틸이 얼떨떨해 묻자 브라딤은 고개를 끄덕였다. 라틸은 조금 안심해서 중얼거렸다.

"다행이네."

앞으로 꿀 도미스의 기억 뒷부분은 조금 희망적인 모양이다. 하지만 다시 라틸은 이해가 가지 않아 고개를 기웃했다.

"그럼 누구한테 환영받고 싶단 거야?"

"본인이 환영받고 싶단 게 아니오."

"응?"

"우리 같은 이들 말이오. 인간이 아닌 이들."

"!"

"밝은 곳에서 살고 싶어 나오지만 나올 때마다 쫓겨가는 게 가 없다 했소."

라틸은 눈을 끔뻑거렸다. 도미스가 그런 말을 했다고? 하긴. 착하니까 그런 말을 할 사람 같긴 하다. 이쪽 입장에선 너무 착해서 호구 같을 정도지만.

"하지만……."

너희는 사람을 죽이잖아? 그러나 라틸은 도미스의 사상에 완전히 공감할 수 없어서 뒷말을 우물거렸다.

물론 자신 역시 식시귀를 죽여보란 기르골의 제안에 '아직 사람을 안 해쳤으니 싫다'라고 대답하긴 했다. 그렇더라도 도미스만큼 박애적인 포용력을 발휘할 정도는 아니었다.

므라딤은 라틸이 무슨 말을 하고 싶은 건지 알아들었던 얼굴로 미소 지었다.

"영혼이 같다고 기억이 같진 않지. 전대 로드 생각이 다 옳은 것도 아니고, 다르다고 해서 틀린 것도 아니오. 그저 그랬다 말하는 거지."

"……."

"어쨌든 전대 로드는 환생하고 싶지 않아 했소. 이걸 위해 당시 대적자와 뭔가 거래를 했지."

라틸은 여기서 또 이해가 가지 않았다. 인간 외 종족들도 환영받았으면 좋겠단 게 왜 자신이 환생하지 않는 결론으로 간 거지?

게다가 대적자와 거래라니. 도미스는 결국 대적자 손에 죽지 않았나? 그런데 무슨 거래를? 언제?

"뭘 거래했는데?"

"나도 모르겠소. 거래를 할 거라고만 했으니."

어깨를 으쓱한 므라딤은 라틸을 빤히 보다가 덧붙였다.

"하지만 실패한 모양이오. 성공했다면 현재 로드가 여기 있진 않겠지."

"그러게."

라틸은 인상을 찡그렸다. 혹시 자신이 도미스의 기억을 볼 수 있는 건, 심지어 골라서 편집된 기억을 볼 수 있는 건, 도미스가 한 짓인가? 환생한 자신이 자기 염원을 이어서 해주길 바라서?

'꽤 가능성 있어 보이는데? 기르골 반응을 봐. 나 이전엔 전생을 기억한 로드들이 없었다잖아.'

"로드, 그리고 그거 아시오?"

멍하게 생각에 잠겼던 라틸은 므라딤의 의미심장한 부름에, 또 뭔가 있나 싶어 긴장해 옆을 보았다.

눈이 마주치자 므라딤이 씩 웃었다.

"자연스럽게 내게 말을 놓으셨소, 로드."

"!"

'므라딤은 기르골이 여기 있는 건 모르나 봐. 다행이라 해야 하나. 전에 보니까 사이가 어마어마하게 나쁘더니만.'

므라딤이 머리카락을 말려야겠다면서 다른 곳으로 갑자기 가버리자, 라틸은 난데없이 끊긴 대화에 당황해 그 뒷모습을 잠시 바라보았다.

하지만 곧 브라딤은 피인어니까 사람들과는 뭔가 달라도 다를 거란 걸 떠올리고서, 황당한 기분을 누르고 자신 역시 방향을 틀어 칼라인에게 걸어갔다.

그런데 칼라인은 방 안에 없었다.

'아침부터 어딜 갔지?'

대신관이라면 아침 훈련을 갔겠지만, 칼라인은 딱히 그런 취미도 없어 보였는데.

의아한 기분에 몸을 돌리던 라틸은 "주인." 하고 뒤에서 들려온 목소리에 화들짝 놀라 몸을 돌렸다. 어느새 칼라인이 라틸의 바로 뒤에 딱 붙어 서 있었다.

"너…… 진짜 인기척이 없구나."

라틸이 심장을 쓸며 묻자 칼라인이 입꼬리를 미약하게 올렸다.

"그래서 평소엔 일부러 소리를 내면서 다닙니다."

"그래라. 놀랐네."

여전히 심장은 쿵쿵 뛰고 있었으나 라틸은 적당히 손을 내렸다. 그러나 라틸이 손을 내리자마자 그 위치 가까이 칼라인의 얼굴이 다가왔다.

쑥 다가온 얼굴에 라틸의 심장이 다시 뛰었으나, 칼라인은 눈을 가느스름하게 뜨고서 불만스레 물었다.

"다른 남자 품에 쉬러 가시겠다더니, 다 쉬고 놀러 오셨습니까?"

'코가 왜 이렇게 밝아?'

"물어볼 게 있어서 왔어."

"물어볼 거라니요?"

라틸이 주위를 둘러본 다음 작게 "전생 일로." 하고 말하자, 그리 달갑지 않은 화제인 듯 칼라인의 표정이 어두워졌다. 라틸은 그 변화를 모른 척하고서 물었다.

"혹시 도미스가, 뭐 원하던 게 있었어?"

"저입니다."

"말고는?"

칼라인은 고개를 저었다. 라틸은 목에 힘을 주었다. 뭐야. 칼라인도 모르던 목표였나? 그걸 므라딤이 알았다고?

그것도 좀 이상하지 않나? 의아했다. 하지만 므라딤이 거짓말을 했다고 여기기엔 그것도 역시 이상했다. 이런 걸 므라딤이 거짓말 해서 뭐에 쓴단 말인가.

게다가 므라딤은 로드들의 성격이나 가치관이 매번 달랐다는 걸 확실하게 짚어주었다. 라틸이 도미스의 염원을 계속 이어나가기를 딱히 바라는 눈치도 아니었다.

"주인?"

"므라딤, 그 피인어 수장이 그러던데. 도미스가 염원하던 게 있었대. 그걸 위해서 당시 대적자랑 뭘 거래했다던데. 뭘 거래했는지 알겠어?"

칼라인은 어리둥절한 얼굴이었다.

"도미스가…… 원하던 게 있었다고요?"

라틸이 고개를 끄덕이자 그가 충격받은 표정이 되었다.

"진짜 모르고 있었나 보네."

라틸이 중얼거리자 칼라인은 얼떨떨하게 바라보다가 다급히 물었다.

"그게 뭡니까?"

"별건 아니고……."

라틸은 솔직하게 대답해 주려다가 주저했다. 막상 말하려고 보니, 도미스가 칼라인에게 자기 염원을 왜 비밀로 했는지 알 것 같아서였다.

칼라인은 도미스를 만나고 싶어서 500년을 기다렸다. 거기에 대놓고 '도미스는 환생 안 하고 싶어 했어'라고 말하기 어려웠다.

"주인."

라틸이 애매하게 말을 끊자 칼라인이 애원하는 목소리로 불렀다.

"나 일할 시간. 회의 있다."

그 표정은 확실하게 동정심을 자극했지만, 라틸은 넘어가지 않고 휙 돌아서서 가버렸다. 칼라인은 눈 깜짝할 사이 라틸의 옆으로 다가와 다시 애원했다.

"주인."

라틸은 아예 뛰어서 달아나 버렸다.

아이니는 침대 등받이에 커다란 베개를 놓고 기대어 앉아 창밖을 바라보고 있었다. 해야 할 것들이 몇 개 있었으나, 여러 가지로 심란해서 몸을 움직일 기력조차 없었다.

그래도 이렇게만 있어선 안 된단 생각에 억지로 침대 밖으로 나가려는 찰나. 때마침 밖에서 루이스가 "황후 폐하." 하고 다급히 그녀를 불렀다.

"들어와라."

루이스는 들어오다가, 아이니가 일어서려는 걸 보고 다가와 얼른 부축해 주었다. 아이니는 루이스의 손을 잡고 천천히 일어나며 물었다.

"무슨 일이지?"

들어올 때 루이스의 목소리가 다급했던 걸 떠올리고 한 질문이었다.

역시나. 루이스는 아이니가 균형을 잡고 스스로 서자 손을 놓고서 얼른 대답했다.

"타리움 소식이 왔습니다."

"타리움? 사절단을 보낸 지 얼마나 됐다고 벌써 답이 와?"

"아니요, 그 일이 아니라, 다른 일입니다."

"다른 일이라니?"

루이스의 표정이 굳자 아이니는 체념조로 웃었다.

"괜찮으니 말해라. 여기서 더 충격받을 내용도 없으니."

"성기사단 백화랑술의 기사단장이, 황후 폐하는 대적자가 아니라고 자기 명예와 이름을 걸고 말했답니다."

루이스의 말을 듣고도 아이니는 충격받진 않았다. 하지만 기가차서 웃음이 흘러나왔다.

"어이가 없군."

"그러니까요."

"우리 쪽에서도 발표해라. 이쪽에 '대적자의 검'이란 게 있다고. 사람들 앞에서 뽑아보일 테니, 원한다면 타리움에서 와서 봐도 좋다고. 그러면 누구 말이 옳은지 알게 되겠지."

아이니의 덤덤한 지시에 루이스는 신이 나서 "네!" 하고 외치고는, 존경하는 눈으로 아이니를 바라보았다. 그 부담스러운 시선에 아이니는 눈살을 찌푸리고서 일부러 다른 방향을 보았다.

"전 황후 폐하 같은 분을 모시게 되어 정말 기쁩니다. 최고의 영광이에요."

루이스는 좋은 사람이었고 자신을 진심으로 따랐지만, 아이니는 역시 시녀들 중 죽은 레들러가 가장 좋았다. 우정이라고 할 수 있는 걸 보내준 건 레들러뿐이었다.

루이스가 자신에게 보내는 감정은 우정이라고 하기엔 부담스러운 무언가가 느껴져 곤란했다.

하지만 곧 아이니는 루이스가 보내는 이 맹목적인 충성심을 유용하게 사용할 방법이 떠올랐다.

"루이스."

"네, 황후 폐하."

"은밀하게 심부름을 하나 해야겠다."

"네, 황후 폐하."

"고위신관을 한 명 몰래 데려와다오."

"고위신관이요?"

"헤움이 내게 뭔가 붙어있다 했다지. 그가 그런 걸로 거짓말을 할 리가 없다. 한번 확인해 봐야겠어."

아이니는 자신이 칼라인을 보자마자 갑자기 전생이 기억난 일과 그를 미치도록 사랑하게 된 일을 떠올렸다. 아직도 그 감정은 유효했고, 차갑게 내처진 후에도 그녀는 칼라인을 사랑했다. 여전히 그를 떠올리면 온 마음이 어지러웠다.

하지만 칼라인의 주장처럼 자신이 도미스의 환생이 아니라면…… 그런 감정이나 기억이 자신에게 있는 건 분명 이상한 일. 헤움의 충고를 따라봐서 나쁠 건 없었다.

그러나 루이스는 아이니의 말에 바로 대답하지 못하고 난처한 표정이 되었다.

"해주겠지?"

아이니가 재차 묻자 그녀는 얼른 고개를 끄덕였으나, 역시 난처한 기분은 그대로였다.

다가 공작님이 괜히 이상한 소문이 돌면 안 되니까, 황후 폐하가 신관 부르는 걸 막으라 했는데. 루이스는 등 뒤에서 초조하게 손가락 살을 눌렀다.

아예 안 부르자니 아이니가 실망할 것 같은데. 다가 공작의 명령을 어길 수는 없다 보니 곤란했다.

카리센에서 아이니가 '카리센 황후는 대적자가 아니다'는 백화의 주장을 전해 들었을 무렵, 좀비를 없애는 문제로 카리센에 갔던 성기사 역시 임무를 마치고 타리움 수도에 도착해 회의실에

있었다.

"……해서, 우선은 좀비들을 죽인 다음 성수를 채워 불에 태우는 방법을 제안했습니다."

라틸은 성기사의 보고를 차분히 듣고서 고개를 끄덕이고 물었다.

"처리하는 건 보고 왔는가?"

"아닙니다."

"그래."

하이신스도 고민이 많겠네. 라틸은 재차 고개를 끄덕이고서 성기사를 치하했다.

"고생이 많았다. 당분간 푹 쉬도록 해라."

말하고 나니 성기사는 따지자면 신전 소속인지라, 무언가 따로 보상을 하는 게 좋지 않을까, 하는 생각이 들었다.

그런데 보상을 할지, 한다면 어떻게 할지를 두고 라틸이 아직 판단을 내리기 전. 성기사가 조심스럽게 다시 입을 열었다.

"그리고 폐하, 하나 더 이상한 걸 보았습니다."

"이상한 거라니?"

"카리센 황후가 자신을 대적자라 주장하면서……."

"그 이야긴 들었다. 사절을 보내 대놓고 말했거든. 그대가 카리센에 떠난 후에 그 사절단이 왔지."

"아, 그렇군요. 하지만 그 일은 아닙니다. 관련은 있지만요."

"다른 일이 또 있다고?"

"예."

라틸이 말해보라 손짓하자, 성기사가 과거를 자세히 떠올리려는 듯 미간을 조금 찌푸리고서 말했다.

"대적자들이 사용하는 검이 있다더군요. 카리센 황후가 자기에게 그게 있다면서 웬 검을 뽑았습니다. 그런데 정말 다른 사람들은 그 검을 못 뽑더군요."

내내 조용히 있던 시종장이 놀라 끼어들었다.

"정말인가?"

"그게 진짜 대적자의 검인진 모르겠지만, 일단 황후 외 다른 이들이 못 뽑긴 했습니다. 게다가 웬 뱀파이어가 황후의 근위병들을 공격했고요."

사람들은 뜻밖의 소식에 웅성거리기 시작했다. 라틸 역시 좀 놀랐다. 대적자의 검은 기르골이 가지고 있지 않나? 그런데 아이니 황후가 뽑았다니?

"그 검이 어떻게 생겼지?"

"전체적인 검신은 하얀색인데 금색 테가 여기저기 둘려 있었습니다. 오래된 티가 나지만 검날은 녹슬지 않고 깨끗했지요."

"그건 너무 흔한 모양인데."

"아, 검집에 두 개 손이 섬세하게 새겨져 있었습니다. 손이 반대 방향에서 검집을 쥐는 모양으로요. 굉장히 정교했는데…… 더 자세히는 못 보았습니다."

라틸은 조금 더 놀랐다. 성기사가 설명하는 검 모양은 기르골이 가지고 있던 검과 똑같았다. 일단 생김새는.

그런데 그걸 왜 아이니가 가지고 있지?

'기르골이 이미 아이니를 만난 건가? 내 편이 되도록 회유하고

뭐고 할 것도 없는 상황이었나? ……찾아가 봐야겠어.'

보고를 들은 라틸은 업무를 마치면 기르골에게 찾아가 보기로
결심했으나, 도통 업무가 끝날 기미가 보이지 않았다.

덕분에 그 일을 먼저 들은 건 라나문 쪽이었다. 회의실에 아트락
시 공작도 있었던지라, 공작이 바로 제 아들에게 알려준 것이다.

공작은 대적자가 자신의 아들이라 알고 있었기에 무척 놀라 달
려와서는, 성기사에게 들은 이야기를 전부 다 빼지 않고 해주었다.

라나문은 아버지의 말을 심각하게 듣다가, 아트락시 공작이 "이
게 무슨 뜻 같니?"라고 묻자 천천히 입술을 뗐다.

"이상하군요."

"그래. 이상하지. 너는 네가 대적자라 하는데, 거기선 자기가 대
적자라 하고 있으니."

"그 검, 저도 본 적 있습니다."

"본 적이 있다고?"

"대적자의 스승이란 자가 가져와서 뽑게 했거든요. 그런데 그 검
을 카리센 황후가 뽑았다면……."

"역시 내 아들은 대적자가 아니구나!"

아트락시 공작은 안심해서 그만 진심을 털어놓다가, 라나문이
서늘하게 쳐다보자 얼른 진중한 아버지의 표정을 꾸며냈다.

"아비는 네 안전을 최우선으로 여긴단다."

"마음에도 없는 소릴 잘하시네요."

"하하. 사랑해, 아들."

"……."

라나문은 공작의 가식적인 애정 표현을 흘려들으며 인상을 찌푸렸다. 뭔가 이상했다. 절대로 대적자 임무를 하지 않을 거라 부정하긴 했으나, 사실 한편에서는 그도 알고 있었다. 자신이 대적자가 맞다는 걸.

그런데 갑자기 다른 대적자라니?

성기사가 전해준 문제는 라틸의 발목을 움켜잡았고, 그 때문에 평소보다 회의실과 집무실 사이를 오래 맴돌아야 했다.

뒤늦게 안건을 들은 이들이 계속해서 꾸역꾸역 밀려들어 오는 통에 라틸은 같은 주제를 도돌이표처럼 또 듣고, 듣고 계속 들었다.

결국 일이 끝났을 때는 이미 저녁 식사를 마치고도 산책까지 했을 시간이었다.

라틸은 대충 오늘의 일거리를 끝냈을 즈음 시계를 보며 고민했다.

'이 시간에 가도 되려나.'

기르골에게 아이니가 대적자인지, 대적자의 검은 왜 그녀에게 있는 건지 물어보려 했는데. 시간이 너무 늦고 말았다.

후궁이라면 늦은 저녁에 당연히 찾아가도 될 테지만, 기르골은 어쨌건 대외적으로는 월랑 왕자의 호위인지 시종인지 하여튼 그런 거였다. 정확히 뭔지는 아직도 모르겠지만. 이럴 때 그를 찾아가도 될까?

대답은 짜증이 가득한 월랑 왕자의 표정과 혐오감뿐인 눈동자가 떠오르자 바로 나왔다.

'될 거야.'

잠깐의 고민 끝에 라틸은 긍정적인 결론을 내리고 손님들이 머무는 건물로 찾아갔다.

월랑 왕자는 라틸이 찾아가든 안 찾아가든 싫어할 사람이니, 그렇다면 찾아가서 번거롭게 해주고 싶었다.

"폐하, 오셨습니까."

라틸이 월랑에서 온 사절단이 사용 중인 건물로 다가가자, 지나다니던 사절단이 얼굴을 알아보고 다들 인사해 왔다.

"그래."

라틸은 그들에게 간단하게만 답례하면서 계속 걸어갔다.

"왕자님은…….."

"왕자를 찾아온 게 아니니 신경 쓸 일 없다 해라."

왕자의 시종 같은 이가 다가와 슬그머니 말을 걸었지만, 라틸은 일부러 건조하게 대답할 뿐 쳐다보지도 않았다.

마침내 전에 기르골에게 꽃다발을 준 곳에 도착하자, 라틸은 그제서야 걸음을 멈추었다.

"전에 그자를 찾으십니까, 폐하?"

일전에도 라틸을 따라 이곳에 온 적이 있던 호위가 물었다.

"그래."

라틸이 대답하자 호위는 얼른 한쪽을 가리켰다.

"저쪽 방을 쓴다고 들었습니다."

전에 라틸이 기르골에게 꽃다발을 건네는 걸 보고 일부러 방 위치를 알아둔 모양이었다. 라틸은 고개를 끄덕이고서 그쪽으로 걸어갔다. 방문 앞에 도착한 라틸은 짧게 숨을 들이마시고서 똑똑 문을 두드렸다. 누구냐는 질문도 없이 방 안쪽에서 나른한 목소리가 들려왔다.

"어서 와, 아가씨."

그 아가씨 소리에 호위의 표정이 삽시간에 굳었다. 하지만 라틸은 아무렇지 않게 문을 열고 안으로 들어갔다.

들어간 방에는 기르골이 화분 50개를 늘어놓고 거기에 물 주는 모습이 보였다.

기르골은 43번째 화분에 물을 뿌리더니, 굽혔던 허리를 펴면서 라틸에게 알려주었다.

"저 문 뒤에서 아가씨 호위가 구시렁거리고 있어. 아가씨는 너무 얼굴만 본대."

'농담이 아니라 정말로 순애보 이미지는 물 건너갔구나. 사실 순애보 이미지를 꼭 가지고 있을 필요도 없지만.'

기르골이 환히 웃으면서 "내 성격이 나빠 보여, 아가씨?"하고 묻자, 라틸은 호위의 안전을 위해 얼른 말을 돌려 본론을 꺼냈다.

"아이니 황후가 대적자의 검을 가지고 있다던데."

"소문이 느리네."

"진짜야?"

"우리 제자님 물건이 될 뻔했는데. 다른 사람한테 가서 아쉬워?"

"진짠가 보네."

기르골은 45번째 화분에 물을 쫄쫄쫄 따랐다. 라틸은 근처에 있는 소파에 슬며시 엉덩이를 붙이고 앉아 그가 작업을 끝내기를 기다렸다.

마침내 기르골이 마지막 화분에 물을 다 주자, 라틸은 조금 기대감을 가지고 물어보았다.

"내가 사디란 걸 알았으니까. 이번엔 대적자 편들지 않을 거지?"

전에 와서 꽃다발도 줬고, 충격받으라고 일부러 사디일 때 한 말과 도미스일 때 한 말까지 해주었다. 그러니 심경에 변화가 좀 오지 않았을까?

"내기할까?"

그러나 기르골은 뭐든 쉽게 갈 마음이 없는 모양이었다. 그가 물뿌리개를 내려놓으며 묻자 라틸은 작게 끙 소리를 냈다. 내기 진짜 좋아하네, 저 뱀파이어.

"무슨 내기?"

"꽃을 뜯어먹으면 입에 향기가 남아, 아가씨. 알아?"

"보통은 모르겠지."

"누가 향기를 가장 오래 머금고 있는지. 어때?"

"차라리 빨리 꽃 뜯어먹는 사람이 이기는 내기로 하지그래?"

"그러면 아가씨가 지잖아."

왜 이런 내기를 해야 하는지 모르겠지만 라틸은 일단 제안을 받아들이고서, 호위에게 꽃다발을 여러 개 빨리 가져오라 지시했다.

"꽃다발이요?"

호위는 '그걸 전부 다 저 하얀 머리에게 주시려고요?'라는 뉘앙스로 되물었으나, 빨리 가져오라고 재촉하는 라틸의 말에 마지못해 나갔다.

잠시 뒤, 호위는 급조한 것치고는 그럭저럭 예쁜 꽃다발을 한가득 가져왔다. 손이 모자랐는지 다른 이들까지 꽃다발을 나누어서 들고 있었다.

그들이 물러나자 기르골이 꽃다발 하나를 집으며 "시작."이라 말했고, 곧 천천히 꽃을 뜯어먹기 시작했다. 그러나 라틸은 꽃을 먹지 않고 기르골을 쳐다보기만 했다. 기르골이 그 모습을 이상하게 쳐다보았지만 라틸은 여전히 그대로 있었다.

입에 향기가 어떻게 남을진 모르겠지만, 라틸은 기르골처럼 꽃을 잘 먹을 수 없었다. 한 잎 정도라면, 아니 두 잎이나 세 잎까지는 그래도 억지로 먹겠지만 그 이상 가면 표정이 구겨지고 오만상이 지어질 것이다.

꽃잎 먹기를 좋아하는 기르골은 그걸 보고 기분이 상할 게 분명할 터. 정공으로 내기에서 이길 자신이 없으니 속임수를 쓸 생각이었다. 효과가 있었는지, 기르골이 꽃다발을 세 개 정도 먹다가 고개를 기웃하며 물었다.

"아가씨는 안 먹어?"

그 질문을 기다리고 있었던 라틸은 소파 안쪽에서 기르골 가까이로 이동했다.

라틸이 이상하게 이동해 오자 기르골은 눈썹을 치켜떴다.

그의 눈썹이 내려오기 전, 라틸은 소파에서 느려빠진 용수철처럼 슬그머니 무릎을 펴 그의 입에 가볍게 입을 맞추고 도로 내려왔다.

"!"

그 상태로 슬쩍 기르골의 눈치를 보니, 그는 이런 걸 예상치 못한 듯 완전히 돌이 되어있었다.

눈썹을 물론 속눈썹조차 떨리지 않을 정도로 완전히 정적에 잠긴 모습은 다른 의미로 정말 사람 같지 않았다.

라틸은 그의 눈치를 살피다가, 기르골이 눈동자만 아래로 툭 내려 자신을 보자마자 밝게 웃으면서 둘러댔다.

"그대 향기를 내가 다 가져왔으니 내 승리야."

스스로도 헛소리라는 걸 알았으나, 기르골을 상대하는 일이라면 약간 꼼수가 필요했다.

라틸은 심장이 두근두근해서 그의 반응을 살폈다. 먹혔……을까? 통할까?

지금까지 본 바로 기르골은 의외인 상황에 약한 것 같았다. 게다가 '사디'에게 빈말이지만 연애하잔 말도 했지. 그러니 어쩌면……!

"바람둥이가 됐구나, 아가씨."

먹힌 건가? 아닌 건가?

"날 흔들리게 하네."

조마조마하던 마음이 기르골의 한숨 섞인 말에 활짝 피어났다.

라틸은 자신의 계책이 통한 데 만족해서 밝게 웃었다.

"그런데 무효야."

그 미소는 1초도 되지 않아 다시 사그라들었다.

"어째서!"

라틸이 항의하자, 기르골은 아까 굳어있던 게 환상이었던 것처럼 덤덤하게 대답했다.

"사기잖아."

"애초에 종목 자체가 그대에게 너무 유리했어."

"그러면 종목을 바꾸자 했어야지."

"……종목을 바꿀까?"

"뭐로?"

"이름이 긴 사람이 이기는 걸로 하자."

기르골의 입꼬리 양옆이 뚝 떨어졌다.

라틸은 시무룩해져서 원래 자리로 돌아갔다. 그러고서 힐긋 앞을 보니, 아까는 입을 뒤집어진 U 모양으로 하고 있던 기르골이 이번에는 웃고 있었다.

그러다 눈이 마주치자 그가 놀리는 건지 진심인지 알 수 없는 태도로 말했다.

"걱정 마, 아가씨. 당장은 다른 데 갈 마음이 없으니까."

"정말이야?"

"조금이라도 방심하면 어디로 갈지 모르지만."

"뭐?"

황당해서 되묻는데, 대답보다 먼저 기르골이 코앞에 나타났다.

그야말로 눈 깜짝할 사이 기르골의 얼굴과 맞대게 된 것이다. 코끝이 닿을락 말락 하는 거리에 라틸이 눈을 커다랗게 뜨자, 기르골은 라틸의 코끝을 쿡 누르고서 웃었다.

"내가 어디 못 가게 아가씨가 날 계속 지켜보면 되잖아."

"협박하는 거야?"

"아가씨 같은 사기꾼에게 대항하려면 어쩔 수가 없네."

"……."

"그보다 난 아가씨가 대적자의 검을 뽑은 원리가 더 궁금한데. 아가씨는 그건 안 궁금해?"

잠깐이지만 궁금하기는 했다. 살아남는 데 그리 필요한 정보가 아니라 바로 잊어버렸지만. 그래도 새삼 듣고 나니 궁금해지긴 해서, 라틸은 신중하게 질문했다.

"궁금해. 다른 로드들은 못 뽑았어?"

"못 뽑았어……라고 하기엔 시도도 해본 적이 없지. 내가 안 쳤으니까."

"내가 최초야?"

"그럼. 아가씨는 최초로 대적자라고 사기 친 로드야. 축하해."

"!"

저놈 왜 자꾸 나를 사기꾼으로 몰아가는 것 같지? 라틸이 멍하게 바라보자, 기르골의 한쪽 입꼬리가 비틀리듯 올라갔다.

"뭐. 어쨌든 적이 됐을 때 가장 위험한 건 나지만, 당장 난 그럴 마음이 없으니 예외로 치고. 안전 때문에 이러는 거라면 다른 게 더 급하지 않아, 아가씨?"

"무슨 소리야?"

"아가씨가 조심해야 할 적이 한둘이 아닐 텐데?"

라틸은 그게 무슨 소리냐는 듯 쳐다보았다. 한둘이 아니라니? 기르골과 대적자, 성기사. 이 정도 아닌가? 더 있나?

기르골이 고개를 기우뚱했다.

"설마 아가씨, 나랑 대적자 둘이서 로드를 이겼다고 생각해?"

라틸은 얼른 손을 저었다.

"아니. 성기사들 있잖아. 하지만 성기사들은 이번엔 '우리' 편이야. 내 밑으로 들어왔거든."

라틸은 슬그머니 기르골도 자신의 진영에 밀어넣고서 모른 척 시치미를 뗐다.

다행히 기르골은 그 부분을 인지하지 못했는지 넘어가 주었다.

"성기사가 아가씨 편인 건 확실해? 그 인간들은 아가씨 정체를 모르지 않아?"

그다음에 한 말이 너무 지독했지만.

라틸이 시무룩하게 쳐다보자, 기르골은 좀 더 심각한 얼굴로 팔짱을 꼈다.

"뭐, 아가씨가 데리고 있는 성기사들이 평생 정체를 모르고 아가씨 편이 될 수 있다고 쳐도. 기사단이 왜 하나일 거라고만 생각해, 제자님?"

기르골이 스승 모드로 돌아왔으나, 라틸은 그가 한 말에 더욱 놀라서 눈을 커다랗게 떴다.

"그럼 다른 기사단이 더 있단 건가?"

"없는 게 더 이상하지 않아?"

라틸은 칼라인의 꿈에서 본 도미스의 최후를 떠올렸다. 단둘뿐이던 칼라인과 도미스. 그리고 그들을 둘러싼 수많은 기사들.

'그러니까, 백화랑술은 내 정체를 모르고 있으니 양날의 검이나 마찬가지고. 설령 백화랑술이 내 편으로 남는다 해도, 더 많은 적들이 있단 건가.'

라틸은 기르골에게 더 자세히 물어보고 싶었다. 하지만 그가 갑자기 정신이 나간 사람처럼 소파에 털썩 앉아 꽃을 뜯어먹기 시작하자 더 물을 수가 없었다. 여기서 귀찮게 말을 굴면 그의 젠가 같은 정신머리가 톡 빠지면서 어디로 튈지 모를 것처럼 보인 탓이다.

'기르골은 정신력이 너무 약해. 아군이 되더라도 위험한 존재 같다.'

그걸 본 라틸은, 기르골을 아군으로 만들기보다는 적이 되지 않게만 해야겠다고 생각했다. 아군으로 들여도 큰일 날 뱀파이어 같았으니까.

어쨌든 기르골과 더 대화할 수 없는 상황이 되어 라틸은 칼라인을 찾아갔다. 칼라인은 라틸이 도미스의 염원에 대해 말해주지 않고 가버린 탓인지 평소보다 좀 무뚝뚝하게 맞이하였으나, 라틸이 대적자 이야기를 꺼내자 최대한 사감을 누르고 정직하게 대답해주었다. 모른다고.

"저는 대적자가 제대로 대적자 노릇을 할 때 곁에 있던 적이 없습니다, 주인."

"넌 모든 걸 다 알 것 같은 분위기인데. 의외로 아는 게 적구나, 칼라인."

"적의 수가 아주 많았던 건 압니다."

"그건 나도 알아."

한숨을 내쉰 라틸은 자리에서 일어섰다. 어쩔 수 없지. 기르골이 제정신이 돌아오면 그에게 물어보는 수밖에.

라틸은 칼라인의 어깨를 두드리고서 문으로 걸어갔다. 그런데 문을 나가 그의 후원을 지나가고 있자니, 칼라인이 뒤늦게 따라와 물었다.

"주인은 그걸 어떻게 아는 겁니까?"

새삼 생각해 보니, 자신도 모르는 걸 라틸이 대체 어떻게 아나 의아한 듯했다.

'아아, 칼라인은 아직 기르골이 월랑 사절단에 섞여온 거 모르지.'

라틸은 칼라인에게 기르골 이야기를 해줘도 될까 말까 잠시 주저했다. 그러나 라틸이 결정을 내리기 전, 칼라인의 뒤에서 누군가 먼저 대답했다.

"내가 얘기해 줬어."

그 소리를 듣자마자 칼라인의 분위기가 순식간에 나른한 표범 같은 모습에서, 진짜 뱀파이어 같은 스산한 모습으로 변했다. 칼라인은 뒤를 돌아보았고, 라틸도 칼라인의 뒤에 선 이를 보았다.

언제부터 있던 건지, 기르골이 히죽 웃은 채 화분을 안고 있었다.

같은 대치 상태인데, 한 사람은 웃고 있고 한 사람은 긴장해 있었다. 어느 쪽이 우위에 있는지는 그들의 표정에서부터 드러났다.

이대로 두었다간 칼라인이 다칠 것 같아서 라틸은 일부러 중간 지점으로 걸어가며 둘을 말렸다.

"그만."

하지만 큰 소용은 없었다. 라틸이 굳이 중간에 끼어든 게 무색하게도, 둘은 라틸의 위쪽으로 뛰어오르며 서로를 공격하기 시작한 것이다.

"!"

그 움직임에 가만히 있던 라틸의 머리카락까지 흔들렸다. 라틸은 놀라 위를 처다보았다. 바로 위쪽에서 부딪치는가 싶던 이들은 그새 옆으로 이동해 싸워대고 있었다. 눈 깜짝할 사이 수십 번씩 오고 가는 맹렬한 움직임은 다 파악하기조차 어려울 지경이었다.

'이게 뱀파이어들의 싸움인가.'

생각지도 못한 엄청난 속도에 라틸은 마른침을 삼켰다. 누가 이기고 있는 건지도 잘 구분하기 어려웠으나, 그래도 집중하면 중간중간 부분부분 싸움의 장면은 볼 수 있었는데, 볼 때마다 칼라인이 얻어맞는 건 확실했다.

기르골은 치사하게도 들고 있던 화분으로 칼라인을 자꾸 때리고 있었다.

'뛰어들어야 하나?'

라틸의 눈동자가 기르골이 칼라인에게 부딪쳤다가 한 번씩 떨어지는 순간을 예리하게 탐색했다. 몇 번이나 라틸은 주먹을 쥐었다가 펼치기를 반복했다.

그러나 쉽지 않았다. 뛰어들 만한 순간은 여러 번 있었으나, 두 뱀파이어의 속도가 너무 빠르니 문제였다. 지금 같은 상황이라면, 라틸이 둘 사이에 뛰어들면 둘 모두에게 얻어맞을 것 같았다.

'난 사람이잖아. 저 사이에 끼어서 양옆으로 맞으면 죽을 건데.'

결국 생각 끝에 라틸은 활을 가져와서 화살에 시위를 쟀다. 라틸은 활보단 검을 사용하는 쪽이었으나, 귀족 대부분과 마찬가지로 활도 쏠 줄 알았다. 어차피 저 둘을 공격할 것도 아니고. 심지어 활이 날아온다 해도 뱀파이어들이니 알아서 피하겠지. 피하다가 싸움을 멈추는 것. 그게 목적이다. 라틸은 시위를 당겼다.

그런데 활을 날리기 직전, 한 발에 성인 한 명을 통째로 쥐고 날수 있을 만큼 거대한 새 두 마리가 허공에서 갑자기 나타나더니, 기르골과 칼라인을 각기 집어 다른 방향으로 던져버렸다.

"!"

저건 또 뭔가 싶어 쳐다보자, 새 두 마리의 정확한 중앙 지점에 게스타가 인상을 찌푸린 채 서있었다.

그 양손에는 꼭두각시 조종줄 같은 게 들려있었으나, 실은 모두 중간에 잘려있고 매달린 인형은 없었다.

그 이상한 모습으로, 게스타는 청순하고 가련한 표정에 어울리지 않는 낮고 어두운 목소리로 경고했다.

"그만들 하세요……. 폐하께서 놀라시잖아요……."

솔직히 말하자면, 라틸은 게스타에게 더 놀랐다. 당황해서 입을 다물지 못할 정도로. 자기에게도 숨겨둔 정체가 있다는 신호를 은밀히 주긴 했지만, 아니, 최근엔 아예 대놓고 주긴 했지만, 그래도 '로드 쪽이겠지. 그럼 적은 아니네' 수준에서 그쳤는데. 대체 저 거대한 새들은 뭐란 말인가.

라틸은 멍해졌으나, 기르골은 흥미가 가는 듯 칼라인을 더 공격하는 대신 밝게 웃으며 말했다.

"동창회 하는 기분인데?"

게스타는 인상을 썼다.

"이게 동창회라면 그쪽은 다른 학교 학생일 텐데요."

게스타가 손가락을 움직이자, 거대한 새들이 이번에는 위협적으로 칼라인과 기르골의 주위를 맴돌았다. 발톱만 움직여도 사람의 목 정도는 우습게 부러뜨릴 수 있을 흉포한 기세로.

기르골은 웃으면서 손을 내렸다.

"걱정 마. 난 지금 조용히 지내는 중이라."

게스타가 칼라인을 보자, 칼라인 쪽도 마지못해 고개를 끄덕였다. 둘이 더 싸울 것 같지 않자 게스타는 그제야 손을 내렸다. 게스타가 손을 내리자 거대한 새 두 마리 역시 처음부터 없었던 것처럼 순식간에 사라졌다.

"폐하, 왜 저자가 여기 있소?"

그러나 한 궁전 안에 사이 안 좋은 이들을 엇갈리게 배치한 부작용은 여기서 그치지 않았다. 험악한 목소리에 돌아보자 이번에는 므라딤이 사나운 눈으로 기르골을 보고 있었다.

넌 대체 어디서 온 거냐. 어디 있다 온 거야. 왜 하필 지금 왔는데! 라틸은 혈압이 올라서 속으로 항의했다.

기르골은 사람 속이 뒤집히는 와중에 느긋하게 웃었다.

"맞네, 동창회."

가까스로 가라앉혔던 분위기가 다시 날이 서기 시작했다.

게스타가 손을 올리자 사라졌던 거대한 새들이 이번에는 세 마리로 늘어나 나타났고, 칼라인 역시 뱀파이어다운 분위기로 돌입했다.

므라딤의 머리카락은 바람도 안 부는데 혼자 흔들리기 시작했으며, 그의 주위로 물방울 같은 것들이 방울방울 고이기 시작했다.

숫자는 더 늘어났지만, 이 늘어난 이들이 모두 다 기르골 한 사람을 적대하는 모양새. 그러나 이 와중에도 기르골은 여유롭게 웃고만 있었다.

저 셋이 기르골을 제압해도 문제, 기르골이 저 셋을 제압해도 문제, 넷이 싸우다가 난전이 벌어져도 문제인 상황에 라틸은 더는 참지 못하고 활시위를 당겨 정확히 그들 중앙을 향해 쏘았다.

'핑' 하는 소리가 나는가 싶더니 조그만 화살 하나가 네 사람의 중앙 지점 바닥에 박혔다. 첨예하게 대치하던 이들이 드디어 라틸 쪽을 돌아보았다.

라틸은 정색하고서 명령했다.

"그만하고 다들 돌아가."

그러나 지시를 따르기는커녕, 기르골은 가엾어 죽겠다는 목소리로 말했다.

"그건 너무 앙증맞은 무기 같아, 아가씨."

라틸이 발끈하기도 전에 칼라인이 이를 내밀었다. 거기에 기르골이 재미있어 죽겠다는 듯 웃으며 화답하려는 찰나, 라틸은 이번에는 기르골이 안고 있는 화분을 향해 활을 쏘았다.

퍽 소리가 나며 화분에 금이 가자, 내내 웃고만 있던 기르골의 얼굴에 처음으로 미소가 빠져나갔다. 금이 간 물병 밖으로 물이 새어 나가듯 서서히 웃음이 사라지는 모습에, 라틸은 활을 내리면서 다시 한번 명령했다.

"다들 돌아가."

기르골이 말을 들을지 안 들을지 자신할 수 없는 데다 자꾸 웃음기가 빠져나가는 얼굴 때문에 좀 무서웠지만, 그래도 내색하진 않았다.

자기는 로드를 직접 못 죽인다는 기르골의 말을 믿고 행동하는 거였다. 원리는 모르겠지만 본인 입으로 그렇다니까.

"······."

"······."

"······."

"······."

잠깐의 침묵 후, 칼라인이 제일 먼저 손을 내리면서 순순히 대답했다.

"예."

그가 원래의 섹시한 용병왕 모습으로 돌아오자, 게스타도 천천히 손을 내렸고 새 두 마리의 모습도 사라졌다.

"남은 하나도 넣어, 게스타."

그걸 본 라틸이 추가로 덧붙이자, 남은 새 한 마리도 사라졌다.

므라딤 역시 이 상황에 혼자 날뛸 수는 없는지, 서늘하게 기르골을 노려보면서도 기운을 눌렀다. 흔들리던 머리카락이 점점 차분하게 가라앉은 걸 보면 확실했다.

다행히 기르골도 실실 웃더니 "알았어. 알았어." 하고 중얼거리면서 화분을 꼭 끌어안고 다른 한 손으로는 새어나가는 흙을 막았다.

가장 분위기를 늦게 눌렀으나, 가장 먼저 돌아서서 가버린 건 기르골이었다. 그가 사라지자 다른 이들도 흩어졌다.

칼라인과 게스타는 라틸과 함께하고 싶어 했으나, 라틸은 고개를 저어 다들 돌아가란 암묵적인 명령을 내렸다.

넷 모두 사라지자 라틸은 그제야 활을 내리고서 화살을 풀고 식은땀을 닦았다.

'다 모여있다 보니 위험해.'

다른 이들은 그래도 통제가 되는데, 기르골이 섞이는 순간 모든 게 망가져서 다른 이들까지 통제하기 어려워진다.

문제는 그 원흉인 기르골을 다른 곳에 보내면, 그 나름대로 역시 신경이 쓰인다는 점이었다. 거기서 뭘 할지 모르니까.

"……."

눈을 감은 채 그림처럼 기도하던 대신관이 갑자기 눈꺼풀을 들어울렸다. 운동할 때도 마찬가지지만, 대신관은 기도할 때 집중력이 몹시 강했다. 그런 대신관이 갑자기 기도 도중 눈을 뜨자, 옆에서 시중을 들던 백화가 그게 이상하게 여겨져 물었다.

"왜 그러십니까?"

대신관은 미간을 찌푸리고서 창문 쪽으로 고개를 돌렸다.

"악한 기운이…… 나타났다가 사라졌습니다."

"악한 기운이요?"

"그리 멀지 않은 곳에서요."

백화는 고개를 기우뚱하다가 감탄했다.

"과연 대신관님은 대단하십니다. 저는 아무것도 느끼지 못했거든요."

대신관의 수행사제 겸 시종인 구벨은 '자랑이다'라고 생각했으나, 굳이 자기 생각을 표현하진 않았다.

대신관은 백화의 칭송에도 표정 변화 없이 일어나 천천히 창가로 걸어갔다. 이윽고 창밖을 빤히 바라보던 그가 입을 열었다.

"폐하께 이 이야기를 해야겠습니다."

하지만 몇 걸음 가지 않아, 대신관은 제자리에 붙어선 채 걱정스러운 얼굴로 구벨을 돌아보았다.

"구벨, 폐하께서 날 보기 싫다 하면 어쩌지?"

기르골을 포함해 위험하기 짝이 없는 후궁들을 어떻게 통제해야 할지, 여기에 참여하려고 드는 므라딤은 또 어떻게 해야 하는 건지, 라틸은 고민에 잠겨 방으로 돌아왔다.

그런데 막 씻고서 잠자리에 들려 하니, 시녀가 다가와 알려주었다.

"폐하, 대신관님께서 오셨습니다."

"대신관이? 이 시간에?"

"네."

라틸은 시계를 보았다. 밤 10시 30분. 대신관이 평소 찾아올 만한 시간은 아니었다.

라틸이 악몽을 꾸고 싶지 않을 땐 그를 밤에 부르기도 했지만, 요즘은 일부러라도 도미스의 기억을 보려 하고 있었기에 그런 일도 점점 줄고 있었고. 그런데 무슨 일일까?

"들여보내 줘."

"예."

시녀가 나가자 교대하듯 대신관이 안으로 들어왔다.

라틸은 웃으면서 그를 맞이하려다가 대신관이 눈치 보는 걸 발견하고서 의아해졌다.

"왜 그러느냐?"

평소답지 않은 태도에 호기심이 들어 묻자, 대신관은 라틸의 눈치를 연신 살피면서 물었다.

"전에 제가 폐하 부탁을 거절한 일로……."

"응?"

그런 일이 있었던가, 생각하자마자 그런 일이 떠올랐다. 하지만 그 일은 결국 백화가 나서주어서 해결된 지라, 라틸은 이미 까마득하게 잊어버린 일이었다.

결정적으로 아이니는 결국 진짜 대적자가 맞았고. 물론 아니라고 몰아갈 생각이긴 하지만.

어쨌든 자신은 이미 잊고 있던 일을, 정확히는 잊어버릴 수 있던 일을 대신관은 아직까지 쩔쩔매며 눈치를 보자, 라틸은 괜히 미안해졌다.

"그땐 나도 감정이 격해져서."

"중요한 일이었습니까?"

"어? 아니, 중요한 일은 아니었지만……."

'중요한 일이었다 할 걸 그랬나. 중요한 일이 아니라 하고 보니까 내가 굉장히 쪼잔한 사람이 된 것 같은데?'

하지만 중요한 일이었다고 하면 대신관이 계속 눈치를 볼 것 같아서, 라틸은 자신이 그냥 쪼잔한 사람이 되기로 하고 웃었다.

"그보다 이 시간엔 무슨 일로 왔어? 그 일 얘기하러 온 건 아닐 테고."

라틸은 일부러 톡톡 침대 옆자리를 두드렸다.

"오랜만에 옆에서 자려고?"

"그럴까요?"

이런 데는 절대로 빼지 않는 대신관이 얼른 옆에 다가오자, 라틸은 낄낄 웃으면서 옆으로 이동해 누웠다.

"나중에 기회가 되면 신관들 규범이 뭔지 진짜 한번 확인하고 싶다."

"꽤 복잡한 편입니다."

"그럴 것 같아. 그런데 정말은 무슨 일로 왔어?"

라틸은 대신관의 머리카락을 한 손으로 꼬다가, 기르골이 하던 행동이었단 걸 깨닫고 손을 도로 내렸다.

대신관은 베개를 바르게 정돈하고 누우면서 아무렇지 않게 대답했다.

"하렘 안에 뭔가 사악한 것들이 있는 것 같습니다, 폐하."

아무렇게 흘릴 수 없는 말을. 라틸은 흐뭇하게 웃고 있다가 표정이 굳었다. 아니, 얘는 그걸 어떻게 안 거야?

"왜, 그렇게 생각하지? 전에 호수에서 나온 이상한 것 때문에?"

"아니요. 오늘 기도 중에 갑자기 이상한 기운이 느껴졌습니다."

'예리하네.'

"괜찮으시다면 제가 한번 전체적으로 정화 작업을 해도 될까요, 폐하?"

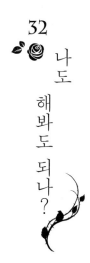

32 나도 해봐도 되나?

"정화 작업을 어떻게 하는데?"

"사실 본격적으로 해본 적은 없습니다. 하지만 부적이나 성수, 이런 걸 다 동원해 보면 어떨까 합니다."

"음. 그렇구나."

라틸은 당황해서 주저했다.

칼라인은 예전에 클라인이 가지고 있던 대신관의 부적을 훔친 적이 있었다. 그 성격에 그런 짓거리를 한 걸 보면 신관의 부적은 분명 효과가 있었다. 게다가 대신관이 다친 칼라인과 서넛을 신성력으로 치료해 주려 했을 때 둘 다 치료를 거부하지 않았던가.

'어쩌지? 해야 하나?'

하지만 하자고 했다가 칼라인에게 무슨 일이라도 생기면?

'안 된다고 하자니, 그것도 이상하잖아.'

로드가 아닌 황제라면, 대신관의 이런 주장에 잘됐다며 하라고 시킬 것이다. 분명. 아니, 오히려 권장하겠지.

라틸은 정말로 곤란해졌다. 정화 작업을 하지 말라고 하자니 자신이 이상해 보였고, 하라고 허락하자니 후궁의 반 정도는 쓸려나갈 것 같아 염려되었다.

"폐하?"

기르골이야 뭐 알아서 할 것 같고, 무엇보다 하렘에 있지도 않다. 피인어들도 호수 안에서 알아서 숨을 것 같으니…….

'문제 되는 건 게스타와 칼라인인가. 견딜 수 있냐고 물어봐야 겠다.'

"폐하?"

그 전엔 대답을 피해야지, 결정한 라틸은 작정하고서 일부러 대신관의 목덜미에 코를 묻으며 중얼거렸다.

"우리 근육이, 좋은 냄새가 나는데."

난데없는 애정 행각에 대신관이 부끄러운지 얼굴이 벌겋게 되어 중얼거렸다.

"그, 그렇습니까?"

"왜 갑자기 이런 냄새가 나지?"

"실은 사용하는 입욕제를 바꿨습니다."

"그래? 향 때문에 바꿨어?"

"그냥 다 써서 바꾼 거지만……."

라틸은 그의 목덜미를 핥아보았다. 대신관의 정신을 돌리기 위해 꺼낸 말인데. 이렇게 하자 진짜로 맛있는 향이 나는 것도 같았다.

특히 핏줄 있는 곳 위주로 시원한 향이 유난히 짙었다. 라틸은 그쪽을 혀로 재차 핥았고, 대신관은 주먹을 쥐고 몸을 떨었다.

"손바닥 줘봐."

라틸은 그 손동작을 발견하자, 그게 또 귀여워서 손을 요구했다.

"손바닥. 응?"

대신관이 어리둥절해서 손바닥을 주자, 라틸은 이번에는 그의 손바닥에 대고 냄새를 맡았다. 이번에는 꽃향기 비슷한 게 올라왔다.

라틸은 그의 몸에서 나는 각양각색의 향기가 참 좋다고 생각했으나, 그 생각을 하자마자 흠칫했다.

보통은 몸별로 각기 다른 향이 나지 않는다. 그런데 손바닥에서 나는 냄새는 꽃향기에 가깝고, 목덜미에서 나는 향기는 맛있는 향이었다. 지금 손바닥에서 나는 이 좋은 향이 아니라.

그러나 목욕을 하면서 입욕제를 부위별로 쓸 리는 없었다. 그러면 목에서 나는 이 달콤한 향기는……

'피 냄새인가? 혹시 나, 피 냄새가 맛있게 느껴지는 건가?'

다음 날.

라틸은 오전 업무가 끝나자마자 게스타와 칼라인을 불렀다. 그리고 시종에게 말해 방 주위에 아무도 오지 못하도록 막은 후, 서로가 여기 오는지 몰랐단 표정으로 서로를 보는 둘에게 어제 일에 관해 물었다.

게스타는 쑥스러워하면서 대답했다.

"좀 더 크기가 작은 새도 있어요, 폐하."

'몇 마리 있냐고 물어본 게 아닌데.'

라틸은 평소처럼 부끄러움이 많고 말도 제대로 못 하는 게스타를 보자 어제 일이 환상처럼 여겨졌지만, 그래도 재차 확실히 물었다.

"게스타, 전에 네 정체가 뭔지 안 궁금하냐고 물었지. 이젠 그냥 말해주면 안 될까?"

다행히 어제 일로 이미 마음을 먹은 듯 게스타는 순순히 대답했다.

"마법사예요, 폐하."

"한 글자 뺀 것 같은데."

내내 조용하던 칼라인이 말을 조금 덧붙이기는 했지만, 이해하는 데 큰 무리는 없었다.

"피인어도 그렇고 흑마법사도 그렇고. 왜들 자기들 앞글자를 다 빼고 다니는 건지. 이상하지 않습니까, 주인?"

"그럼 칼라인 님도 앞으로 파이어라 하고 다니시든가요……."

라틸은 칼라인과 게스타가 살짝 말다툼하는 걸 보며 멍하게 고개를 끄덕였다. 게스타는 흑마법사구나.

뱀파이어는 확실히 아니니까 그럴 수도 있겠단 생각은 했지만, 실제로 듣는 건 또 완전히 다른 기분이었다. 라틸은 아무리 봐도 흑마법사 티가 나지 않는 게스타를 물끄러미 구경하다가 물었다.

"그럼 혹시 네가 좀비…… 같은 걸 만들고 그래?"

게스타는 딱 잘라서 부정했다.

"좀비는 몬스터예요, 폐하. 흑마법사들과 관련 없어요."

"카리센에 있을 때, 식시귀가 된 거기 황자가 좀비들이랑 같이 나타났는데."

"둘 다 시체이니 서로 공격할 이유가 없으니까요. 그렇지만 좀비는 이성이 없어서, 한패가 되고 뭐고 할 수 없어요, 폐하."

"로드 편 아니었어?"

당연히 그런 줄 알았는데?

"좀비는 누구 편도 아니에요. 하지만 좀비가 노리는 건 사람들이니까, 사람들이 보기엔 뱀파이어나 좀비나 마찬가지겠죠."

이윽고 게스타는 주저하다가 덧붙였다.

"그리고 폐하, 전 처음부터 흑마법사가 되려던 게 아니에요. 책 읽는 걸 좋아하고 학문을 좋아하다 보니 빠진 거예요……."

그 말이 진실인지는 알 수 없었으나, 칼라인은 게스타의 말에 아주 묘한 표정을 지었다. 하지만 게스타가 '마법사'라고 했을 때는 바로 '흑마법사'라고 정정해 준 반면, 이번에는 그런 정정은 없었다.

'진짜로 우연히 흑마법사가 된 건가?'

이것도 궁금했지만, 당장 필요한 정보는 아니었기에 라틸은 다시 화제를 넘겨 대신관의 정화 작업에 관해 이야기해 주었다.

"너희가 싸울 때 대신관이 어두운 기운을 느꼈다고, 하렘 안을 한번 정화하고 싶다던데. 괜찮겠어?"

일부러 '너희 때문이다'라는 말을 덧붙였는데, 게스타는 별 반응 없이 쑥스럽게 웃으며 대답했다.

"전 어두운 존재가 아니라 상관없어요, 폐하."

반면 칼라인은 예상대로 주저하다 털어놓았다.

"저는 좀 곤란합니다."

이후 라틸은 시종을 불러 므라딤을 불러오라 했으나, 시종은 호수 안으로 들어가는 방법을 알지 못해 그냥 돌아왔다.

결국 라틸이 직접 호숫가로 찾아갔는데, 뭘 어떻게 한 건지 라틸이 호숫가에 가서 "므라딤?" 하고 부르자 대번에 므라딤이 나타났다.

라틸은 므라딤을 데리고 인적이 없는 곳에 가서, 그에게도 칼라인에게 한 것과 같은 질문을 했다.

'어쩐지 면담하는 기분인데.'

하지만 므라딤은 게스타나 칼라인처럼 바로 대답하지 못했다.

"글쎄. 통할지 안 통할지 모르겠소. 그런 걸 받아본 적이 없어서 말이오."

라틸은 대신관이 전에 선물해 준 부적을 슬쩍 꺼내며 물었다.

"이게 대신관이 만들어 준 부적이다. 한 번 대봐도 될까?"

"그러시오."

므라딤이 흔쾌히 팔을 내밀었고, 라틸은 그 위에 슬쩍 부적을 가져다 대보았다.

그 순간, 놀라운 일이 벌어졌다. 므라딤의 다리가 눈 깜짝할 사이 갑자기 꼬리지느러미로 변해버린 것이다. 아프진 않은지 므라딤은 본인도 놀라 탄성을 뱉었다.

"굉장하군."

라틸 역시 놀라서 부적과 므라딤의 꼬리지느러미를 번갈아 보았다.

신기했다. 대신관은 이 정도의 힘이 있는데, 왜 예전에는 대적자와 로드의 싸움에 굳이 나서지 않았던 걸까? 싸움이 벌어지는데도 나서지 않았다는 건…….

'로드를 죽이는 게 대신관의 의무는 아닌 건가?'

그사이, 므라딤은 몇 번 더 감탄하더니 자신의 꼬리지느러미를 다시 사람의 다리 형태로 만들었다. 라틸은 무의식중에도 그 광경이 신기해서 멍하게 바라보다가, 뒤늦게 눈동자를 황급히 위로 올렸다.

하지만 인간들과는 가치관이 조금 다른 건지, 므라딤은 아무렇지 않게 주섬주섬 바지를 입으면서 태연히 제안했다.

"아픈 건 아니지만 효과가 있긴 한 모양이니, 정화 작업인지 뭔지를 하는 동안 나는 동족들을 데리고 물 안에 숨어있겠소."

클라인은 라틸이 하렘에 들어왔단 소리를 듣고 찾아다니는 중이었다. 그러나 웬만한 데에도 라틸이 보이지 않자, 그는 사람들이 잘 다니지 않는 곳 위주로 라틸을 찾아다녔다.

"그냥 본궁으로 가시는 게 빠를 텐데요, 전하."

"이런 곳에 계신다면 혼자 있고 싶으시단 걸 텐데, 나중에 오시지요."

"혼자 있고 싶지만 혼자 있기 싫은 순간도 있잖아. 그럴 때일지도 몰라. 그럴 때 내가 나타나는 거지. 짠!"

클라인의 자신만만한 말에 악시안과 바닐은 서로를 쳐다보며 살짝 고개를 저었다. 그들은 황제에 대한 클라인의 감정이 대체 어떤 형태인지, 이걸 뭐라고 해야 할지 이해할 수가 없었다.

황제를 좋아하는 건 확실한데, 그걸 사랑이라 할 수 있냐면 그건 또 애매해 보인다. 그러면서도 황제의 사랑과 관심을 받고 싶어 하는 것 같고. 그런데 황제에게 관심을 쏟는 건 본인이 더한 것 같고.

그러던 순간, 갑자기 클라인이 "윽." 하는 소리를 내며 멈춰 섰다. 곧 바닐과 악시안도 비슷한 표정을 지었다.

인어라던 브라딤이 아랫도리를 안 입은 채 황제와 마주 서서 대화하고 있던 것이다. 그런데 황제는 또 심각하게 그 이야기를 들어주고 있고. 그걸 본 클라인은 치를 떨다가, 확 돌아서서 그 자리를 벗어났다.

"저런 흉하고 망측하고 예의라곤 1그램도 없는 노출증 물고기가 국서로 온다고? 말도 안 된다!"

"아직 확정된 건 아닙니다, 황자님. 후궁으로 올 수도……."

"그것도 싫다!"

씩씩거리던 클라인은 한 걸음 한 걸음 내디딜 때마다 분노가 같이 쑥쑥 자라나는 듯, 제 방에 돌아올 땐 얼굴이 새빨갛게 달아올라 있었다.

그는 침대에 걸터앉아 이를 갈았다.

"더는 못 참겠다. 나는 당연히 내가 국서가 될 거라 생각하고 여기 온 건데. 폐하께선 국서는커녕 다른 사내들이나 계속 받아들이시고. 이게 말이 돼?"

"진정하시지요, 전하."

"내가 진정하게 생겼느냐? 네 아내가 갑자기 두 번째 남편, 세 번째 남편, 네 번째 남편을 데려와도 너는 진정할 거냐?"

"전 아직 미혼이지만, 제 아내는 황제가 아닐 겁니다, 전하. 저와 미래의 제 아내는 아마 오붓하게 둘이서 살지 않을까요?"

바닐이 악시안의 등짝을 찰싹 내려치자, 악시안은 얼른 입을 다물었다. 하지만 이미 클라인은 악시안의 눈치 없는 말을 마지막으로, 완전히 선을 넘어 폭발해 있었다.

"돌아갈 거다! 카리센에 돌아갈 거다!"

악시안은 떨떠름해서 물었다.

"괜찮으시겠습니까? 그러면 폐하께서 이제 안 찾으실 텐데요."

"어차피 지금도 안 찾는데 무슨 상관이냐!"

차갑게 외친 클라인이 짐을 싸기 시작하자, 바닐이 '네 주둥이가 만든 결과이니 네가 해결해라'라고 악시안을 협박했다. 그러나 이전과 달리 악시안은 눈썹을 찌푸리고만 있을 뿐 적극적으로 말리지 않았다.

"왜 안 말려?"

그게 이상해 바닐이 작게 묻자, 악시안은 덤덤하게 대답했다.

"전에는 멀쩡하던 카리센과 타리움의 사이가 클라인 전하 때문에 엎어질 수도 있으니 참으라 했던 거지. 하지만 지금은 황후 폐하 때문에 이미 분위기가 좋지 않아. 전하께서 원하신다면 남는 거지만, 그런 게 아니라면 굳이 말릴 필요가 없다. 지금은."

"!"

"전하보단 나라가 우선이지만, 그렇다고 해서 전하가 싫은데 마음 상해가며 여기 머무는 건 원치 않아."

바닐은 악시안의 숨겨놓았던 진심에 혀를 내두르며 충고했다.

"그런 마음가짐은 주둥이를 놀리기 전에 짚어줬으면 좋겠어, 악시안."

그사이, 짐을 빠르게 싼 클라인이 갑자기 눈을 흉흉하게 빛내더니, 악시안을 불러 명령했다.

"악시안! 이리 와봐."

악시안은 클라인이 자기에게 화풀이를 할 거라 생각하고서 천천히 걸어갔다. 바닐은 황자가 악시안의 등짝을 찰싹찰싹 때려주길 기대했다. 그러나 클라인의 입에서 나온 말은 뜻밖이었다.

"넌 머리가 좋지?"

"어느 정도는요."

"그럼 생각해 봐. 내가 뭘 가지고 카리센에 돌아가야, 폐하께서 날 잡으러 카리센까지 쫓아오실까?"

악시안은 떨떠름하게 물었다.

"완전히 후궁 관두고 돌아가는 거 아니십니까?"

"뭐?"

클라인의 표정이 흉흉한 먹물 오징어처럼 변했다.

"내가 누구 좋으라고!"

라틸은 상대적으로 관심이 덜했던, 전설이나 신화에 가까운 옛날 일을 적어둔 책들을 도서관에서 한가득 가져와 방 책상에 쌓아두고 찬찬히 읽어 내려갔다.

아무리 봐도 과장된 내용들이었지만, 그래도 이 가운데 진실도 있을 거란 마음가짐으로 그것들을 하나하나 살폈다.

그러다 눈이 침침해서 잠시 눈두덩이를 누르고 있자니, 시녀가 새로 끓인 차를 가져와 내려놓으며 알려주었다.

"폐하, 클라인 님께서 곧 도착하실 것 같습니다."

"곧 도착하다니?"

오면 오는 거고 아니면 아닌 거 아닌가. 라틸은 손을 내리며 막 끓인 차에서 올라오는 향을 맡았다.

'캐모마일인가?'

"클라인 님이 씩씩거리면서 평소 오시던 길이 아닌 길로 이쪽에 오시는 걸 봤어요."

말을 마치자마자 문 너머에서 다른 시녀가 알려왔다.

"폐하, 클라인 님께서 오셨습니다."

차를 끓여준 시녀가 '내 말 맞죠?' 하는 듯 씩 웃고 돌아서자, 라틸은 책상 위에 놓인 작은 종을 흔들었다.

'달랑' 하는 맑은 소리가 가라앉기도 전, 시녀가 나가기도 전에 클라인은 빠르게도 성큼성큼 안으로 들어와서는 바로 입을 열었다.

"폐하, 카지노딜러인 대신관까지는 참았습니다. 그런데 이젠 인어라니. 못 참겠습니다."

좋은 상황이 아니다 싶었는지 시녀가 걸음을 더 빨리해 얼른 밖으로 나가버리자, 라틸은 인상을 찌푸리고 클라인을 보았다.

"저는 물고기와…… 물고기와……."

클라인은 마땅한 단어가 생각이 안 나는지 거기에서 잠시 막혀 있었다. 어쨌든 부정적인 불만을 늘어놓으려는 건 확실하지만.

"진정해, 클라인."

라틸은 방금 시녀가 주고 간 찻잔을 그에게 내밀었다.

"새것이다. 마시고."

클라인이 차를 후후 불어서 한 모금 마시자, 라틸은 그를 데리고 소파로 가 앉힌 다음 자신도 맞은편에 앉으며 물었다.

"갑자기 왜 그러느냐? 므라딤이 네 얼굴에 물이라도 뿌렸느냐?"

"폐하, 진짜로 그 물고기를 국서로 맞이하실 겁니까?"

물을 뿌리진 않았나 보다. 물을 뿌렸다면 '네!'부터 했을 텐데. 라틸은 미간을 찡그리고서 대답을 흘렸다.

"글쎄."

"아니라고 해주세요."

"음."

사실 라틸은 므라딤을 국서로 맞이할 마음은 없긴 했다. 국서를 세울 마음 자체도 아직 없었지만, 국서를 당장 세우더라도 므라딤은 후보에 없었다. 라틸이 생각하는 국서의 조건에 므라딤은 맞지 않았으니까.

하지만 그건 지금의 마음가짐이고, 상황은 어떻게 흘러갈지 모른다. 게다가 피인어들이 '안 돕기로 했어' 하고 가버릴 수도 있는 상황에서 무작정 그들에게 '안 돼' 하고 단호히 말할 수도 없다.

그러나 클라인은 입이 너무 가벼웠다. 그에게 '난 인어를 국서로 맞이할 마음이 없다'라고 말했다간 이 소문이 죄다 퍼져나갈 게 분명했다. 일전에도 비슷한 일이 있지 않았던가. 결국 라틸이 아무 말도 하지 못하자 클라인은 충격을 받았다.

"왜 대답을 못 하십니까?"

"여러 가지로 생각할 게 많아서."

클라인은 라틸의 미묘한 대답을, 브라딤을 국서로 맞이할 수 있단 신호로 받아들인 듯 차를 한 번에 입에 털어넣더니 벌떡 일어나며 외쳤다.

"너무하십니다!"

"벌써 돌아가려고?"

라틸이 덩달아 따라 일어나자, 클라인은 소파 옆으로 물러서며 단호하게 말했다.

"네! 저는 카리센에 돌아갈 겁니다."

자기 방에 돌아갈 줄 알았지, 카리센에 돌아갈 줄 몰랐던 라틸은 조금 놀라서 눈을 동그랗게 떴다.

"뭐?"

"제가 과연 폐하의 곁에 있어도 될지, 폐하가 절 곁에 두고 싶어 하시는지 차분하게 생각해 봐야겠습니다."

이미 생각하고 온 바가 있는지, 클라인은 빠른 속도로 말하더니 '팩팩팩' 하는 소리를 내며 빠른 펭귄처럼 문으로 걸어가다가 확 돌아보며 요구했다.

"제가 마음을 정리하기 전까진 절 찾지 마세요."

클라인이 재빨리 문을 열고 사라지자 라틸은 난데없는 상황에 놀라 입을 벌리고 멍하게 섰다.

"진짜야?"

나가고 없는 사람에게 물어봐야 당연히 대답은 없었다. 라틸은 문을 넋 놓고 바라보다가 엉금엉금 옆으로 걸어가 클라인이 앉았던 소파에 털썩 앉았다.

이게 무슨 일인지, 아직 이해가 가지 않았다.

다음 날, 라틸은 '클라인이 진짜로 돌아가나?' 싶어서 시종을 불러 지시했다.

"클라인 황자가 정말로 카리셴에 돌아가는지 보고 와라."

밤중에 와서 그런 통보를 했다지만, 역시 이렇게 뜬금없이 떠나겠다는 건 믿기지 않았다.

시종 역시 라틸의 지시가 영 어리둥절한지 눈이 커다래져서 나갔다. 시종이 나가자 이번에는 시종장이 서류를 정리하다 말고서 놀라 물었다.

"아니, 이게 무슨 말씀입니까, 폐하? 클라인 황자가 카리셴에 돌아간다고요?"

"밤중에 찾아와서 그러더라고요."

뒤에서 서넛이 웃는 소리가 들리자, 시종장은 그를 흘겨보면서
재차 물었다.

"갑자기 왜요?"

"인어가 온 게 충격이었나 봅니다."

"이런."

새삼 클라인이 가엾게 여겨지는 듯 시종장은 혀를 찼으나, 채
2초를 지나지 못하고 그의 눈꼬리와 입꼬리 사이의 거리가 가까워
졌다.

라틸이 황당해서 입을 벌리고 쳐다보자, 시종장은 헛기침을 하
고서 둘러댔다.

"클라인 황자는 임시 후궁으로 온 거라 언제든 돌아갈 수 있죠."

싫어하던 황자가 제 발로 떠난다니 좋아 죽겠다는 얼굴이었다.
반면 클라인 황자를 내심 지지했던 건지, 한 비서는 얼굴이 파랗게
질려서 서류의 같은 페이지만 계속 쳐다보는 게 보였다.

라틸은 시종장은 물론 서넛까지도 안색이 밝자, 둘을 번갈아 보
다가 한숨을 내쉬었다.

'표정을 관리할 생각들도 없네.'

그러는 사이, 클라인을 확인하러 나갔던 시종이 황급히 돌아
왔다.

"어쩌고 있느냐?"

"마차에 짐을 싣고 있습니다, 폐하!"

라틸이 미간을 찡그리자 시종장이 웃던 걸 멈추고 이제야 눈치를 살폈다.

라틸은 입을 우물거리면서 불만스러운 표정을 유지했으나, 곧 한숨을 내쉬고 말했다.

"생각할 게 있다 했으니 생각하게 둬라."

'지금은 클라인이 감정적으로 격해져 있으니 나서서 말려봤자 소용없겠지.'

게다가 시한폭탄 같은 이들이 하렘 주위로 진을 치고 있는 상황에서, 성격이 손꼽히게 안 좋은 데다 잘 흥분하는 클라인은 어쩌면 카리센에 잠시 돌아가 있는 게 나을지도 몰랐다.

클라인이 흥분해서 게스타나 기르골, 므라딤, 칼라인에게 덤비면 큰일이니까.

그나마 사람인 타시르도 원체 성격이 좋다 보니 늘 실실 웃으며 다니고 있지만, 어쨌든 대를 거쳐 암살자로 지낸 사람이었다. 꽤 커 보이는 인내심이지만, 그게 어느 지점에서 고갈되어 클라인에게 폭발할지 모르는 상황 아니던가.

자신을 볼 때마다 활짝 웃던 클라인의 모습, 누구보다 기뻐서 속마음이 주체가 안 되던 모습을 떠올리자 라틸은 좀 미안한 기분이 들었다.

"……"

고민하던 라틸은 손에 끼고 있던 팔찌를 빼서 시종에게 건넸다.

"클라인에게 조심해서 가라 전하고, 이건 '폐하2'의 목걸이 하라 해라."

클라인은 짐을 싸면서 '폐하2' 인형을 캐리어 제일 안쪽에 꽉꽉 집어넣었다. 그러고서 방 안을 한 바퀴 돌아보는데 문틈 사이로 아까 슬쩍 방 안을 엿보고 간 시종이 보였다.

"뭐 재미있다고 구경하느냐!"

클라인이 괜히 버럭 성질을 내자, 심부름을 온 시종은 억울해서 입을 우물거렸으나 일단 황제가 시킨 일은 했다.

"이걸 드리러 왔습니다. 폐하께서 '폐하2' 목걸이 하시랍니다."

시종은 '폐하2'가 뭔지는 몰랐으나 우선 그대로 전한 다음 물러났다.

클라인이 라틸이 보낸 팔찌를 보고 심란한 표정이 되자, 짐을 싸면서도 '이건 좀 아닌데' 생각하던 바닐이 눈치를 보다 물었다.

"전하, 도로 짐 풀까요?"

잠시 눈동자가 흔들렸으나 클라인은 곧 다부지게 지시했다.

"아니, 계속 싸."

"하지만 폐하께선……."

"진짜 붙잡고 싶으셨다면 직접 오셨겠지."

막상 클라인이 돌아간다니 싱숭생숭해서, 라틸은 그날 내내 조금 붕 뜬 기분으로 일했다.

클라인의 첫인상은 안 좋은 편이었지만, 그래도 그는 가장 처음 궁전 안에 들인 후궁이었다. 게다가 온 힘을 다해서 호감을 보이던 사람이다 보니 이래저래 신경이 쓰였다.

하지만 내내 이 생각만 하고 있을 수는 없는 노릇이라, 라틸은 억지로라도 생각을 클라인이 아니라 대신관 쪽으로 옮겼다. 급한 사안은 많았지만, 지금 가장 급한 건 대신관의 정화 업무를 막는 일이었다.

그러다 보니 라틸은 평소보다 훨씬 늦은 시간까지 업무를 보다가, 거의 밤 8시가 되어서야 저녁 식사를 하기 위해 식당으로 걸어갔다.

막 스푼을 들 때쯤 5경비단 단장이 다급하게 들어왔다.

"폐하."

5경비단 단장은 하렘에서 근무하기에, 라틸은 그가 입을 열기도 전에 불안감을 먼저 느끼고 스푼을 도로 내려놓았다.

"클라인 황자가…… 하렘 창고 열쇠를 가지고 달아난 것 같습니다."

역시나. 그리 좋지 않은 소식이었다. 게다가 황당했다.

"뭐? 어디 열쇠?"

"정말입니까?"

집에 돌아갔다가 급히 돌아온 시종장은 빠르게 걷는 라틸을 뒤

따라가며 작게 물었다. 대충 사정을 듣고 온 시종장 역시 몹시 황당한 눈치였다.

"높은 확률로 정말인 것 같습니다."

"다른 사람이 가져갔을 수도 있지 않을까요? 왜 5경비단장은 열쇠를 클라인 황자가 가져갔다고 하는 겁니까?"

"클라인 방에 아예 편지가 있었답니다."

시종장은 라틸이 설명하면 할수록 더욱 황당한지 눈이 동그래져 물었다.

"예? 자기가 범인이란 편지요? ……그 편지도 가짜가 아닐까요?"

하렘 내부에 있는 창고 앞에는 경비병들이 이미 출입을 막고 둘러서 있었다. 그들이 라틸을 피해 옆으로 물러나자 라틸은 굳은 얼굴로 창고 앞으로 걸어갔다.

창고 문은 굳게 닫혀있었다. 라틸은 손을 뻗어 자물쇠를, 정확히는 자물쇠에 걸려있는 팔찌를 손바닥에 얹었다. 자신이 클라인에게 보낸 그 팔찌였다. 인형 목에 걸어주라고 보낸.

그걸 보자 라틸은 불쾌해졌다. 뭐야, 이건. 무슨 뜻이야?

"서넛 경, 이거 뭔 뜻 같습니까?"

"엿 먹고 두 번 다시 찾지 말란 뜻 같습니다."

라틸이 인상을 찌푸리고 돌아보자, 서넛이 마지못해 덧붙였다.

"해석의 여지가 있긴 합니다. ……그냥 제 해석입니다."

서넛은 무어라 더 말하려 했으나 경비병이 커다란 편지봉투를 가져와 내밀자 입을 다물었다.

"이게 침대 위에 놓여 있었습니다. 폐하."

라틸은 경비병이 건넨 편지봉투를 황당해 받아들었다. 편지봉투
는 신년회 초대장에나 쓸법하게 화려하고 커다랬다. 아니, 커다랗
다 못해 거대했다.

'꼭 발견하라고 이걸 둔 건가.'

의심스러웠다. 별개로 경비단장이 왜 창고 열쇠를 가져간 범인
으로 클라인을 짚었는지는 바로 알 수 있었다. 봉투에 아예 클라인
이름을 써놓고 갔으니까.

라틸은 봉투를 뜯어보았다. 딱 한 문장이 쓰여있었다.

폐하는 평소 절 소중히 여기지 않았죠.

라틸은 혈압이 올라와 목 뒤를 손바닥으로 짚었다.

궁전 내부에서 사용하는 창고는 특수한 자물쇠와 열쇠를 사용했
다. 안에 국보라 할만한 귀한 보물들이 많다 보니, 도난을 방지하기
위해서였다.

반대로 말하자면 열쇠를 잃어버리면 주인도 창고 안에 들어가기
곤란해진단 뜻이었다. 열쇠를 다시 제작하면 되긴 하지만 시간이
좀 오래 걸리는 일이니까.

"진짜 이 인간을……."

라틸을 속으로 이를 갈면서도, 우선 이용할 수 있는 건 다 이용
하기로 작정하고서 서넛에게 지시했다.

"서넛 경, 대신관에게 가서 골치 아픈 일이 생겼으니 정화 건은
나중에 다시 얘기하자 해요."

다음 날, 라틸이 없는 입맛을 내어 꾸역꾸역 아침 식사를 하고 집무실에 앉아있었다. 곧 어제 늦게 다시 궁전에 들어왔다가 나간 시종장이 평소보다 좀 피곤한 모습으로 나타났다.

"좋은 아침이에요."

라틸이 퀭한 눈동자로 인사하자 시종장은 '진심이신가?' 하는 표정으로 쳐다보았다. 물론 진심이 아니었다. 그냥 아침 인사일 뿐.

반면 시종장은 라틸의 곁으로 오자마자 바로 건의했다.

"폐하, 카리센에 서신을 보내야 합니다."

어제는 너무 황당한 데다 난데없이 불려 나가 머리가 잘 돌아가지 않는데. 밤사이 생각했더니 더 큰일이다 싶은지 표정이 심각했다.

"뭐라고요."

"그대로요. 세상에 어느 후궁이 모국에 돌아가겠다며 창고 열쇠를 가지고 달아난단 말입니까. 엄연히 도둑질입니다."

다시 생각해도 다시 기가 막힌지 시종장의 언성이 슬쩍 높아졌다.

"자기가 가져간다고 써놨잖아요."

라틸이 클라인을 조금 두둔하는 것처럼 말했으나 시종장은 여전히 날카로웠다.

"그래도 마찬가지입니다. 있을 수 없는 일입니다."

라틸은 덤덤하게 책상을 내려다보다가 물었다.

"그런데 대체 왜 열쇠를 가져갔을까요? 왜 자기가 가져간다고 티를 내났을까요?"

"이유는 상관없습니다, 폐하."

"난 알고 싶습니다, 사블레 후작."

커피를 한 모금 마신 라틸은 의자 등받이에 몸을 편하게 기댔다. 말은 이렇게 하지만 사실 라틸도 클라인의 이번 행동이 몹시 어이없었다.

하지만 시종장과 다른 점이 있다면, 라틸은 이 일로 클라인이 곤란해지는 건 보고 싶지 않았다. 라틸이 보기에, 클라인은 진짜로 열쇠를 가져가고 싶어서 가져갔다기보다는 라틸이 자신을 데리러 오길 바라고 가져간 눈치였으니까.

그래도 시종장이 옆에서 자꾸 카리셴에 항의해야 한다고 구시렁거리자, 라틸은 결국 보다 못해 그 이야기를 더 꺼내지 말라고 아예 말해버렸다. 시종장은 바로 입을 다물었으나 불만스러운 눈빛까지 없애진 못했다.

"일단 일부터 합시다."

라틸은 얼른 서류를 꺼내 시종장의 그런 눈빛을 외면했다.

어쨌든 라틸도 아무 생각 없이 클라인만을 생각해서 이러는 건 아니었다. 나름대로 머릿속에 계산이 있었다.

며칠 전, 성기사는 아이니 황후가 '대적자의 검'을 가지고 있어서 그걸 뽑았다고 했다. 그런데 이 와중에 백화는 '아이니 황후는 대적자가 아니다'라고 발표해 버렸다.

그럼 어떻게 될까. 아이니 황후는 자신이 대적자라는 걸 사람들에게 확인시키기 위해 모두가 보는 앞에서 검을 뽑겠다고 할 것이다.

하지만 여기에 와서 검을 뽑는 것도 이상하니 분명 그쪽에서 뽑을 터. 대신 뽑기 전에 사절단을 보내지 않을까? 사람을 보내서 뽑는 걸 보라고? 라틸은 자신이 거기에 직접 가면 어떨까, 생각하고 있었다.

그러면 아이니가 검을 뽑은 뒤 자신도 따라서 뽑아버려서 아이니는 대적자가 아니라고 계속 우길 수 있고, 카리센에 간 김에 클라인을 만나 창고 열쇠도 돌려받고 대화도 좀 나눠볼 수 있을 테니까.

그러니 카리센에 따지는 건, 최소한 아이니가 대적자의 검을 뽑을 거란 말을 전할 사절단이 올 때까진 참아보고 싶었다.

"폐하는 그 황자님께 너무 무르십니다."

"하하. 사블레 후작은 클라인을 너무 싫어해요."

한편 그 시각.

한때 동물 가면 쓴 이들과 함께 지하성에서 지냈던 틀라와 아낙차는 그곳을 무사히 탈출해서, 지금은 아낙차의 친정인 쇼버 후작가 근처에 와있었다.

원래 틀라와 아낙차는 지하성을 탈출하자마자 기르골을 찾아다녔다. 그들은 자신들이 기르골과 대적자의 한편이 되면 다시 상황을 역전시켜서, 동물 가면들에게 복수하고 양지로 올라가 이전 같은 삶을 살 수 있을 거라 기대했다. 그러나 기르골을 찾는 건 생각 이상으로 어려운 일이었고, 어디부터 시작해야 할지 감조차 잡히지 않는 일이었다.

모자는 기르골이 갈만한 곳을 다 찾고, 지하성 근처 역시 샅샅이 뒤졌지만 그래도 기르골을 찾지 못하자 점차 지쳐갔다. 그러다가 기운이 다 빠질 즈음, 보다 못한 아낙차가 제안했다.

"기르골을 찾는 것도 중요하지만, 이러다가 동물 가면 중 하나에게라도 걸리면 큰일이다. 그자를 찾기 전에 일을 망칠 수도 있어. 차라리 내 가문으로 가서 일을 도모하자."

그래서 지금 이곳 근처에 와있는 것이었다. 하지만 막상 앞으로 와서 보니, 틀라는 안으로 들어가기가 겁이 났다. 사람들이 그를 보고 두려워 도망간다면…….

"어머니, 어머니가 혼자 다녀오시는 게 낫지 않을까요?"

"그러다 급하게 달아날 일이 생기면? 너와 내가 길이 엇갈릴 텐데, 그게 더 문제 아니니?"

아낙차의 설득으로 저택 근처까지 왔으나, 틀라는 여전히 자신 없는 눈치였다. 아낙차는 너무 아들을 몰아붙였다가 그가 완전히 시무룩해질까 봐 우선 자신이 먼저 저택 앞을 지키고 선 경비들에게 다가갔다.

경비들은 하품을 하다가 아낙차의 얼굴을 알아보고 눈이 휘둥그레져서 물었다.

"아낙차 님이십니까?"

경비들은 아낙차에 대해 여러 가지 이야기를 들었다. 자결했단 이야기, 살해당했단 이야기, 병사나 충격으로 죽었단 이야기, 지금도 잘 살고 있다는 이야기 등등. 그런데 눈앞에 아낙차가 아무렇지 않은 모습으로 나타나자 혼란스러울 수밖에 없었다.

"아버지는?"

아낙차는 경비의 안내를 받아 바로 저택 안으로 들어갔고, 틀라는 얼굴을 다 가릴 만큼 커다란 모자가 달린 망토를 눌러쓰고서 그 뒤를 따라갔다.

경비는 모자로 얼굴을 다 가린 사람이 궁금한지 한 번씩 힐끗거렸지만, 대놓고 아낙차에게 누구냐고 묻진 않았다.

그사이, 아낙차는 응접실에 도착했다. 쇼버 후작도 마침 연락을 받고서 황급히 계단을 뛰어 내려오는 중이었다.

경비가 인사하고 물러나자, 쇼버 후작은 눈시울이 뻘겋게 변해 성큼성큼 다가오더니 다짜고짜 딸을 안고서 외쳤다.

"아낙차! 살아있었구나!"

아낙차는 아버지를 안고 나란히 앉아 자신이 보고 겪은 일들에 관해 이야기해 주었고, 후작은 신중하게 고개를 끄덕이며 그 이야기들을 다 들었다.

그러다가 틀라에 대한 이야기가 화제로 나오자, 내내 조용히 있던 틀라가 천천히 자신이 쓰고 있던 모자를 젖혔다.

"황자님?"

손자의 얼굴이 나타나자, 쇼버 후작은 입을 뻐끔거리다가 아낙차 쪽을 홱 돌아보았다. 어떻게 틀라가 여기에 이러고 있냐는 눈으로.

조금 전에 아낙차에게, 죽은 틀라가 적들의 손에 의해 부활했단 이야기를 들었으면서도 다 까먹어버린 눈치였다.

"이리 온, 틀라."

이에 아낙차가 평소보다 더 다정하게 아들을 부르자, 틀라는 순순히 아낙차에게 머리를 기댔다. 아낙차는 아들의 손을 꽉 쥐고서 원통하단 눈으로 후작을 바라보았다.

"어릴 때부터 절 유난히 싫어하더니, 황제가 이렇게까지 할 줄은 저도 몰랐어요, 아버지. 아버지가 우릴 좀 도와주세요."

울먹이는 아낙차를 보다가 후작은 가슴이 아파 물었다,

"내가 뭘 하면 될까."

라틸이 인상을 찌푸리고서 책상 앞에 앉아 열심히 뭘 적고 있자니, 비서 하나가 조심스럽게 들어와 알렸다.

"폐하, 카리센에서 사절단이 왔습니다."

요즘 카리센과 여러 가지로 안 좋은 일이 있었다 보니, 인상을 찌푸린 황제에게 보고하기 곤란한 눈치였다.

그러나 인상을 쓰고 있던 라틸은 오히려 카리센 이야기를 듣자 반색하고 "그래?" 하고 되물었다.

'드디어!'

라틸은 속으로 외치면서 일어섰다. 비서는 황제가 왜 좋아하는지 몰라 어리둥절했으나, 라틸은 이미 일어서서 복도로 나가고 있었다.

라틸이 빠른 걸음으로 사절단들이 도착해 대기하는 곳으로 가자, 서넛과 시종장도 그 뒤를 따랐다.

"클라인 황자 일일 겁니다. 황자가 원래 성격이 그러니 이해해 달라 하겠죠."

라틸은 시종장이 툴툴거리는 소리를 들으며 픽 웃었다.

"아닐걸요."

"예?"

복도와 회랑을 지나 커다란 홀 안에 들어가자, 카리센에서 온 사절단들이 한자리에 모여 서있는 게 보였다. 그러다 라틸이 들어서자 사절단은 조금씩 떨어져 서서 인사를 올렸다.

라틸은 가장 높은 위치에 있는 황제의 자리로 걸어가며, 덕담을 생략하고 대번에 본론을 꺼냈다.

"무슨 일로 왔는가."

그러자 사절단 대표 같은 이가 두 걸음 앞으로 나오더니 꾸벅 인사를 올리고서 말했다.

"타리움의 황제께서 데리고 있는 성기사단 단장이, 카리센의 황후를 두고 한 말에 대해 황후 폐하께서 몹시 화가 나셨습니다."

라틸은 다 알면서 모른 척 물었다.

"무슨 말을?"

대표는 황제가 다 알면서 모른 척한단 걸 알면서도 무심하게 대답했다.

"아이니 황후께서는 대적자가 아니란 선언 말입니다."

"아아. 그거 말인가."

라틸은 이제야 기억났단 것처럼 어깨를 으쓱하며 중얼거렸다.

"그냥 의견일 뿐인데, 뭘 그리 신경 쓰고 그러나."

아이니 황후가 하면 몰라도, 그 말을 뱉은 자의 황제가 할법한 말은 아니었다. 대표는 황제의 태도에 화가 났지만, 꾹 참으며 보고를 이었다.

"이에, 황후께선 대적자들이 대대로 사용해 온 검을 공개적으로 뽑아 보이겠다 하시면서, 타리움에서도 믿을만한 사람을 보내봐도 좋다 하셨습니다."

일이 정확히 라틸이 생각한 그대로 돌아가고 있었다. 라틸의 입꼬리에 미소가 올라오자, 사절단 대표는 괜히 불안해졌다. 왜 웃는 거지?

라틸이 웃은 이유는 타리움 사람들도 처음엔 몰랐다.

"예? 직접 가시겠다고요?"

하지만 얼마 지나지 않아 몇몇은 이유를 알게 되었다.

라틸이 갑자기 직접 아이니 황후가 '대적자의 검'을 뽑는 광경을 보고 오겠다고 한 것이다.

"굳이 폐하께서 직접 가실만한 일이 아닙니다."

시종장은 당황해서 뭘 제대로 말하지 못하다가 가까스로 라틸을 말렸다.

사실 시종장 입장에선 누가 대적자여도 별로 상관도 없었기에, 굳이 그런 걸 라틸이 며칠을 걸려 보고 오려 하는 게 이해가 가지 않았다.

그러나 라틸이 생글생글 웃는 걸 본 시종장은 곧 라틸의 의도를 반은 알아맞히고서 한숨을 내쉬었다.

"클라인 님을 보러 가시려는 거군요."

"어느 정도는. 이대로 카리센에 항의하면 클라인 입장이 난처해질 거잖아요. 대화를 나눠보고 싶어요."

라틸이 드물게 강하게 밀어붙이는 일이라 결국 공식적으로 타리움에서 카리센으로 사절단이 갈 때 황제가 합류하게 되었다.

이번에는 공식적인 방문이기에, 라틸이 자리를 비운 사이에 가짜가 오고 말고 할 것도 없을 것이다.

그러나 카리센에 방문할 준비를 하는 과정에서, 라틸이 예상하지 못한 일이 하나 끼어들었다.

"저도 함께 가도 되겠습니까?"

도도해서 웬만해선 먼저 찾아오는 일이 없는 라나문이 웬일로 직접 라틸의 방까지 와서는 이런 부탁을 한 것이다.

"그대도?"

왜? 라틸이 의아해 묻자, 라나문은 애매하게 대답했다.

"조금 신경 쓰이는 점이 있습니다."

"신경 쓰이는 점이라니?"

라나문은 주저했다. 말하고 싶지 않아 하는 눈치 같은데.

"말하기 곤란한 내용인가?"

"예."

진짜 말 안 하고 싶구나. 대체 이유가 뭐길래? 라틸은 궁금해졌다. 하지만 입을 딱 다문 라나문은 절대로 말해주지 않을 태세였다.

라틸은 잠시 고민했다. 카리센에 가서 해야 할 일은 두 가지. 아이니가 대적자라 밝히는 걸 막고, 클라인에게 열쇠를 받아야 한다. 열쇠를 받으면서 설득도 해봐야 하고. 여기에 라나문을 데려가면……?

라틸이 빤히 쳐다보자 라나문은 눈을 마주치더니, 평소보다 눈썹 양 끝을 좀 아래로 내렸다.

'불쌍해 보이려는 건가?'

전혀 어울리지 않아서 픽 반사적으로 웃다가, 아차 싶어서 쳐다보자 라나문의 눈썹은 이번엔 양옆이 위로 올라가 있었다.

'화났구나.'

라틸은 또 웃음이 나올까 봐 고개를 숙이면서 허락했다.

"알았다. 알았어."

사실 전에 그 일 이후로 라나문과는 사이가 좀 애매했다. 어쩌면 같이 여행을 다녀오면서 풀어보는 것도 괜찮을 것이다. 진짜 여행은 아니지만, 어쨌든 계속 삭막하게 지낼 순 없으니까.

준비하는 과정에서 월랑 왕자가 찾아와서는, "제 호위와 눈이 맞

으신 것 같은데요. 그러면 저는 이만 모국에 돌려보내 주십시오. 제호위가 더 마음에 든다고 말씀하시면 될 거 아닙니까."라고 요구한 일이 있긴 했으나 이 일은 쉽게 해결되었다.

"내가 그댈 잡아두고 있는 게 아닌데, 왕자."

"!"

"왕자가 원한다면 언제든 돌아가게. 난 개의치 않아. 하지만 왕자가 돌아가고 싶어 돌아가면서 나한테 입장 밝혀달라 하는 건 아니지."

이렇게 말했더니 씩씩대면서 가버렸으니까. 왕자는 몹시 화난 얼굴로 돌아갔지만 라틸은 괜찮았다. 윌랑 왕자는 화난 얼굴이 더 잘 어울리니까.

문제는 기르골이었다. 라틸은 기르골을 두고 가야 할지, 다녀온다고 말해야 할지, 데려가야 할지, 결정을 내리기 힘들었다. 데리고 가자니 기르골이 아이니를 만나게 하고 싶지 않았고, 두고 가자니 자리 비운 사이에 뭔 짓을 할지 몰라 겁이 났다. 말하고 가자니 따라가겠다 할 것 같은데, 말 안 하고 가면 기분이 상해서 또 눈이 돌아갈 것 같았다.

결국 이 고민을 하느라 시름에 잠겨서일까. 카리센으로 떠나기 전날 밤, 라틸은 다시 도미스가 나오는 꿈을 꿨다.

마지막 꿈에서 기르골이 뭘 물어본 것 같은데. 가장 처음으로 나온 장면은 그 장면이 아니라, 도미스가 침대에서 일어나 다 식은 수프를 마시는 모습이었다.

라틸은 식은 수프를 마시면서 도미스가 속으로 생각하는 걸 들을 수 있었다.

나와 안야의 인연은 이미 먼 옛날에, 안야가 나를 기억하지도 못하던 시절에 끊어져야 했지 않나. 왜 이렇게 집요하게 마주치게 되는 걸까. 서로 원하지 않는데…….

그래도 수프 한 그릇을 다 비운 도미스는 이후 설거지를 빠르게 끝내고 바닥을 쓸고 청소하기 시작했다.

난데없이 왜 청소하나 했더니. 라틸은 청소가 끝나자 그 이유를 알았다. 도미스가 청소를 다 하고 나서도 밖으로 나가지 못하고, 창문에 딱 달라붙어서 저택을 살피기 시작한 것이다. 나갔다가 또 양부와 부딪칠까 봐 걱정하는 듯했다.

내가 빌린 집인데 나는 들어가 보지도 못하다니.

본인도 이 상황이 마음에 안 드는지 한탄하긴 했지만, 그래도 나가진 않았다.

이 와중에 비까지 내리기 시작했다. 도미스는 넋을 놓고 비가 내리는 풍경을 바라보다가 하늘에 번개가 번쩍이면서 천둥소리가 나자 갑자기 바느질거리를 가져와 창가에 앉았다. 왜 천둥과 번개가 치니 바느질 생각이 났는진 모르겠지만.

그런데 찢어진 옷소매 하나를 다 꿰매기도 전에 누군가 문을 쿵쿵쿵 두드려댔다.

"칼라인?"

도미스는 칼라인이 저녁 때 오기로 한 약속을 지킨 건가 싶어서 얼른 그쪽으로 나갔으나, 서있는 사람은 양부였다. 심지어 뒤로는 덩치가 큰 부하들이 대여섯 명 더 서있었다. 그걸 본 도미스는 놀라서 뒷걸음질을 쳤다.

양부의 머리 위에서 번쩍이는 번개는 안 그래도 험악한 양부의 얼굴에 그늘을 만들어 더욱 무섭게 만들었다.

도미스는 달아나려 했으나 집이 너무 좁았다. 양부는 도미스의 머리카락을 잡고 당겨버렸고, 도미스는 "악!" 비명을 지르며 붙잡혔다.

"갖다 버려!"

양부가 외치자, 부하들은 도미스를 짐짝처럼 들어 이동했다.

"칼라인! 기르골!"

도미스가 발버둥을 치면서 둘을 불렀으나 빗소리와 천둥소리에 섞여 그 외침은 라틸에게도 잘 들리지 않을 정도였다.

"칼라인!"

그래도 도미스가 외치고 있자니, 양부가 성큼성큼 비를 맞으면서 다가와 도미스의 귀를 찢어질 듯 세게 잡아당기고서 우악스럽게 말했다.

"네년이 들어오고부터 우리 집엔 나쁜 일뿐이었다. 네년이 나가자 좋은 일만 있기 시작했지. 그런데 네년이 다시 나타나니 또다시 나쁜 일이 생겨. 무슨 뜻인지 알겠어?"

양부가 뺨을 철썩 때리자 도미스는 눈을 커다랗게 뜨고 양부를 노려보았다.

양부는 무척 이상한 표정을 지으면서 애원하듯 말했다.

"너도 내가 싫지? 그러니 제발, 우리 제발 좀 안 보고 살자! 응? 난 정말 네가…… 네가 소름 끼친단 말이다!"

"내가 간 거 아니잖아요. 내가 항상 먼저 와있었는데 당신들이 온 거잖아요!"

"그래도 네가 꺼져! 앞으론 우리 그림자만 봐도 꺼지라고! 알아서 피해 가! 서로 싫은데 왜 얽히는 거야!"

험악한 얼굴로 양부는 이젠 아예 패악을 질러댔다.

"두 번 다시 우리 앞에 얼굴 들이밀지 마라! 내 딸 앞길을 망치려 들면 그땐 진짜 죽여버릴 테니까!"

협박을 마지막으로 양부가 도미스의 귀를 놓자, 사람들은 도미스를 둘러메고 그대로 이동했다. 울면서 발버둥을 쳐도 소용이 없었다.

양부의 부하들은 도미스를 어두컴컴한 산까지 데려가 빛 한 줄기 닿지 않는 오싹한 곳에 내려놓았다.

이 주위에 머물만한 곳은 이 별장뿐이라고, 도미스가 칼라인에게 해준 말은 이렇게 자신에게 돌아왔다.

도미스를 패대기치듯 내던진 부하들은 자기들 할 일은 다 했다 싶은지 몸을 돌렸다.

"잠시."

그러나 한 명이 가지 않고 다가오더니, 도미스의 발목을 잡고 그대로 부러뜨려 버렸다.

"아!"

도미스가 눈을 커다랗게 뜨고 쳐다보자, 부하는 매정하게 변명했다.

"우리 탓 하지 마라. 네가 또 돌아오면 안 되니까. 우리도 계속 이딴 짓 하는 건 싫거든. 한 번에 끝내자고."

이런 산속에서 발 부러뜨리고 가는 건 그냥 여기서 죽으란 거나 다름없었다. 부하가 말하는 '한 번에 끝내자'라는 건 여기서 그냥 죽으란 말이었다. 도미스는 발에서 느껴지는 통증에 입을 다물지도 못하고서 부하를 바라보았으나, 그는 결국 도미스의 남은 발까지 부러뜨려 버렸다.

순간 라틸은 도미스의 '마음'에서 오싹할 정도로 빠르게, 뱀이 속삭이는 듯한 아주 이상한 소리를 들었다. 하지만 그 소리를 들은 건 라틸뿐인 듯, 부하들은 도미스를 버려둔 채 그대로 가버렸다.

도미스는 고통에 겨워 울면서 그들의 등을 노려보며 중얼거렸다.

"절대…… 절대 용서 안 할 거야."

평소보다 낮아진 이 목소리는 빗소리에 섞여 부하들의 귀에까지 들어가지 않았지만, 도미스는 계속해서 중얼거렸다.

"절대로 용서 안 할 거야. 파리채로 날 때린 상인, 날 속이고 배에 탄 그 애, 백작가에서 날 죽이려 한 사람들, 방금 내 다리 부러뜨린 저 사람까지 절대로, 절대로 용서 안 해."

'도미스…… 호구 같더니. 그래도 다 기억하고 있었구나.'

하지만 지금은 그것보다 여기서 살아 나가는 게 우선이었다.

어느새 주위에는 나무처럼 보였는데 나무가 아닌 것들이 느릿하게 걸어 다니고 있었다. 번개가 칠 때면 라틸은 그 나무 꼭대기에 이파리 대신 걸린 혓바닥들을 볼 수 있었다.

혓바닥은 바람이 불면 나풀거려서 보는 사람의 등골을 오싹하게 했다.

혀가 걸린 그 나무 같은 것들은 자그마치 키가 거의 5미터는 되어 보였는데, 보기에는 끔찍했지만 해를 끼치진 않고 자기들끼리 계속 숲을 어슬렁거렸다.

그때, 흙바닥 속에서 '사사사삭' 하는 소리가 나더니 뭔가 톡 머리를 내밀었다.

거대한 거미였으나, 그게 문제가 아니었다. 거미가 입에 사람의 손가락을 물고 있던 것이다.

심지어 그 거미는 도미스가 더 싱싱한 새 먹이라 여겨지는지, 도미스를 보자 씹던 손가락을 퉤 뱉더니 천천히 몸을 일으키는데…… 그 다리 길이만 거의 1미터는 되어 보였다.

"칼라인!"

그걸 본 도미스는 어째서인지 또 칼라인을 외쳤으나, 당연히 칼라인은 없었다. 거대한 거미가 다리로 도미스를 찌르는 순간까지도.

그러나 다리가 살을 파고들기 전, 도미스는 옆에 놓인 돌멩이를 빠르게 집어 그걸로 거미 다리를 퍽 내리쳐 버렸다.

그러자 위협적인 거미는 철판을 긁는 소리가 몇 겹으로 겹쳐진 듯한 비명을 내지르더니 순식간에 사라져 버렸다.

도미스는 이런 효과를 기대한 건 아니었는지 숨을 헐떡이다가 생각했다.

또! 전에 백작 영지에서도 이런 일 있었던 것 같은데.

도미스는 자기 손을 들어 올려 손바닥을 보았다.

"나…… 뭔가 이상한 힘이 있는 건가."

그때 바스락 소리가 다시 나자, 도미스는 다른 돌멩이를 들고서 소리 나는 쪽을 쳐다보았다.

그곳에 있는 건 이번엔 괴물이 아니라 칼라인이었다. 늘 무표정하던 칼라인이 보기 드물게 놀란 얼굴로 달려오고 있었다.

"왜 이래?"

가까이 온 칼라인은 도미스의 앞에 오자마자 한쪽 무릎을 질척한 바닥에 대더니, 각기 다른 방향으로 꺾어진 도미스의 다리를 기겁해 쳐다보았다.

도미스는 자기 다리를 보는 대신 칼라인을 보며 울었다. 돌멩이를 내려놓는데, 절로 입 밖으로 원망이 새어 나갔다.

"왜 이제 왔어요?"

그 말에 칼라인이 흠칫해 쳐다보자, 도미스는 다시 울면서 물었다.

"왜 항상 늦게 와요?"

"그게 무슨……."

라틸은 여기서 도미스가 '내가 로드다, 멍청이야!'라고 말하면서 칼라인에게 호통쳐 주길 기대했으나, 도미스는 자기가 무슨 말을 한 건지도 모르는 듯 다시 울기 시작했다.

칼라인은 이상한 느낌을 받은 듯 도미스를 잠시 쳐다보긴 했으나, 방금 한 말에 대해 더 묻는 대신 현실적인 질문을 했다.

"왜 이렇게 된 거지? 이런 날씨에 돌아다니면 위험해."

"양아버지가 이랬어요! 내가 내 발로 온 게 아니라!"

"!"

칼라인은 인상을 굳혔으나 다시 현실적인 방법을 제시했다.

"돌아가자. 의사를 불러야지. 다리가…… 많이 다쳤다."

칼라인이 도미스를 들어올리려 했으나 도미스는 그를 뿌리쳤다.

"갔다가 또 어떤 꼴을 당할 줄 알고요? 내가 빌린 저택에 멋대로 쳐들어와 머무르면서도 이러는데, 갔다가 또 어떨 줄 알고요?"

라틸은 도미스가 이렇게 길게 말하는 건 처음 들었다. 칼라인도 낯선 모습인 듯 잠시 주춤하다 말했다.

"로우저 씨를 내보내겠다. 안야가 아직 보호자가 필요한 것 같아 데리고 다니는 거지만, 이 정도라면 차라리 없는 게 나을 테니."

"양아버지만의 문제가 아니잖아요."

도미스는 다리가 부러지면서 겁도 좀 줄어든 듯, 떨리는 목소리지만 단호하게 말했다.

"안야도 똑같은데 뭘 어쩌라고요."

그러나 칼라인은 도미스가 안야에 대해 나쁘게 말하자 대번에 안색이 달라져서 딱딱하게 말했다.

"안야가 네게 잘 대해주는 건 아니지만 네 양부처럼 대한 것도 아닐 텐데. 안야가 질투 난단 이유만으로 둘을 같은 취급 하면 안 되지 않을까."

말에도 타이밍이란 게 있다면 지금은 정말 최악의 타이밍이었다. 양부에게 쫓기면서 계속 안야 이름을 들었던 도미스는, 안야를 두둔하는 칼라인의 말에 완전히 폭발해 버렸다.

"안야, 안야, 안야, 안야, 그놈의 안야!"

울면서 소리 지른 도미스는 벌떡 일어나더니 칼라인을 온 힘을 다해 노려보며 외쳤다.

"안야 얘기밖에 모르는 칼라인 씨는 내 근처에 오지도 말아요!"

분명 다리가 부러졌을 텐데. 도미스는 어떻게 된 영문인지 아주 잘 뛰었다. 심지어 머리가 열 개 달린 괴상한 새가 달려들자 손으로 퍽 쳐서 날리고는 계속 뛰었다.

'무의식중에 하는 건가? 본인은 모르는 것 같은데?'

도미스야 무의식중이라 치고. 라틸은 무의식이 아닐 칼라인의 지금 표정이 몹시 궁금해졌다. 이걸 봤을까? 봤으니 이제 도미스가 로드란 걸 좀 알아봤을까?

기르골이 도미스의 양부를 죽여주겠다고 했던가? 하여튼 그런 말을 하길래 진짜 죽여주는 줄 알았는데. 조금 아쉽다.

'기르골, 공수표를 날리다니.'

역시 아무리 기르골이라고 해도 그 정도로 미치진 않은 건가? 하긴. 그 양부가 도미스를 지독히도 괴롭혔지만 기르골을 괴롭힌 건 아니지. 계속 돌아다녔으니 일행이라고 할 수도 있을 테고.

어쩌면 당시에는 도미스보다 양부와 더 친했을지도 몰라. 가능성은 적어 보이지만.

'어쨌든 내가 본 기억은 양부한테 욕먹고 맞은 기억밖에 없어서 그런가. 기르골이 진짜로 죽여줘도 별로 충격은 안 받을 것 같아. 이미 지나간 일이니 내 기준으로 생각하면 안 되겠지만.'

그런데 도미스는 기르골과 대체 왜 틀어진 걸까? 싸움은 맨날 칼라인이랑 했는데, 왜 틀어지기는 기르골이랑 틀어진 건지 이해가 안 가.

안야가 '가지 마!' 했을 때 무시하고 간 건 기르골이고 말을 들은 건 칼라인이었잖아.

라틸은 베개를 안고서 멍하게 생각에 휩쓸려 다니다가, 구름이 옆으로 흘러가며 창문으로 햇살이 들이치자 눈이 부셔서 눈살을 찌푸렸다.

그제야 잠이 싹 달아나며 지난밤 꿈의 여운도 가셨다. 그 끔찍한 꿈에 여운이라니, 어감이 참 이상하지만.

라틸은 시계를 보았다. 어느새 아침 8시였다. 카리센으로 출발하는 날이니 슬슬 일어나야 했다.

'괴물들이 도미스를 무서워하는 건 이상하지 않아. 식시귀가 된 헤움도 날 무서워하는 것 같았으니까. 하지만 다리는 어떻게 그렇게 나았을까?'

그러나 이동 준비를 하면서도, 라틸은 꿈속에서의 일이 떠올라서 자꾸 멍하니 서있게 되었다.

'도미스가 사람 같지 않은 힘을 발휘하고 스스로 그걸 인지해서 그런가. 제발 다음에는 구박 좀 안 당하고 있었으면 좋겠다.'

준비를 마친 라틸은 편안한 옷차림으로 마차에 올라탔다가 선객을 보고 깜짝 놀랐다.

"라나문?"

라나문이 맞은편 의자에 앉아있었다.

"이걸 타고 가려고?"

분명히 라나문 마차가 따로 있는 걸 확인했는데…….

라틸이 '왜 애가 여기 타고 있지?' 싶어서 보자, 라나문은 얼음 같은 표정으로 오히려 되물었다.

"제가 함께 가서 싫으십니까?"

"넌 애가 왜 맨날 과하게 해석을 해. 그냥 물은 거야."

라틸이 헛웃음을 뱉자 라나문은 잠시 생각하다가 대답했다.

"폐하와 함께 가고 싶었습니다."

카리센에 가는 건 다른 신경 쓰이는 일이 있어서라 했으니, 마차를 타고 함께 이동하고 싶단 건가.

라틸은 의자에 엉덩이를 주춤주춤 붙이면서 라나문의 표정을 살폈다. 쟤가 안 그렇게 생겨서 실없는 소리를 자주 하니까……. 빈말이겠지?

하지만 라틸은 곧 라나문이 빈말을 한 거라도 상관없단 결론을 내렸다.

'나도 빈말하면 되지. 한다고 돈 드나? 어쩌면 예의인데.'

"나도 너와 함께 가고 싶더라."

빈말을 던지며 웃어주자, 라나문은 라틸을 빤히 보더니 차갑게
말했다.

"빈말을 잘하시는군요."

"저기요. 먼저 하셨습니다, 그쪽이."

그게 황당해서 라틸이 손가락으로 그를 가리켰으나, 라나문은
오히려 라틸의 말을 또 걸고넘어졌다.

"수긍하시는 걸 보니 빈말이 맞았군요. 알겠습니다."

라나문이 책을 펼쳐 무릎 위에 얹는 걸 보며 라틸은 혀를 내둘렀
다. 뭐야, 쟤. 생각보다 똑똑하잖아? 말에 함정도 파고.

이상하게 궁중 암투 표적이 잘 되길래 겉은 냉랭해도 속은 무를
줄 알았더니…… 안까지 꽉꽉 잘 얼었네. 라틸은 속으로 구시렁거
렸다.

그 소리가 들리진 않았을 텐데. 시선을 느낀 걸까. 라나문이 책
에서 고개를 들었다.

"왜 그렇게 빤히 보십니까?"

라틸은 솔직하게 거짓말했다.

"잘생겨서."

라나문은 코웃음을 쳤으나 라틸은 이번에는 아까처럼 속지 않고
한 주장을 밀고 나갔다.

"이건 진짜인데. 빈말 아니었다."

다행히도 라나문은 이번엔 믿어주었다. 아주 재수 없는 방식
으로.

"압니다."

"그런데 그 '흥' 하는 소리는 뭐야?"

"너무 자주 듣는 말이라, 감흥이 없나 봅니다."

맞는 말 같긴 한데 진짜 재수 없게 표현하는구나. 라틸은 인상을 찌푸리고서 반듯반듯한 라나문의 이목구비를 보다가, 충동적으로 물었다.

"궁금한 게 있는데, 라나문."

"예. 물어보십시오."

"네 자신의 단점이 뭐라 생각해?"

'없다고 말하면 다른 마차 타고 가라고 해야지.'

라나문이 대답하지 않자 라틸은 옳다구니 싶어 히죽 웃었다.

"설마 없다거나, 그런 건 아니지?"

"그럴 리가요. 있습니다."

"뭔데?"

성격 같은 거 말하겠지 뭐. 라틸은 실실 웃으면서 라나문을 놀리듯 바라보다가, "향기 없는 꽃이란 점이겠죠." 하는 뼈 있는 말에 웃던 걸 멈추고 시선을 회피했다.

'내가 자기랑 동침하지 않는다고 저러는구나.'

며칠 동안 그런 일상이 반복되었다. 라나문은 가끔은 자기 마차에 갔고 가끔은 라틸의 마차로 왔다. 라틸은 귀찮고 번거로워서 한 마차에서 나오질 않았으나, 라나문은 누구보다 게을러 보였으면서도 꼭 마차 두 개를 번갈아 오갔다.

그렇다고 해서 와서 재잘재잘 수다를 떠냐면, 그건 또 아니었다.

나중에는 라틸이 그게 이상해서 직접 묻고 말았다.

"넌 기껏 와놓고 왜 말이 없느냐?"

라나문은 덤덤하게 대답했다.

"동생이 조언을 해줬습니다."

"조언? 무슨 조언?"

"전 입을 다물고 있을 때 가장 낫다고요."

그 말을 끝으로 라나문이 또 입을 다무는 바람에, 라틸은 역시 평소처럼 그의 얼굴만 구경하면서 이동해야 했다.

동생의 조언이 사실이었는지, 말을 하지 않을 핑계였는지는 끝까지 알 수 없었다.

그러다가 카리센 국경을 드디어 지났을 즈음, 라틸은 라나문이 베개를 들고 자신의 마차로 왔을 때 슬쩍 또 물어보았다.

"그런데 라나문, 질문 하나 해도 되느냐?"

"늘 그렇듯, 하십시오."

"정말로 왜 따라오는 거냐? 신경 쓰인단 건 뭐고?"

자신이야 여러 가지 이유가 있지만, 라나문은 별로 여행을 좋아할 타입은 아닌 것 같은데. 실제로 며칠간 지켜본 바로도 여행을 좋아하는 것 같지 않고.

그런데도 굳이 따라오는 이유가 짐작이 가지 않았다. '나 때문인가?'란 생각을 하지 않은 것도 아니었으나, 감이 왔다. 꼭 그런 이유만은 아닌 것 같다는 감이.

라나문은 가끔씩 창밖으로 시선을 던지고서 심각한 표정을 지었
는데, 바로 그런 표정 때문이었다. 굉장히 깊고 어려운 일을 떠올리
는 표정이었으니까.

라틸이 무릎 위에 올린 책을 보다가 천천히 시선을 들자, 오는
내내 봐도 아름다운 그의 눈동자가 드러났다.

라나문은 그 상태로 대답했다.

"클라인이 걱정됩니다."

'거짓말.'

"진심으로 걱정하는 거야? 그 이유만으로 먼 카리센까지 따라왔
다고?"

"가짜로 걱정하진 않지요."

"진짜로 다른 볼일이 있는 거 아니고?"

"아닙니다."

"그럼 카리센에 가거든 둘이 한 방에 넣어줄까? 계속 붙어있을
래? 할 말 천천히 하게?"

"사실 전혀 걱정되지 않습니다."

라나문이 말을 싹 바꾸고 다시 책으로 시선을 내리자, 라틸은 그
모습을 구경하다가 소리 없이 웃었다. 라나문 역시 책에 시선을 내
리깐 상태에서 아주 희미하게 입꼬리만 올려 따라 웃었다.

"거의 수도에 다 도착해 갑니다, 폐하."

마차 밖에서 들려오는 소리에 라틸은 알겠다고 문을 톡톡 두드리고서 하품을 한 다음, 다른 좌석을 향해 다리를 쭉 뻗었다.

지금은 마차 안에 라틸 하나뿐이었고 옆에는 아무도 없다 보니, 편하게 있을 수 있었다. 그 상태로 라틸은 깜빡 잠이 들었는데, 깨어보니 맞은편에 라나문이 앉아있었다.

"언제 왔어?"

라틸은 다리를 내리면서 잠긴 목소리로 묻다가 창밖을 보았다. 어느새 밖은 어두워져 있었다.

더 잘 걸 그랬나, 생각하면서 라틸은 하품을 하다가 라나문을 보았는데, 웬일로 라나문은 책을 보지 않고 라틸 쪽만 뚫어져라 보고 있었다.

그 시선을 받다가 방긋 웃으면서 라틸이 "왜?" 하고 묻자, 라나문이 드물게도 자기에 대해 먼저 털어놓았다.

"저는 남들보다 감정 기복이 적은 편입니다."

"그래보여."

차가운 성격이라 생각했지, 아예 감정 기복이 적을 거란 생각은 하지 않았지만.

라나문은 덤덤하게 말을 이었다.

"그런데 폐하와 있으면 평소보다 감정 기복이 좀 심합니다."

라틸은 라나문이 왜 이런 이야기를 하나, 듣다가 황당해서 눈썹을 치켜올렸다. 지금이 심한 거라고?

그러나 말하는 라나문은 꽤 진지한 표정이었다. 실제로 자신의 상태를 좀 신기해하는 것도 같았는데, 라틸은 그게 더 신기했다.

평소의 라나문과 지금의 라나문 사이에 차이가 전혀 없어 보이는데. 대체 뭘 신기해하고 있는 거지, 쟤는? 감정 기복이 심해져서 이 정도면 평소엔 거의 인형 수준 아닌가?

마차가 완전히 멈추는 바람에 라틸은 더 생각하길 멈추고서 하품을 했다.

"폐하, 도착했습니다."

기사의 알림을 받고 밖으로 나가자, 서넛이 옆에서 대기하고 서 있다가 라틸에게 손을 내밀었다.

그냥 내리는 게 더 빠를 것 같다고 생각하면서도 서넛을 잡고 내리면서 보니, 하이신스가 직접 맞이하기 위해 시종 몇몇을 데리고 나와있었다.

라틸은 예전에 왔을 때보다 그를 대하는 게 한결 편해진 걸 깨닫고 놀랐다.

처음 그의 결혼식에 올 땐 진짜 딱 죽기 직전의 심정이었고, 그 다음에 올 때는 하이신스를 볼 때마다 열불이 터져 나가려 했는데.

그래도 시간이 많이 흐른 덕일까. 아니면 언제 어디서 폭발할지 모르는 미친 작자를 자주 봐서 그런가. 아니면 뱀파이어니 흑마법사니 인어니 하는 이들이 뚝뚝 나와서 그런가. 하이신스를 봐도 화나진 않았다. 스스로의 상태를 알아챈 라틸은 방긋 웃고서 그쪽으로 걸어갔다.

"하이신스 황제, 잘 지냈습니까?"

그러고서 밝게, 오랜 친구에게 하듯 묻자 하이신스는 찝찝한 눈으로 라틸을 보며 역시 미소 지었다.

"오랜만입니다."

하지만 하이신스는 그 뒤에 작은 말을 덧붙였다.

"뭔 짓을 했기에 내 동생이 오자마자 술고래가 된 걸까."

"부작용일 거야. 뭘 잘못 삼켰거든."

"잘못 삼키다니?"

"입 열고 확인해 봐. 그 안에 내 창고 열쇠 있어."

"!"

"혼내줘. 내가 먹인 게 아니라 자기가 가지고 튄 거니까. 난 진짜…… 인내심 발휘해서 참고 온 거다."

실제로는 다른 이유로 왔지만 라틸이 일단 우기자, 하이신스가 옆에서 "그 말썽쟁이가 또." 하고 낮게 중얼거렸다. 자국에서도 주기적으로 말썽을 부리는 모양이었다.

그때, 하이신스의 안내를 받아 성 안으로 들어가려는데 우측 대각선 방향에 있는 어두운 복도에 갑자기 빛이 들어왔다.

그 방향을 보자, 아이니 황후가 자기 사람들을 데리고 천천히 나오고 있었다.

여러모로 아이니 황후를 보기가 애매했던 라틸은 얼른 가식적인 미소를 지어 방패처럼 휘둘렀다.

그런데 아이니 황후가 다가오기 전, 라틸의 옆에 있던 라나문이 먼저 "음?" 하고 이상한 소리를 냈다.

아는 사이인가? 라틸이 쳐다보자, 라나문이 정말로 콧잔등을 찡 그리고서 아이니를 쳐다보고 있었다.

라틸은 아이니와 라나문을 번갈아 보다가 작게 물었다.

"왜 그래?"

분명 아닌 게 아닌 얼굴인데. 라나문은 바로 대답했다.

"아무것도 아닙니다."

"그런 것치곤 표정 변화가 확실한데."

"그냥 느낌이 이상해서요."

"첫눈에 반했다든가, 그런 거면 돌아갈 땐 내 마차에 올라오지도 못하게 하겠다."

라나문이 무어라 반박하려는 찰나, 이번에는 아이니 쪽이 라나문을 보더니 고개를 기웃했다.

그 움직임 역시 작지 않아서 이번에는 하이신스가 그녀에게 "왜 그러시오?" 하고 물을 정도였다.

그러나 아이니 역시 고개를 기웃하며 "아닙니다." 하고 대답할 뿐, 둘 다 서로 아는 사이라고 하진 않았다.

라틸은 라나문과 아이니를 번갈아 보았다. 뭐지. 수상한데. 하지만 이런 데서 '너 카리센 황후랑 진짜 모르는 사이 맞아?'라고 물어볼 수는 없었다.

그사이, 아이니가 어느새 바로 앞으로 다가와 라틸에게 말을 걸었다.

"제가 검 뽑는 걸 보러 여기까지 직접 와주시다니. 영광입니다, 황제 폐하."

"부담 가질 필요 없습니다. 내 후궁이 여기 와있어서…… 잡으러 온 이유가 더 크거든요."

라틸은 아이니가 방심하도록 일부러 클라인 핑계를 대면서, 클라인의 방으로 추정되는 창문들을 한 번 주룩 훑었다. 날아간 후궁을 뒤쫓아 온 탐욕스러운 황제 같은 표정도 열심히 지어보면서.

옆에서 라나문이 깜짝 놀라 이상한 소리를 내긴 했으나, 다행히 아이니는 덤덤하게 "그렇군요." 하고 중얼거렸다.

라틸은 방긋 웃으면서 그녀와 오랜 친구 사이인 것처럼 다정하고 친절한 목소리를 냈다.

"황후, 그대가 꼭 검을 뽑을 수 있길 기대합니다. 인류를 위해서."

아이니는 라틸의 말을 한 번 따라서 읊조렸다.

"인류를 위해서."

이어서 그녀는 부드럽게 미소 지으며 그러겠다고 고개를 끄덕였다. 칼라인이 근처에 없어서인가. 그래도 전에 왔을 때보다는 한결 침착해 보였다.

라틸도 그녀에게 한 번 더 고개를 끄덕이고서, 하이신스에게 타리움 사절들이 머물 방을 알려달라 청했다.

방을 안내받은 뒤, 라틸은 데려온 하녀들이 짐을 풀고 방을 정리할 동안 클라인을 찾기 위해 복도로 나갔다. 뒤를 따르는 건 서넛한 사람이었다.

라틸은 타리움과는 완전히 다른 분위기의 복도를 걸어가다가, 주위에 사람들이 없자 서넛에게 작은 목소리로 물었다.

"서넛 경은 내일 아이니 황후가 제대로 검을 뽑을 것 같습니까?"

"자신이 있으니 사람들을 불렀을 거라 생각합니다."

"서넛 경은 아이니 황후가 검을 뽑았으면 좋겠습니까?"

"네."

"왜요?"

"대적자란 뜻이니까요."

"대적자를 빨리 찾고 싶습니까?"

"네."

"왜요?"

"빨리 죽일 수 있으니까요."

라틸은 서넛과 주거니 받거니 대화를 하며 걸어가다가, 서넛이 아무렇지 않게 던진 섬뜩한 말에 눈을 동그랗게 떴다. 라틸은 서넛을 쳐다보았다. 그러나 서넛은 태연한 얼굴이었다.

"그렇게 보셔도 어쩔 수 없습니다. 폐하를 위해선 대적자가 없어야 합니다."

"둘 다 살 방법은 없습니까?"

"항상 우리가 먼저 죽었습니다. 찾을 시간도 없었습니다."

"하긴."

"폐하는 아이니 황후를 살리고 싶으신가 봅니다."

"내가 죽게 생겼으면 죽일 겁니다. 근데 살릴 수 있으면 살리는 게 좋죠."

"너무 안 말랑하셨으면 좋겠습니다."

"말랑한 게 아니라……."

현실적인 거라고 대답을 하려다가 라틸은 입을 다물었다. 멀지 않은 곳에 사람이 지나가는 소리가 났다. 계단을 하나 내려가 보니, 바로 아래층 복도에 역시나. 사람이 지나가고 있었다. 게다가 지나가는 사람은…….

"저거 신관 복장 아닙니까."

"맞습니다."

신관복을 입고 있었는데, 신관복의 디테일을 살펴보니 고위 신관 같았다.

"대적자의 검 뽑는 일로 불렀을까요?"

"모르겠습니다."

라틸은 서넛에게 소곤소곤 물어보다가 슬그머니 계단에서 내려가 보았다. 그러다 계단을 반 정도 내려왔을 즈음, 라틸은 아주 오랜만에 상대의 속마음을 읽었다.

괜찮아. 평소 하던 대로 연기하면 된다. 공작님 명령으로 온 거고, 하나도 꿀릴 거 없어. 난 그냥 시키는 대로 하면 돼.

상대가 바짝 긴장한 터라, 힘이 약해진 상태에서도 속마음이 들린 모양이었다. 아니, 그보다 내용이 뭐 이따위지? 라틸은 눈살을 구겼다.

"왜 그러십니까?"

"저자, 가짜입니다, 서넛 경."

라틸이 상대의 속마음을 읽는 줄 모르는 서넛은 '진짜?' 하는 표정으로 라틸을 보았다. 그러나 라틸은 로드이니 뭔가 비장의 수가 있다고 여기는 듯 심각한 목소리로 대답했다.

"그렇군요. 그럼 어쩌지요."

"모르겠습니다. 뭐 때문에 온 건지를 봐야……."

결정을 내릴 수 있다고 말하면서 고위 신관을 슬그머니 뒤따라가던 라틸은, 복도 반대편에서 아이니가 시녀들을 데리고 신관 쪽으로 다가가는 걸 보았다.

신관은 자기 뒤쪽 위 계단에 선 라틸을 보지 못했으나, 신관에게 다가가던 아이니는 라틸을 제대로 보았다.

하지만 찔리는 행동을 하는 건 아닌지, 아이니는 라틸을 향해 가볍게 인사했을 뿐 허둥대지 않았다.

"이쪽으로 오게."

"예, 황후 폐하."

아이니가 가짜를 데리고서 어딘가로 가는 모습을, 라틸은 난간에 기댄 채 물끄러미 구경했다. 왜 가짜 신관을 데려가는진 모르겠지만 저걸로 대적자의 검을 어떻게 할 수는 없을 터. 그러면 사실 라틸과는 별 상관없는 일이었다.

게다가 속마음을 들어보니, 저 가짜는 공작의 명령으로 누군가를 속이려는 눈치였지, 아이니와 한패가 아니지 않은가.

'응? 그러면 저 가짜 고위 신관이 속이려는 건 아이니인가?'

라틸이 생각을 하느라 제자리에 서있기만 하자, 서넛이 작게 불렀다.

"폐하."

라틸은 서넛에게 대답해 주는 대신 계단을 내려가며 아이니를 불렀다.

"아이니 황후."

"무슨 일이지요?"

아이니는 고위 신관을 데려가다가, 라틸이 아주 작게 불렀는데도 바로 돌아서며 물었다. 태연하게 굴었지만, 라틸을 계속 의식한 모양이었다.

라틸은 손가락으로 고위 신관을 가리키며 히죽 웃었다.

"가짜 같은데요. 왜 데려가는진 모르겠지만."

라틸로서는 충동에 가까울 정도로 발휘한 호의였다. 5분도 되기 전, 서넛과 아이니를 죽일 거냐, 말 거냐 토론한 사람이 발휘할 수 있는 선에서는 꽤 큰 호의. 그러나 아이니는 라틸이 헤움을 죽이라 명한 일로 이미 라틸을 강하게 불신하고 있었다.

"가짜?"

아이니는 잠시 라틸의 말을 되풀이하고는, 곧 어처구니없는 말을 들은 것처럼 웃었다. 그 모습은 여전히 기품이 있었으나 상대에 대한 불신이 웃음에서부터 뚝뚝 떨어졌다.

아이니는 그래도 사람들 앞에서 험한 소리를 할 만큼 정신력이 뭉개지진 않았는지, 라틸의 앞까지 다가와 조곤조곤하게 말했다.

"나도 헤움처럼 죽기를 바라시나 봅니다, 타리움의 폐하께서는."

아주 찰나 라틸을 무시무시한 눈으로 쳐다본 아이니는 그대로 몸을 돌려 걸어갔다.

가짜 고위 신관은 라틸 쪽을 한 번 힐긋 보면서 '저 황제가 어떻

게 알았지?'라고 생각했지만, 아이니가 라틸의 말을 듣지 않고 가
자 낄낄 속으로 웃으면서 따라갔다.

"거기 일이 여기에 영향을 미치네요."

"무슨 말인지 못 알아듣겠습니다, 폐하."

"아닙니다."

라틸은 혀를 차고서 돌아섰다.

"라트라실 황제가 한 말은 마음에 안 담아두길 바라네."

아이니 황후의 인자한 말에 가짜 고위 신관은 괜찮다고 소탈하
게 웃었다. 속으로는 진땀이 났지만, 다행히 그를 가짜라 여긴 이는
그 황제 하나뿐인 듯했다. 대체 무슨 수로 자신이 가짜란 걸 알아
봤는진 모르겠지만 말이다.

그는 신전에서 실제로 몇 년간 견습 생활을 하다가 뛰쳐나온 것
이라, 제법 신관 흉내를 잘 냈던 것이다. 이 사기꾼은 아직 한 번도
사기 치다가 걸린 적이 없었다.

황후의 서재에 들어서자, 사기꾼 신관은 아까보다는 좀 더 허리
를 펴고서 물었다.

"공작님이 말씀하시길, 황후 폐하께서 몇 가지 질문을 할 테니
거기에 제대로 대답하라 하셨습니다."

아이니가 고개를 끄덕이자 사기꾼 신관이 두 손을 공손하게 모
으고서 물었다.

"물어보시지요, 황후 폐하."

아이니는 목 언저리를 손으로 짚으며 물었다.

"나한테 혹시 이상한 게 씌었나?"

"이상한 거라니요?"

"그걸 내가 묻는 거네. 그게 무엇이든 상관없으니, 하여튼 이상한 게 씌인 건 아닌지."

사기꾼인 고위 신관은 다가 공작이 한 말을 떠올렸다. 다가 공작은 아이니 황후가 자신에게 이상이 있는지 묻거든, 다 멀쩡하다고 말해주라 했다. 그러면 된다고.

"겉으로 보기엔 괜찮지만…… 한 번 살펴보겠습니다."

그는 시킨 대로 아이니를 살피는 시늉을 하다가 다가 공작의 뜻을 그대로 따랐다.

"아무 문제 없습니다, 황후 폐하."

이후 사기꾼은 황후에게 큰돈을 한 번, 한 시녀를 통해 다가 공작에게 한 번, 이렇게 두 배로 받은 다음 히죽히죽 웃으면서 황후의 방 밖으로 나갔다.

이제 그는 몇 년 동안 어디 다른 나라로 가서 지내면 될 거였고, 이후에 다시 돌아왔을 땐 모든 게 정리되어 있을 것이었다. 비록 그의 사기 행각이 사회에 아무 영향을 주지 못하고 이대로 끝이라 하더라도, 돌아올 때면 최소 공기는 맑아져 있지 않겠는가.

그러나 신이 나서 걸어가던 가짜 고위 신관은 아까 그를 향해 '가짜'라고 대놓고 말했던 타리움의 황제를 다시 마주치고서 움찔했다.

무슨 수로 타리움 황제가 아무도 알아본 적 없는 그의 사기 행각을 알아냈는진 모르겠으나, 어쨌든 그리 좋지 않은 상대였다.

그래도 억지로 미소를 지으면서 인사를 하고 있자니, 계단 위에서 두 팔을 주머니에 찔러넣은 황제가 갑자기 싱글 웃으면서 말했다.

"자꾸 사칭하는 거 안 좋다."

사기꾼은 꾸벅 인사를 하며 지나가려다가 "네?" 하고 되물었다.

황제는 아까보다 좀 더 맑게 웃으면서 알려주었다.

"자꾸 사기 치는 거 안 좋다고, 나이멀리."

어떻게 내 본명을……? 사기를 칠 때 늘 가명을 쓰는 가짜 신관은 당황해서 황제를 보았으나, 황제는 그새 다른 곳으로 걸어가고 있었다.

가짜 신관은 괜히 오싹해져서 서둘러 그 자리를 피했다.

그 시각.

클라인은 이 옷을 입었다 벗었다 걸쳤다 도로 벗길 반복하면서, 벌써 두 시간째 한 자리에 머무르질 못하고 있었다.

바닐이 달려와서 '타리움 사절단에 폐하께서 포함되어 있다'라고 알려준 탓이었다. 클라인은 자기가 가져온 열쇠가 큰 효과를 발휘했다고 확신했다.

하지만 기쁘기도 잠시, 클라인은 덜컥 겁이 났다.

"바닐, 폐하가 화를 내실까?"

"안 내실 거라 생각하셨어요?"

"많이 내진 않으시겠지?"

"일단 옷부터 입으세요."

"폐하가 나더러 꺼지라고 하시면 어떡하지?"

"뭘 어떡해요? 카리센에서 꺼지면 타리움에 가는 거죠."

"그런가?"

"일단 옷 입으시라니까요."

그러나 이 허둥거림이 끝나기 전, 먼저 라틸이 도착했고 문 두드리는 소리가 공포스럽게 울렸다.

"전하, 타리움 황제 폐하께서 오셨습니다."

클라인은 얼굴이 하얗게 질려서 허둥거렸다. 데리러 오라고 열쇠를 들고 오긴 했지만, 그땐 화가 잔뜩 났기에 눈에 보이는 게 없었다.

"전하! 옷 입으시고요!"

바닐은 문으로 달려가려는 클라인을 붙잡았고, 둘은 서둘러 화사한 옷을 차려입었다. 클라인은 거울 속에 완벽한 자신의 모습을 확인하자, 그제야 허둥거리던 걸 멈추고 우아하게 걸어가 문을 열었다.

하지만 황제는 이미 보이지 않았다.

"폐하는?"

클라인이 당황해 묻자 근위병이 대답했다.

"내내 기다리다 돌아가셨습니다."

클라인은 그 말을 듣자마자 높은 신분 손님들이 사용하는 층을 향해 황급히 뛰기 시작했다.

악시안이 쫓아오지도 못할 정도로 빠르게 달려간 그는 마침내 문을 열고 자기 침실로 들어가려는 황제의 뒷모습을 발견했다.

그는 더욱 속도를 내어 뛰다가 황제가 방에 들어가려는 순간, 문 틈을 거의 가로막듯이 섰다.

황제가 쳐다보자 그는 숨을 헐떡이며 울상을 지었다.

"저 안 보고 싶으셨습니까?"

라틸은 황당해서 "어?" 하고 되물었다.

"조금 전에 내가 네 방 앞에 갔었거든? 그런데 문을 두드려도 안 나온 건 너였거든? 근데 왜 내가 널 버리고 간 것처럼 말하지?"

말하다 보니 조금 열이 받아서, 라틸은 클라인의 귀에 대고서 목소리를 평소보다 두 배로 내리깔았다.

"심지어 하렘 열쇠까지 들고 도망갔으면서?"

찔리는 게 많은 듯 클라인은 어색하게 웃더니, 주머니에서 열쇠를 꺼내 라틸에게 내밀었다.

"이걸 가져가야 따라오실 것 같아서……."

"……"

"옷을 벗고 있어서…… 입는 사이에 가버리실 줄은…… 빨리 입는다고 입었는데……."

라틸이 빤히 보면 볼수록 클라인의 목소리가 점점 줄어들어 갔다. 하지만 쥐도 궁지에 몰리면 고양이를 문다던가. 완전히 작아진 목소리는 거의 안 들릴 정도로 작아지더니, 갑자기 되살아났다.

"저 안 보고 싶으셨습니까?"

목소리는 커졌지만, 여기서 라틸이 '아니'라고 말하면 큰 충격을 받을 얼굴이었다. 물론 안 보고 싶던 게 아니니 '아니'라고 대답하진 않겠지만.

그러고 보니 하이신스가 동생이 술고래가 됐다 했던가. 이제야 눈치챘는데 술 냄새도 좀 난다. 그럼 지금은 술주정 부리는 건가?

라틸은 술에 취한 건지 평소보다 흐릿한 눈으로 자신을 바라보는 클라인을 빤히 보다가 그에게 물어보았다.

"클라인, 라나문이 누구야?"

"재수 없는 족제비요."

"칼라인은 누구고?"

"재수 없는 용병이요."

"대신관은?"

"재수 없는 착한 놈이요."

"그럼 나는?"

"나쁜 사람."

"!"

취한 게 맞는지, 라틸을 바라보던 파란 눈동자가 점점 은색 속눈썹에 덮여가더니 완전히 자취를 감추었다. 클라인이 라틸에게 기대어 잠들자, 뒤에서 따라온 악시안이 황급히 다가와 사과했다.

"제가 안겠습니다. 무례를 범해 죄송합니다, 폐하."

라틸이 클라인을 건네주자 악시안은 얼른 그를 안고서 재차 사과했다.

"무례하게 굴어 죄송합니다. 여기 온 후로 한숨도 못 주무셨습니다. 지금은 아마 술에 취해서 제정신이 아니실 겁니다."

라틸은 괜찮다고 말하는 대신 손을 뻗어서 클라인의 이마부터 시작해 은색 머리카락을 한 번에 쓸어 올렸다. 단정한 이마가 살짝 구겨졌다 펴지는 모습조차 그는 아름다웠다.

완전히 잠에 취한 모습을 물끄러미 바라보다가, 라틸은 클라인을 도로 데려가라고 악시안에게 지시하며 말했다.

"술 좀 그만 마시라 해라. 내일 낮에는 아이니 황후가 뭘 한다니까 시간이 없을 거고. 저녁쯤에 술 깨서 오라고 해."

"예, 폐하."

다음 날.

카리센 수도의 대광장에 사람들이 우글우글 모여들었다. 그중엔 귀족도, 귀족이 아닌 사람들도 있었고, 나이도 옷차림도 모두 각양각색이었다.

대광장의 높은 단상 중앙에는 대적자의 검이 세워졌고, 그보다 한 단 낮은 곳에는 타리움의 고위 귀족들이 한 무리를, 카리센에서 온 사절단이 한 무리를, 다른 나라에서 온 사절단들이 또 각기 한 무리씩 이루어 앉아있었다.

　사람들은 이미 대적자의 검에 관해 다 듣고 왔는지 자기들끼리 모여 수군거리느라 바빴다.

　"저게 대적자의 검이래."

　"로드를 물리치는……."

　"저게 있으면 악을 없앤대."

　"좀비 같은 거?"

　"좀비 같은 걸 부리는 사람이 있나 봐."

　외국에서 온 사절단들 역시 호기심을 보이고 있었는데, 특히 몇 몇 나라들은 괴현상이 나타나고 있는 터라 꽤 진지하게 사태를 바라보았다.

　라틸은 이 모든 광경을 한 발 떨어진 시선으로 보다가 서넛에게 작게 말했다.

　"이 정도로 소문났다면 대적자를 편드는 다른 성기사단에서도 주시할지도 모르겠습니다."

　"예, 저도 사람들을 살피겠습니다."

　"어? 보는 것만으로 성기사를 알 수 있습니까?"

　"아니요. 하지만 행동이 수상할 수도 있으니까요."

　라틸은 끄덕이고서 힐긋 하이신스를 보았다.

　하이신스는 가장 높은 단상에서, 아이니와 심각한 표정으로 이야기를 나누고 있었다. 그러다가 시선을 느낀 듯 라틸을 보더니 희미하게 웃으며 고개를 끄덕였다.

　'하이신스도 참 입장이 곤란하겠네.'

약 30분 정도가 지나자 엄숙하게 차려입은 중년 남자가 단상 중앙으로 걸어 나왔다. 시끄럽게 떠들어대던 사람들은 그 남자가 중앙으로 와 서자 동시에 조용해졌다.

남자는 그런 현상이 당연하다는 듯 주위를 둘러보다가, 하이신스 쪽을 향해 한번 공손하게 인사했다. 그러고는 고개를 돌려 이번엔 라틸을 향해 공손하게 인사했다.

라틸이 고개를 끄덕여 화답하자, 남자는 다시 대중 쪽을 보더니 한 손으로 대적자의 검을 가리키며 입을 열었다.

"이미 며칠 전부터 공고가 붙어 아는 사람은 다 알겠지만, 이게 바로 전설 속의 '대적자의 검'입니다."

서넛이 라틸에게 작게 물었다.

"저거 진짜일까요?"

"글쎄요."

라틸은 두루뭉술하게 대답했으나, 사실은 답을 알고 있었다.

'기르골이 대적자의 검을 아이니에게 줬다 했으니, 아마 진품일 거야.'

"이 검의 주인은 영광스러운 우리 카리센의 아이니 황후 폐하시지만……."

사람들이 지나치게 환호하자, 남자는 좀 진정이 되길 기다렸다가 소리가 잦아들자 다시 말을 이었다.

"못 믿는 사람도 많겠죠. 그래서 특별히 국민 여러분과 외빈 여러분을 모신 가운데, 원하는 사람 모두에게 직접 검을 뽑아볼 기회를 주겠습니다."

이 얘기는 공고에 안 붙었던지 사람들이 웅성거리기 시작했다. 라틸은 공고를 본 건 아니었으나 이미 짐작했던 일이기에 무덤덤하게 사태를 지켜보았다.

"원하는 사람은 누구든 줄을 서서 올라와 검을 뽑아보십시오. 이다가 공작의 명예를 걸고, 누구에게든 기회를 허락하겠습니다."

다가 공작이 옆으로 물러났으나, 국민들은 귀족과 왕족, 외빈들이 모여있는 단상에 올라갈 염두가 나지 않는지 웅성거리기만 할 뿐 나서지 못했다.

라틸 역시 나서지 않고 상황을 가만히 지켜보기만 했다. 이런 가운데 가장 처음 나선 건 카리센의 귀족 청년이었다.

"제가 뽑아봐도 되겠습니까?"

그 청년은 반쯤은 장난인 듯 실실 웃으면서 단상으로 올라왔고, 사람들은 그 용기에 괜히 박수를 쳤다. 거의 축제 분위기나 다름없었다. 귀족 청년은 계속 히죽히죽 웃으면서 검 앞까지 다가가서는 손잡이를 꼭 잡고 당겼다.

그러나 검은 뽑히지 않았다.

"와."

청년은 신기하다는 듯 눈을 동그랗게 뜨더니, 활짝 웃으면서 손잡이를 놓았다.

그러고는 친구들 쪽으로 다가가며 들리지 않는 목소리로 뭐라 말했는데, '진짜 신기하다'는 뉘앙스 같았다.

그러자 이번에는 그 청년의 친구들이 우르르 몰려들어서 검을 뽑으려 했으나 역시 검은 검집에서 나오지 않았다. 다른 귀족들이 나서도 마찬가지였다. 보다 못한 덩치 좋은 평민들이 나서기 시작했다.

특히 용병으로 추정되는, 근육이 올록볼록하고 키가 커다란 사람이 나서자 사람들은 괜히 기대해서 "와아아!" 하고 환호했다.

그러나 그 덩치 큰 사람이 힘을 주어도 검은 역시 검집에서 꼼짝도 하지 않았고, 오히려 힘센 사람은 검집을 지지대에서 뽑아 허공에 휘두르는 꼴이 되었다.

'그 기르골이 못 뽑았을 정도이니 힘으론 절대 안 되지.'

라틸은 이 모든 게 헛수고라 생각하기에 상황을 덤덤히 지켜보다가, 힐긋 타리움 사람들을 보았다.

타리움 사절단들도 다들 호기심 어린 눈으로 사태를 지켜보고 있었다.

'역시 신기하겠지.'

그런데 단 한 명, 라나문만이 유일하게 미간을 찡그린 채 검을 보고 있었다. 이곳에 오는 길에 가끔 마차 창밖을 바라보면서 짓던 그 표정으로.

'왜 저러지?'

그 모습에 잠시 정신을 빼앗겼는데, 갑자기 어마어마한 환호성이 들려왔다.

고개를 돌리자, 사람들이 다 포기하고 내려간 무대 중앙으로 아이니가 홀로 걸어가고 있었다.

맵시 나는 노란 드레스 차림으로 사뿐사뿐 걸어가는 아이니는 마치 숲의 요정처럼 보였다.

그러다 검을 뽑기 위해 모인 이들 중 가장 가녀린 체구의 아이니가 대번에 검집에서 검을 뽑아내자, 환호 소리는 거의 광장 단상이 통째로 쓸려갈 것처럼 커졌다.

라틸은 순간 귀를 막았다가 예의가 아닐 듯해 얼른 손을 도로 내렸으나, 너무 시끄러워서 표정을 펴기가 어려웠다.

반면 다가 공작은 딸이 사람들의 환호를 받는 그 모습을 흐뭇하게 지켜보았다.

다른 카리센의 귀족들 역시 자기들의 황후가 대적자의 검을 뽑았다는 게 영광인 듯 밝은 얼굴로 박수를 치고 있었다.

아이니가 검을 검집에 다시 넣고 제자리로 돌아가자, 다가 공작은 웃으면서 무대 중앙으로 나와서는 사람들을 둘러보다 외쳤다.

"잘 보셨습니까? 보셨다시피 이 검을 뽑을 수 있는 건 오로지 단 하나, 대적자뿐이지요. 그리고 그건 우리 '카리센'의 황후 폐하십니다!"

'카리센'을 강조하는 말에 국민들은 환호했고, 귀족들도 뿌듯해했다. 외국에서 온 사절단만이 조금 웅성거릴 뿐이었다. 분위기는 최고조로 달하고 있었다.

'아직.'

그러나 라틸은 여전히 때를 기다리고 있었다.

그때, 갑자기 아이니가 라틸 쪽을 보더니 천천히 다가오기 시작했다.

라틸은 무대 중앙만큼은 아니지만 두 번째로 높은 단에 위치해 있었기에 사람들의 시선은 금세 두 사람 쪽으로 모였다.

라틸은 생글생글 웃고 있다가 아이니가 가까이 오자 진심인 척 칭찬했다.

"멋지군요. 대단한 광경을 보여줘서 고맙습니다."

그러나 아이니는 여기에 칭찬 한마디를 들으려고 온 게 아니었다.

"고맙군요."

다가온 그녀는 주위를 한 번 둘러보고, 사람들이 이쪽을 집중한단 걸 확인하자 목소리를 한 톤 높이며 찾아온 목적을 밝혔다.

"하지만 칭찬보다 먼저 사과를 해주셨으면 하는데."

라틸은 놀란 표정을 지었다.

"사과라니요? 내가 말인가요?"

"네."

사람들이 웅성거리기 시작했다.

아이니는 라틸을 서늘하게 내려다보며 말을 이었다.

"폐하께서 직접 하신 말은 아니라지만, 폐하가 데리고 있는 성기사가 절 가짜로 몰아가는 발표를 했지요. 아이니 황후는 '절대로' 대적자가 아니다……라고. 백화랑술의 성기사단장 백화 말입니다. 기억나지 않으십니까."

"아, 그건……."

"그 사람은 너무 먼 곳에 있어 당장 사과를 받을 수 없습니다. 하지만 어차피 아랫사람이 한 일은 윗사람의 책임. 부디 폐하께서 그자를 대신해 제게 사과해 주셔서 넓은 아량을 사람들에게 보여주시길 바랍니다."

그 말이 끝나자 카리센의 국민들은 방금 전까지 까맣게 잊었던 일이면서, 평생 그 일만 생각하고 산 것처럼 갑자기 화난 표정을 지었다.

그들은 라틸이 자기들 앞에서 자기들 황후를 앞장서 모욕하기라도 한 것처럼 험악한 분위기로 라틸을 노려보기 시작했다. 귀족들 역시 차갑게 타리움 사절단 쪽을 쳐다보는데, 계란이 있으면 당장 쥐고 던질 분위기였다.

이를 지켜보던 하이신스는 눈썹을 찌푸리고 일어서며 됐다고 말하려 했다. 그러나 한발 앞서 라틸이 생글 웃으며 일어섰다.

"뭐 어렵겠습니까."

서넛은 그 표정이, 라틸이 틀라를 처형시키라 할 때 나온 표정임을 눈치채고 흠칫했다. 서넛 외에도 몇몇 타리움 귀족들도 그 표정을 알아보고서 자기들끼리 눈치를 살폈다.

반면 이를 알 리 없기에, 카리센 사람들은 더욱 기분 나빠하며 수군거렸다.

"괜히 멀쩡한 척하려 웃는 거 봐."

"웃으면서 우리 황후 폐하를 모욕한 걸 넘기려는 거지."

"타리움 놈들, 옛날부터 비겁해서 마음에 안 들었어."

분위기가 몹시 험악했으나 라틸은 태연하게 오히려 무대 중앙으로 나아갔다.

설마 라틸이 무대 중앙으로 갈 거라고는 생각하지 못했던 아이니는 얼결에 그녀를 따라가며 인상을 찌푸렸다. 꺼림칙했다. 무슨 꿍꿍이지?

아무도 라틸이 뭘 하려는지 모르는 상황에서 라틸은 두 팔을 벌리면서 물었다.

"사과는 언제든 할 수 있지요. 그런데 그 전에, 나도 이 검, 뽑아봐도 되겠습니까?"

질문이지만 다가 공작의 목소리만큼이나 컸다. 아이니는 저도 모르게 웃고 말았다.

"폐하께서요?"

그녀는 사실, 사디가 죽지 않아서 라틸이 무대 중앙에 가면 어디서 툭 튀어나올 줄 알았다. 사디라면 검을 뽑을 수도 있으니까. 하지만 황제 본인이 직접 뽑겠다니.

다가 공작을 비롯해 카리센 사람들도 비웃어대자, 타리움의 귀족들은 발끈해서 덩달아 일어섰다. 그래도 라틸은 여전히 태연하게 말했다.

"검을 뽑겠다고 나선 사람들이 전부 카리센 사람들 아닙니까. 이쪽에서도 뽑아봐야 공정하지 않을까요?"

도발하는 목소리는 절대로 작지 않아서, 다가 공작은 옆에서 이야기를 듣다가 얼굴이 굳어 따졌다.

"지금 타리움의 폐하께선 우리나라 사람들이 모두 한패가 되어서 폐하를 속인단 겁니까."

"설마."

라틸은 절대 아니라는 듯 손을 저었으나, 덧붙이는 말은 놀리는 건지 자랑인지 알기 힘들었다.

"다만, 작은 가능성도 확실하게 점검하는 세심한 성품이라."

라틸이 미소 짓자, 카리센 사람들은 더 기분이 나빠 흥분했다. 신분의 고하를 떠나 모두가 저 황제의 말에 분노했다.

아이니는 그런 라틸을 '애쓴다'는 표정으로 보다가 덤덤히 허락했다.

"그러면 해보시지요."

"그럴까요?"

라틸은 웃고서 검 손잡이에 손을 올렸다.

손에 힘을 주자 이전처럼 빡빡한 느낌이 났다. 하지만 힘을 더 주어 잡아당기자, 검은 결국 힘겹게 온전한 자신의 형태를 라틸의 손 안에서 드러냈다.

라틸은 검을 한 바퀴 휙휙 돌려보다가 아이니를 향해 방긋 웃었다.

"뽑히는군."

아이니는 귓불이 붉어져서 눈을 빠르게 깜빡거렸다. 아이니뿐만 아니라 카리센 사람들 역시 얼어붙어서 서로 눈동자만 굴려대고 있었다.

라틸은 그 분위기를 뻔히 느끼면서도 작지 않은 목소리로 혼잣말인 척 중얼거렸다.

"음, 역시 사기 같은데. 카리센 사람들은 아이니 황후를 제외하면 죄다 못 뽑더니, 타리움 사람인 내가 뽑으니 바로 뽑히지 않나."

라틸이 들릴 듯 말 듯 중얼거리자 다른 나라 사절단들이 하나둘 일어나기 시작했다.

"우리도 해보겠소!"

"진짜인지 가짜인지 우리도 확인해 봐야겠습니다."

"정말로 카리센에서 수작질한 거라면 부끄러워해야 할 겁니다!"

다가 공작은 주먹을 꽉 움켜쥐고서 라틸과 아이니, 검을 번갈아 쳐다보았다. 태연해 보이는 얼굴이었으나 머리카락과 이마 사이로 파랗게 힘줄이 올라와 있었다.

"우리는 안 되는데?"

"타리움 황제 폐하와 카리센 황후 폐하만 뽑히는 거 아닙니까?"

"사기가 아니라 대적자가 둘 아니오?"

그러나 라틸을 제외하고는 다른 나라 사절단 그 누구도 검을 뽑지 못했다.

라틸의 등장이 못마땅하긴 하지만 그래도 사기로 몰리는 것보단 낫다 여겨지는지, 아이니는 짧게 한숨을 내쉬고서 눈을 지그시 감았다 천천히 떴다.

"대적자가 둘이라고?"

"진짜야? 가능해? 전설로는……."

"전설이니까 중간에 틀린 게 있을지도 모르잖아."

"난 사실 그런 전설이 있는 줄도 몰랐어."

"그럼 어떻게 되는 거야?"

"많으면 좋은 거 아냐?"

이를 본 사람들이 다 같이 소곤거리기 시작하면서 주위는 점점 시끄러워졌다. 그러자 다들 자기 목소리를 더 크게 내면서 웅성거리는 소음은 끝도 없이 높아져만 갔다.

원하던 대로 아이니가 대적자라는 데서 초점이 비껴 나가자, 라틸은 '이 정도면 됐나?' 싶어서 제자리로 돌아가기 위해 타리움 사절단이 모여 앉은 쪽을 보았다.

그런데 라틸이 그쪽으로 돌아가려고 막 한 발을 내디디는 순간, 물끄러미 사태를 지켜보던 라나문이 천천히 몸을 일으켰다.

라나문은 지금껏 아무 말도 하지 않고 가만히 앉아있기만 했으나, 사람들은 그가 등장했을 때부터 주기적으로 라나문을 곁눈질하고 있었다. 이 때문에 소란한 가운데에도 라나문이 일어나자 주위가 순식간에 조용해졌다.

라나문이 천천히 무대 중앙으로 나오자, 떠들어대던 사람들도 침묵에 전염된 것처럼 하나둘 입을 다물었다.

라나문이 사절단 사람들 틈에 묻혀있어서 얼굴을 보지 못했던 대중들은, 갑자기 나타난 절세미인의 등장에 눈을 비비고 크게 부릅떴다.

먼발치서 라나문을 힐긋대던 카리센의 귀부인들도 라나문이 무대에 올라오면서 얼굴을 좀 더 자세히 볼 수 있게 되자, 올라가는 입꼬리를 가리기 위해 다들 부채를 펼치고 입가를 가렸다.

다가 공작은 얼굴만 반반한 타리움 황제의 후궁이 갑자기 무대 중앙에 등장하고 그것만으로 사람들의 시선을 앗아가 버리자 불쾌해져서 노려보았다.

"저도 한번 뽑아보고 싶군요."

이 불쾌함은 라나문의 말에 일직선으로 더욱 치솟았다. 이젠 개나 소나 우리를 무시하는가! 다가 공작은 속으로 욕설을 뱉었다.

그러나 사람들이 등장만으로도 큰 호의를 품고 라나문을 보는 상황에서, 그에게만 안 된다고 거절할 수는 없었다. 원하는 사람은 누구든 검을 뽑을 수 있다고 해두지 않았던가. 다가 공작은 마지못해 허락했다.

"그러시게."

라나문은 고개를 끄덕이고서 대적자의 검을 세워둔 지지대로 걸어가 손잡이를 한 손으로 쥐었다. 그러고는 조금도 지체하지 않고 바로 검을 뽑아 버렸다.

'스르릉' 하는 맑은 소리가 나며 검이 쑥 뽑히자, 아이니의 얼굴에서 핏기가 싹 빠져나갔다. 라틸은 얼결에 물개박수를 쳤다.

"오, 우리 라나문."

타리움 사절단들도 영문은 몰랐지만 자신들의 황제와 후궁이 대단한 검을 쏙쏙 잘 뽑아대자 좋아서 같이 박수를 쳤다. 뭔 일인진 모르겠지만 좋은 일인 건 분명하니까.

사람들은 라틸이 검을 뽑았을 때보다 더욱 웅성거렸다.

"어떻게 된 거야?"

"셋이나 뽑았잖아?"

"그럼 대적자가 셋이야?"

"설마 그러려고. 둘이야 어찌어찌 늘어났다 쳐도 셋은 좀?"

"셋보다 더 많을 수도 있는 거 아냐?"

"그러니까. 여기서만 셋이 뽑을 정도면 다른 사람도 찾아보면 더 있을 것 같은데?"

"대적자가 맞긴 해?"

아이니는 가장 첫 번째로 뽑은 데다, 뽑기 전에 다가 공작이 한껏 찬양할 분위기를 만드는 바람에 똑같이 검을 뽑고도 우스운 입장이 되고 말았다.

아이니는 표정을 침착하게 관리했으나 마음은 폭풍우 치는 밤바다에 홀로 둥둥 떠다니는 부표처럼 들썩였다. 라틸이 이 상황을 의도한 건 아닐 거라 생각하면서도, 이 교묘한 순서 배치가 의심스러웠다. 그녀는 하얀 눈으로 라틸을 흘겨보았다.

그러나 라틸은 아이니 쪽을 쳐다보고 있지 않았다. 아이니에 대해선 신경 쓸 것도 없다는 듯 자신의 후궁만을 보고 있었다. 입가에는 사랑이 가득 담긴 미소를 띤 채.

그러나 아이니가 라틸을 좀 더 가까이서 보았더라면, 입은 웃고 있으나 눈꺼풀에 힘이 들어갔다는 걸 발견할 수 있었을 것이다.

'어떻게 된 거지?'

처음에는 라나문도 검을 뽑자 잘됐다 싶어서 그저 웃고 있다가, 뒤늦게 라틸도 깨달아버린 것이다. 이 상황의 이상함을.

왜 로드인 자신이 '대적자의 검'을 뽑을 수 있는지는 모르겠으나, 어쨌든 라틸 자신은 로드여서 뽑았다. 아이니는 대적자여서 뽑았다. 그러면 라나문은?

'라나문은 어떻게 뽑았지?'

슬금슬금 불안함이 척추를 타고 올라와 목 뒤를 콕 찔렀다. 라틸은 어색하게 고개를 돌려 타리움 사절단 사이에 끼어있는 서넛을 보았다.

서넛은 온기 한 톨 느껴지지 않는 스산한 눈으로 라나문을 보고 있었다.

"폐하."

라나문이 자신을 부르는 소리를 듣고서야, 라틸은 서넛에게서 시선을 돌려 라나문을 보았다. 라나문은 뽑은 검을 들고 라틸에게 다가오고 있었다.

"분위기를 타고 나와 뽑긴 했는데, 도로 꽂아두면 되는 겁니까."

라틸은 "그렇지 않을까." 하고 대답하고서 일부러 손을 뻗어서 그와 손이 닿도록 검을 옮겨 들었다.

라나문은 개의치 않고 라틸에게 검을 넘겨주었다. 라틸을 로드로 여기는 태도는 아니었고, 검을 함께 들고 있어도 뭔가 다른 일이 벌어지지도 않았다.

검을 검집에 도로 집어넣은 라틸은 라나문에게 한 번 미소 지어준 뒤 아이니 쪽을 보았다. 라나문에 대한 일도 알아봐야 하지만, 우선 당장은 아이니부터 해결해야 하니까.

아이니는 눈도 깜빡이지 않고서 우두커니 서있다가 라틸과 시선이 맞자 부드러운 미소를 띠며 놀랍다는 투로 말했다.

"세 사람이나 검을 뽑다니. 신기하군요. 어쩌면 이번 세대는 대적자가 세 명인지도 모르겠네요."

그녀는 영광을 나누어서라도 자신이 대적자라는 걸 사람들에게 알리고 싶어 하고 있었다.

그러나 라틸은 아이니의 말에 맞장구를 치는 대신 "음." 하고 이마를 긁적이며 일부러 자신 없는 목소리를 냈다.

"글쎄요. 난 내가 대적자가 아니라 생각해서요, 아이니 황후. 혹시 검이 가짜는 아닐까요?"

"!"

"한 명밖에 없다는 대적자가 셋이라니. 이상하잖아요."

설마 라틸이 자기 자신까지 가짜 취급을 하면서 공격할 줄 몰랐던 아이니는 당황한 듯 내내 잘 관리하던 표정이 흐트러졌다. 그녀의 멍한 시선이 라틸에게 닿았다.

희미하게 미안한 감정이 올라오는 걸 모른 척하며 라틸은 악의는 없다는 듯 방긋 웃었다.

"이런 건 확실하게 해야 하니까."

라틸이 두고 갈지, 데려갈지, 말하고 갈지, 그냥 갈지 고민했던 기르골은 지금 카리센에 있었다. 심지어 그는 사건이 벌어지는 바로 그 단상 아래, 다닥다닥 늘어선 사람들 사이에 서서 사태를 그대로 지켜보고 있었다.

'희한하긴 하군.'

모자를 푹 눌러써 얼굴을 가린 그는 고개를 기웃하며, 돌아가는 상황을 호기심 어린 눈길로 구경했다.

'제자님은 로드라 치고. 왜 둘일까.'

공교롭게도 검을 뽑은 아이니와 라나문 모두, 지금까지의 대적
자들에 비해 정의감이 부족한 편이다. 이런 점과도 관련이 있는
걸까?

"굉장하십니다, 폐하!"

"우리 라나문 님도 참으로 장하십니다!"

"두 분이 우리 타리움의 보배입니다."

"그자들, 그 카리센 작자들 표정 굳어지는 거. 보셨습니까?"

난데없는 라틸과 라나문의 개입으로 아이니가 영광스러워야 할
자리가 어영부영 엎어진 뒤, 라틸은 타리움 사절단을 데리고 궁전
으로 돌아갔다.

넓은 복도를 걸어가는 내내 타리움 사절단은 있지도 않은 악기
를 두드리는 분위기였다. 누군가 북을 건넸다면 분명 다들 두드렸
을 것이다.

아이니 황후가 라틸에게 공개적인 사과를 청하지 않았더라면 이
정도로 기뻐하진 않았겠으나, 라틸과 라나문이 나서서 검을 뽑아
버린 건 가만히 있다가 갑자기 카리센 사람들에게 공공의 적 취급
을 받는 와중이었다.

그럴 때 나서서 검을 한 번 뽑고, 이어서 두 번 뽑기까지 해버리
자 카리센 사람들은 적의는 쏙 들어갔고 자존심은 뭉텅 꺾였다. 반

면, 타리움은 허파가 자부심으로 꽉꽉 차오르게 된 것이다.

황제와 후궁이 대적자이냐, 마느냐 하는 건 그들에겐 당장 중요한 문제는 아니었다. 일단 라틸이 나서서 '나도 대적자고 내 후궁도 대적자다'고 주장한 게 아니라 '이 검 가짜 아닌가'라고 말해버렸으니까.

반면 카리센은 분위기가 황당한 분노로 침체되어 있었다.

"이게 어떻게 된 일입니까, 공작님?"

"황후 폐하가 대적자인 줄 알았는데. 저 검이 가짜였던 겁니까?"

"이게 무슨 망신입니까. 이럴 줄 알았다면 다른 나라 사람들은 부르지 않았을 겁니다."

"대적자가 세 명일 수는 있는 건가요?"

귀족들이 달라붙어서 다가 공작에게 먹이를 요구하는 새끼 새들처럼 쪼아대자, 다가 공작은 참다못해 언성을 높였다.

"진정들 하시오!"

귀족들이 조용해지자, 다가 공작은 이를 부드득 갈고서 복도 너머, 타리움 사절단들이 걸어간 방향을 노려보며 입을 열었다.

"대적자는 우리 아이니 황후 하나뿐입니다."

"하지만 검을 세 명이 뽑았는데……."

"무슨 상관이오! 검을 몇 명이 뽑든, 검은 하나인데!"

"!"

"그리고 그 하나뿐인 검은 우리 카리센에 있지. 그러면 우리 아이니 황후가 대적자인 겁니다. 알았습니까?"

"그 검이 진짜는 맞는 겁니까?"

조심스럽게 물어본 귀족은, 다가 공작이 죽여버릴 기세로 호랑이처럼 쳐다보자 얼른 눈을 내리깔고 다른 귀족 뒤로 몸을 숨겼다.

　다가 공작은 주먹을 꽉 쥐고서 성큼성큼 그 멍청이들 사이를 지나쳐 인적이 드문 곳까지 걸어갔다. 그 뒤는 공작의 최측근 몇 명만이 따라붙었다.

　사람들이 거의 다니지 않는 곳에 도착하자, 다가 공작은 그제서야 멈춰서서는 확 돌아서며 그의 오른팔과 같은 미셸 후작에게 지시했다.

　"전에 지하 감옥에서 빼돌린 좀비 혈액량이 어느 정도이지?"

　"그렇게 많진 않습니다, 공작님."

　"타리움 사절단이 먹는 식사에 조금씩 섞어 보내라."

　"!"

　다가 공작은 입꼬리를 비틀어 올리며 무섭게 눈을 빛냈다.

　"무슨 일이 일어나는지 한번 보자고."

　방으로 돌아온 라나문은 걸치고 있던 겉옷을 툭 벗어 옆으로 내밀었다. 그러다가 카르둔이 좋아 죽겠다는 얼굴로 옷을 받아 들자, 부담스러워 미간을 찌푸렸다. 그래도 카르둔은 희희낙락해서 밝게 외쳤다.

　"도련님, 전 진짜요, 진짜 이럴 줄 몰랐습니다. 도련님뿐만 아니라 폐하까지 검을 딱 뽑으시다니!"

감격한 카르둔은 두 손을 모으고 오징어처럼 흐물거렸다. 물에 푼다면 넓게 풀릴 것 같았다.

그 모습이 영 마땅치 않은 라나문은 무시하고 가버렸으나, 카르둔은 라나문이 벗어둔 겉옷을 끌어안고서 졸졸 쫓아오며 계속 말을 시켰다.

"도련님, 도련님, 그러면 이제 대적자가 셋인 걸까요?"

"모르지."

카르둔과 달리 장본인인 라나문은 오히려 덤덤한 목소리였으나, 카르둔은 라나문이 진짜로 이 일에 아무 관심이 없다면 애초에 그 자리에서 나서지도 않았으리란 걸 알았다.

즉, 라나문은 진짜로 관심이 없는 게 아니라 관심이 없는 척하고 있는 것이다. 혹은 관심은 가지만 호기심을 드러내기 귀찮거나.

"도련님, 도련님. 제 생각에는요, 폐하랑 도련님은 운명이에요. 타고난 한 쌍이죠. 하나의 검을 뽑는 하나의 운명! 국서는 도련님 외엔 아무도 될 수가 없습니다. 그렇죠?"

"글쎄."

"아니, 진짜 그렇잖아요. 폐하와 한 쌍인 도련님을 두고 누가 감히 국서가 되겠어요?"

라나문은 대꾸하지 않고 침대 근처로 걸어가 윗옷 단추를 풀었다. 그러나 카르둔이 아까 받은 겉옷을 옷걸이에 걸어 놓고 잠옷을 챙기면서도 쉴 새 없이 입을 움직이자, 라나문은 듣다 못해 차갑게 물었다.

"아이니 황후는? 검 뽑은 사람 둘이 운명이면, 다른 하나는?"

진짜 궁금해서 물었다기보다는 그만 좀 설레발을 치라고 한 말이었다.

그 말은 효과가 있어서 카르둔은 "그야……." 하고 중얼거리며 시선을 회피했다. 카르둔은 아이니 황후에겐 아예 신경을 쓰지 않고 있었던 것이다.

그쪽도 검을 뽑긴 했지만, 다른 남자랑 결혼한 여자, 심지어 외국 황후니까. 당연히 운명으로 얽혀있으니 어쩌니 할 수 없었다.

할 말이 없어진 카르둔이 이제야 조용해져서 옷장을 뒤적거리자, 라나문은 다시 단추에 손을 가져갔다. 그러나 이번에는 밖에서 누군가 문을 두드려 라나문이 하려던 일을 막았다.

"네!"

카르둔이 옷을 내려놓고 문을 열자, 앞에 서 있던 호위가 알려주었다.

"라나문 님, 어떤 자가 라나문 님을 만나고 싶어 합니다."

라나문은 단추를 풀다 말고서 힐긋 시간을 한 번 쳐다보았다. 저녁 시간이었다. 누군가를 못 만날 시간은 아니지만, 안 친한 타인을 만나기에는 애매한 시간.

그런데 호위는 라나문을 만나러 온 사람을 이름이나 직급으로 알리지 않고 '어떤 자'라고 했다. 모르는 사람일 확률이 높단 뜻이었다.

"나를 만나고 싶어 한다고?"

"네."

카르둔이 문을 조금 더 크게 열자, 타리움에서부터 데려온 호위가 작은 쪽지를 내밀었다.

"이걸 도련님께 전해달라 하였습니다."

카르둔이 쪽지를 받아서 라나문에게 가져다주자, 라나문은 한 손으로는 계속 단추를 끄르면서 다른 한 손으로 쪽지를 펼쳐 내용을 훑었다.

빠르게 내용을 확인한 라나문은 다 본 쪽지를 카르둔에게 건넸다. 별로 표정에 변화는 없으나, 진짜 별 내용이 없다면 자신에게 굳이 보라고 주지 않으리란 걸 알기에, 카르둔은 얼른 라나문이 건넨 쪽지를 받아 펼쳤다.

얼마 지나지 않아 카르둔의 눈이 휘둥그레졌다.

"지금 당장 도련님을 뵙고 싶어 하네요?"

"어느 쪽?"

라틸은 서넛과 편하게 대화하고 싶어서 일부러 하녀를 부르지 않았다. 시녀는 식사를 가지러 가서 방 안에는 라틸과 서넛 둘뿐이었다.

라틸이 1인용 안락의자에 편안하게 앉으면서 서넷을 보자, 서넷은 라틸이 벗은 겉옷을 챙겨 옷장으로 걸어가다가 눈치 없는 척 되물었다.

"뭐가 말입니까."

"대적자 말입니다. 라나문 쪽입니까, 아이니 쪽입니까, 둘 다입니까?"

"모르겠습니다."

"라나문이 대적자일 가능성은 있습니까?"

"……있으니 뽑았을 겁니다."

"그럼 확실한 건 아니네요?"

"네."

서넛은 겉옷을 옷장에 넣고 문을 닫고 돌아서다가, 라틸과 눈이 마주치자 흠칫했다. 계속 쳐다보고 있었던지 라틸은 안정된 자세로 앉아있었다.

서넛은 입을 꾹 다물었다. 라틸이 무슨 말을 할지 대충 짐작이 갔다.

"그럼 라나문이 아직 대적자인지 확실한 거 아니니까, 라나문 공격하고 그러면 안 됩니다, 서넛 경."

역시나. 라틸이 한 말은 서넛의 예상 그대로였다.

서넛이 대답하지 않고 입을 꾹 다물어 버리자, 라틸이 재촉하듯 "서넛 경?" 하고 재차 불렀다. 서넛은 결국 마지못해 대답했다.

"대적자란 게 확실해지면 공격해도 됩니까."

그러나 그렇게 나온 말도 고집이 세게 느껴져서, 라틸은 단호하게 말했다.

"그래도 아직 안 됩니다."

아이니 황후가 대적자란 걸 알게 되었을 때도 죽이는 건 안 내켜서 대적자가 아닌 걸로 몰아가려 했는데. 라나문을 죽이자고?

라틸로서는 달갑지 않았다. 다른 방법을 찾을 수 있다면 찾는 게 좋지 않은가.

그러나 마지못해 들릴 듯 말 듯 "예." 하고 대답하는 서넛은 아무리 봐도 영 신뢰가 가지 않는 모습이어서, 라틸은 그 모습을 팔을 괴고 계속 뚫어져라 쳐다보았다.

라틸이 그렇게까지 쳐다보자 서넛은 조금 찔리는 듯, 저녁 식사가 언제 완성되나 알아보겠다면서 몸을 일으키더니 서둘러 그 자리를 피했다.

라틸은 서넛이 나간 뒤에도 여전히 문에서 시선을 떼지 못하다가, 그래도 서넛이 명령을 어기진 않을 거란 생각을 하고서 가까스로 의구심을 접었다.

그러나 라틸의 의심이 맞았다. 서넛은 라나문이 진짜 대적자라면 봐줄 마음이 전혀 존재하지 않았다.

'미리 죽여야 한다.'

라나문이 대적자라면 필연적으로 라틸에게 해가 된다. 서넛은 절대로 그걸 주시하고 있을 수 없었다. 라틸의 명령을 어겨서 라틸이 자신을 미워하게 된다고 해도 라틸을 위해 행동할 준비가 되어 있었다.

이런 생각을 하며 복도를 걸어가는 서넛의 표정에서는 점점 온기가 빠져나갔고, 나중에는 완전히 얼음장처럼 변했다. 서넛은 그 길로 곧장 라나문이 머무는 방을 찾아갔다. 호위는 서넛이 나타나자 바로 알아보고서 반갑게 불렀다.

"서넛 경!"

"라나문 님께 내가 뵙고 싶어 한다 전해라."

서넛이 평소와 달리 무미건조하게 대꾸하자 호위는 잠시 '서넛 경이 왜 저러지?' 의아해했으나, 곧 오늘은 큰일이 있었으니 그럴 수도 있겠다고 알아서 납득했다.

　그러나 호위가 서넛의 딱딱한 말투를 이해한다 해도 함부로 문을 열어줄 수는 없었다.

　"죄송합니다, 서넛 경."

　호위의 거절에 서넛이 눈썹을 찌푸렸다. 호위는 정말로 미안해하며 대답했다.

　"죄송합니다, 서넛 경. 라나문 님이 지금 방에 없으셔서요."

　"없다니?"

　"아. 어떤 성기사가 라나문 님을 만나 뵙고 싶다 해서요. 절차가 까다로운데, 그걸 다 밟고 와서까지 뵙고 싶어 하더라고요. 라나문 님께서도 궁금하신지 나가셨습니다."

　"!"

　"제가 오셨더라고 전해 드릴까요?"

　호위는 친절하게 물었으나 서넛은 대답 없이 지나갔다.

　"필요 없으시구나."

　뒤에서 호위가 머쓱해져서 중얼거려도 서넛은 돌아보지 않았고, 호위는 괜히 민망해져서 바닥을 내려다보았다.

　그 짧은 시간, 서넛은 빠른 속도로 사절단 숙소를 벗어나 밖으로 나갔다. 라나문을 찾아갈 생각이었다.

라틸은 설마 셋넷이 자신의 명령을 어기고 바로 라나문을 찾아갔을 거라고는 꿈에도 생각하지 않고 있었다.

아직 아이니와 라나문 중 누가 대적자인지, 왜 대적자가 둘인지, 라나문은 자기가 대적자인 걸 알고 있는지 아무것도 확실해진 게 없는데. 이런 상황에서 라나문을 공격하는 건 너무 시기상조라 생각했기 때문이었다.

'그런데 진짜 라나문이 대적자라면 뭐 어떻게 해야 되는 거지.'

생각에 잠겨있자니 시녀가 들어와 탁자에 음식을 내려놓고 나갔고, 라틸은 멍하게 그 앞에 앉아 숟가락을 들었다.

아직도 뭘 어떻게 해야 할지 고민이 안 끝난 상태라 입맛이 없었으나, 건강을 위해 뭘 먹기는 해야 했다.

"!"

그러나 숟가락으로 수프를 떠서 입 가까이 가져간 라틸은 이상한 냄새를 맡고 바로 흠칫해서 숟가락을 얼굴에서 멀리했다.

'뭐지?'

라틸은 숟가락을 얼굴에서 좀 떨어진 거리에 두고 보았다. 은으로 된 숟가락은 변색되지 않았다. 아무 반응이 없었다.

'그런데 왜? 무슨 냄새가 분명 나는데?'

라틸은 다시 수프를 코 가까이 가져가 냄새를 맡아보았다.

'희미한…… 피 냄새. 그런데 이상한 피 냄새가 난다.'

피 냄새가 아닐지도 모른다. 하지만 분명한 건 안에 뭔가 평범하지 않은 게 들어있었다.

라틸은 숟가락을 내려놓자마자 시녀를 부르며 밖으로 나갔다.

"루이다!"

시녀는 하녀에게 음식용 수레를 건네면서 당부의 말을 하다가 놀라 돌아보았다.

"네, 폐하."

카리센의 하녀는 황제가 갑자기 나타나자 황급히 허리를 숙였다. 라틸은 그 하녀를 차갑게 내려다보았고, 시녀는 라틸의 표정이 심상치 않다는 걸 알아차렸다.

"폐하, 괜찮으십니까?"

"아니. 음식에 뭔가 섞여있다."

"네?"

시녀는 놀라서 활짝 열린 문 너머를 보며 물었다.

"안에 이물질이 들어있나요?"

"아니. 그보다 더 심각한 거. 독 아니면 비슷한 거."

이물질과 독은 전혀 다른 얘기였다. 독 이야기가 나오자 주위에 서있던 근위병들과 시녀는 물론, 음식 수레를 조리실에서 여기까지 끌고 온 하녀까지 무릎을 꿇었다. 특히 하녀는 낯빛이 하얗게 질려있었다.

라틸은 일어나라 손짓하면서 시녀에게 물었다.

"다른 사람들 음식은?"

"그게…… 잠시만요."

시녀는 자기가 사용하는 옆방으로 가더니 샐러드 그릇을 가지고 나왔다.

라틸은 그릇에 코를 대어 보았으나 여기에는 냄새가 나지 않았다. 그러나 안심할 수는 없었다.

"수프는?"

"아, 수프. 잠시만요."

시녀가 다시 수프 그릇을 가져와 건넸고, 라틸은 그걸 코 가까이 가져갔다가 인상을 확 구겼다.

"여기도 들어있다."

라틸의 말에 시녀는 놀라서 비틀거렸고, 하녀는 덜덜 떨기 시작했다. 라틸은 근위병들을 돌아보며 빠르게 지시했다.

"다들 음식을 먹지 말고 있으라 전하라. 그리고 타리움 사절단이 받은 수프를 전부 가져와라."

근위병들 중 두 명만이 라틸의 곁에 남았고 나머지는 다른 쪽으로 흩어졌다.

라틸은 곁에 남은 근위병에게 눈으로 카리센 하녀를 가리키며 '잡아두라' 지시하고서 방 안으로 들어갔다.

탁자 앞으로 돌아간 라틸은 아까 너무 놀라 확인하지 못한 다른 그릇들을 하나하나 확인해 보았다. 시녀의 샐러드 접시처럼, 수프를 제외한 다른 음식에는 일단 나쁜 냄새가 없었다.

"누가 한 짓일까요? 카리센 사람일까요? 아니면 이 틈을 탄 다른 나라 사람일까요?"

시녀는 초조하게 라틸의 곁에서 서성거렸다. 자칫 잘못하면 독을 먹을 뻔했다는 데 몹시 화가 난 눈치였다.

잠시 뒤, 라틸의 지시를 들은 사절단 몇 명이 우르르 몰려왔다. 근위병 하나는 그 옆에서 모아온 수프 그릇을 음식용 카트에 담고 끌고 오고 있었다.

그런데 그 근위병이 카트를 밀고 라틸의 방 안으로 들어오려는 찰나, 다른 쪽에서 달려온 근위병이 카트와 문틀 사이로 쏙 몸을 날리더니, 새치기해 들어와서는 빠르게 보고했다.

"폐하, 한 팀이 이미 먹었다 합니다!"

그 말이 끝나기가 무섭게 어디선가 비명 비슷한 게 들려왔다. 라틸은 벌떡 일어나 그쪽으로 뛰기 시작했다. 어느 방향에서 나는 소리인지 또렷하게 알 수 있었다.

"폐하, 위험합니다!"

"저희가 가겠습니다, 폐하!"

관리와 근위병들은 놀라서 뒤를 쫓아왔으나, 라틸은 이 중에서 이런 쪽으로 가장 안전한 건 자신이란 걸 알기에 속도를 늦추지 않았다.

그사이, 라틸이 붙잡아두라 지시한 하녀는 밖이 조용해지자, 옷 안에서 옷핀을 꺼내어 문고리를 따고 슬쩍 문을 열어보았다.

복도에 아무도 없단 걸 확인한 하녀는 씩 웃고서 밖으로 나와 라트라실 황제가 머무는 방 안으로 들어갔다.

모아온 수프 그릇들이 수레 위에 잘 놓여있었다. 처리하기 편리하게도 말이다. 하녀는 히죽 웃고서 카트 안쪽에서 숨겨둔 접시를 꺼냈다. 여기에 수프 내용물을 담아가 폐기할 생각이었다.

이 안에 든 건 일반 독이 아니라 독을 찾아내는 방식으론 검출할 수 없다. 큰 내용물만 처리하면, 돌아온 라트라실 황제가 뒤늦게 증거를 찾으려 해도 소용없을 것이다.

하녀는 바쁘게 수프 내용물을 옮겨 담기 시작했다. 그런데 돌연 차가운 손이 뒤에서 나타나 그녀의 손목을 잡았다.

"!"

사람이 있는 줄도 몰랐던 하녀는 놀라서 고개를 돌리려 했으나, 이상하게도 몸이 꼼짝하지 않았다. 당황해서 굳어 있는 그녀의 귓가로 느긋한 목소리가 들려왔다.

"아가씨, 나도 이런 거 좋아해. 뒤에서 나쁜 짓 하는 거. 우리 취미가 같구나."

"누, 누구……."

하던 행동이 있어서 비명을 지르지도 못하고, 그녀는 덜덜 떨면서 누구냐고 입술을 열었다.

그러나 그녀는 곧 입을 꽉 다물어야 했다. 뒤에 선 사람이 숟가락을 집더니, 좀비의 혈액을 넣은 수프를 살짝 떠서 그녀의 입으로 가져오고 있었다.

7권에서 계속

하렘의 남자들 6

초판 1쇄 인쇄 2024년 12월 16일
초판 1쇄 발행 2024년 12월 24일

지은이 알파타르트
펴낸이 김문식 최민석
총괄 임승규
책임편집 백승민
기획편집 이혜미 조연수 김지은
　　　　　김민혜 명지은 박지원
마케팅 조아라
디자인 배현정

펴낸곳 (주)해피북스투유
출판등록 2016년 12월 12일 제2016-000343호
주소 서울시 서대문구 신촌로 25-1 보고타워 4층
전화 02)336-1203
팩스 02)336-1209

ISBN 979-11-7096-364-6 (04810)
　　　　979-11-6479-257-3 (세트)